Hanif Kureishi wurde 1954 als Sohn einer Engländerin und eines immigrierten Pakistani in Südlondon geboren. Schon während des Studiums begann er Theaterstücke zu schreiben, darunter auch die Vorlagen zu Stephen Frears' Filmen »Sammy und Rosie tun es« und »Mein wunderbarer Waschsalon«; letzterer wurde 1985 für den Oscar nominiert. An erzählender Prosa veröffentlichte Hanif Kureishi zahlreiche Kurzgeschichten in »Granta«, »Atlantic« und anderen Literaturzeitschriften aus dem anglo-amerikanischen Sprachraum.

Im September 1990 erschien im Kindler Verlag Hanif Kureishis Roman »Der Buddha aus der Vorstadt«.

W0034053

Hanif Kureishi:

Mein wunderbarer Waschsalon/ Sammy und Rosie tun es

Aus dem Englischen von Dinka Mrkowatschki

INHALT

DAS REGENBOGENZEICHEN

DAS REGENBOGENZEICHEN

GOTT GAB NOAH DAS REGENBOGENZEICHEN,
KEIN WASSER MEHR, NÄCHSTES MAL DAS FEUER!

England

Ich wurde als Sohn einer Engländerin und eines Pakistani in London geboren. Mein Vater, der heute in London lebt, kam 1947 hierher, er sollte im Sinne der alten Kolonialmacht erzogen werden. Er heiratete und ging nie mehr nach Indien zurück. Die übrigen Mitglieder seiner großen Familie, seine Brüder, ihre Ehefrauen und seine Schwestern, zogen nach der Teilung von Bombay nach Karatschi in Pakistan.

In meiner Kindheit sah ich meine pakistanischen Onkel regelmäßig, wenn sie geschäftlich in London zu tun hatten. Es waren angesehene, selbstbewußte Menschen, die mich häufig im Taxi in Hotels, Restaurants und zu internationalen Vergleichskämpfen mitnahmen. Ansonsten hatte ich keine Ahnung, wie es auf dem Subkontinent aussah und wie meine Onkel, Tanten und Cousins dort lebten. Als ich etwa neun oder zehn war, legte mir ein Lehrer absichtlich Bilder von indischen Bauern in Lehmhütten auf den Tisch und sagte zur Klasse: Hanif kommt aus Indien. Verwundert fragte ich mich, ob meine Onkel auf Kamelen ritten? Aber doch wohl nicht im Anzug? Und meine Cousins, hockten die im Sand und aßen mit den Fingern wie kleine Mowglis, wo sie mir doch so ähnlich waren?

Mitte der sechziger Jahre waren Pakistanis in England Witzfiguren, die im Fernsehen verspottet und von den Politikern ausgenutzt wurden. Sie hatten die miesesten Jobs, fühlten sich in England nicht wohl, einige hatten Schwierigkeiten mit der Sprache. Sie paßten nicht dorthin und wurden verachtet.

Ich habe von Anfang an versucht, mein pakistanisches Ich zu verdrängen. Ich habe mich geschämt. Ich wollte diesen Fluch loswerden, wie alle anderen sein. Ich las die Geschichte eines schwarzen Jungen, der in ein kochendheißes Bad sprang, nachdem er entdeckte, daß verbrannte Haut weiß wird, und konnte ihn gut verstehen.

Einer meiner Lehrer redete immer mit einem indischen Akzent à la Peter Sellers, wenn er mit mir sprach. Ein anderer weigerte sich, mich beim Namen zu nennen und betitelte mich mit Pakistani Pete. Also weigerte ich mich, *seinen* Namen zu gebrauchen, und sprach ihn mit seinem Spitznamen an, was natürlich Ärger gab. Die Folge waren Streitereien, Nachsitzen, Flucht aus der Schule über Hecken und schließlich Ausschluß. Was mir nur recht war; es hätte gar nicht besser kommen können.

Ich strich mit einem Freund den ganzen Tag durch Straßen und Felder, saß an Flüssen, stahl gelbe Lurexhosen aus einem Laden, die ich unter meiner Schulhose aus dem Haus schmuggelte, versteckte mich im Wald, las harte Bücher und sah mehrmals den Film *Zulu*.

Dieser Freund, der in meinem Film *Mein wunderbarer Waschsalon* Johnny wurde, kam eines Tages zu mir nach Hause. Ein echter Schocker.

Seine Jeans waren so kernig, daß sie fast von allein standen. Sie hingen an Hosenträgern Marke Henker, reichten gerade bis zum Knie und gaben den Blick auf ein Stück schneeweißes Bein über den Stiefeln frei. Durch diese Doc-Marten-Stiefel mit Stahlkappen und Sohlen, dick wie Käsebrote, war er über Nacht zwanzig Zentimeter gewachsen. Das Ben-Sherman-Hemd mit der Falte am Rücken versteht sich von selbst. Und seine Haare, ohnehin nur etwa einen Zentimeter lang, standen wie kleine Nägel vom Kopf ab. Diese starre Kreation wurde in einem Ritual stündlich mit einem angefeilten Stahlkamm, der auch als Dolch diente, aufgebessert.

Er bekam den Spitznamen Bog Brush, aber es war nicht ratsam, ihm das ins Gesicht zu sagen. Dieser engelsgleiche Junge mit dem Blondschopf, den Mutter immer mit liebevoller Spucke geglättet hatte, der Junge, der immer ein sauberes Taschentuch dabeihatte und für die Air Cadets Kornett spielte, hatte sich ein brandneues Rohlingsimage gebastelt.

Meine Mutter war durch diesen SA-Mann, der vor ihrer Tür zum ›Skinhead Moonstomp‹ tanzte, den er dauernd vor sich hin stöhnte, so verschreckt, daß sie sich hinlegen mußte.

Ich entschloß mich weise, mit B. B. loszuziehen, bevor mein Vater von der Arbeit nach Hause kam. Es war aber einfach nicht mehr so wie früher. Wir konnten uns nicht mehr wie vorher unterhalten, ohne unterbrochen zu werden. Bog Brush war jetzt jemand. Er war hingerissen, weil ihn ähnlich Gekleidete auf der Straße grüßten, als seien sie in einem kriegsgeplagten, fremden Land und im gleichen Heeresbataillon. Plötzlich kamen wir in Kinos nicht rein. In die Wimpy Bar, in der wir stundenlang vor unseren Milkshakes gehockt waren, auch nicht mehr. Jetzt mußten wir stolzeshalber hintenrum vorbeigehen und ins Hinterfenster einen Ziegelstein schmeißen.

Andere Fremde erspähten uns von der anderen Seite der Straße. B. B. brüllte dann »Hau ab!«, und der Feind stürmte durch den Verkehr, sprang über Motorhauben, um uns zu erwischen, sie brüllten Schweinereien, jagten uns durch Gassen, durch Schrebergärten, um Wassertanks und so weiter und so fort.

Und dann, abends, nahm B. B. mich zu den Treffen mit den anderen Jungs mit. Wir kletterten über die Parkzäune und schlenderten über den Fußballplatz zu den Torpfosten. Dort versammelten sich die Jungs, um die Pakistani zu hetzen und zu verprügeln. Die meisten gingen mit mir zur Schule. Mit den anderen war ich aufgewachsen. Ich kannte ihre Eltern. Sie kannten meinen Vater.

Ich zog mich aus dem Park zurück, weg von den Jungs, an einen sichereren Ort: ich ging in mich. Damit begann das, was ich meine »Übergangsphase« nannte. Ich wartete nur noch auf eine Gelegenheit, um abzuhauen, raus aus den Londoner Vororten, ein anderes Leben anfangen, irgendwo anders, mit besseren Menschen.

In dieser Isolation, in meinem Schlafzimmer, wo ich Pink Floyd und die Beatles hörte und mir die John-Peel-Show ansah, begann ich, mir die Reden der Politiker aufzuschreiben, die Worte, die geholfen hatten, die Neonaziansichten zu schaffen, die ich in meiner Umgebung sah. Das nannte ich »Buch führen«.

1965 sagte Enoch Powell: »Wir dürfen eins nicht aus den Augen verlieren: wie wünschenswert es ist, einen steten Fluß freiwilliger Repatriierung der Elemente einzuleiten, die sich als nicht erfolgreich oder nicht anpassungsfähig erwiesen haben.«

1967 sagte Duncan Sandys: »Die Zeugung von Millionen von Mischlingskindern würde lediglich eine Generation von Mißgeburten schaffen und nationale Spannungen auslösen.«

Ich war keine Mißgeburt. Ich war fähig, die verschiedenen Elemente meines Ichs zusammenzufügen. Es waren die anderen: sie wollten Mißgeburten, wollten uns die Verkörperung ihrer Zweiwertigkeit aufoktroyieren.

Ebenfalls 1967 zitierte Enoch Powell — der, wie er sagte, gerne Vizekönig von Indien geworden wäre — einen seiner Wähler. Dieser hatte angeblich gesagt, wegen der Pakistanis wäre dieses Land für die Kinder nicht mehr bewohnbar.

Ein noch bekannteres Zitat Powells: »Ich schaue in die Zukunft und mich erfaßt ein Gefühl düsterer Vorahnung. Wie der Römer ›sehe ich den Tiber vor Blut schäumen‹.«

12

Gleichzeitig mit dem Abdruck von Powells Reden in den Zeitungen tauchten die Graffiti seiner Gleichgesinnten in Londons Straßen auf. In einem Café weigerte sich jemand, mit mir an einem Tisch zu essen. Die Eltern eines Mädchens, in das ich verliebt war, sagten ihr, sie würde in Verruf geraten, wenn sie mit Negern ausgehe.

Powell ließ sich zur Galionsfigur der Rassisten machen. Er half den Rassismus in Großbritannien kreieren und war nicht nur direkt verantwortlich für die Atmosphäre von Angst und Gewalt, er war der unmittelbare Auslöser für Gewaltakte einzelner gegen Pakistanis.

Die Pakistanis wurden zu Zielscheiben der Komiker im Fernsehen. Ihre Witze waren hochpolitisch, sie unterstützten eine gewisse Weltanschauung. Diese genußvolle Verniedlichung von Rassenhaß zu Witzen hatte zwei Dinge zur Folge: sie drückte eine kollektive Ansicht aus (durch die Sendung von BBC sanktioniert), und zelebrierte die Verachtung in Millionen englischer Wohnzimmer. Das war der Grund für meine Angst vor dem Fernsehen; es war einfach zu beschämend, zu erniedrigend.

Die Eltern meiner Freunde, sowohl die aus der unteren Mittelschicht als auch aus der Arbeiterklasse, erzählten mir oft, sie seien auf Powells Seite. Manchmal hörte ich bei ihnen hitzige, gewalttätige Diskussionen über Rassen, über ›Pakis‹. Ich schämte mich entsetzlich und hatte Angst, mit diesen gehaßten Fremdlingen in einen Topf geworfen zu werden. Ich war praktisch unfähig, zu sagen, woher ich stammte. Das Wort ›Pakistani‹ war zum Schimpfwort gemacht worden. Dieses Wort wollte ich nicht im Zusammenhang mit mir hören. Ich konnte es nicht ertragen, ich selbst zu sein.

Die Briten beklagten sich ständig, die Pakistanis könnten sich nicht anpassen. Was bedeutete, daß sie von den Pakistanis erwarteten, ihr exaktes Ebenbild zu werden. Aber natürlich hätten sie sie dann immer noch genauso abgelehnt.

Die Briten machten ihre eigene Anpassung: sie paßten die Pakistanis in ihr Weltbild ein. Für sie waren sie schmutzig, dumm und eine Stufe unter menschlich — ein Objekt der Beschimpfung und Gewalt.

Zu dieser Zeit hatte ich Schwierigkeiten, überhaupt mit jemandem auszukommen. Ich war verängstigt und feindselig, sah meine Freunde als potentielle Verfasser rassistischer Beleidigungen. Und viele von ihnen nahmen mich tatsächlich ganz naiv auf den Arm. Ich kam zu dem Schluß, daß ich seit meinem fünften Lebensjahr mindestens einmal täglich rassistisch beleidigt wurde. Ich verlor die Fähigkeit, zwischen wirklich verletzenden Bemerkungen und ›witzig‹ gemeinten zu unterscheiden.

Ich wurde kalt und abweisend. Hatte allmählich das Gefühl, ich sei sehr gewalttätig. Gewalttätigkeit war mir ein Rätsel. Wäre dem nicht so gewesen, hätte es in meiner Natur gelegen oder andere gegeben, denen ich mich hätte anschließen können, hätte ich meine ständigen Phantasien von Rache in die Realität umgesetzt. Ich hätte wirklich Probleme gekriegt und bereitwillig Leuten weh getan oder Sachen angezündet.

Statt dessen trieb ich mich in Bibliotheken herum. Dort fand ich in einer alten Ausgabe von *Life* Bilder von den Black Panthers. Es waren Eldridge Cleaver, Huey Newton, Bobby Seale und ihre Verbündeten in schwarzen Hosen und Westen, mit Jimi-Hendrix-Haarschnitt. Ein paar von ihnen hatten Pistolen, die .45 und die 12er Magnum mit dem 18-inch-Lauf, die Huey für Straßenkämpfe empfahl.

Ich riß meine Bilder von den Rolling Stones und The Cream von der Wand und ersetzte sie durch das der Panther. Ich fand sie hinreißend. Diese Leute waren stolz, und sie kämpften. Meines Wissens kämpfte in England kein Mensch.

Es gab noch ein weiteres, noch wichtigeres Bild.

Auf dem Titel der Penguin-Ausgabe von *The Fire Next Time*

war ein Foto von James Baldwin mit einem Kind, seinem Neffen, auf dem Arm. Baldwin, erfahren in Sachen Leid, ein Betroffener, war ganz Wut und Verständnis. Er war Liebe und Intelligenz gepaart. Ich las Baldwin, während ich meine Flucht plante, las Richard Wright und bewunderte Muhammad Ali.

Ich hatte ein großartiges Erlebnis in einem Süßwarenladen. Mein Blick fiel auf einen Fernseher im Hinterzimmer, in dem die Olympischen Spiele in Mexiko übertragen wurden. Tommie Smith und Juan Carlos hoben auf dem Siegerpodest ihre Fäuste zum Black-Power-Gruß, während die amerikanische Nationalhymne gespielt wurde. Der weiße Ladenbesitzer war außer sich. Er sagte zu mir: Politik und Sport sollte man trennen.

In dieser Zeit war Muhammad Ali, der frühere Cassius Clay, ein großer Sportler, in aller Munde. Er wurde zum Fürsprecher der Schwarzen. Er war zum Islam konvertiert und auf der ganzen Welt beteten Millionen von Moslems für seinen Sieg, wenn er kämpfte.

Und es gab die Bewegung ›Nation of Islam‹, der Ali angehörte, angeführt von einem Mann, der sich der Bote des Islam nannte und einen Fes mit Goldstickerei trug: Elijah Muhammad.

Mitte der sechziger Jahre sagte Elijah, die Vorherrschaft der weißen Teufel würde in fünfzehn Jahren enden. Er predigte Separatismus, getrennte Entwicklung von Schwarz und Weiß. Er führte seine Organisation mit Charisma und Drohungen und behauptete, jeder, der sich ihm widersetzte, würde von Allah gezüchtigt werden. Und Allah würde anscheinend auch den Verstand von Deserteuren verwirren.

Elijahs Schüler Malcolm X, Bewunderer von Gandhi und selbstbestätigter Antisemit, akzeptierte im Gefängnis, daß ›der Schlüssel für einen Moslem das Unterwerfen sei, die Einstimmung auf Allah‹. Daß dieser glorreiche Widerstand gegen den weißen Mann, die Ablehnung christlicher Demut, Unterwerfung unter Allah und Schlimmeres zur Folge hatte, war ein schwerverdaulicher Brocken.

Ich betrachtete Rassismus als irrationales Vorurteil, es war Fanons Unverständnis. Es schockierte mich, daß die Männer, die ich bewundern wollte, sich nur befreit hatten, um dem Irrationalismus zu frönen und der Intelligenz abzuschwören. Und der Separatismus, die totale Verabscheuung des weißen Mannes, die Geschichte ›Alle Weißen sind Teufel‹ war genausowenig akzeptabel. Ich war gezwungen, in England zu leben, in einem Vorort von London, mit Weißen. Meine Mutter war weiß. Ich war nicht reif für eine getrennte Entwicklung. Das hatte ich schon im Übermaß erfahren.

Glücklicherweise war James Baldwin auch nicht sonderlich darauf erpicht. In *The Fire Next Time* beschreibt er einen Besuch bei Elijah Muhammad. Er erzählt, wie sehr er sich Elijah verbunden fühlt und sich wünscht, ihn lieben zu können. Aber als er Elijah erzählt, er habe viele weiße Freunde, wird ihm Elijahs Mitleid zuteil. Für Elijah ist die Zeit der Weißen abgelaufen. Es bringt nichts, daß Baldwin ihm erzählt, er habe weiße Freunde, denen er sein Leben anvertrauen würde.

Im Lauf des Abends geht Baldwin die Kriecherei im Umfeld Elijahs auf die Nerven. Er und Elijah würden sich wohl immer fremd bleiben, ›möglicherweise Feinde werden‹. Baldwin bedauert die Hinwendung der Schwarzen zu Afrika und dem Islam, diese Abwendung von der Realität Amerikas und das ›Erfinden‹ einer Vergangenheit. Baldwin erwähnt auch, daß sich Malcolm X und der Führer der amerikanischen Nazipartei, ›rassistisch gesehen‹, absolut einig seien: beide wollten die getrennte Entwicklung. Baldwin fügt hinzu, eine solche Erniedrigung einer Rasse und gleichzeitige Verherrlichung einer anderen führe unausweichlich zu Mord.

Danach waren die Moslems, gelinde gesagt, nicht mehr sehr gut auf Baldwin zu sprechen. Eldridge Cleaver, der früher

weiße Frauen ›aus Prinzip‹ vergewaltigte, hatte ein Bild von Elijah Muhammad, dem großen Kraftspender, an seiner Zellen-
wand. Später unterstützte er Malcolm X.
Cleaver sagt von Baldwin: »In James Baldwins Werk finden wir
einen absolut erschöpfenden, totalen Haß gegen die Schwarzen,
insbesondere gegen sich selbst und die beschämendste, fanati-
sche, heuchlerische, kriecherische Liebe zu den Weißen, die es
in den Schriften eines schwarzen amerikanischen Schriftstellers
von Bedeutung in unserer Zeit überhaupt gibt.«
Ich kann gar nicht sagen, wie seltsam mir das vorkam: diese
wertlose Schmähung eines Schriftstellers, der sich in den Verstand und die Haut von Weiß und Schwarz zugleich versetzen
konnte und in den guten, gerechten Zorn, der sich dem leiden-
schaftlichen Islam als Quelle des Stolzes zuwandte und nicht
ein einziges Mal einer durchgekauten politischen Verpflichtung an eine andere Art gemeinsamer Gesellschaft. Und dieses
banale, aufreißerische Geschwätz von ›Weißen Teufeln‹ anstatt
einer genauen Analyse von Institutionen, die die Schwarzen
auf einer niedrigen Stufe halten.
Ich sah den Beitritt zum Islam als Irrweg, ein verzweifeltes
Trugbild von einer weltweiten schwarzen Bruderschaft: es war
ein Symptom extremer Entfremdung. Es war auch eine Unfähigkeit, eine breitere politische Ansicht oder Zusammenarbeit
mit anderen unterdrückten Gruppen zu finden — oder mit der
Arbeiterklasse als Ganzes —, nachdem eine Verbindung mit
weißen Gruppen zwangsläufig nicht in Frage kam.
Ich hatte keine Ahnung, wie eine islamische Gesellschaft aussehen könnte, was die Anwendung der autoritären Theologie,
die Elijah predigte, in der Praxis bedeuten könnte. Ich strich sie
aus meinem Gedächtnis, floh aus der Suburb, ging zur Universität, fing an als Schriftsteller zu arbeiten und verdiente mir als
Platzanweiser im Royal Court Theatre mein Geld. Erst zehn
Jahre später reiste ich in ein islamisches Land.

Pakistan

Der Mann hatte gehört, ich sei daran interessiert, über sein Land, Pakistan, zu reden, und das sei mein erster Besuch hier. Er versuchte, mich freundlicherweise beiseite zu nehmen und mit mir zu reden. Aber ich war bereits in eine Unterhaltung verstrickt.

Ich war schon wieder auf einer typischen Party in Karatschi, in einem riesigen Haus, ein Glas Whisky in der einen, einen Pappteller in der anderen Hand. Ich hatte gegenüber einer guten Freundin der Familie beiläufig erwähnt, ich sei nicht gegen das Heiraten. Diese Bekannte schilderte mir eindringlich alle Vorzüge einer jungen Frau, die mit einem Ehemann nach England ziehen wollte. Zu meinem großen Unbehagen wollte diese Frau einen Termin festsetzen, an dem wir drei uns zu Verhandlungen treffen sollten.

In Karatschi ging ich jede Woche auf drei Parties. Nachdem es mir gelungen war, die Frau loszuwerden, war ich dieses Mal in Gesellschaft von Grundbesitzern, Geschäftsleuten und Politikern: lauter mächtige Leute. Das gefiel mir. Es waren Menschen, an die ich in England nicht herankam, und ich wollte über sie schreiben.

Es wurde reichlich getrunken. Jeder Liberale in England weiß, daß man in Pakistan fürs Trinken ausgepeitscht werden kann. Aber, soweit ich sehen konnte, wurde von der englischsprechenden Bourgeoisie keiner für irgend etwas ausgepeitscht. Jeder hatte seinen eigenen, zuverlässigen Lieblings-Alkoholschmuggler, der sich auf einem Motorradwrack durch die Schlaglöcher Karatschis schlängelte, mit dem Fusel auf dem Gepäckträger. Schlechte Schmuggler stachen heiße Nadeln durch die Flaschenhälse und saugten den Whisky ab. Es gab zahllose Geschichten von Gästen, die höflich Ginger-ale und Soda auf Eis nippten, heimlich die anderen Gäste beobachteten, ob die betrunken wären, und sich fragten, ob sich ihre Toleranz für Alkohol auf wundersame Weise gesteigert hätte.

Einmal kam ich in das Badezimmer eines Gastgebers und fand eine Badewanne voller Whiskyflaschen, die zum Entfernen der Etiketten eingeweicht waren. Ein Diener saß daneben und stupste sie bedächtig mit einem Stock.

Alles war also genauso schwierig und teuer wie der Kauf von Kokain in London, mit einem Vorteil: die Konkurrenz auf dem Schmuggelmarkt war so groß, daß die Schmuggler gleichzeitig Videobänder lieferten. Sie stürmten ins Zimmer und gingen mit Raubkopien von *The Jewel In The Crown* und *The Far Pavillons* auf die Recorder los; außerdem hatten sie ein sehr beliebtes Fernsehprogramm, *Mind Your Language*, bei sich, das Inder und Pakistanis als lächerliche Karikaturen darstellte.

Jeder außerhalb der breiten Masse der Bevölkerung besaß einen Videorecorder, was ich auch verstand, das pakistanische Fernsehen war äußerst seltsam. An meinem ersten Tag machte ich den Fernseher an, ein Kricketspiel war im Gang. Ich machte es mir in meinem Sessel bequem. Aber die englischen Spieler, auf Tournee in Pakistan, verließen gerade das Spielfeld. Das heißt, Bob Willis und Ian Botham rannten, umringt von bewaffneter Polizei, auf die Umkleideräume zu, und das nicht, weil Botham abschätzige Bemerkungen über Pakistan gemacht hatte. (Er hatte gesagt, Pakistan sei ein Land, in das er seine Schwiegermutter gerne schicken würde.) Im Hintergrund wurde ein Teil der Menge unter Tränengas gesetzt. Dann wurde der Bildschirm schwarz.

Noch seltsamer und bedeutungsvoller war die Tatsache, daß die Nachrichten jetzt in Arabisch vorgetragen wurden, einer Sprache, die in Pakistan nur sehr wenige Leute verstanden. Jemand erklärte mir, der Grund dafür sei, daß der Koran in Arabisch sei, aber alle anderen sagten, es passiere, weil General Zia den Arabern in den Arsch kriechen wollte.

Der ziemlich betrunkene Mann auf der Party wollte mir etwas erzählen und zupfte mich dauernd am Ärmel. Der Mann war besorgt. Aber, war ich denn nicht auch besorgt? Ich war in den Fängen dieser Frau und ihres Heiratsangebots.

Ich hatte eine kleine Identitätskrise. Man hatte mich in Pakistan so herzlich aufgenommen, alles war so wunderbar aufregend, und ich fühlte mich mit all meinen Onkeln so wohl, daß ich mich fragte, ob ich nicht besser hierbleiben sollte. Und wenn ich mit ein wenig unbemerkter Ironie sagte, ich sei Engländer, dann lachten die Leute. Lachten sich kaputt. Warum sollte sich jemand mit braunem Gesicht, moslemischem Namen und einer großen, berühmten Familie in Pakistan mit einer kleinen, kalten, abgewrackten Insel vor Europa identifizieren, wo er ständig seinen Namen buchstabieren mußte? Seltsamerweise lösten antibritische Bemerkungen bei mir immer patriotische Gefühle aus, aber nur, wenn ich nicht in England war.

Aber ich durfte mich nicht zu pakistanisch fühlen. Dieses Betrugs, dieser Sentimentalität wollte ich mich nicht schuldig machen. Wie jemand auf einer Party — provoziert von der Tatsache, daß ich Jeans trug — zu mir sagte: »Wir sind Pakistanis, aber du, du wirst immer ein Paki bleiben« — mit Betonung auf diesem abschätzigen Slang-Ausdruck, den die Engländer immer für Pakistanis verwenden, und damit der Tatsache, daß ich immer zwischen zwei Hochzeiten tanzen würde.

In England war ich Autor von Theaterstücken. Das hatte in Karatschi nur wenig Bedeutung. Hier gab es kein Theater, die Künste wurden vom Staat nicht gefördert — Musik und Tanz sind unislamisch — und von allen anderen praktisch ignoriert. Also fühlte ich mich trotz allem sehr fehl am Platz.

Durch den zwangsläufigen Status, den ich meiner Familie zu verdanken hatte, genoß ich solche Annehmlichkeiten wie Respekt und Luxus, so daß ich das erste Mal die Privilegierten begriff und ihren Hang, die lächerlichsten Argumente vorzubringen, um ihre köstliche und unhaltbare Stellung als Elite zu verteidigen. Aber, nachdem ich weder Arzt noch Geschäftsmann noch Offizier war, vermuteten die Leute, diese Schreiberei sei eine komplexe Ausrede für Untätigkeit, Nutzlosigkeit und schlichtes, allgemeines Herumhängen. Der Gipfel war, daß man, nachdem ich mein Interesse für die Unterhaltungsbranche kundgetan und viel darüber erzählt hatte, wie integer die Künste gegenüber der Gesellschaft seien, Schritte einleitete, um mich im Spielsalongeschäft zu etablieren, in Shepherd's Bush.

Schließlich gelang es dem Mann, mich in eine Ecke zu drängen. Er hieß Rahman. Er war ein Freund meines intellektuellen Onkels. Ich hatte viele Onkel, aber Rahman bevorzugte den intellektuellen, der seine speziellen Nöte verstand und sich genauso wie er als Randfigur sah.

Rahman war um die Fünfzig, liberal, weit gereist und mit einer Engländerin verheiratet, die inzwischen einen pakistanischen Akzent hatte.

Er sagte zu mir: »Ich sage Ihnen eins, dieses Land wird von der Religion in den Arsch gefickt. Sie beeinträchtigt sogar schon das Geldverdienen. Und nachdem wir uns jetzt auf diesen Kurs dynamischer Regression begeben haben, müßte Ihnen klar sein: es ist offensichtlich, daß Pakistan an der Spitze der Länder steht, die verlassen werden. Unsere Patrioten befinden sich im Ausland. Wir verachten und beneiden sie. Für uns übrige, unsere Klasse, Ihre Familie, sind wir in Hobbes' *State of Nature:* verunsichert, verängstigt. Wir klammern uns notgedrungen aneinander.« Er wurde optimistisch. »Wir könnten wie Japan sein, ein tragisches, orientalisches Land, das jetzt fortschrittlich und industrialisiert ist.« Er lachte und sagte dann ziemlich zweideutig: »Aber nur Gott hält dieses Land zusammen. Das müssen Sie überall auf der Welt verbreiten: Wir machen einen Riesensprung rückwärts.«

Der bitterste Schlag für Rahman war das Tanzen. Er liebte Walzer und Foxtrott. Aber jetzt war dieser Ausdruck von körperlicher Freude, von Sinnlichkeit und Rhythmus verboten. Im Fernsehen konnte man deutlich sehen, wo die Zensur eingegriffen hatte. Wenn in westlichen Filmen Paare aufstanden, um zu tanzen, sprang der Film weiter, und die Paare setzten sich wieder. Das war für Rahman unerklärlich, eine sinnlose Grausamkeit, reine Willkür.

Soviel zu der Verzweiflung und der High-and-dry-Generation meiner Onkel. Die meisten waren wie Jinnah, der Gründer Pakistans, in Großbritannien erzogen, er war ein rauchender, trinkender Anwalt, der kein Urdu sprach und behauptete, Pakistan könne nie eine Theokratie werden (›dieser Brite‹, wie er oft genannt wurde) — ihre geistigen Mentoren waren Tawney, Shaw, Russell, Laski. Für sie war die neue Islamisierung eine völlige Verneinung ihrer Normen und Werte.

Diesen Trauergesang bekam ich öfter zu hören. Sie erzählten folgende Geschichte: In den Sechzigern und Siebzigern war Karatschi recht annehmbar. Bis etwa 1977 sehr lebendig und lebenslustig. Man konnte in Raj-ähnlichen Clubs trinken und tanzen (vorausgesetzt man hatte Zugang) und die Atmosphäre war liberal — solange man die Finger von der Politik ließ, andernfalls wurde man eingesperrt. Politisch war Bhutto gefragt: leutselig, mit Abschluß in Oxford, der sich selbst als Revolutionär betrachtete, ein wahrer Mao des Subkontinents. Er sagte, er würde Bildungshaß und Analphabetentum bekämpfen, die Gleichberechtigung von Mann und Frau sichern und Erziehungsmöglichkeiten und medizinische Versorgung verbessern.

Um seinen Kopf zu retten, um die Mullahs zu beschwichtigen und die unzufriedenen Massen hinter sich zu sammeln, brachte er später einige Verbote aus dem Koran in die Verfassung ein: er untersagte Alkohol, Glücksspiel, Pferderennen. Die Islamisierung hatte begonnen und wurde nach seiner Hinrichtung mit Feuereifer weiterbetrieben.

Die Islamisierung baute keine Krankenhäuser, keine Schulen, säuberte kein Wasser und installierte auch keine Elektrizität. Aber sie war richtungsweisend, sie schaffte Identität. Das Land sollte in der Hand der Göttlichen sein oder, präziser gesagt, in den Händen der Selbsterwählten, die die göttlichen Zwecke nach ihren Vorstellungen interpretierten. Unter der Tyrannei der Priesterschaft und mit Unterstützung der Armee sollte Pakistan zur Verkörperung des Islam an sich werden.

Es sollte keinen Unterschied zwischen ethischen und religiösen Verpflichtungen geben, es gab kein Gebiet, auf dem man sich möglicherweise irren könnte. Der einzige Unsicherheitsfaktor war die Auslegung. Die These würde die niedergeschriebenen und universalen Prinzipien sein, die Allah geschaffen und für den Menschen zur Pflicht gemacht hatte; das Vorbild die ersten drei Generationen Moslems, die Praxis Pakistan.

Wie ein Professor des Rechts an der Islamischen Universität schrieb: »Pakistan akzeptiert den Islam als Basis des wirtschaftlichen und politischen Lebens. Wir haben keinen einzigen Grund, irgendeine Trennung zwischen der islamischen und der pakistanischen Gesellschaft zu machen. Die Pakistanis halten sich jetzt strikt an den Islam und halten wacker an ihrem religiösen Erbe fest. Niemals sprechen sie von diesen Dingen abschätzig. Mit einer Beschleunigung des Prozesses der Islamisierung wächst die Regierungsfähigkeit, Loyalität und die nationale Identität werden gestärkt. Nachdem die islamische Zivilisation die Pakistanis fast zu absoluter Bestimmtheit gebracht hat, ist diese Gesellschaft in idealem Maß mit einer moralischen Mission durchtränkt.«

Das Ergebnis dieser moralischen Mission und der Überbewertung von Dogma und Bestrafung war die Art von Stärkung eines repressiven, militaristischen und nationalistisch aggressiven Staates, wie es in den autoritären Achtzigern auf der ganzen Welt zu beobachten war. Mit dem zusätzlichen Bonus, daß in Pakistan Gott immer auf der Seite der Regierung war.

Aber trotz all diesem heftigen Nationalismus waren, wie Rahman sagte, die Patrioten im Ausland; die Menschen wanderten in den Westen aus, nach Saudiarabien, egal wohin. Junge Leute erkundigten sich ständig, wie sie nach Großbritannien reinkommen könnten, einige erwogen, etwas Heroin mitzunehmen, um sich etablieren zu können. Sie hatten das sogenannte Golf-Syndrom, ein Zustand, den ich aus meiner Zeit in den Vororten kannte. Dieser Zustand war ein gefährlicher Psycho-Cocktail aus Ehrgeiz, unterdrückter Erregung, Verbitterung und sexuellen Sehnsüchten.

Ein erschütternder Vorfall aus dieser Zeit war typisch für das Auswanderungsfieber. Ein achtzehn Jahre altes Mädchen aus einem Dorf namens Chakwal träumte, die Dorfbewohner würden übers Arabische Meer nach Karbala gehen, wo sie Arbeit und Geld fänden. Diesem Traum folgend, machte sich das Dorf eines Nachts auf den Weg zum Strand, der zufällig in der Nähe des Hauses meines Onkels lag, im modischen Clifton. Hier lebten Politiker und Diplomaten in weißen Bungalows in kalifornischem Stil mit Sprinklern auf den Rasen, einem Mercedes in der Einfahrt und Wachmännern an den Toren.

Hier lebte Benazir Bhutto unter Hausarrest. Die Residenz ihres toten Vaters wurde von Soldaten der Armee bewacht, die gelangweilt ihre Maschinengewehre pflegten und in Zelten unter den hohen Mauern saßen.

Am Strand, dem Platz für Grill- und andere Parties, packten die Männer des Dorfes Chakwal die Frauen und Kinder in Kisten und schoben sie ins Arabische Meer. Nur zwanzig der potentiellen Emigranten überlebten. Diese Überlebenden wurden verhaftet und wegen illegaler Auswanderung vor Gericht gestellt.

Ganz Karatschi redete davon. Die Leute amüsierten sich darüber, aber Menschen wie Rahman verzweifelten an einer Gesellschaft, die so verwirrt, in mancher Hinsicht so fortgeschritten und in anderer doch so schrecklich naiv war.

Und all die anderen (konservativeren) Emigrationen störten und verwirrten die Familienstruktur. Wenn die Männer aus dem Ausland zurückkamen, waren sie anders, unzufrieden, sie hatten mehr gesehen, wollten mehr. Ihre Nachbarn waren neidisch und böse. Wieder einmal wurde die Gesellschaft durch Kräfte von außen verändert, nicht durch eigenen Willen.

Im Haus meines Onkels lebten ständig etwa zwölf Leute und die Diener, die in Schuppen hinter dem Haus schliefen, gleich hinter den Hühnern und Hunden. Verwandte kamen oft für Monate zu Besuch. Ständig mußte angebaut werden. Den ganzen Tag kamen Besucher, am Abend strömten wahre Menschenmassen herein, sie wurden freudig begrüßt, und sie aßen und schauten Videos an und redeten stundenlang. Die Privatsphäre war hier längst nicht so heilig wie in London.

Ich machte mir Gedanken über die engen Bande innerhalb einer Familie und die Intimität und Verstricktheit einer ausgedehnteren Familie und einer offeneren Lebensart. War die ausgedehnte Familie schlimmer als eine kleine Kernfamilie, weil es mehr Leute gab, die man nicht ausstehen konnte? Oder besser, weil die Beziehungen nicht so intensiv waren?

Seltsamerweise war das Leben der bourgeoisen Boheme in London, in Notting Hill, Islington und Fulham viel förmlicher.

In Pakistan gab es die Kontinuität der Kenntnis anderer Familien. Die Menschen waren leicht einzuordnen, deine Großeltern und ihre waren befreundet. Wenn ich zur Bank ging und dem Kassierer meinen Paß zeigte, stellte sich heraus, daß er einige meiner Onkel kannte, also wurde ich bevorzugt bedient. So funktionierte es überall.

Ich verglich die kollektive Hierarchie meiner Familie und die Permanenz des Familienkreises mit meinem leichtsinnigen, ziemlich wurzellosen Leben in London in der sogenannten ›inneren Stadt‹. Dort lebte ich allein und hatte keinerlei längere Beziehungen. Acht Jahre lang hatte ich kaum jemanden kennengelernt und schon gar nicht ihre Eltern. Leute kamen und gingen. Falsche Nähe und gezwungene Freundschaft waren an der Tagesordnung. Die Leute übernahmen keinerlei Verantwortung füreinander.

Es gab anonyme Diners, und das gesellschaftliche Leben spielte sich auf Einladungen ab, bei denen man sich traf, um über andere Paare zu reden. Gewöhnlich vergingen Monate, und dann geschah das gleiche wieder.

Viele meiner Freunde lebten allein in London, besonders die Frauen. Sie wollten unabhängig sein und Beziehungen eingehen — so viele sie wollten, mit wem sie wollten —, aus freien Stücken. Sie wollten nicht nur alte Lebensmuster wiederholen. Die Zukunft sollte von freier Wahl und Vernunft bestimmt sein, nicht durch Brauchtum. Die Begriffe Pflicht und Verpflichtung hatten praktisch keine positive Bedeutung für meine Freunde; es waren bedeutungstriefende, viktorianische Worte mit dem unangenehmen Beigeschmack von Zwang und Regulatoren, der Gegensatz von Großzügigkeit in der Liebe, der neuen Bussigesellschaft und die Transzendenz der Familie. Das Ideal der neuen Beziehung war nicht mehr länger die traditionelle Ehe — sondern Freiheit und Bindung.

In den großen, alten Familien, in denen es nur die herkömmlichen Muster gab, die nur gelegentlich von neuen Wegen gestört wurden, wäre das als eine Art Kniff betrachtet worden, eine Art Unreife, eine Unfähigkeit, die Bestimmtheiten des Lebens, die notwendigerweise eine Rolle spielten, zu begreifen und zu akzeptieren.

Es wurde also reichlich Druck zur Anpassung gemacht, besonders auf die Frauen.

»Laßt diese Frauen gewarnt sein«, sagte ein Mullah zu den aufrührerischen Frauen von Rawalpindi. »Wir werden sie in Stücke reißen. Wir werden sie so schrecklich bestrafen, daß in Zukunft keiner wagen wird, die Stimme gegen den Islam zu erheben.«

Ich erinnere mich, wie eine Frau eines Abends beim Essen zu mir sagte: »Zumindest wissen wir eins: Gott wird es nie wagen, in diesem Land sein Gesicht zu zeigen — die Frauen würden ihn in Stücke reißen!«

Die ständige Kritik und Beobachtung durch die Familie war schwer zu ertragen, wie auch das ewige Genörgel und der Klatsch. Aber für viele Leute gab es Kontinuität und viel Liebe. Und es gab auch ein Gefühl der Verpflichtung und Gemeinsamkeit — ein Gefühl von echtem Zusammenleben, ob man sich nun mochte oder nicht —, das in London nicht existierte. Dort war es denen, die sich der Familie entzogen, nicht gelungen, irgendeine andere Art von Gemeinschaftsleben mit gegenseitiger Unterstützung zu schaffen. In Pakistan gab es ein Gemeinschaftsleben mit gegenseitiger Unterstützung, aber auf Kosten von Bewegung und Wechsel.

In den Sechzigern eines Enoch Powell und der Graffiti gaben die Black Muslims und Malcolm X den Nachkommen der Sklaven die nötige Kraft, indem sie ›den weißen Mann enthüllten‹. Eldridge Cleaver mußte erst noch zum Christentum bekehrt werden, und Huey P. Newton schwang seine 45er Armeepistole. Ein Junge in einem Schlafzimmer in einem Vorort, der ständig die King's Road im Kopf hatte und wöchentlich die Bilder an seinen Wänden wechselte, war unglücklich und von den Sechzigern durch eine dicke Glasscheibe getrennt, gegen die er lediglich seine Nase pressen konnte. Aber in Pakistan hatten sich kleine Reste der Sechziger erhalten, zum Beispiel die Befreiungsrhetorik, die Musik, die Kleidung, die Drogen, nicht als Lebensart, wie sie ursprünglich gedacht waren, sondern als Anhängsel einer anderen, stärkeren Tradition.

Auf dem Weg zum Bara-Markt, unweit Peshawar, in der Nähe der afghanischen Grenze, in einer ratternden, motorisierten Rikscha, hatte ich ein mulmiges Gefühl. Entlang der Straße standen große Schilder, auf denen die Polizei Ausländer warnte, sie sei nicht für sie verantwortlich, die Polizei werde diesen Punkt nicht überschreiten. Anscheinend hatten die Pathans dort, zumeist Flüchtlinge aus Afghanistan, die liebe Gewohnheit, Ausländer zu entführen und Lösegeld zu erpressen. Meine Freunde, die unbedingt Opium kaufen wollten, das sie dem Rikschafahrer zur Aufbewahrung gaben, sagten, alles sei in Ordnung, weil ich doch kein Ausländer sei. Das vergaß ich immer wieder.

Die Männer waren hart, kriegerisch, engherzig und stolz. Sie lebten in Lehmhütten und Wellblechbaracken, die wie Festungen mit Schießscharten versehen waren. Sie waren immer bewaffnet, trugen Maschinengewehre über der Schulter. Auf der Straße hätte man meinen können, Frauen existierten nicht, abgesehen davon, daß man wußte, daß sie sich um die Legionen junger Männer in diesem Gebiet kümmerten, die aus Afghanistan geflohen waren, um nicht von den Russen eingezogen und nach Moskau zur Umschulung geschickt zu werden.

Ich watete durch knietiefen Schlamm über den Markt. Überall wurden Pistolen, Messer, russische Gewehre, Handgranaten und große Brocken Dope und Opium wie Tomaten und Orangen von den Buden angeboten. Jeder verkaufte Heroin.

Die Amerikaner, die viel Geld in Pakistan investiert hatten, in dieser gefügigen Pufferzone zwischen Afghanistan und Indien, waren wütend, da ihre Kinder von einer blühenden, illegalen Industrie in einem Land, das sie finanzierten, zerstört wurden. Aber die Amerikaner, die nach Pakistan geschickt wurden, konnten kaum etwas dagegen tun. Die ganze pakistanische Gesellschaft war in den Heroinhandel verstrickt: die Polizei, das Rechtsprechungssystem, die Armee, die Landbesitzer, der Zoll, jeder steckte mit drin. Schließlich war Heroin im Koran nicht erwähnt, zumindest nicht ausdrücklich. Mir wurde sogar gesagt, der Export sei, ideologisch gesehen, sinnvoll. Heroin sei anti-westlich, die Drogensucht westlicher Kinder eine verdiente Begleiterscheinung der moralischen Abgründe westlicher Gesellschaften. Eine Art kolonialer Rache. Die Witzbolde Karatschis nannten es umgekehrten Imperialismus, eine Herausforderung der Schicksalsgöttinnen. Der umgedrehte Imperialismus wurde selbst umgedreht.

In einer Wohnung hoch über Karatschi tanzte ein Achtzehnjähriger, voll mit Heroin, fröhlich vor mir durchs Zimmer und zeigte auf seine Erektion, die er als Imran Khan bezeichnete, so hieß der gutaussehende Kapitän der pakistanischen Kricketmannschaft. Immer mehr der sogenannten multinationalen Jugendlichen nahmen jetzt Heroin. Meinen Freunden, Journalisten bei einer Wochenzeitung, war es peinlich.

Aber für ihre Freunde hatten sie immer Dope im Haus. Diese sehr zurückhaltenden Leute waren zumeist Geschäftsleute: Rechtsanwälte, ein Polizeiinspektor, der rauchte, was er konfiszierte, ein Zeitungsmagnat und verschiedene andere Journalisten. Der absolute Gipfel war es, um Mitternacht am Strand zu rauchen, wo Fischer, die in respektvollem Abstand hinter einem saßen, fette Joints rollten und die ›Politiker der Erotik‹ selbst, die Doors, aus einer tragbaren Anlage dröhnten, während das Arabische Meer endlos ans Ufer brandete. Seltsamerweise bedurfte es des Westens, obwohl Heroin und Dope hier heimisch waren, sie im Osten populär zu machen.

Aber trotz der Beziehung zwischen Kolonisatoren und Kolonisierten, bei der die letzteren versuchen, wie die ersteren zu sein, hätte sich keiner meiner Onkel mit einem Joint im Mund erwischen lassen. Das war *infra dig* — nur für den Pöbel. Ein Schatten der Briten, sie tranken Whisky und lasen die *Times*; sie lobten andere mit der Bezeichnung ›Gentlemen‹ und bekamen bei alten Vera-Lynn-Platten feuchte Augen.

Aber die Jungen diskutierten über Yoga. Gelegentlich erwischte man sie dabei, wie sie auf dem Kopf standen. Sie meditierten sogar, auch wenn ein Junge, der am Flughafen arbeitete, sagte, es wäre zu sehr Hindu für einen Moslem, und wenn seine Eltern in erwischen würden, bekäme er einen Schwinger. Die meisten Kinder hörten die Stones, Van Morrison und Bowie, während sie in grellroten und gelben japanischen Autos mit quadrophonischen Lautsprechern über kaputte Straßen zum Strand flogen, vorbei an Kamelen und endlosen Brachlandflächen.

Hier, entlang der Eisenbahnlinie, lebten die Armen, Kranken und Hungrigen in Hütten und Baracken; die schmutzigen Armen sammelten sich um rostige Wasserleitungen, um Wasser zu holen, oder sie stellten mit großem Geschick zerstörte Autos wieder her, meist Morris Minors, und schliefen in riesigen Abwasserrohren mit den Büffeln, Kindern und wilden Hunden. Hier traf ich einen Polizisten, von dem ich glaubte, er sei im Dienst. Aber der Polizist lebte hier, und an der Wand seiner verfallenen Hütte hing seine weiße Ersatzuniform, die er selbst hatte kaufen müssen.

Wenn die Jugendlichen nicht an den Strand fuhren, hingen sie im Happy Hamburger rum oder besuchten sich gegenseitig zu Hause, um Clint-Eastwood-Videos anzuschauen oder über Sex zu kichern, von dem sie so wenig wußten und der ihnen versagt blieb. Ich beobachtete eine Gruppe aufgeregter junger Männer Mitte Zwanzig, die sich um ein medizinisches Buch aus den fünfziger Jahren mit einer Abbildung der weiblichen Genitalien scharten. Für diese Jungs, die westliche Filme anschauten und Poplieder, die die Lust propagierten, sangen (›Come on, light my fire‹), konnte das Leben vor der Ehe nur wie Jahre auf einer geschlechtlich getrennten Privatschule sein. Frauen waren für sie geheimnisvolle, unbekannte, begehrenswerte und doch bedrohliche Kreaturen, ja geradezu von einer anderen Spezies, die man respektieren mußte, heiraten und schwängern, aber mit denen man sich nicht befreunden konnte. Und in diesem Land, wo die Geschlechter normalerweise strikt getrennt waren, war die sexuelle Spannung praktisch greifbar. Die Männer, die es sich leisten konnten, flogen zur Entspannung nach Bangkok. Die anderen wanden sich und verachteten Frauen. Die sexuelle Offenheit, eine der wenigen wirklichen Errungenschaften der Sechziger, das offene Gespräch über Verhütung, Abtreibung, weibliche Sexualität und Prostitution, das einige Frauen offen fördern wollten, wurde mit unglaublicher Feindseligkeit aufgenommen. Aber die Frauen spürten, daß der Fortschritt nur eine Frage der Zeit war, eine Rückkehr zur Ignoranz war viel schwerer, als die Mullahs es sich vorgestellt hatten.

Ein beleibter, sehr engagierter Anwalt Anfang Dreißig mit ungeheurem extrovertiertem Charme — er lebte definitiv in den Achtzigern, nicht in den Sechzigern. Sein Vater war Richter. Er selbst war intelligent, beredt und ein fanatischer Verfechter des ›neuen Geistes‹ Pakistans. Er trank nicht, rauchte nicht und bumste auch nicht. Freiwillig. Er betete fünfmal am Tag. Er arbeitete ständig. Er war entschlossen, ein guter Moslem zu sein, nachdem das der wirkliche Grund für die Existenz des Landes überhaupt war. Er war nicht nachsichtig, außer in religiösen Dingen, und er lebte seinem Glauben gemäß. Er gefiel mir auf Anhieb.

Wir aßen in einem teuren Restaurant zu Abend. Es hätte in London oder New York sein können. Ich sagte, das Essen sei ausgezeichnet. Der Rechtsanwalt war anderer Meinung, er schüttelte mit vollem Mund seinen riesigen Kopf. Es wäre keinesfalls gut, mieser Abfall. Eine rein ideologische Kritik, schloß ich, nachdem er mit Genuß aß. Er sagte, er sei nur wegen mir in das Restaurant gegangen.

In den Dörfern gebe es besseres Essen. Das neue Essen in Pakistan sei, offen gesagt, nur ein Tribut an die Chemie, nicht an den guten Geschmack. Nur die Massen hätten Tugend, verstünden zu leben, zu essen. Er sagte, diese vertrockneten anderen, diese Randerscheinungen, mit denen ich verkehrte und die ich so gerne mochte, seien eine Pestklasse ohne Werte. Vielleicht, schlug er vor, während er mit großem Appetit aß, mochte ich sie deshalb, weil ich englisch verseucht war. Ihre Erziehung, ihr intellektueller Snobismus machte sie unislamisch. Sie begriffen die Massen nicht und sprachen englisch, um sich vom Volk abzusetzen. Bekamen nicht immer die mit ausländischer Erziehung die besten Jobs? Er hatte die westlich orientierten Ältesten satt, die ihr Land und seine religiöse Natur verleugneten. Sie waren vom Westen verseucht, kannten ihr eigenes Land nicht, und je früher sie auswanderten und von Rassisten im Ausland zusammengeschlagen wurden, desto besser.

Ich ging mit dem Anwalt hinaus auf die Straße. Es herrschte rege Geschäftigkeit, die Straßen waren voller bummelnder Leute. Es gab tanzende Kamele und eine Ausstellung des pakistanischen Handels. Der Anwalt schritt laut schreiend durch die Messe. Es gab pakistanische Imitationen westlicher Waren: schokolade- und erdbeerfarbene Badezimmer, Fernseher mit angebauten Stereoanlagen, Ventilatoren, Klimaanlagen, Heiz-

geräte und einen Spielsalon voller Computerspiele. Der Anwalt war ganz aus dem Häuschen.
Das waren westliche Dinge, völlig nutzlos für die breite Masse. Die breite Masse hatte kein Wasser, was sollten sie mit erdbeerfarbenen Badezimmern? Die breite Masse wollte den Islam, keine Computerspiele oder ... oder Wahlen. Sind Wahlen eine westliche Sache? fragte ich. Gibt es denn nicht auch in Indien Wahlen? Nein, sie sind eine westliche Sache, sagte der Anwalt. Welchen Zweck hätten sie unter islamischer Herrschaft? Da brauchte man nur eine Partei — die der Rechtschaffenen.

Der energiestrotzende Anwalt hätte Intellektuelle und Revolutionäre der Dritten Welt aus einer früheren Ära, Leute wie Fanon und Guevara, sicherlich erfreut, aber auch enttäuscht. Dieses Gerede über Befreiung — endlich die Anerkennung der Tugenden der schuftenden Massen, der Kampf gegen den Neokolonialisten, seine bürgerlichen Kalfaktore und die amerikanische Einmischung —, das vollständige Spektrum der Rhetorik von Freiheit und Kampf endete nach Vorstellung des Anwalts damit, daß das ganze Land auf Knien war und betete. Nachdem es einmal angefangen hat, sich selbst zu suchen, findet es sich selbst ... im achten Jahrhundert.
Islam und die breite Masse. Meine zahlreichen Zusammenkünfte mit Gelehrten, Revisionisten, Liberalen, die den Koran ›kreativ‹ interpretiert haben wollten, damit er mit der modernen Wissenschaft konkurrenzfähig ist. Die vielen mittelalterlichen Monologe von Mullahs, die ich mir angehört habe. Soviel Gerede, Theorie und byzantinische Analyse.
Ich betrat ein Zimmer im Haus meines Onkels. Halb versteckt von einem Vorhang, auf einer Veranda, war eine alte Frau in den abgelegten Kleidern meiner Cousine und betete. Ich blieb stehen und beobachtete sie. Morgens, während ich noch im Bett lag, kehrte sie den Boden meines Zimmers mit ein paar zu-

sammengebundenen Zweigen. Sie war mindestens sechzig. Jetzt, auf der schäbigen Gebetsmatte, war sie winzig und das Universum um sie herum endlos, ungeheuer, aber Gott war über ihr. Ich hatte das Gefühl, sie erkannte, was größer war als sie, erniedrigte sich vor dem Grenzenlosen im Bewußtsein ihrer eigenen Bedeutungslosigkeit. Es war ein ehrlicher Moment, kein leeres Ritual. Ich wünschte, ich könnte es.

Ich ging mit dem Anwalt in die Moschee in Lahore, die größte der Welt. Ich zog meine Schuhe aus, patschte mit dem anderen Mann durch den Hof — Frauen hatten keinen Zutritt — und fiel auf die Knie. Ich schlug mit der Stirn gegen den Marmorboden. Neben mir gab sich ein Mann in derselben Stellung einem alles verschlingenden Gähnen hin. Ich wartete, konnte mich aber nicht im Gebet verlieren. Ich konnte nur das Gebet der Frau, für die es unendliche Bedeutung hatte, nachäffen.

Vielleicht wollte sie tatsächlich eine Gesellschaft, in der sich ihre besonderen moralischen und religiösen Vorstellungen spiegelten und keine andere; nicht irgendeine pluralistische, liberale Melange, sondern eine Gesellschaft, in der ihre eigene Einstellung, ihr Brauchtum, ihre Lebensart und ihr Gehorsam gegenüber Gott mit voller gesetz- und verfassungsmäßiger Autorität etabliert waren. Aber sie hatte ja schließlich auch keiner gefragt.

Zurück in England, verfolgte mich Pakistan. Trotz des Anwalts aus Lahore. Trotz allem war England in der Vorstellung der Pakistanis sehr präsent. Überall Relikte des Raj: Gebäude, Oxford-Akzent, Bibliotheken voller englischer Bücher und Zeitungen. Viele Pakistanis hatten Verwandte in England; Tausende von Pakistanis waren abhängig von Geld, das aus England geschickt wurde. Bei einem Besuch in einem Dorf erzählte mir ein Mann mit Hilfe eines Dolmetschers, daß er, als seine drei Enkel aus Bradford ihn besuchten, einen Dolmetscher hatte an-

heuern müssen, um mit ihnen zu reden. Es passierte ständig —
die Verbundenheit zweier Gesellschaften und die Kluft.

Trotzdem die Pakistanis immer noch nach England fliehen wollten, beobachteten die Jungen, die ihre Hamburger aßen, und die
alten Männer in ihren Clubs genüßlich Englands Abstieg und
Zerfall. Der große Meister war am Boden. Jetzt betrachtete man
England als von Streiks gelähmt, drogenverseucht, von Aufruhr
zerrissen, schlecht funktionierend, zerstritten, eine Gesellschaft,
die sich zu schnell vom Puritanismus zum Hedonismus bewegt
hatte und sich jetzt selbst verachtete. Und die Witzbolde Karatschis fragten mich gerne, wann, meiner Meinung nach, die Amerikaner die Briten für reif halten würden, sich selbst zu regieren.

Trotzdem klammerten sich Menschen wie Rahman immer noch
an das, was sie britische Ideale nannten, mit der Behauptung, es
seien die Ideale einer Gesellschaft, ihre Auffassung von mensch-
lichem Fortschritt, die den Grad ihrer Zivilisation definieren. Sie
bedauerten, daß im Zuge der Islamisierung die Werte, die, ihrer
Meinung nach, der einzig positive Aspekt britischen Vermächt-
nisses auf dem Subkontinent waren, verworfen wurden. Nämlich: das Konzept weltlicher Institutionen basierend auf Vernunft, nicht auf Offenbarung oder Schrift; die Vorstellung, daß
es keine endgültige Lösung für menschliche Probleme gibt, und
die Vorstellung, daß die Gesundheit und Lebenskraft einer Gesellschaft unzertrennlich verbunden ist mit ihrer Fähigkeit, eine
Pluralität von Ansichten in allen Fragen zu tolerieren und auszudrücken, und daß diese Ansichten begrüßt wurden.

Aber das England von heute, die Allgegenwart des Rassismus und
wie die Pakistanis darunter leiden, war ein anderes, seltsameres
Thema. Wenn ich darüber redete, war die Reaktion unerwartet.
Diejenigen, die England besucht hatten, erzählten oft von Beleidigungen, die sie erdulden mußten, von tätlichen Angriffen oder
Schikanen am Flughafen. Aber selbst diese Leute hatten eine ähnliche Einstellung wie die, die nicht dort gewesen waren.

Sie glaubten, die Engländer würden die Pakistanis nicht verstehen, weil sie nur die armen Leute sahen, die aus den Dörfern, die Analphabeten, die Bauern, die Pakistanis, die nicht wußten, wie man eine Toilette benutzt, wie man mit Messer und Gabel ißt, weil sie arm waren. Wenn die Briten bloß *sie* sehen könnten, die Reichen, Gebildeten, die Weltmännischen, dann wären sie nicht so feindselig. Dann wüßten sie, was für zivilisierte Menschen die Pakistanis doch in Wirklichkeit waren. Und dann würden sie sie mögen.

Der Tenor des Ganzen war, daß die Armen, die aus Pakistan in den Westen emigriert waren, um dem Würgegriff der Reichen in Pakistan zu entkommen, den Rassismus, mit dem sie in England zu kämpfen hatten, verdienten, weil sie ja wirklich verachtenswert waren. Die pakistanische Mittelklasse hatte dieselbe Verachtung wie die Briten für die Arbeiterklasse der Emigranten und die Bauern von Pakistan.

Es war interessant zu beobachten, daß die britische Arbeiterklasse (und natürlich nicht nur die Arbeiterklasse) dasselbe Vokabular benutzte, wenn es darum ging, die Pakistanis zu verachten — Unterstellung von Dummheit, Faulheit, Unfähigkeit, Unsauberkeit —, das ihre eigene, die britische Mittelklasse im Zusammenhang mit ihnen benutzte. Und sie waren nicht fähig, die Ähnlichkeit zu erkennen.

Rassismus geht Hand in Hand mit Klassenunterschieden. Rassismus ist unter anderem eine Art Snobismus, eine Sehnsucht, sich selbst als kulturell oder wirtschaftlich überlegen zu sehen, und das Bedürfnis, diese Überlegenheit durch Feindseligkeit oder Gewalt auszukosten. Und wenn diese Überlegenheit von Klasse und Kultur unsicher oder von den anderen nicht anerkannt wird — wie das im klassenstabilen Pakistan der Fall ist —, sondern in Zweifel gestellt wird, wie bei der britischen Arbeiterklasse oder den Pakistanis in England, dann muß sie physisch demonstriert werden. Jeder weiß dann, wo er steht —

der Unterschied der Klassen wird gezeigt, genau wie jeder beliebige Snob seine Überlegenheit durch das Zurschaustellen von Reichtum und Wissen oder Herkunft demonstriert.

Somit begriffen einige aus der pakistanischen Mittelschicht, die auch das vertraute Vokabular der Verachtung in bezug auf ihre eigenen Armen (und zufällig auf die britischen Armen) anwendeten, nicht, wenn ich versuchte ihnen zu erklären, daß britische Rassisten bei ihrer Rassendiskriminierung keinen Unterschied machten: sie verachteten alle Pakistanis und traten den, der zufällig am nächsten stand. Für die Engländer waren alle Pakistanis gleich; Rassisten fragten nicht, ob man einen Chauffeur, Fernseher oder gute Erziehung hatte, bevor sie einem das Haus anzündeten. Aber einige Pakistanis glaubten, ihre Armen hätten ihnen das eingebrockt.

DREI

England

Die Reise war lang und mühselig. Seit Enoch Powell in den Sechzigern gibt es Rassistendemos durch Süd-London, die der Labor Home Secretary gutheißt; Angriffe von Busladungen von Rassisten auf Southall, die die Asiaten gewaltsam und erfolgreich abwehrten, und die komplizierte Affäre um einen jungen Asiaten, der verbrannt wurde, und asiatische Läden, die von jungen Schwarzen in Handsworth, Birmingham, dem Erdboden gleichgemacht wurden. Die Beleidigungen, die Prügel, die Morde hören nicht auf. Trotz weißer Wut und einiger Gesetze zum Zusammenleben der Rassen werden Pakistanis auf allen Gebieten diskriminiert.

Powells gräßliche Prophezeiung hat sich erfüllt: der Haß, den er mitgeholfen hat zu schaffen, und die Partei, deren Mitglied er war, hat sie wahr gemacht. Der Tiber quoll tatsächlich über von Blut — pakistanischem Blut. Und siebzehn Jahre später hat Powell erneut zur Repatriierung aufgerufen, denen, die hassen, neuen Auftrieb gegeben.

Der Gegenkampf ist eingeleitet. Die Verteidigungskomitees, Selbstschutzgruppen, Studiengruppen, Gewerkschafts- und Frauengruppen florieren. Die Menschen haben sich verändert, haben sich vereint durch Kampf und Selbstschutz. Meine weißen Freunde, wie Bog Brush, haben den Kampf gegen Pakistanis nicht genossen. Sie hatten den Ruf, sie seien nah am Wasser gebaut und feige. Es lohnte sich nicht, gegen einen Paki zu kämpfen. Das ist jetzt völlig anders.

Der wilde, grausame Stolz der Black Panthers ist jetzt angesagt, und der Separatismus, die Gewalt, die Verbitterung und die armselige Verklärung einer imaginären Heimat. Das alles ist ein direktes Produkt des Rassismus.

Unsere Städte sind voller asiatischer Läden. Wo man gerne Schwarz mit Schwarz vereint sähe, gibt es Klassenunterschiede wie bei allen Gruppen. Diejenigen Pakistanis, die schwer gearbeitet haben, um ein Geschäft zu gründen, wählen jetzt die Tories und geben ihr Geld der Konservativen Partei. Ihre Interessen sind die gleichen wie die der mittelschichtigen Geschäftsleute überall, wenngleich sie mit mehr Neid und Gewalt zu kämpfen haben. Ihr Ziel war es, sich aus dem Strudel loszureißen und durch das Erlangen wirtschaftlicher Macht und die Chancen und die Würde, die diese mit sich bringt, haben sie sich abgesichert — zumindest sicherer gemacht. Sie haben England ausgenutzt.

Aber wie sehen sie die Konservativen? Roger Scruton legt in seinem Buch *The Meaning of Conservatism* die Gegenargumente für gegenseitiges Verständnis und Respekt dar.

Zuerst beklagt er die Rechtsprechung zur Regelung der Beziehung zwischen den Rassen und versucht, bestimmte Arten des

Rassismus zu rechtfertigen, indem er sie als harmlose Vorliebe für bestimmte Arten von Leuten darstellt. Er bezeichnet diese Vorliebe als ›natürlichen Seitentrieb‹ der Untertanenpflicht. Zweitens, noch relevanter, sagt er, »unliberale Gefühle … entstehen zwangsläufig aus sozialem Bewußtsein: dazu gehören natürliche Vorurteile und ein Verlangen nach der Gesellschaft Gleichgesinnter. Das ist wohl kaum ein ausreichender Grund, sie als ›rassistisch‹ zu bezeichnen.«

Die entscheidende konservative Ansicht hier ist Scrutons Idee von ›der Gesellschaft Gleichgesinnter‹. Was ist die Gesellschaft Gleichgesinnter? Wer genau ist gleichgesinnt, und was sind das für Leute? Sind es die aus derselben ›Nation‹, von derselben Farbe, Rasse oder Herkunft? Ich vermute, das beabsichtigt Scruton. Was ist das nur für eine schwache, blutleere und engstirnige Auffassung von menschlichen Beziehungen und den Möglichkeiten von Liebe und Kommunikation, mittels der er nur ›Gleichgesinnte‹ so exklusiv und selbstzufrieden sieht?

Natürlich sucht man die Gesellschaft Gleichgesinnter, jener in derselben Straße, demselben Club, im selben Büro. Aber die Vorstellung, das seien die einzigen Leute, mit denen man zurechtkommt oder sich identifizieren kann, daß die eigene Menschlichkeit ein so verkümmertes Ding ist, daß sie darüber nicht hinauswachsen kann, führt zu einer Verunglimpfung derjenigen, die anders sind als wir. Es führt zu der Vorstellung, daß andere weniger Menschlichkeit besitzen als man selbst oder die eigene Gruppe oder die Gleichgesinnten, und zu dem Begriff des Feindes, des Fremden, des anderen. Wie Baldwin sagt: »Das führt unausweichlich zu Mord.« Was sich in England in letzter Zeit häufig bestätigt hat.

Scruton zitiert diejenigen wohlwollend, die diese Ansicht als ›Todeslagerschick‹ bezeichnen. Ich denke, sein Argument wäre: Loyalität und Treue gegenüber Gleichgesinnten führt nicht notwendigerweise zu Verachtung Andersgesinnter. Aber

Scruton spricht selbst von einem ›fremden Fuß in der Tür‹ und sagt, »Einwanderung kann von seiten des augenblicklichen Bürgertums nur ein Objekt passiver Kontemplation sein«.

Das Böse am Rassismus ist, daß es nicht nur die Würde eines anderen verletzt, sondern auch die eigene Person und Seele schädigt. Die Unfähigkeit, sich mit anderen zu verbinden, ist die Unfähigkeit zu begreifen oder zu fühlen, worin die eigene Menschlichkeit besteht, was es heißt zu leben und was es heißt, sich selbst und andere als Zweck, aber nicht als Mittel zu sehen, und zu erkennen, daß beide eine Seele haben. Egal, wie verharmlosend von ›gleichgesinnt‹ geredet wird, eine Gesellschaft, die rassistisch ist, ist eine Gesellschaft, die sich selbst nicht akzeptieren kann, die einen Teil von sich so haßt, daß sie nicht sehen kann, nicht sehen will — auf Grund ihrer spirituellen und politischen Nichtigkeit und Leere —, wie viele Gemeinsamkeiten Leute miteinander haben. Und die ganze Gesellschaft und jedes Element in ihr wird damit reduziert und abgewertet. Deshalb ist Rassismus kein geringfügiges oder nebensächliches Problem. Er ist ein Spiegelbild des Ganzen und hält die ganze Gesellschaft im Gleichgewicht.

Deshalb kann letztendlich das Gefühl eines Menschen für einen anderen, das Verstehen ihrer Menschlichkeit nichts mit der Gleichgesinntheit zu tun haben, die Scruton so engstirnig beschreibt. Man kann sich nicht damit abfinden, daß andere überhaupt keine persönlichen Qualitäten haben. Paradoxerweise sieht es nämlich so aus, wie Simone Weil sagt: »Wie weit auch davon entfernt, seine Person zu sein, ist es nämlich das Unpersönliche, das an einer menschlichen Person heilig ist. Alles Unpersönliche an einem Menschen ist heilig, und nichts anderes.«

Wie steht Labour dazu?

Die pakistanische Arbeiterklasse ist politisch ungeschützter denn je. Trotz verschiedener, väterlich angehauchter Bemühungen und eines Versuchs einer Art ›Raj-Anstand‹ ist Rassismus das trojanische Pferd innerhalb der Labour-Bewegung. Die Labour-Partei war nicht fähig, zu zeigen, daß sie es mit dem Kampf gegen den Rassismus und mit der Vertretung der schwarzen Arbeiterklasse ernst meint. Es gibt nur wenige schwarze Gemeinderäte, wenige schwarze Parlamentskandidaten, wenige Schwarze in den General Management Committees der Labour-Partei der einzelnen Wahlkreise, keine Schwarzen im NEC und so weiter, in der ganzen Labour-Partei und Gewerkschaftsbewegung.

In meinem eigenen Ward and Management Committee habe ich rassistische Ansichten gehört, die einigen Tories die Schamröte ins Gesicht treiben würde. Bei Treffen der Labour-Partei, an denen ich teilnahm, sind Leute aufgestanden und haben rassistische Hetzreden vom Stapel gelassen. Ich habe erlebt, wie Schwarze daran gehindert wurden, der Labour-Partei beizutreten, und wie man sie, wenn sie doch beigetreten waren, daran hinderte, sich am Wahlkampf zu beteiligen, aus Angst, die Stimmen weißer Rassisten zu verlieren.

Die Labour-Partei möchte in bezug auf die Rassenfrage Gleichheit und Liberalität propagieren, weiß aber, daß ein Großteil ihrer Wähler hinter beidem nicht steht. Die Partei fürchtet — in mancher Hinsicht bewußt, in anderer unbewußt —, daß die Schwarz-und-Weiß-Frage Stimmen kostet. Auch wenn die Labour-Partei gelegentlich den Wunsch hat, sich von Schwarzen dienen zu lassen, strebt sie nicht danach, ihnen zu dienen. Deshalb gesteht sie ein, daß Tausende ihrer Befürworter Rassisten sind. Sie weigert sich, sich dem zu stellen.

Andere Mitglieder der Partei sind der Meinung, daß Rassismus ein nebensächliches Problem ist, das sich den jeweiligen Klassenfragen unterzuordnen hat: Wohnungsrecht, Arbeitslosigkeit, Erziehung, Erhalt der sozialen Leistungen und so weiter.

Sie halten das Gewinnen von Wahlen und das Repräsentieren der Arbeiterklasse im Parlament für wichtiger, als Schwarzen Ämter und Macht zu geben. Das ist die Wahl, die sie getroffen haben. So eine Partei ist sie und soweit diese Behauptung stimmt, ist die Labour-Partei wirklich eine repräsentative Partei, sie repräsentiert Ungleichheit und Rassismus.

Es war schwieriger, nach England zurückzukehren, als es zu verlassen. Ich hatte den umgedrehten Kulturschock. Bilder von Überfluß schrien mir ins Gesicht. England schien von diesen ... Dingen überzuquellen. Dinge aus aller Welt. Dinge und Information. Aber Information, die sich durch die grundlegende Insularität und Gleichgültigkeit nicht durchbeißen konnte.

In Pakistan waren die Leute wißbegierig: nicht nur, was Asien und den Mittleren Osten betraf, sondern auch in bezug auf Europa und die Vereinigten Staaten. Sie holten sich Informationen über die ganze Welt. Sie brauchten sie. Sie bestellten Bücher aus Europa, hörten ausländische Rundfunksender und lutschten Akademiker, die auf Besuch waren, wie Orangenstücke aus.

Im England von heute, in der Mittelschicht, sind Denken und Streitgespräche nahezu tabu. Das andere Tabu, das den Tod in seiner Unannehmbarkeit ersetzt hat, ist Geld. Im selben Maß, wie die Teilung unserer Gesellschaft fortschreitet, wird die Anerkennung dieser Teilung — die eine finanzielle Teilung ist, eine Frage wirtschaftlicher Macht — immer unmöglicher. Über Geld redet man also nicht. Es zu besitzen gilt als selbstverständlich. Ebenso die Möglichkeit, es zu bekommen; und daß man einigermaßen wohlhabend ist und deshalb Status und Einfluß auf andere erhält.

Die Begleiterscheinung dieses finanziellen Schweigens und das Abschotten sozialer Teilung und des Tabus ist die Prohibition des Denkens. Das Zu-Ende-Diskutieren eines Themas mit Einsatz von Logik, Beweisen und Gegenbeweisen ist ein unannehmbarer gesellschaftlicher Fehltritt. Streiten, das schickt sich einfach nicht, es gehört in dieselbe Klasse wie Rudern. Man hat zwar in England eine Meinung, aber sie wird im stillen Kämmerlein gebildet und in der Öffentlichkeit hält man daran fest, trotz allem, obwohl sie oft falsch ist.

Wahre Unsicherheit und Rechtfertigungsbedürfnis, eine geradezu viktorianische Furcht davor, auch nur die Genitalie einer Idee, einen Nippel einer Ansicht oder das Geschlecht eines Syllogismus, zu zeigen. Wo sexueller Exhibitionismus und die Diskussion von Stellungen und Auswürfen modern, ja sogar die Regel ist, vermeidet man Denken und Diskussion.

In Pakistan war es zwingend, Kenntnisse zu haben, da die politische Diskussion ernsthaft war. Es spielte eine Rolle, was man dachte. Die Leute stellten Stühle im Kreis auf, setzten sich und *redeten*. Was man sich gegenseitig sagte, war notwendig. Die intellektuelle Würde war gewahrt, berechtigte Furcht wurde ausgesprochen, man war nicht allein, Ideen und Gefühle wurden geteilt. Diese Dinge mußten gesagt werden, selbst mit leiser Stimme, weil absolutes Schweigen untragbar war. Absolutes Schweigen war die Anerkennung von Isolation und Trennung. Es war eine Erleichterung zu diskutieren, die Intelligenz in einem Land einzusetzen, in dem Intelligenz an sich eine Waffe und eine Bedrohung war.

Ich werde nie die Gastfreundschaft, Herzlichkeit und Großzügigkeit der Menschen in Pakistan vergessen; die Blumen auf dem Rasen des Sind-Clubs, die weiträumigen, offenen Häuser voller Luft und Leute und mit dem Geruch von Gewürzen; die unglaubliche Helligkeit des Lichts, das durch Staubdunst gleißt, die Frau, die mit vollkommen geradem Rücken mit einem Bügeleisen auf dem Kopf durch die Straßen geht, die Freiluft-Tippsen vor dem Gericht, Schmetterlinge groß wie Zifferblätter, den Mann, der mit einem Huhn im Bett schlief, die Bibliothek meines Onkels, in den Vierzigern in Cambridge gekauft, wo Russell ihn unterrichtete — auch wenn mir die Bücher, nachdem ich sie geschenkt bekam, beim Aufschlagen in der Hand zerfielen, von Würmern zerfressen. Und wie die Männer Hände schütteln. Das ist es wert, näher betrachtet zu werden.

Zuerst reicht man ihnen die Hand, und sie packen sie. Dann klatscht man mit der anderen Hand auf die verschlungenen Hände als Bestätigung des ersten Kontakts. Das ist, wenn man so will, die Suppe. Jetzt ziehen sie einen an sich zum Hauptgang, der vollen Umarmung, dem Steak. Und wenn man über ihre Schulter schaut, die Körper dicht aneinandergedrängt, in vereinter Wärme, schlagen sie mindestens dreimal mit der offenen Handfläche auf den Rücken. Und das sind keine vorsichtigen Klopfer, sondern kräftige Schläge, die Gleichheit und Offenheit demonstrieren. Je nach Qualität der Freundschaft konnten diese Schläge geraume Zeit andauern, was die Schwachen oder Kranken ganz schön mitnehmen konnte. Aber sie müssen erwidert werden. Wenn das geschehen ist, lassen sie einen los, halten aber immer noch die rechte Hand fest. Man wird von Kopf bis Fuß gemustert, mit Tränen der Liebe in den Augen verschlingen sie dein ganzes Ich, von innen und außen. Und endlich, nachdem der vollkommene Kontakt geschaffen ist, jede Möglichkeit, etwas zu verstecken oder zu untersagen, ausgeschlossen ist, lassen sie vorsichtig deine Hand los, als sei sie ein zerbrechlicher Gegenstand. *Das nenne ich eine Begrüßung.*

Und da war das Foto meines Vaters im Zimmer meines Onkels, aufgenommen, als er etwa in meinem Alter war. Ein Bild in einem Haus, das Fragmente meiner Vergangenheit enthielt: ein Haus voller Geschichten von Bombay, Delhi, China, von Feindschaften, Ringkämpfen, Ehebrüchen, Zaubersprüchen,

Geschichten, die mir halfen, meinen Platz in der Welt zu erkennen und mir ein Gefühl für die Vergangenheit geben, das dazu dienen könnte, ein Leben in der Gegenwart und in der Zukunft leben zu können. Das war sicherlich Teil einer Möglichkeit, mich selbst verstehen zu lernen. Dieses Wissen, in den Mittzwanzigern erworben, würde mir helfen, ein Bild von mir selbst zu machen: ich würde es mit nach England nehmen, wo ich es brauchte, um mich selbst zu schützen. Und es würde mich nach London und in die Vororte begleiten und mich stärken.

Wenn ich überlegte, ob ich noch in Pakistan bleiben sollte, um noch mehr über meine Vergangenheit zu erfahren und mich dadurch zu vervollständigen, mußte ich zu dem Schluß kommen, daß es unmöglich war. Fehlte mir denn nicht ohnehin schon zuviel von England? Und war ich nicht zu ungeduldig mit dem fehlenden Liberalismus und den mangelnden Möglichkeiten in Pakistan?

Also würde da immer die notwendige Rückkehr nach England sein. Ich kehrte zurück nach Hause... in mein Land.

Das ist schwer über die Lippen zu bringen. ›Mein Land‹ ist ein Wort, das einem nicht so einfach kommt. Die Frage »Woher kommst du?« ist immer noch schwer zu beantworten. Ich wollte mich nie mit England identifizieren. Als Enoch Powell für England sprach, habe ich mich mit Grausen abgewendet. Ich wäre lieber nackt über die Straße gegangen, als für die Nationalhymne aufzustehen. Der Schmerz dieses Lebensabschnitts, Mitte der sechziger Jahre, ist in mir immer noch präsent. Und als ich dieses Stück ursprünglich schrieb, war es in der dritten Person: Hanif hat das gesehen, das gefühlt, weil ich Schwierigkeiten hatte, mich direkt an das zu wenden, was ich damals empfand, weil ich nicht noch einmal darüber nachdenken wollte. Und vielleicht war es der wahre Grund, warum ich überhaupt mit dem Schreiben anfing, der Wunsch, starke Gefühle in schwache Gefühle zu verwandeln.

Aber trotz alldem bleibt doch eine gewisse Identifizierung mit England.

Es ist seltsam, in das Land seiner Ahnen zu reisen, zu entdecken, wieviel einen mit den Leuten dort verbindet und trotzdem zu realisieren, wie britisch man ist, in einem Ausmaß, daß, wie Orwell es ausdrückt, »der Talgpudding und die roten Postkästen einem in Fleisch und Blut übergegangen sind«. *Das* wollte man nun gerade nicht herausfinden. Aber es ist ein Teil von dem, was man tatsächlich herausfindet. Und es wird einem klar, wie wenig Wahl einem bleibt, in bezug auf Herkunft und Zugehörigkeit. Man freut sich, zurückzukehren, man denkt oft an England und was es für einen bedeutet — und man denkt oft daran, was es bedeutet, Brite zu sein.

Zwei Tage nach meiner Rückkehr brachte ich meine Wäsche in einen Waschsalon und mußte mir sagen lassen, sie würden die Kleidung eines Ausländers nicht anfassen; sie wollten mich nicht mal in der Nähe ihres verfluchten Waschsalons haben. Und noch gravierender: Ich las in der Zeitung, daß im East End ein Attentat mit einer Feuerbombe auf eine pakistanische Familie verübt worden war. Ein Kind wurde dabei getötet. Das passiert natürlich häufig. Es ist der Schweinekopf durchs Fenster, die Spucke im Gesicht, die Kinder, die die Initialen rassistischer Organisationen mit Rasierklingen in die Haut tätowiert haben und auch die höflicheren Formen von Haß.

Ich war in Rage. Ich dachte: Wer will denn überhaupt Brite sein? Oder wie es ein schwarzer amerikanischer Schriftsteller ausdrückte: Wer will schon in ein brennendes Haus integriert werden?

Und ich kenne tatsächlich Pakistanis und Inder, die hier geboren und aufgewachsen sind, die wirklich glauben, ihre Situation sei das Ergebnis einer Diaspora: sie seien im Exil, in Erwartung einer Rückkehr an einen besseren Ort, wo sie hingehören, wo sie willkommen sind. Und dieses ›Gehören‹

wird vollkommen sein. Das wird ein Zuhause sein und Frieden.

Es ist leicht erkennbar, wieviel Falschheit und Illusion diese Ansicht beinhaltet. Wieviel Enttäuschung und Traurigkeit es geben könnte, wenn man ›nach Hause‹ geht und erst dann erkennt, wie sehr man von England geprägt ist und wie sehr man daran hängt, trotz allem.

Dennoch ist es nicht überraschend, daß so viele Menschen an diese ›Vorstellung‹ von einem Zuhause glauben. Die Alternative zu diesem Glauben ist noch mehr Konflikte hier, mehr Selbsthaß, der ständige Kampf gegen den Rassismus, die kontinuierlichen Konzessionen an das Leben in England. Und die Schwarzen in Großbritannien wissen, daß sie mehr als genug Konzessionen gemacht haben.

Was also bedeutet es, Brite zu sein?

Orwell sagt in seinem Essay ›England Your England‹ von 1941: »Die Sanftheit der englischen Zivilisation ist möglicherweise ihre ausgeprägteste Charakteristik.« Er bezeichnet das Land als »Familie, in der die falschen Mitglieder die Kontrolle haben«, und spricht von der »Gesundheit und Homogenität Englands«.

An anderer Stelle befaßt er sich mit dem indischen Charakter. Er erklärt das ›manische Mißtrauen‹, das er, in Übereinstimmung mit E. M. Forster in *A Passage to India*, »das dominierende indische Laster« nennt ... er hat aber den Anstand, in seinem Essay ›Die Neger nicht gerechnet‹ zuzugeben, »daß die überwältigende Masse des britischen Proletariats ... in Afrika und Asien lebt«.

Aber das ist kleinkariert. Hauptgegenstand seiner Laudatio ist die britische ›Toleranz‹, und er schreibt von ›ihren sanften Manieren‹. Er sagt auch, dieser Aspekt Englands habe Kontinuität, würde sich von der Zukunft in die Vergangenheit ziehen, er habe etwas Dauerhaftes.

Aber ist er denn wirklich von Dauer? Wenn diese Version Englands in den Dreißigern und Vierzigern stimmte, dann steht sie jetzt unter Druck. Vom Standpunkt Tausender schwarzer Leute aus gesehen, trifft sie einfach nicht zu. Es besteht keinerlei Grundlage dafür.

Offensichtlich unterscheidet sich Toleranz in einer stabilen Kriegszeitengesellschaft mit einem soliden Imperium erheblich von Toleranz in einer zerfallenden, unsicheren Gesellschaft während einer wirtschaftlichen Depression. Aber das wäre doch sicherlich ein Test, genau der richtige Zeitpunkt für die vielpropagierte Toleranz der britischen Seele, sich als etwas mehr zu etablieren als Eitelkeit und Selbstbeweihräucherung. Leider ist dem nicht so. Unter echter Dauerbelastung hat sie versagt.

Die toleranten, sanften britischen Weißen haben keine Ahnung, wie wenig den Schwarzen hier Toleranz zuteil wird. Keine Ahnung von der Gewalt, Feindseligkeit und Verachtung, die hier jeden Tag von Staat und Individuum gleichermaßen den Schwarzen entgegengebracht wird, in diesem Land, das Orwell einmal als nicht zugehörig zu den ›Gummiknüpplern‹ oder ›Judenhassern‹ bezeichnet hat, sondern als Land der ›Blumenliebhaber‹ mit ›milden, knuffigen Gesichtern‹. Aber in Teilen Englands sind die Blumenliebhaber gänzlich verschwunden, die Gummiknüppler und Judenhasser schwer im Vormarsch, und wenn man Orwells blindem sozialem Patriotismus irgendeinen wirklichen zeitgenössischen Inhalt geben will, dann müssen Klischees über ›Toleranz‹ ernsthaft auf Tiefe und Gewicht ihres greifbaren Inhalts untersucht werden.

In der Zwischenzeit muß klargestellt werden, daß Farbige ›Toleranz‹ dieser speziellen, herablassenden Art nicht brauchen. Für diese spezielle väterliche Tyrannei besteht kein Bedarf, nachdem es größerer Anpassung an die britische Gesellschaft bedarf.

Ich betone, daß es die Briten sind, die diese Anpassung bewerkstelligen müssen.

Es sind die Briten, die weißen Briten, die lernen müssen, daß Brite sein auch nicht mehr das ist, was es einmal war. Jetzt ist es eine vielschichtigere Angelegenheit, die neue Elemente beinhaltet. Es muß also eine neue Möglichkeit der Betrachtung Großbritanniens und der Entscheidungen, die es fällen muß, geben und eine neue Art, britisch zu sein, nach all dieser Zeit. Es bedarf viel Denkens, Redens und der Selbstbetrachtung, um die Notwendigkeit dafür zu erkennen, was diese ›neue Art, Brite zu sein‹ beinhaltet und wie schwierig es ist, das zu erreichen.

Wenn diese Gelegenheit einer neu belebten und breiteren Selbsterkenntnis angesichts des wirklichen Versagens, nicht menschlich zu sein, nicht beim Schopf gepackt wird, wird die Folge größere Insularität, Spaltung, Verbitterung und Katastrophe sein.

Die beiden Länder, Großbritannien und Pakistan, sind seit Jahren ein Teil eines Ganzen, im allgemeinen zum Vorteil Großbritanniens. Sie können nicht auseinandergerissen werden, selbst wenn es erstrebenswert wäre. Ihre Zukunft wird ineinander verstrickt sein. Was diese Verstrickung bedeutet, ihre moralische Qualität, ob sich ignorante Weiße dagegen gewaltsam zur Wehr setzen und sie von Ungleichheit und Unrecht charakterisiert sein wird, liegt in unser aller Hand.

Diese Entscheidung betrifft nicht eine kleine Gruppe irrelevanter Leute, die verächtlich als ›Minderheiten‹ bezeichnet werden. Es betrifft den Weg der englischen Gesellschaft. Es geht um ihre Werte und wie menschlich sie sein kann, wenn sie wirkliche Schwierigkeiten und einen möglichen Zusammenbruch erlebt. Sie betrifft den Respekt, den sie Individuen zollt, die Macht, die sie Gruppen gibt, und was sie wirklich damit meint, wenn sie sich selbst als ›demokratisch‹ bezeichnet. Die Zukunft liegt in unserer Hand.

MEIN WUNDERBARER WASCHSALON

Ich schrieb das Drehbuch zu *Mein wunderbarer Waschsalon* im Haus meines Onkels in Karatschi, Pakistan, im Februar 1985, nachts. Mein Schreiben wurde begleitet von krähenden Hähnen, und der Gebetsruf dröhnte aus krächzenden Lautsprechern von einer nahe gelegenen Moschee. Es war unmöglich, zu schlafen. Eines Morgens, ich saß gerade beim Frühstück auf der Veranda, bekam ich einen Anruf von Howard Davies, einem Regisseur der Royal Shakespeare Company, für den ich schon zweimal gearbeitet hatte. Er wollte Brechts *Mutter Courage* inszenieren, mit Judi Dench in der Titelrolle. Ich sollte es für ihn überarbeiten.

In diesem Sommer, nach meiner Rückkehr nach England in Howards Haus in Stratford-upon-Avon, saß ich mit zwei Blökken an dem Tisch im Obstgarten: auf einem schrieb ich eine neue Version von *Mein wunderbarer Waschsalon*, und auf dem anderen übertrug ich Brecht von einer wörtlichen Übersetzung in eine Sprache, die Schauspieler der RSC sprechen konnten.

Waschsalon war mein erster Film, und ich war eigentlich Theaterautor, deshalb schrieb ich jede Szene des Films wie eine Szene eines Theaterstücks, die Action wie Bühnenanweisungen und viel Dialog. Dann kürzte ich einen Großteil des Dialogs weg und machte noch mehr Bühnenanweisungen dazu, oft Szenen in Autos oder mit Leuten, die herumliefen, um die Sache in Bewegung zu halten, da ein Film Action braucht.

Ich war ein paarmal mit Karin Bamborough von Channel Four zum Lunch. Sie wollte, daß ich etwas für *Film on Four* schreibe. Ich war ganz begierig darauf. *Film on Four* hatte bei mir die Rolle von *Play for Today* im BBC übernommen, die einem breiten Publikum im Fernsehen ernsthaftes zeitgenössisches Drama näherbrachte. Die Arbeit von Fernsehautoren wie Alan Bennett (häufig unter der Regie von Stephen Frears), Dennis Potter, Harold Pinter, Alan Plater und David Mercer haben mich sehr beeinflußt, als ich jung war und noch zu Hause in den Vororten lebte. Am Morgen nach *Play for Today* saß ich immer im Zug und lauschte, wie die Leute über das Stück vom Abend davor diskutierten, und unterbrach sie mit meinen eigenen Ansichten.

Der große Vorteil dieser Fernsehdramen war, daß die Leute sie anschauten. Schwierige, herausfordernde Sachen über das zeitgenössische Leben konnten gesagt werden. Das Theater, trotz aller Bemühungen von Tournéensembles und so weiter, hat es nicht geschafft, seine Ideen über ein kleines, begeistertes Publikum hinaus zu verbreiten.

Nachdem ich mit dem Entwurf für *Mein wunderbarer Waschsalon* fertig war und die Proben für *Mutter Courage* begonnen hatten, machte ich mich mit Karin Bamborough und David Rose daran, einen Regisseur für den Film auszusuchen.

Ein paar Tage später besuchte ich einen alten Freund, David Gothard, der damals die Riverside Studios leitete. Ich ging am frühen Abend oft am Fluß spazieren und anschließend auf ein paar Stunden in Davids Büro. Er hatte immer die neuesten Bücher und Illustrierten, und wer immer gerade in Riverside drehte, war auch da. Riverside war ein Synonym für Toleranz, Skepsis und Intelligenz. Dort war man der Überzeugung, daß Kunstwerke, Theaterstücke, Bücher und so weiter wichtig waren. In England ist das selten. Für viele Autoren, Schauspieler, Tänzer und Künstler war Riverside das, was eine Universität sein sollte: ein Ort zum Lernen und Reden und Arbeiten, an dem man seine Zeitgenossen traf. Es gab nichts Vergleichbares in London, und David Gothard war der, der alle motivierte, der Arbeiten in Schwung brachte und die Leute einander vorstellte.

Er schlug vor, ich sollte Stephen Frears bitten, in meinem Film Regie zu führen. Ich hielt das für eine ausgezeichnete Idee, nur bewunderte ich Frears so sehr, daß ich gar nicht den Nerv hatte, ihn anzurufen. Das machte David Gothard, und ich radelte zu Stephens Haus in Notting Hill, wo er in einer Straße lebte, die als ›Director's Row‹ bekannt war, weil so viele Regisseure dort lebten.

Er sagte, er wolle meinen Film im Februar drehen. Nachdem wir bereits November hatten, wies ich ihn darauf hin, daß Februar vielleicht ein bißchen früh sei. Blieb denn da Zeit genug, um vorzubereiten, umzuschreiben? Aber er hatte eine Theorie: Wenn du ein Problem hast, sagte er, dann bring die Sache in Gang, mach sie lieber früher als später. Auf jeden Fall war Februar für ihn ein guter Monat, da hatte er seine besten Filme bis jetzt gemacht; England sah dann besonders unangenehm aus und in der Kälte arbeiteten die Leute schneller.

Die Produzenten waren Tim Bevan und Sarah Radclyffe. Mit denen hatte Stephen schon gearbeitet, bei Werbespots für Rockgruppen. Der Film war also beschlossene Sache, und ich fing an umzuschreiben. Stephen und ich führten lange Gespräche, bei denen jeder von uns auf demselben Stück Teppich auf und ab lief, in verschiedene Richtungen.

Der Film wurde als Epos geboren. Er sollte wie *Der Pate* sein, in der Vergangenheit mit der Ankunft einer Emigrantenfamilie in England beginnen und ihren Weg in die Gegenwart schildern. Viele Szenen sollten in den Fünfzigern spielen, wo Leute Brot mit Schmalz aßen und oft aus Schiffen stiegen, es sollte Szenen mit Omar und Johnny als Kinder geben und Massenszenen mit Rassistendemos mit Einblendungen kollektiver Gewalt.

Wir wurden uns bald einig, daß es unmöglich war, einen so monumentalen Film zu drehen. Dieser Film muß noch gemacht werden. Statt dessen verlegte ich die Handlung in die Gegenwart, wenngleich es auch immer wieder Bezüge zur Vergangenheit geben sollte.

Der Film wurde im Februar und März 1985 mit geringem Budget auf 16 mm gedreht. Darüber war ich sehr froh. Wir standen nicht unter kommerziellem Druck, niemand hatte viel Geld in den Film investiert, keiner konnte uns sagen, was wir tun sollten. Und ich war es müde, üppig ausgestattete Filme, die an exotischen Schauplätzen spielten, zu sehen. Mir kam es vor, als könne jeder so einen Film machen, vorausgesetzt er hatte ein altes Buch, ein heißes Land, neue Technologie und war fähig, die Kamera auf eine attraktive Landschaft in einem heißen Land zu richten, vor der ein Star in einem vollkommen sauberen Kostüm steht und Sätze aus dem alten Buch zitiert.

Wir einigten uns darauf, daß Elemente von Gangster- und Kriminalfilmen enthalten sein sollten, da der Gangsterfilm die Form ist, die am meisten der Stadt mit ihren Banden und der Gewalttätigkeit entspricht. Und der Film sollte unterhalten, obwohl er Rassismus, Arbeitslosigkeit und Thatcherismus ansprach. Ironie ist der moderne Modus, eine Möglichkeit, Trostlosigkeit und Grausamkeit anzusprechen, ohne in Strenge und Belehrung zu verfallen. Und seit ich das erste Mal Leute in einem Theater während eines meiner Stücke lachen hörte, wollte ich, daß es wieder und immer wieder passiert.

Wir fanden Schauspieler — Saeed Jeffrey, für den ich die Rolle geschrieben hatte, und Roshan Seth, den ich in David Hares Stück *Map Of The World* gesehen hatte, wo er die riesige Bühne im National souverän beherrschte. Ich schlitterte durch den

56

Schnee, um Shirley Ann Field zu besuchen, und nach meiner Ankunft in ihrer Wohnung war ich so entzückt von ihrem Charme und ihrem Enthusiasmus und so beschämt, weil ihre Rolle so klein war, daß ich an Ort und Stelle das Material über den Zaubertrank, die rückenden Möbel und die wandernden Hosen einbaute. Ihr muß es vorgekommen sein, als sei der Rest des Films völlig nebensächlich und als spiele sie die Hauptrolle in einer Art ›Exorzist‹, mit einem schwulen Pakistani, einem Drogendealer und einem flusentrocknenden Wäschetrockner im Hintergrund.

Schon bald standen wir um zwei Uhr früh im März unter Eisenbahnbrücken; wir schlugen die Rückwand aus der Wohnung von irgend jemandem und errichteten draußen eine Plattform, die als Balkon von Papas Wohnung diente, neben der sich so viele Eisenbahnlinien kreuzten und überschnitten, daß man im Inneren wie Erbsen in einer Rumbarassel herumgeschüttelt wurde. In einem alten Laden bauten wir einen so echt aussehenden Waschsalon, daß die Leute ihre Wäsche brachten, und ich stand auf den Maschinen und erfand Dialoge, bevor die Schauspieler es selbst machten, und fügte zwei neue Szenen ein.

Nach Beendigung der Dreharbeiten hatten wir zweieinhalb Stunden aneinandergereihtes Material und beschlossen, sie vor einer Gruppe ›Weiser‹ zu zeigen, vor Filmregisseuren, Autoren und Drehbuchschreibern, die uns ihre Meinung sagen und damit helfen würden, den Film zu schneiden. Ich saß also in der hintersten Reihe eines kleinen Projektionsraumes, während sie den Film anschauten. Danach schnitten wir fünfundvierzig Minuten raus.

Der Film wurde auf dem Edinburgh Film Festival gezeigt und ging dann in die Kinos.

Das hier abgedruckte Drehbuch ist die letzte Version vor den Dreharbeiten. Ich habe nicht versucht, sie auf den letzten

Stand zu bringen oder die Szenen herauszuschneiden, die in der endgültigen Version nicht verwendet wurden, da es vielleicht einige Leute interessieren wird, das Drehbuch mit dem Film zu vergleichen.

Ich möchte meinen Freunden Walter Donohue, David Gothard, Salman Rushdie, David Nokes und natürlich Sally Whitman danken.

MEIN WUNDERBARER WASCHSALON

Mein wunderbarer Waschsalon lief das erste Mal im Herbst 1985 beim Edinburgh Film Festival. Die Premiere war am 15. November beim London Film Festival, anschließend lief er in den Londoner Kinos an.

Es wirkten mit:

JOHNNY	Daniel Day Lewis
GENGHIS	Richard Graham
SALIM	Derrick Branche
OMAR	Gordon Warnecke
PAPA	Roshan Seth
NASSER	Saeed Jeffrey
RACHEL	Shirley Ann Field
BILQUIS	Charu Bala Choksi
CHERRY	Souad Faress
TANIA	Rita Wolf
ZAKI	Gurdial Sira
MOOSE	Stephen Marcus
BANDENMITGLIED EINS	Dawn Archibald
BANDENMITGLIED ZWEI	Jonathan Moore

Kamera	Oliver Stapleton
Schnitt	Mick Audsley
Bauten	Hugo Luczyc Wyhowski
Ton	Albert Bailey
Musik	Ludus Tonalis
Casting	Debbie Mc Williams
Kostüme	Linda Hemming
Make-up	Elaine Carew
Drehbuch	Hanif Kureishi
Produktion	Sarah Radclyffe und
	Tim Bevan
Regie	Stephen Frears

I. AUSSEN. VOR EINEM GROSSEN, ALLEINSTEHENDEN HAUS. TAG.

CHERRY *und* SALIM *steigen aus ihrem Auto. Hinter ihnen steigen die* VIER JAMAIKANER *aus ihrem Auto.*

CHERRY *und* SALIM *gehen auf das Haus zu. Es ist ein verfallenes Gebäude, im Süden von London. Im Augenblick ist alles ruhig — aber die Fenster im Erdgeschoß sind vernagelt.*

Auf die vernagelten Fenster hat jemand gemalt: »Your greed will be the death of us all« *und* »We will defeat the running wogs of capitalism« *und* »Opium ist the opium of the unemployed«.

CHERRY *und* SALIM *sehen sich das Haus an. Die* VIER JAMAIKANER *stehen hinter ihnen, sie halten respektvollen Abstand.*

CHERRY: Ich kann mich gar nicht mehr dran erinnern, daß wir dieses Haus bei der Versteigerung gekauft haben. Was machen wir denn damit?

SALIM: Morgen fangen wir mit dem Renovieren an.

CHERRY: Wie viele Leute wohnen hier?

SALIM: Hier wohnen überhaupt keine Leute. Nur Hausbesetzer. Und die werden renoviert — jetzt sofort.

(Und SALIM *schiebt* CHERRY *nach vorn und gibt ihr den Schlüssel.* CHERRY *geht zum Vordereingang des Hauses.* SALIM *geht mit* ZWEI JAMAIKANERN *zur einen Seite des Hauses.* ZWEI JAMAIKANER *gehen zur anderen Seite.)*

2. INNEN. EIN RAUM IN DEM BESETZTEN HAUS. TAG.

GENGHIS *und* JOHNNY *leben in einem Zimmer des besetzten Hauses. Es ist eisig kalt, die Fenster sind zerbrochen.* GENGHIS *schläft eingewickelt auf einer Matratze. Er hat Grippe.* JOHNNY *liegt starr vor Kälte in einem Liegestuhl, er ist mit Decken zugedeckt. Er ist gerade aufgewacht.*

3. AUSSEN. VOR DEM HAUS. TAG.

CHERRY *versucht die Haustür aufzusperren. Aber die Tür ist verbarrikadiert. Sie schaut durch den Briefkastenschlitz. Im Eingang ist eine Barrikade errichtet.*

4. AUSSEN. NEBEN DEM HAUS. TAG.

Die JAMAIKANER *brechen durch Seitenfenster ins Haus ein. Sie klettern ins Innere.* SALIM *klettert ebenfalls ins Haus.*

5. INNEN. IM HAUS. TAG.

Die JAMAIKANER *und* SALIM *sind jetzt im Haus.*

Die JAMAIKANER *treten die Türen der besetzten Zimmer auf. Die* HAUSBESETZER *sind völlig überrascht. Die meisten haben geschlafen oder sind gerade aufgewacht, sie sind völlig durcheinander. Die* JAMAIKANER *gehen von Zimmer zu Zimmer und brüllen, alle sollen sofort abhauen, sonst werden sie mit ihrer Habe aus dem Fenster fliegen.*

Einige HAUSBESETZER *beschweren sich, aber sie werden einfach aus ihren Zimmern auf den Gang geschubst oder die Treppe hinunter.* SALIM *ist mit Feuereifer bei der Sache.*

6. INNEN. GENGHIS' UND JOHNNYS ZIMMER. TAG.

JOHNNY *schaut den Korridor hinunter, um zu sehen, was los ist. Er geht schnell ins Zimmer zurück und fängt an, seine Sachen in einen schwarzen Plastiksack zu packen. Gleichzeitig schüttelt er* GENGHIS.

GENGHIS: Ich bin krank.

JOHNNY: Wir ziehen um.

GENGHIS: Nein, wir müssen kämpfen.

JOHNNY: So früh am Morgen nicht.

> *(Er reißt* GENGHIS *die Decke weg. Er ist voll angezogen, hustet und zittert. Ein* JAMAIKANER *stürmt ins Zimmer.)*
> Schon gut. Schon gut.

(Der JAMAIKANER *beobachtet, wie* GENGHIS*, der zu schwach ist, um sich zu wehren, heftig fluchend, die Kleider nimmt, die* JOHNNY *ihm zuschiebt, und* JOHNNY *zum Fenster folgt.* JOHNNY *öffnet das zerbrochene Fenster.)*

7. AUSSEN. VOR DEM HAUS. TAG.
Großaufnahme des Hauses.
Die HAUSBESETZER *verlassen das Haus durch die Fenster und die wieder in Betrieb genommene Haustür. Sie versammeln sich im Vorgarten und ordnen ihre armseligen Habseligkeiten. Einige Junkies sind darunter. Sie sehen verwahrlost und mutlos aus.*
Aus einem der oberen Räume fliegt mit Getöse eine Gitarre, gefolgt von einem Fernseher und einigen Platten. Ein JAMAIKANER *steckt fragend den Kopf aus dem Fenster, um zu sehen, ob niemand getroffen wurde.*
Ein HAUSBESETZER *im Vorgarten wehrt sich, und ein* JAMAIKANER *hält ihn fest. Der* HAUSBESETZER *brüllt* CHERRY *an:* Du Sau, du Abschaum, du reiche Scheiße usw.
SALIM *geht zu* CHERRY*, sie geht zu dem schreienden* HAUSBESETZER *und verpaßt ihm einen Schwinger ins Gesicht.*

8. AUSSEN. HINTER DEM HAUS. TAG.
JOHNNY *und* GENGHIS *stolpern durch den hinteren Garten des Hauses und klettern dann über die Mauer am Ende.* JOHNNY *zerrt den erschöpften* GENGHIS *über die Mauer.*
CHERRY *oder* SALIM *sehen sie gar nicht.*

9. INNEN. BADEZIMMER. TAG.
OMAR *hat gerade* PAPAS *Sachen im Bad eingeweicht. Er zieht sie triefnaß aus dem Bad, wringt sie aus und gibt sie in einen alten Stahleimer. Er hebt den Eimer hoch.*

10. AUSSEN. BALKON. TAG.

OMAR hängt PAPAS triefende Pyjamas auf die Wäscheleine am Balkon, er holt sie aus dem Eimer.

Vom Balkon aus sind mehrere stark befahrene Eisenbahnlinien zu sehen, Pendlerrouten nach Charing Cross und London Bridge, sie kommen aus den Vororten.

OMAR dreht sich um und schaut durch das Fenster der Balkontür in das größte Zimmer der Wohnung. PAPA liegt im Bett. Er gießt sich etwas Wodka ein. Wasser von den Pyjamas tropft auf OMARS Hosen und in seine Schuhe.

Er wendet sich ab, ein Zug, riesig, nahe und schnell, donnert auf die Kamera zu und klappert und rattert vorbei, nur wenige Meter vom Balkon entfernt. OMAR ignoriert das.

11. INNEN. PAPAS ZIMMER. TAG.

Die Wohnung, in der OMAR mit seinem Vater, PAPA, im Süden von London wohnt. Die Wohnung ist klein, feucht und schmutzig und seit Jahren nicht mehr gestrichen.

PAPA ist mager wie ein mittelalterlicher Christus; ein ungepflegter Alkoholiker. Seine Haare sind lang, die Zehennägel nicht geschnitten, er ist unrasiert und kratzt sich schamlos am Hintern. Aber trotzdem hat er eine gewisse Würde.

Sein Bett steht im Wohnzimmer. PAPA verläßt nie sein Bett und guckt ständig fern.

Neben dem Bett steht ein Foto von PAPAS verstorbener Frau, Mary. Auf dem Bett liegt ein Adreßbuch und das Telefon.

PAPA leert den Rest der Wodkaflasche in ein schmutziges Glas. Er rollt die leere Flasche unters Bett.

OMAR schiebt jetzt einen altmodischen, wenig effektiven Teppichkehrer über den Boden. PAPA sieht OMAR ins Gesicht. Er gibt OMAR ein Zeichen, mit seinem Gesicht näher zu kommen, was OMAR widerwillig macht. Zum Spaß drückt PAPA OMAR die Nase platt, zwickt ihn in die Backen und schüttelt das ernste Gesicht des Jungen hin und her.

PAPA: Ich werde dir einen Job besorgen. Bei deinem Onkel. Du wirst jetzt arbeiten, bis du wieder aufs College gehst. Wenn dein Gesicht noch länger wird, verlierst du das Gleichgewicht. Oder ich begehe Selbstmord.

12. INNEN. KÜCHE. TAG.
OMAR *ist in der Küche der Wohnung und rührt einen großen Topf Linsen. Durch die offene Tür sieht er seinen* VATER *mit* NASSER *telefonieren.* PAPA *spricht in Urdu.* »*Wie geht es dir?*« *sagt er.* »*Und Bilquis? Und Tania und die anderen Mädchen?*«
PAPA: *(Ins Telefon)* Kannst du OMAR nicht ein paar Wochen in deiner Garage arbeiten lassen, yaar? Der Racker ist schließlich dein Neffe.
NASSER: *(Off am Telefon)* Warum willst du mich bestrafen?

13. INNEN. PAPAS Zimmer. Tag.
PAPA *telefoniert mit* NASSER. *Er beobachtet* OMAR, *wie er in der Küche die Linsen rührt.* OMAR *hört natürlich zu.*
PAPA: Er geht stempeln, wie alle anderen in England. Was er zu Hause macht? Rumhängen und stöhnen.
NASSER: *(Off am Telefon)* Hast du ihm denn nicht beigebracht, sich um dich zu kümmern, wie ich meinen Mädchen?
PAPA: Er kehrt den Staub von einer Ecke in die andere. Er quetscht Hemden aus und wärmt Suppen auf. Aber das fordert ihn kaum. Aber sein Essen fordert mich. Ist doch nur für ein paar Monate, yaar. Im Herbst schicke ich ihn aufs College.
NASSER: *(Off)* Er ist schon einmal durchgefallen. Er hat diese chronische Faulheit wie unsere ganze Familie, außer mir.
PAPA: Wenn sein Arsch müde wird — tritt ihn. Ich schick dir eine schriftliche Erlaubnis. Und noch eins. Versuch für ihn ein nettes Mädel zu finden. Ich bin mir nicht sicher, ob sein Penis richtig funktioniert.

14. INNEN. WOHNUNG. TAG.

Später. OMAR *stellt eine volle Flasche Wodka auf den Tisch neben* PAPAS *Bett.*

PAPA: Geh zur Garage deines Onkels.

> *(Und* PAPA *gießt sich einen Wodka ein.* OMAR *hält ihm schnell eine Flasche Tomatensaft unter die Nase, die* PAPA *ignoriert. Bevor* PAPA *den Wodka pur trinken kann, packt* OMAR *das Glas und gießt Tomatensaft dazu.* PAPA *nimmt das Glas.)*
> Wenn NASSER dich treten will — laß ihn. Ich hab ihm in zwei Sprachen die Erlaubnis gegeben. *(Zur Fotografie.)* Das Bloody tut mir sehr gut. Nicht wahr, Bloody Mary?

15. AUSSEN. STRASSE. TAG.

OMAR *geht eine Straße im Süden von London entlang, in die Richtung, in der* NASSERS *Garage liegt. Die Gegend ist ziemlich abenteuerlich, von eigentümlicher, verfallener Schönheit.*

Ein junger weißer STRASSENMUSIKANT *liegt stoned im Eingang eines vernagelten Geschäftes, die Gitarre neben sich.* OMAR *sieht ihn sich an.*

Vom Spielsalon auf der anderen Seite der Straße gehen JOHNNY, GENGHIS *und* MOOSE *auf* OMAR *zu.* GENGHIS *ist ein gutgebauter, weißer Mann, der einen Stoß rechtsradikale Zeitungen, Anstecker usw. trägt.* MOOSE, GENGHIS' *Lieutenant, ist ein großer, weißer Mann.*

JOHNNY *ist ein attraktiver Mann Anfang Zwanzig, schlagfertig und komisch.*

OMAR *sieht* JOHNNY *nicht, aber* JOHNNY *sieht ihn und ist überrascht. Um* OMAR *in der Mitte der Straße aus dem Weg zu gehen, nimmt* JOHNNY GENGHIS *kurz am Arm.*

GENGHIS *bleibt unvermittelt stehen.* MOOSE *prallt gegen ihn.* GENGHIS *läßt die Zeitungen fallen.* GENGHIS *beschimpft* MOOSE. JOHNNY *sieht* OMAR *nach. Der Verkehr kommt zum Stehen, während* MOOSE *die Zeitungen aufhebt.* GENGHIS *fängt an zu niesen.* MOOSE *gibt ihm ein Taschentuch.*

Sie gehen über die Straße und lachen über den stehenden Verkehr.

Sie kennen den zusammengebrochenen STRASSENMUSIKANTEN. *Er könnte sogar ein Mitglied der Bande sein.* JOHNNY *sieht immer noch* OMAR *nach, der allmählich aus dem Blickfeld verschwindet.* GENGHIS *und* MOOSE *bereiten die Zeitungen vor.*

JOHNNY: *(Zeigt auf* OMAR*)* Dieser Junge. Wir waren auch mal so.

GENGHIS: *(Niest* MOOSE *ins Gesicht)* Du glaubst aber auch an gar nichts.

16. INNEN. KELLERGARAGE. TAG.

Onkel Nassers Garage. Eine kleine, private Werkstatt, in der reiche Geschäftsleute tagsüber ihre Autos parken. Sie ist fast voll, etwa fünfzig Autos stehen da — lauter Volvos, Rolls-Royce, Mercedes, Rovers usw.

Am Ende der Garage ist ein kleines, glasverkleidetes Büro.

OMAR *kommt die Rampe herunter in die Garage.*

17. INNEN. GARAGE. TAG.

Im verglasten Büro stehen ein Schreibtisch, ein Aktenschrank, eine Schreibmaschine, Telefon usw. SALIM *ist bei* NASSER.

SALIM *ist ein Pakistani, Ende Dreißig, teuer gekleidet, aalglatt und etwas vulgär. Er wandert ruhelos durchs Büro. Dann bemerkt er* OMAR *in der Garage. Er beobachtet ihn.*

Währenddessen telefoniert NASSER *im Hintergrund.*

NASSER: *(Ins Telefon)* Wir haben einen Parkplatz frei, ja. Kostet 25 Pfund die Woche. Und ab heute nachmittag bieten wir noch etwas Neues, einen Sonderservice. Autowäsche.

(Von SALIMS *Standpunkt aus im Büro, durch das Glas, sehen wir, wie* OMAR *versucht, die Tür eines Autos zu öffnen.* SALIM *geht schnell aus dem Büro.)*

18. INNEN. GARAGE. TAG.

SALIM *steht vor dem Büro und schreit* OMAR *an. Das plötzliche Geschrei hallt durch die Garage.*

SALIM: He! Ist das dein Auto? Warum faßt du es dann an? *(OMAR sieht ihn an.)* Komm her. Hierher, hab ich gesagt.

19. INNEN. GARAGENBÜRO. TAG.

NASSER *legt den Hörer auf.*

20. INNEN. GARAGENBÜRO. TAG.

NASSER *umarmt* OMAR *heftig, drückt ihn an sich und schlägt ihm liebevoll auf den Rücken.*

NASSER: *(Stellt ihn* SALIM *vor)* Der, der dich fast verprügelt hat, ist Salim. Dem wirst du oft begegnen.

SALIM: *(Schüttelt* OMAR *die Hand)* Ich hab viele tolle Sachen über deinen Vater gehört.

NASSER: *(Zu* OMAR*)* Ich muß ihn besuchen. O Gott, woher soll ich nur die Zeit nehmen, irgendwas zu tun?

SALIM: Du bist viel zu sehr damit beschäftigt, dieses verdammte Land in den schwarzen Zahlen zu halten. Jemand muß es ja machen.

NASSER: *(Zu* OMAR*)* Dein Papa, sie haben ihn von diesem Buchhalterposten gefeuert, den ich ihm verschafft habe? Wegen Trunkenheit?

(OMAR nickt. NASSER *sieht den Jungen voller Mitleid an.)* Kannst du ein Auto waschen?

(OMAR scheint Zweifel zu haben)

SALIM: Hast du schon einmal ein Auto gewaschen? *(OMAR nickt.)*

Dein Onkel kann dir nicht viel zahlen. Aber du wirst dir ein anständiges Hemd leisten können, und du wirst unter deinen Leuten sein. Nicht in der Arbeitslosenschlange. Mrs. Thatcher wird sehr zufrieden mit mir sein.

21. INNEN. GARAGE. TAG.

SALIM *und* OMAR *gehen durch die Garage auf ein großes Auto zu.* OMAR *trägt einen vollen Eimer Wasser und einen Lumpen. Er hört* SALIM *zu.*

SALIM: Autowaschen ist ganz leicht. Du machst einfach einen Lumpen naß und reibst. Reiben kannst du doch, oder?

(Der Eimer ist zu voll. OMAR *läßt ihn aus Versehen gegen sein Bein klatschen. Wasser spritzt heraus.* SALIM *hüpft irritiert beiseite.* OMAR *geht weiter.* SALIM *zeigt auf ein Auto.* RACHEL *tänzelt die Rampe herunter, in die Garage, ein fantastischer Auftritt.)*

Hi, Baby.

RACHEL: Mein Schatz.

(Und geht in das Garagenbüro. Wir sehen sie mit NASSER *reden und lachen.)*

SALIM: *(Zeigt auf das Auto)* Und den machst du zuerst. Vorsichtig, als würdest du ein Renaissancegemälde restaurieren. Es ist mein Auto.

*(*OMAR *hebt den Kopf und sieht, wie* RACHEL *und* NASSER *aus dem Büro in das Zimmer dahinter gehen.)*

22. INNEN. ZIMMER HINTER DEM GARAGENBÜRO. TAG.

RACHEL *und* NASSER, *halbnackt, trinken, lachen und bumsen auf einem üppig gepolsterten Sofa in dem unordentlichen Zimmer hinter dem Büro, das kaum größer als ein Wandschrank ist.* RACHEL *hüpft in ihrem roten Korsett und der bewußt lächerlichen Unterwäsche auf seinem riesigen Bauch auf und ab.*

NASSER: Rachel, füll mir das Glas, Schätzchen.

*(*RACHEL *macht das, dann bewegt sie sich auf ihm.)*

RACHEL: Füll meins.

NASSER: Wofür hältst du mich Rachel, bin ich dein Trampolin?

RACHEL: Ja, o ja, je vous aime beaucoup, Trampolin.

NASSER: Sprich meine Sprache, verdammt noch mal.

RACHEL: Was mach ich denn anderes. Nasser, glaubst du, wir
werden uns jemals trennen?

NASSER: Im Moment nicht.
(Klatscht ihr auf den Hintern) Beweg dich. Ich liebe dich.
Du bewegst dich... mein Gott... wie ein Dampfer...

RACHEL: Können wir nicht irgendwohin ausgehen?

NASSER: Ja, ich führ dich aus.

RACHEL: Wohin?

NASSER: Zum Kempton Park. Am Samstag.

RACHEL: Toll. Wir nehmen den Jungen mit.

NASSER: Nein. Mit dem hab ich große Pläne.

RACHEL: Muß er dafür arbeiten?

23. INNEN. GARAGENBÜRO. TAG.

OMAR *ist mit seinem Wascheimer und Schwamm ins Büro ge-*
kommen. SALIM *ist nach Hause gegangen.* OMAR *lauscht an der*
Tür, wie sein Onkel Nasser und Rachel bumsen. Er hört:

NASSER: Arbeiten? Der Junge? Du wirst glauben, das Wort sei
für ihn erfunden worden!

24. COCKTAILBAR/CLUB. ABEND.

RACHEL *und* NASSER *haben* OMAR *in Anwars Club/Bar mitge-*
nommen.

OMAR *beobachtet Anwars Sohn* TARIQ *hinter der Bar.* TARIQ *gibt*
sich gegenüber OMAR *ziemlich verächtlich und hört ihrer Unter-*
haltung zu.

OMAR *ißt Erdnüsse und Oliven von der Bar.* TARIQ *nimmt die*
Schalen weg.

NASSER: Übrigens, Rachel ist eine ganz alte Freundin. *(Zu ihr.)*
Was?

OMAR: *(Zu* NASSER*)* Wie geht's Tantchen Bilquis?

NASSER: *(Mit einem Blick auf die sehr amüsierte Rachel)* Sie ist zu
Hause bei den Kindern.

OMAR: Papa schickt liebe Grüße. Onkel, wenn ich Papa hochheben würde —

NASSER: *(Mit einer Handbewegung, die den ganzen Club einbezieht).* Warst du schon jemals in einem solchen Klasse-Lokal wie diesem hier? Du kommst wahrscheinlich nie aus dem schwarzen Loch von Wohnung heraus.

OMAR: Wenn ich Papa hochheben würde, Onkel —

NASSER: *(Zu* RACHEL*)* Er gehört zu diesen unterprivilegierten Typen.

OMAR: Und ihn quetschen würde, Papa ausquetschen würde, einfach so, Onkel, ich stell mir das oft vor, dann kriegte ich —

NASSER: Zwei dicke Ohrfeigen.

OMAR: Zwei Flaschen puren Wodka. Und so eine Art Hautlappen.

(Zu RACHEL*.)* Wie ein Pariser.

NASSER: Was redest du da, Wahnsinniger? Ich liebe meinen Bruder. Und ich liebe dich.

OMAR: Ich versteh nicht, wie du das kannst... mich lieben.

NASSER: Weil du so ein Spießer bist?

OMAR: Wie kannst du das denn beurteilen?

RACHEL: Nasser.

NASSER: Sie hat recht. Versuch bitte nicht, mich auf den Arm zu nehmen, wenn ich dich hierhergebracht habe, um dir etwas ganz Wichtiges zu sagen. Komm näher.

*(*OMAR *versucht, mit dem Barhocker zu* NASSER *zu rutschen. Er fällt runter.* RACHEL *hilft ihm hoch, lachend.* TARIQ *lacht auch.* NASSER *ist besorgt.)*

In diesem verdammten Land, das wir lieben und hassen, kann man alles kriegen, was man begehrt. Es liegt alles da und ist verfügbar. Deshalb glaube ich an England. Man muß einfach wissen, wie man das Euter des Systems melken kann.

RACHEL: *(Zu* OMAR*)* Er sagt, er will dir helfen.

OMAR: Was wirst du mit mir machen?

NASSER: Was ich mit dir machen werde? Etwas verdammt Gutes aus dir machen. Dein Vater kann das jetzt nicht mehr, nicht wahr?

*(*RACHEL *nickt* NASSER *zu, und er holt seine Brieftasche heraus. Er gibt* OMAR *Geld.* OMAR *will es nicht nehmen.* NASSER *steckt es in* OMARS *Pullover und umarmt seinen verwirrten Neffen.)*

Verdammter Idiot, du bist wie ein Sohn für mich. *(Sieht* RACHEL *an)* Für uns beide.

25. INNEN. GARAGE. TAG.

OMAR *wäscht heftig ein Auto, das letzte für heute. Die anderen Wagen funkeln.* NASSER *kommt schnell aus dem Büro und beobachtet, wie* OMAR *einen Lappen über dem Eimer ausdrückt.*

NASSER: Gefällt dir die Arbeit? *(*OMAR *antwortet mit einem Achselzucken.)* Komm schon, schau dir um Himmels willen diese Abrechnungen für mich durch.

*(*OMAR *folgt ihm ins Büro der Garage.)*

26. INNEN. GARAGE. NACHT.

OMAR *sitzt in Hemdsärmeln am Schreibtisch. Der Schreibtisch ist voller Papiere. Er sitzt schon seit einiger Zeit da, und es ist spät. Die meisten Autos aus der Garage sind schon weg.*

NASSER *fährt in die Garage, er trägt einen Abendanzug.* RACHEL *ist bei ihm und sieht himmlisch aus.* OMAR *geht zu ihnen.*

27. INNEN. GARAGE. NACHT.

NASSER: *(Aus dem Auto)* Gib Rachel einen Kuß. *(*OMAR *küßt sie.)*

OMAR: Ich werd heute abend mit dem Papierkram fertig, Onkel.

NASSER: *(Zu* RACHEL*)* Er arbeitet so gut, daß ich ihn befördern werde.

RACHEL: Zu was?

NASSER: *(Zu* OMAR*)* Komm nächste Woche zu mir nach Hause, dann sag ich's dir.

RACHEL: Das ist sehr weit. Wie soll er denn da hinkommen?

NASSER: Ich werd ihm ein Auto geben, verdammt noch mal. *(Er zeigt auf ein altes Cabrio, das in der Garage steht. Es schien immer schon fehl am Platz.)* Die Schlüssel sind im Büro. Alles, was er will. *(Er fährt mit dem Auto los. Zu* OMAR.*)* O ja. Ich hab da eine echte Herausforderung für dich.

*(*RACHEL *wirft ihm beim Wegfahren eine Kußhand zu.)*

28. INNEN. PAPAS WOHNUNG. ABEND.

PAPA *liegt auf dem Bett und trinkt.* OMAR, *in neuen Kleidern, mit umgebundener Krawatte, kommt ins Zimmer und stellt einen Teller mit dampfendem Essen hin. Eintopf mit Kartoffeln.* OMAR *wendet sich ab, schaut in den Spiegel und schneidet sich die Haare in den Nasenlöchern mit einer großen Schere ab.*

PAPA: Du heiratest sicher. Warum solltest du dich sonst anziehen wie ein Totengräber auf Urlaub?

OMAR: Ich besuche Onkel, Papa. Er hat mir ein Auto geschenkt.

PAPA: Was? Da sind sicher die Bremsen kaputt. Sag mir nur eins. Etwas versteh ich nicht, obwohl es meine Schuld sein muß. Wie kommt es, daß mein eigen Fleisch und Blut vom Autoschrubben so euphorisch ist?

OMAR: Weil ich wenigstens aus dem Haus komme.

PAPA: Häng dich nicht zu sehr an den alten Gauner. Du mußt studieren. Der weiße Mann belagert uns. Für uns bedeutet Bildung Macht.

*(*OMAR *schüttelt den Kopf über seinen Vater.)*

Laß mich nicht im Stich.

29. AUSSEN. LANDSTRASSE, ABEND.

OMAR *rast mit dem alten Cabrio eine Landstraße in Kent ent-*
lang. Das Dach ist offen, obwohl es regnet. Laute Musik ertönt aus
dem Radio. Er biegt auf eine Einfahrt zu einem großen, freiste-
henden Haus ab. Dieses ist hell erleuchtet. Sieben oder acht Autos
stehen davor. OMAR *bleibt noch einen Moment lang bei plärren-*
der Musik im Auto sitzen.

30. INNEN. WOHNZIMMER IN NASSERS HAUS. ABEND.

Ein großes Wohnzimmer, modern möbliert. Ein schüchterner
OMAR *wird von* BILQUIS, *Nassers Frau, hereingeführt. Sie ist eine*
zurückhaltende, nicht mehr ganz junge, pakistanische Frau. Sie
spricht und versteht Englisch, kommt jedoch mit der Sprache
nicht sonderlich gut zurecht. Aber sie ist sehr warmherzig und lie-
benswürdig.

OMAR *wurde den meisten Frauen im Zimmer schon vorgestellt.*
Es sind fünf Frauen da: eine Auswahl an Ehefrauen und Bilquis'
drei Töchter. Die älteste, TANIA, *ist Anfang Zwanzig.*

CHERRY, *Salims anglo-indische Frau, ist da.*

Einige der Frauen tragen Saris oder Salwar Kamiz, allerdings
nicht nur die pakistanischen Frauen.

TANIA *trägt Jeans und T-Shirt. Sie läßt* OMAR *die ganze Zeit nicht*
aus den Augen, und OMAR *schaut sie, wenn er kann, verstohlen*
an. Er gefällt ihr.

BILQUIS: *(Zu* OMAR*)* Und das ist Salims Frau, Cherry. Und du er-
      innerst dich sicher an unsere drei ungeratenen Töchter.

CHERRY: *(Überschwenglich zu* BILQUIS*)* Er hat die typischen
      Backenknochen seiner Familie, Bilquis. *(Zu* OMAR*)* Ich
      kenne deine ganze prachtvolle Familie in Karatschi.

OMAR: *(Das ist ein Fauxpas)* Sie waren schon dort?

CHERRY: Du dummer, dummer Mann, das ist meine Heimat.
      Keiner, der seine fünf Sinne beisammen hat, wird doch
      wohl diese dumme, kleine Insel vor Europa als Heimat

bezeichnen. In Karatschi kommen jeden Tag, jeden Tag deine anderen Onkel und Cousins zum Bridgespielen, Trinken und Videogucken.

BILQUIS: Cherry, mein kleiner Neffe weiß nichts über das Leben dort.

CHERRY: O Gott, ich hab diese Zwischengänger so satt. Sie sollten sich entscheiden, wo sie stehen.

TANIA: Der Onkel ist nebenan. *(Führt ihn weg. Leise.)* Besuchst du mich später? Die Leute hier hängen mir zum Hals raus.

(CHERRY wirft TANIA giftige Blicke zu, dieses Getuschel zwischen Cousins paßt ihr gar nicht. TANIA erwidert die Blicke herausfordernd. BILQUIS sieht OMAR liebevoll an.)

31. INNEN. GANG VON NASSERS HAUS. TAG.
(TANIA führt OMAR an der Hand den Gang hinunter zu Nassers Zimmer. Sie öffnet die Tür und bringt ihn ins Zimmer.)

32. INNEN. NASSERS ZIMMER. ABEND.
Nassers Zimmer liegt am Ende des Korridors. Es ist sein Schlafzimmer, aber hier empfängt er auch Gäste. Und er hat einen Videorecorder im Zimmer, einen Kühlschrank, eine kleine Bar usw. Hinter seinem Bett ist ein Fenster mit Blick auf den Garten.

OMAR *betritt, geführt von* TANIA, *den verrauchten Raum. Sie geht.*

NASSER *liegt wie ein fetter König auf seinem Bett in der Mitte des Zimmers. Seine Kumpel sind ums Bett versammelt.* ZAKI, SALIM, *ein* ENGLÄNDER *und ein Amerikaner mit dem Namen* DICK O'DONNELL.

Sie schreien, lachen, trinken und lauschen einer Geschichte, die NASSER *mit viel Trara erzählt.* OMAR *bleibt schüchtern innerhalb der Tür stehen und schaut sich alles an.*

NASSER: Und am Fenster hatte es geklopft. Aber wer würde schon in einem Hotel übernachten, in dem es nicht klopft? Mein Bruder Hussein, der Papa des Jungen, war wie immer nicht erschienen und ich hab geschlafen. Ich dachte, er bumst irgendwo irgendeine Barfrau. Als dieses Klopfen nicht aufhörte, bin ich aus dem Bett geklettert und hab die Tür zum Balkon aufgemacht. Und da stand er draußen. Mit irgendeiner Frau! Sie hatten überhaupt nichts an! Und blau vor Kälte! Wie zwei Stück Seife haben sie ausgesehen. Das hab ich als blaue Periode meines Bruders bezeichnet.

DICK O'DONNELL: Was ist mit der Frau passiert?

NASSER: Er hat sie geheiratet.

(Nasser bemerkt jetzt den Jungen und unterbricht die Unterhaltung mit einer Geste. NASSER *ist nichts peinlich, er ruft den Jungen zu sich, umarmt und streichelt ihn.)* Komm her, komm her. Dein Vater ist ein guter Mann.

DICK O'DONNELL: Das ist der Sohn des berühmten Hussein?

NASSER: Genau dieser Bastard. Mein blauer Bruder war auch ein berühmter Journalist in Bombay und ein großer Trinker. Er war für die Flasche, was Louis Armstrong für die Trompete ist.

SALIM: Aber du bist für den Buchmacher, was Mutter Teresa für die Kinder ist.

ZAKI: *(Zu NASSER)* Dein Bruder war der gescheitere. Du hast ihm immer die Schreibmaschine getragen.

(TANIA erscheint am Fenster hinter dem Bett, wo sie keiner außer OMAR sieht und dann ZAKI. Später in dieser Szene lacht sie, um den ernsten OMAR abzulenken, und entblößt ihre Brüste. ZAKI sieht das und traut seinen alkoholgetrübten Augen nicht.)

DICK O'DONNELL: Kommt er heute abend nicht?

SALIM: Was in aller Welt ist denn aus ihm geworden?

OMAR: Papa hat sich hingelegt.

SALIM: Ich meinte seine Karriere.

NASSER: Die hat sich auch hingelegt. Welche Chance würde der Engländer einem linksorientierten, kommunistischen Pakistani bei einer Zeitung geben?

OMAR: Sozialist. Sozialist.

NASSER: Welche Chance würde der Engländer einem linksorientierten, kommunistischen Sozialisten geben?

ZAKI: Welche Chance hat uns der Engländer denn schon gegeben, ohne daß wir sie ihm entrissen haben? Machen wir uns doch nichts vor. *(Und* ZAKI *hat* TANIAS *Brüste gesehen. Er erblaßt und gerät in Panik.)*

NASSER: Zaki, für dieses gute Argument noch einen Doppelten!

ZAKI: Nasser, bitte nicht, ich hab schon mehr als genug!

ENGLÄNDER: Vielleicht hat Omars Vater seine Chancen nicht genutzt. Schau dich an, Salim, du bist fünfmal reicher und mächtiger als ich.

SALIM: Fünfmal? Zehnmal mindestens.

ENGLÄNDER: In meinem Land! In England gibt es nur Vorurteile gegen Nutzlose.

SALIM: Zumindest tendieren sie stark in Richtung Nutzlosigkeit, möchte ich meinen. Die einzig positive Diskriminierung, die es hier gibt.

(Die Pakistanis im Raum lachen darüber. Der ENGLÄNDER *sieht pikiert aus.* DICK O'DONNELL *lächelt den* ENGLÄNDER *mitleidig an.)*

DICK O'DONNELL: *(Zu* NASSER*)* Kann ich diesem netten Jungen was zu trinken machen?

NASSER: Mach zuerst einen Mann aus ihm.

SALIM: *(Zu* ZAKI*)* Gib ihm einen Drink. Ich mag ihn. Er ist unsere Zukunft.

33. INNEN. VERANDA. NACHT.

OMAR *schließt die Tür zu Nassers Zimmer und geht den Gang bis ans andere Ende, zu einem Spielzimmer. Eine Veranda mit Blick*

auf den Garten. Es gibt einen Tischtennistisch, verschiedenes
Spielzeug, ein Fitneß-Fahrrad, einige Rattanstühle, an den Wän-
den hängen verschiedene Fotos von Indien.
TANIA *dreht sich um, als er hereinkommt, und geht ihm freudig*
entgegen, sie berührt ihn liebevoll.
TANIA: Wir haben uns Jahre nicht gesehen. Gut siehst du jetzt
aus. Wir verstehen uns bestimmt, oder?
(Ihm fällt es nicht so leicht, begeistert zu sein. Sie nimmt es
nicht krumm und kreiselt weg von ihm. Er sieht sich Fotos
von Papa und Bhutto an der Wand an.)
Schikanieren sie dich mit ihrer typischen Männergrau-
samkeit? *(Er zuckt die Achseln.)* Es macht dir nichts aus?
OMAR: Ich finde, ich sollte mich abhärten.
TANIA: *(Klopft auf den Stuhl neben sich)* Wow, auf was für einem
Trip bist du denn?
OMAR: Dein Vater hat sich ganz schön gemacht.
(Er setzt sich. Sie küßt ihn auf den Mund. Sie umarmen sich.)
TANIA: Hat er das? Er betet dich an. Er will wohl, daß du die
Geschäfte übernimmst. Er würde nicht im Traum daran
denken, mich zu fragen. Aber er behandelt die Leute bei
seiner Arbeit einfach zu grausam. Er will dich doch
nicht etwa in diesem beschissenen Waschsalon arbeiten
lassen, oder?
OMAR: Was ist denn so schlimm daran?
TANIA: Und er hat eine Geliebte, nicht wahr?
*(*OMAR *hebt den Kopf und sieht* TANTCHEN BILQUIS *an der*
Tür stehen. TANIA *sieht sie nicht.)*
Rachel. Ja, ich seh's an deinem Gesicht. Liebt er sie? Ja.
Familien. Ich hasse Familien.
BILQUIS: Bitte, Tania, könntest du mir helfen?
*(*BILQUIS *geht.* TANIA *folgt ihr.)*

34. INNEN. GANG VON NASSERS HAUS. TAG.

OMAR *steht im Gang von Nassers Haus, seine Gäste verlassen ihre jeweiligen Zimmer und gehen raus in die Einfahrt.* OMAR *steht einfach da.* NASSER *brüllt ihm vom Bett aus zu.*

NASSER: Befolge meinen Rat. Im Dreck liegt das Geld.

> *(*TANIA *gibt ihm ein Zeichen und schüttelt den Kopf.)*
> Was braucht der blutbesudelte Engländer immer? Saubere Wäsche!

35. AUSSEN. NASSERS EINFAHRT. NACHT.

OMAR *ist aus dem Haus gekommen und steht in der Einfahrt. Ein seltsamer Anblick:* SALIM *stolpert betrunken durch die Gegend. Der* ENGLÄNDER, ZAKI *und* CHERRY *versuchen, ihn ins Auto zu kriegen.* SALIM *brüllt* ZAKI *an.*

SALIM: Schuldest du mir kein Geld? Warum nicht? Du schuldest mir doch sonst immer Geld! Hier, nimm das! Leih's dir! *(Er fängt an, Geld herumzuwerfen.)* Heb's auf!

> *(*ZAKI *fängt an, es aufzuheben. Er hat Angst.)*

CHERRY: *(Zu* OMAR*)* Fahr uns nach Hause, ja? Du kannst deinen Wagen morgen holen. Salim fühlt sich nicht gut.

> *(Als* ZAKI *sich bückt, tritt* SALIM *ihn lachend in den Hintern.* BILQUIS *steht am Fenster und beobachtet alles.)*

36. INNEN. SALIMS AUTO, AUF DEM WEG NACH LONDON, IN DEN SÜDLICHEN TEIL DER STADT. NACHT.

OMAR *fährt begeistert* SALIMS *Auto nach London.* CHERRY *und* SALIM *sitzen hinten. Das Auto hält an einer Ampel.*
Auf dem Gehsteig daneben spielt eine Gruppe JUNGS *vor einer Frittenbude Dosenfußball.* MOOSE *und* GENGHIS *sind dabei.*
Eine belebte Straße im Süden von London; beleuchtete Geschäfte, Spielsalons und Läden, die rund um die Uhr geöffnet haben.
MOOSE *entdeckt, daß Pakistanis im Auto sitzen. Und er zeigt es den anderen.*

Die Jungs versammeln sich ums Auto, schlagen drauf und brül-
len. Im Inneren des Wagens hören sich die Geräusche furchterre-
gend an. CHERRY *fängt an zu schreien.*

SALIM: Fahr zu, du verdammter Idiot, fahr!

> *(Aber* MOOSE *klettert auf die Haube des Autos und quetscht*
> *sein Gesicht an die Windschutzscheibe. An den anderen*
> *Scheiben ebenfalls plattgedrückte Gesichter.*
>
> OMAR *schaut aus dem Seitenfenster und sieht* JOHNNY *neben*
> *dem Auto stehen, er hält sich zurück, schlägt nicht auf das*
> *Auto ein.*
>
> *Plötzlich, ohne Furcht, steigt* OMAR *aus dem Auto.)*

37. AUSSEN. STRASSE. NACHT.

OMAR *geht an* GENGHIS, MOOSE *und den anderen vorbei, auf den*
peinlich berührten JOHNNY *zu.* CHERRY *schreit ihm aus der offe-*
nen Autotür nach.

Die JUNGS *sind bereit zur Gewalt, aber* OMARS *offensichtliche*
Freundschaft mit JOHNNY *verwirrt sie.*

OMAR *streckt ihm seine Hand entgegen, und* JOHNNY *nimmt sie.*

OMAR: Ich bin's.

JOHNNY: Ich weiß schon, wer es ist.

OMAR: Wie geht's dir? Hast du Arbeit? Was machst du denn
jetzt?

JOHNNY: Solche Geschichten.

CHERRY: *(Brüllt aus dem Auto)* Komm endlich. Los, komm!

> *(Die* JUNGS *lachen sie aus.* SALIM *gibt* MOOSE *hastig ein paar*
> *Zigaretten.)*

JOHNNY: Was bist du jetzt? Chauffeur?

OMAR: Nein, ich bin da an etwas dran.

JOHNNY: Was?

OMAR: Ich werd's dich wissen lassen. Immer noch die alte
Adresse?

JOHNNY: Nee, ich komm nicht mit meinen Eltern klar. Du?

OMAR: Sie ist letztes Jahr gestorben, meine Mutter. Ist auf die Eisenbahnschienen gesprungen.

JOHNNY: Ja, hab ich gehört. Alle Züge haben gehalten.

OMAR: Ich wohn noch immer dort. Hast du die Nummer?

JOHNNY: *(Zeigt auf die* JUNGS.*)* Wie findste meine Freunde?

*(*CHERRY *fängt an zu hupen. Die* JUNGS *applaudieren.)*

OMAR: Dann ruf uns doch an.

JOHNNY: Das werd ich. *(Zeigt auf das Auto.)* Laß sie stehen. Wir können was machen. Jetzt. Nur wir zwei.

OMAR: Geht nicht.

*(*OMAR *berührt kurz* JOHNNYS *Arm, dann läuft er zum Auto zurück.)*

38. INNEN. AUTO. NACHT.

Sie fahren weiter. CHERRY *brüllt* OMAR *an.*

CHERRY: Was zum Teufel hast du denn da gemacht?

*(*SALIM *klebt ihr eine.)*

SALIM: Unseren verdammten Arsch gerettet! *(Zu* OMAR, *er packt ihn am Hals und zieht seinen Kopf ganz nah zu sich.)* Ich werd dafür sorgen, daß es dir gutgeht!

39. INNEN. PAPAS ZIMMER. NACHT.

OMAR *ist nach Hause gekommen. Er schleicht sich in die Wohnung. Er geht vorsichtig den Gang hinunter, tastet sich mit den Fingerspitzen an der vertrauten Wand entlang.*
Er geht in Papas Zimmer. Keine Spur von PAPA. PAPA *ist auf dem Balkon. Nur ein Schatten.*

40. AUSSEN. BALKON. NACHT.

PAPA *schwankt wie ein kleiner Baum auf dem Balkon hin und her.* PAPAS *Schlafanzughose ist runtergefallen, und er hält sich gerade noch mit Mühe aufrecht. Seine Haare hängen ihm über sein schreckliches Gesicht. Ein Zug rattert dröhnend auf ihn aus der Dunkelheit zu. Und* PAPA *schwankt gefährlich in Richtung Zug.*

OMAR: *(Schreit gegen den Lärm an)* Was machst du da?

PAPA: Ich will pinkeln.

OMAR: Kannst du nicht warten, bis ich dich bringe!

PAPA: So wie du momentan nach Hause kommst, fällt mir vorher der Schwanz ab.

OMAR: *(Zieht Papa die Hose hoch)* Weißt du, wen ich getroffen habe? Johnny. Johnny.

PAPA: Der Junge, der hier mal als Faschist mit drei Millimeter langen Haaren aufgetaucht ist?

OMAR: Er war mal ein Freund. Jahrelang.

PAPA: An manchen Tagen hat er deine Bewunderung nicht so sehr verdient.

OMAR: Mein Gott, ich kenne ihn, seit ich fünf war.

PAPA: Er ist zu weit gegangen. Sie hassen uns in England. Und du küßt ihnen bloß den Arsch und hältst dich für einen kleinen Briten!

41. INNEN. PAPAS ZIMMER. NACHT.
Sie befinden sich jetzt im Zimmer, und OMAR *macht die Tür zu.*

OMAR: Ich werde befördert. In Onkels Waschsalon.

> *(*PAPA *zieht ein paar Socken aus der Tasche seines Pyjamas und hält sie* OMAR *unter die Nase.)*

PAPA: Da hast du deine Waschmethoden!

> *(*OMAR *wirft die Socken durchs Zimmer.)*

42. AUSSEN. STRASSE IM SÜDEN VON LONDON. TAG.
NASSER *und* OMAR *steigen aus Nassers Auto und gehen über die Straße in den Waschsalon. Er heißt ›Churchill's‹. Er ist breit und geräumig und in schlechtem Zustand. Er liegt inmitten einer Gegend von heruntergekommenen Secondhandshops, Wettbüros, Kramerläden mit vernagelten Fenstern usw.*

NASSER: Momentan ist es bloß eine Toilette und ein Jugendclub. Ein Finger in meinem verdammten Arsch.

43. INNEN. WASCHSALON. TAG.
Wir sind im Waschsalon. Einige der Bänke im Waschsalon sind Kirchenbänke.
OMAR: Woher hast du die denn?
NASSER: Aus der Kirche.
> *(Drei oder vier brutal aussehende* JUGENDLICHE, *Mädchen und Jungen, von denen einer barfuß ist, sitzen auf den Kirchenbänken. Ein Typ am Telefon. Das donnernde Geräusch von Turnschuhen in einem Trockner. Der* JUNGE *öffnet cool den Trockner und holt seine Schuhe raus.)*
Punkey! So machst du die Maschinen kaputt!
> *(Der* JUNGE *zieht seine Schuhe an. Er bietet seinen Hot dog einem anderen* JUNGEN *an, der lehnt ab. Also wirft der* JUNGE *den Hot dog in einen Trockner.*
> NASSER *geht ihn an. Er packt den Jungen am Hals. Die anderen* JUGENDLICHEN *stehen auf.* OMAR *zieht seinen mordlustigen* ONKEL *weg. Der* TYP AM TELEFON *mustert alle mißtrauisch. Dann macht er seinen Anruf.)*
TYP AM TELEFON: Tag, Baby. Nummer eins am Horn, Baby. Wie geht's deinem Fuß jetzt?

44. INNEN. HINTERZIMMER DES WASCHSALONS. TAG.
NASSER *steht an seinem Schreibtisch und sieht Papiere und Rechnungen durch.*
NASSER: *(Zu* OMAR*)* Los, fang an. Da ist der Besen. Beweg dich!
OMAR: Ich will hier nicht bloß kehren.
NASSER: Bist du jetzt in die Labour-Partei eingetreten?
OMAR: Ich will Manager von diesem Laden werden. Ich glaub, das kann ich. *(Pause.)* Bitte laß mich.
> *(*NASSER *überlegt.)*

NASSER: Ich überlege gerade, wie ich deinem Vater beibringen soll, daß dich vier Punker in einer Waschmaschine ersäuft haben. Andrerseits klärt dir ein bißchen Wasser im Hirn vielleicht den Kopf. Okay. Zahl mir Grundmiete. Was du darüber hinaus verdienst, kannst du behalten.
(*Er geht schnell, hat es sehr eilig rauszukommen. Der* TYP AM TELEFON *brüllt ins Telefon.*)

TYP AM TELEFON: (*Ins Telefon*) War es meine Schuld? Aber du bedeutest mir alles! Mehr als alles auf dieser Welt. Du bist mir lieber als Janice!
(*Der* TYP AM TELEFON *zeigt* NASSER, *daß aus einer Waschmaschine Seifenlauge über den Boden ausgelaufen ist.* NASSER *geht.* OMAR *sieht zu.*)

45. INNEN. HINTERZIMMER DES WASCHSALONS. TAG.
OMAR *sitzt deprimiert im Hinterzimmer. Die Tür zum Hauptraum ist offen.* JUGENDLICHE *schubsen sich gegenseitig herum. Normale Kunden kriegen Angst.*
Von OMARS *Position aus sehen wir durch das Fenster des Waschsalons* SALIM *aus dem Auto steigen.* SALIM *geht schnell durch den Waschsalon in das Hinterzimmer und schlägt die Tür hinter sich zu.*

SALIM: Steh auf! (OMAR *steht auf.* SALIM *rammt eine Stuhllehne unter die Türklinke.*) Ich hab hier schon Ärger gehabt.

OMAR: Salim, bitte. Ich weiß nicht, wie ich den Laden hier in Schwung kriegen soll. Ich fürchte, ich hab mich blamiert.

SALIM: Hier wirst du nie einen Pfennig verdienen. Dein Onkel hat dir eine tote Ente aufgehalst. Deswegen hab ich beschlossen, dir finanziell unter die Arme zu greifen. (*Er gibt ihm ein Stück Papier mit einer Adresse. Und er gibt ihm Geld.*) Geh in dieses Haus in der Nähe des Flughafens. Hol ein paar Videokassetten ab und bring sie in meine Wohnung. Das wär alles.

46. INNEN. SALIMS WOHNUNG. ABEND.

Die Wohnung ist groß und schön. Sindi-Musik im Hintergrund.
SALIM *kommt aus dem Bad, nur mit einem Handtuch um die Taille und einer Duschhaube auf dem Kopf. Er raucht einen fetten Joint.*

CHERRY *geht in ein anderes Zimmer.*

OMAR *steht mit den Kassetten im Arm da.* SALIM *zeigt darauf.*

SALIM: Leg sie hin. Ganz ruhig. Irgendwelche Probleme? *(*SALIM *gibt ihm den Joint, und* OMAR *nimmt einen Zug.* SALIM *zeigt auf die Wände. Einige erotische und einige sehr gute Gemälde.)* Eine der besten Sammlungen zeitgenössischer indischer Kunst. Ich unterstütze viele Maler. Ich bin gleich soweit. Schau dir was an, wenn du Lust hast.
*(*SALIM *geht zurück ins Schlafzimmer.* OMAR *steckt eine der Kassetten, die er gebracht hat, in den Recorder. Aber das Band ist leer. Bloß ein Bildschirm voller Statik.*
In der Zwischenzeit macht OMAR *einen Anruf, eine Nummer auf einem Zettel.)*

OMAR: *(Ins Telefon)* Kann ich mit Johnny sprechen? Wissen Sie, wo er wohnt? Sind Sie sicher? Ich wollte ihm bloß helfen. Bitte, wenn Sie ihn sehen, richten Sie ihm aus, er soll Omo anrufen.

47. INNEN. SALIMS WOHNUNG. ABEND.

SALIM *ist jetzt angezogen, bereit zum Ausgehen. Er nimmt die Videokassetten und merkt, daß eine gespielt wird.* SALIM *brüllt* OMAR *an.*

SALIM: Läuft da eins von den Bändern? *(*OMAR *nickt)* Was zum Teufel soll das?
(Er zieht das Band aus dem Recorder und untersucht es.)

OMAR: Ich wollte mir doch bloß was anschaun, SALIM.

SALIM: Die hier nicht! Wer hat dir erlaubt, die anzufassen?
*(*OMAR *reißt* SALIM *das Band aus der Hand.)*

OMAR: Es ist doch bloß ein Band!

SALIM: Nicht für mich!

OMAR: Was machst du? Was für Geschäfte, Salim?

(SALIM gibt OMAR einen heftigen Schubs, und OMAR taumelt rückwärts durchs Zimmer. Er will aufstehen, um sich zu wehren, und SALIM stürzt sich auf ihn und schubst ihn brutal noch einmal auf den Boden. Er hält OMAR seinen Fuß vor die Nase.

CHERRY, die am Türrahmen lehnt, beobachtet ihn gelassen.)

SALIM: Nasser sagt, du hättest den Ehrgeiz, was zu machen. Aber du hast zwei Prüfungen geschmissen. Du hast mit dem Waschsalon nichts gemacht und jetzt verarscht du mich. Du hast zuviel weißes Blut. Es hat dich schwach gemacht, wie diese blassen Jugendlichen, die uns Wogs nennen. Weißt du, was ich mit denen mache? Ich hol das hier raus. *(Er zieht eine Pfundnote aus der Tasche. Er reißt sie in Stücke.)* Ich sage: Euer englisches Pfund ist wertlos. Genauso wertlos, wie du, Omar, wertlos bist. Deine ganze fabelhafte Familie — dort drüben reich und mächtig — für sie bist du eine Schande.

(OMAR steht langsam auf.)

Jetzt hau ab.

OMAR: Das wirst du mir büßen.

SALIM: Das schau ich mir gern an.

48. AUSSEN. VOR DEM WASCHSALON. ABEND.

OMAR, *deprimiert nach der Blamage bei* SALIM, *fährt langsam am Waschsalon vorbei. Musik im Hintergrund. Es regnet, und der Waschsalon sieht unmöglich aus.*

OMAR *sieht* GENGHIS *und* MOOSE. *Er fährt neben ihnen her.*

OMAR: Habt ihr Johnny gesehen?

GENGHIS: Geh zurück in den Dschungel, kleiner Wog.

(MOOSE tritt gegen das Auto.)

49. INNEN. PAPAS ZIMMER. ABEND.

OMAR *schneidet* PAPAS *Zehennägel mit einer großen Schere.* OMARS *Gesicht ist voller blauer Flecken.* PAPA *zuckt hin und her, gießt sich einen Drink ein.* OMAR *muß ständig seine Füße wieder einfangen. Die Haut auf* PAPAS *Beinen schält sich aufgrund von Vitaminmangel.*

PAPA: Diese Leute sind zu hart für dich. Ich werde Nasser sagen, du bist fertig mit ihnen. *(*PAPA *wählt. Wir hören, wie es in Nassers Haus klingelt. Er legt den Hörer zur Seite und nimmt seinen Drink. Er mustert* OMAR, *der vor Wut und Scham zittert.* TANIA *hebt ab.)*

TANIA: Hallo.

*(*OMAR *ist schneller und unterbricht die Verbindung.)*

PAPA: *(Wütend)* Warum hast du das gemacht, du nutzloser Trottel?

*(*OMAR *packt* PAPAS *Fuß und fängt wieder mit den Zehennägeln an. Das Telefon klingelt.* PAPA *reißt sich los, und* OMAR *sticht ihn mit der Schere.* PAPA *blutet.* OMAR *nimmt den Hörer ab.)*

OMAR: Hallo. *(Pause.)* Johnny.

PAPA: *(Brüllt dazwischen)* Ich werd dich aus dieser Scheiß-Wohnung werfen, du Penner bist zu nichts nütze!

(Aber OMAR *grinst ins Telefon und redet mit* JOHNNY, *mit einem Finger im anderen Ohr.)*

50. INNEN. WASCHSALON. TAG.

OMAR *führt* JOHNNY *durch den Waschsalon.*

JOHNNY: Bin total beeindruckt.

OMAR: Du warst derjenige, welcher in der Schule. Der, den sie gemocht haben.

JOHNNY: *(Sarkastisch)* Alle Pakis haben mich gemocht.

OMAR: Ich hab's hinter mir. Mit meinen Eltern und so. Und mit Leuten wie dir. Aber jetzt möchte ich was auf die

Beine stellen. Mir schweben große Sachen vor. Ich muß Geld auftreiben, um den Laden hier auf Vordermann zu bringen. Ich möchte, daß du mir dabei hilfst. Und ich möchte, daß du hier mit mir arbeitest.

JOHNNY: Was für 'ne Arbeit ist das denn?

OMAR: Verschiedenes. Verschiedene niedere Arbeiten.

JOHNNY: So was wie Fensterputzen zum Beispiel, ja?

OMAR: Ja, klar. Und schaff mir die Schweine vom Hals, ja?

(OMAR zeigt auf die JUGENDLICHEN, die auf den Bänken rumalbern.)

JOHNNY: Sofort?

OMAR: Ich möchte alles sofort erledigt haben. Das ist die einzig richtige Einstellung, wenn man Großes vorhat.

(JOHNNY geht zu den JUGENDLICHEN und baut sich vor ihnen auf. Er nimmt langsam seine Uhr ab und steckt sie in die Tasche. Die Geste ist seltsam bedrohlich. Die JUGENDLICHEN stehen auf und gehen einer nach dem anderen hinaus. Einer will nicht. Er schubst JOHNNY plötzlich. JOHNNY gibt ihm einen scharfen Tritt.)

51. AUSSEN. VOR DER WÄSCHEREI. TAG.

Fortlaufend. Der getretene JUNGE rutscht über den Gehsteig und kracht gegen SALIM, der gerade aus seinem Auto steigt. SALIM wehrt die wild gestikulierenden Arme und Beine ab und geht schnell in die Wäscherei.

52. INNEN. WÄSCHEREI. TAG.

SALIM *zerrt den widerwilligen* OMAR *am Arm ins Hinterzimmer der Wäscherei.* JOHNNY *beobachtet sie und folgt ihnen dann.*

53. INNEN. HINTERZIMMER DER WÄSCHEREI. TAG.

SALIM *läßt* OMAR *los und packt einen Stuhl, um ihn wie vorher unter die Stuhllehne zu klemmen.* OMAR *reißt ihm mit einer schnel-*

len Bewegung den Stuhl weg und stellt ihn langsam ab. Und JOHNNY *schließt sich an, indem er seinen großen Stiefel in die Tür klemmt, bevor* SALIM *sie zuschlagen kann.*

SALIM: Mein Gott, Omar, es tut mir leid, was da passiert ist. Hab zuviel getrunken. Nur noch eine kleine Erledigung für mich, was?

(Er öffnet OMARS *Faust und drückt ihm einen Zettel in die Hand.)*

Wie das letzte Mal. Für mich.

OMAR: Und für fünfzig Pfund.

SALIM: Du kleiner Bastard.

*(*OMAR *wendet sich ab,* JOHNNY *auch, sie machen sich über* SALIM *lustig, parodieren* OMAR.*)*

Na schön.

54. INNEN. HOTELZIMMER. DÄMMERUNG.

OMAR *steht in einem Hotelzimmer. Ein hohes, modernes Gebäude mit Blick über London. Bei ihm ist ein älterer Pakistani, der einen Salwar Kamiz trägt. Koffer stehen auf dem Boden.*
Der Mann hat einen langen, weißen Bart. Plötzlich nimmt er ihn ab und reicht ihn OMAR. OMAR *ist erstaunt. Der Mann krümmt sich vor Lachen.*

55. INNEN. WÄSCHEREI. ABEND.

JOHNNY *macht eine Ladung Kundenwäsche in der Wäscherei.* OMAR *kommt schnell herein, den Bart hat er in einer Plastiktüte. Er legt den Bart an.*

JOHNNY: Idiot.

*(*OMAR *zieht* JOHNNY *zum Hinterzimmer.)*

OMAR: Ich hab Salims Spiel durchschaut. Das wird unsere Zukunft finanzieren.

56. INNEN. HINTERZIMMER DER WÄSCHEREI. TAG.

JOHNNY *und* OMAR *sitzen am Schreibtisch.* JOHNNY *trennt die Rückseite des Bartes mit einer Schere auf. Die Tür zur Wäscherei ist geschlossen.*

JOHNNY *zieht vorsichtig Plastiktütchen aus der Rückseite des Bartes. Er sieht* OMAR *an.* OMAR *bedeutet ihm selbstsicher, einen der Beutel zu öffnen.* JOHNNY *sieht ihn zweifelnd an.* OMAR *zieht seinen Stuhl näher ran.* JOHNNY *schneidet eine Ecke des Beutels auf und probiert den Puder. Er nickt* OMAR *zu.* JOHNNY *stopft den Beutel schnell wieder in den Bart zurück.*

OMAR *steht auf.*

OMAR: Nimm sie raus. Du weißt, wo man das Zeug verkaufen
     kann. Ja? Nicht wahr?

JOHNNY: Ich würde nicht für dich arbeiten, wenn ich weiter-
     hin ein böser Junge sein wollte.

OMAR: Das bedeutet mehr. Echte Arbeit. Expansion.
     *(*JOHNNY *holt zögernd die restlichen Päckchen aus dem Bart.)*
     Wir werden es sofort weiterverkaufen. Heute abend.

JOHNNY: Salim wird uns umbringen.

OMAR: Wie sollte er drauf kommen, daß wir es waren? Ich
     werd ihm den Bart besser schnell bringen. Komm schon.
     Ohne dich würde ich das alles nicht schaffen.

57. INNEN. VOR SALIMS WOHNUNG. NACHT.

OMAR *hat sich den Bart angeklebt und steht vor* SALIMS *Wohnung. Er klingelt.* CHERRY *öffnet die Tür. Zuerst erkennt sie ihn nicht. Dann lacht er. Und sie zieht ihn rein.*

58. INNEN. SALIMS WOHNUNG. NACHT.

In SALIMS *Wohnung sitzen zehn Leute. Wohlhabende pakistanische Freunde, die zum Abendessen gekommen sind. Sie plaudern und trinken. Am anderen Ende des Raumes ist der Tisch gedeckt.*
SALIM *mixt Drinks und redet über die Schulter mit seinen Freunden.*

SALIM: Wir waren alle da, yaar, um Ravi Shankar zu sehen. Aber ihr wolltet alle nur über meine Gemälde reden. Meine Sammlung. Deshalb hab ich gesagt, warum kommt ihr nicht alle hierher. Ich werde aus meiner Wohnung einen Abend lang eine Kunstgalerie machen ... *(Die Freunde kichern über* OMAR *mit dem Bart.* SALIM, *irritiert, dreht sich schnell um.* SALIM *ist entsetzt von* OMAR *und seinem Bart.)* Unterhalten wir uns unter vier Augen, ja?

59. INNEN. SALIMS SCHLAFZIMMER. ABEND.

SALIM *reißt* OMAR *den Bart vom Kinn. Er geht damit ins Badezimmer.* OMAR *geht näher ans Bad und beobachtet, wie* SALIM *hektisch die Rückseite des Bartes untersucht.* SALIM *sieht im Spiegel, wie* OMAR *ihn beobachtet und tritt die Tür zu.*

60. INNEN. SALIMS SCHLAFZIMMER. NACHT.

SALIM *kommt aus dem Bad zurück ins Schlafzimmer. Er wirft den Bart hin.*

SALIM: Du kannst gehen.

OMAR: Aber du hast mich nicht bezahlt.

SALIM: Ich bin nicht in der Stimmung. Dir ist auf dem Weg hierher nichts passiert? *(*OMAR *schüttelt den Kopf.)* Vielleicht passiert dir auf dem Weg zurück etwas. *(*SALIM *ist sich im Augenblick nicht sicher, was passiert ist.* OMAR *sieht ihn unverwandt an. Seine Nerven sind eisern.)* Hau ab.

61. AUSSEN. VOR SALIMS WOHNUNG. NACHT.

OMAR *rennt die Eingangstreppe hinunter zum Auto, in dem* JOHNNY *wartet.* SALIM *steht am Fenster seiner Wohnung und beobachtet sie. Musik over. Die Musik leitet über zu:*

62. INNEN. CLUB/BAR. NACHT.

OMAR *führt* JOHNNY *in den Club aus, den er mit* NASSER *und* RA-
CHEL *besucht hat.*

*Am Abend ist der Club etwas belebter. Die Kunden sind aus der
Karibik, Engländer oder Pakistanis. Alle wohlhabend. Und sogar
ein paar von den* JAMAIKANERN *aus der Anfangsszene sind da.*

OMAR *und* JOHNNY *sitzen an einem Tisch.* TARIQ, *der junge Sohn
des Clubbesitzers, steht neben ihnen. Er legt zwei Karten auf den
Tisch.*

TARIQ: *(Zu* OMAR*)* Für dich haben wir selbstverständlich immer
einen Tisch. Dein Onkel Nasser — ein großer Mann.
Und Salim natürlich. Keiner kann ihm das Wasser reichen. Keiner. Wollt ihr essen?

OMAR: Später, Tariq. Bring uns zuerst Champagner. *(*TARIQ
geht. Zu JOHNNY:*)* Okay?

JOHNNY: Ich verkauf das Zeug heute abend. Der Typ kommt
in einer Stunde hierher. Er testet gerade.

OMAR: Gut. *(Lächelt einem Mädchen zu.)* Sie ist nett.

JOHNNY: Ja.

63. INNEN. CLUB/BAR. NACHT.

OMAR *sitzt allein am Tisch, trinkt.* TARIQ *räumt den Tisch ab und
geht.* JOHNNY *kommt mit einem weißen* DEALER *aus der Toilette.
Der* DEALER *geht.* JOHNNY *setzt sich neben* OMAR.

JOHNNY: Wir lachen.

64. INNEN. NASSERS ZIMMER. ABEND.

NASSER *liegt im Bett. Er trägt einen Salwar Kamiz. Eine seiner
jungen* TÖCHTER *massiert seine Beine, und er stöhnt vor Wonne.*
OMAR *sitzt ihm gegenüber, gut angezogen, ganz entspannt. Er ißt
indische Süßigkeiten. Die andere* TOCHTER *kommt mit mehr Süßigkeiten herein, die sie neben* OMAR *stellt.*

OMAR: Erzähl mir vom Strand in Bombay, Onkel, von Juhu

Beach. *(Aber* NASSER *hat schlechte Laune.* TANIA *kommt ins Zimmer. Sie trägt das erste Mal im Film Salwar Kamiz und sieht umwerfend aus. Sie hat sich extra für* OMAR *umgezogen.)*

(Spielt zu TANIA*)* Oder vom Haus in Lahore. Als Tantchen Nina den Gartenschlauch in das Schlafzimmerfenster meines Vaters gesteckt hat, weil er nicht aufstehen wollte. Und Papas Bett anfing zu schwimmen.

*(*TANIA *steht hinter* OMAR *und berührt sanft seine Schulter. Sie lacht über die Geschichte.)*

TANIA: Papa.

(Aber er ignoriert sie.)

OMAR: *(Zu* TANIA*)* Du siehst sehr schön aus.

(Sie drückt seinen Arm.)

NASSER: *(Setzt sich plötzlich auf)* Was ist mit meiner verdammten Wäscherei? Pfeif auf die Geschichten von einem Ort, an dem du noch nie warst! Was treibst du, Junge?

OMAR: Was ich treibe?

65. INNEN. WÄSCHEREI. TAG.

OMAR *und* JOHNNY *in der Wäscherei.* JOHNNY *schlägt mit einer Axt eine der zusammengebrochenen Bänke von der Wand.* OMAR *mustert die Wäscherei mit einem Stift und einem Block in der Hand. Splitter fliegen durch die Gegend, während* JOHNNY*, athletisch und voller Begeisterung, aus vollem Hals singend, alles vorhandene Mobiliar zertrümmert.*

OMAR: *(voice over)* Es kann sich nur noch um Tage handeln, bis sie Gewinn abwirft. Und nicht zuletzt, weil ich einen Typen mit außerordentlichen Fähigkeiten, kräftigem Körper und exzellentem Verstand angeheuert habe, der sich mit mir darum kümmert.

66. INNEN. NASSERS ZIMMER. ABEND.

NASSER: *(Zur jüngeren* TOCHTER*)* Jasmine, massier meine Zehen.
(Zu OMAR*)* Was für einen Typen?

67. INNEN. WÄSCHEREI. TAG.

JOHNNY *steht auf der Leiter, streicht mit Hingabe, laut singend.*
Die Waschmaschinen sind mit weißen Tüchern zugehängt. Farb-
eimer und Töpfe und Pinsel liegen herum.

OMAR *beobachtet* JOHNNY.

OMAR: *(voice over)* Er heißt Johnny.

NASSER: *(voice over)* Wovon willst du ihn bezahlen?

68. INNEN. NASSERS ZIMMER. ABEND.

SALIM *und* ZAKI *kommen ins Zimmer.* SALIM *hat eine Flasche*
Whisky bei sich. ZAKI *schaut* TANIA *verlegen an. Sie klimpert ihm*
mit den Wimpern zu.

SALIM *und* ZAKI *geben* NASSER *die Hand und setzen sich auf Stühle,*
die ums Bett gruppiert sind.

ZAKI: *(Zu* NASSER*)* Wie geht's dir, du alter Bastard?

NASSER: *(Zeigt auf die Drinks)* Tania.
*(*TANIA *macht allen was zu trinken. Dabei mustert* SALIM
OMAR *mißtrauisch. Aber* OMAR *ignoriert das gelassen.)*
Und Zaki, wie läuft's?

ZAKI: Oh, gut, gut, alles gut. Aber . . .
(Er erzählt in Urdu, wie es mit seiner Wäscherei bergab
geht und wie schlecht sein Herz ist. NASSER *zeigt auf* OMAR.*)*

NASSER: Sprich Englisch, Zaki, damit dich der Junge verstehen
kann.

ZAKI: Er versteht seine eigene Sprache nicht?

NASSER: *(Scherzhaft, liebevoll, wütend)* Nicht nur das. Ich hab
ihm die Geschäftsführung dieser Verdrußwäscherei übertragen.

SALIM: Ich weiß.

NASSER: Aber das ist ja gerade der springende Punkt. Er hat einen anderen zum Arbeiten eingestellt!

ZAKI: Typisch englisch, wenn ich das sagen darf.

SALIM: *(Barsch)* Untersteh dich und setz das Geschäft deines Onkels in den Sand, du kleiner Trottel.

TANIA: Ich finde, du solltest nicht so mit ihm reden, Onkel.

SALIM: Warum nicht? Gehört er vielleicht zur königlichen Familie?

(SALIM und NASSER tauschen amüsierte Blicke.)

ZAKI: *(Zu NASSER)* Scharfes Mädchen, wirklich.

TANIA: Ich mag das nicht.

OMAR: *(Zu SALIM)* Meiner unbedeutenden Meinung nach kann Bumsen sehr positive Auswirkungen haben.

(TANIA lacht. ZAKI ist schockiert. SALIM starrt OMAR an.)

NASSER: *(Zu OMAR)* Du riskierst in letzter Zeit eine ziemlich dicke Lippe.

OMAR: Na denn. *(Und er steht schnell auf und will gehen.)*

NASSER: Schon gut, schon gut. Nur keine Aufregung.

SALIM: Wer sitzt denn da in der Einfahrt? Das macht mich nervös.

(Zu TANIA) Ein Freund von dir?

(Sie schüttelt den Kopf.)

NASSER: Zaki, sei so gut und schau nach.

OMAR: Es ist nur Johnny. Mein Freund. Er arbeitet für mich.

NASSER: Keiner arbeitet ohne meine Erlaubnis.

(Zu TANIA) Bring ihn rein.

(Sie geht. OMAR steht auf und folgt ihr.)

69. AUSSEN. NASSERS EINFAHRT. ABEND.

JOHNNY *steht neben dem Auto. Musik kommt aus dem Autoradio.* TANIA *und* OMAR *gehen zu ihm.* TANIA *nimmt* OMARS *Arm.*

TANIA: Ich weiß, warum du dir das alles gefallen läßt. Weil es so viel gibt, was du haben willst. Du bist genauso gierig

wie mein Vater. *(Deutet mit dem Kopf auf* JOHNNY.*)*
Warum hast du ihn hier draußen gelassen?

OMAR: Er kommt aus der Unterschicht. Er kommt nur rein, wenn er eingeladen ist. Außer er macht einen Einbruch.
(Sie sind bei JOHNNY *angelangt,* OMAR *scheint es nichts auszumachen, daß er seine letzte Bemerkung hört.)*

TANIA: Komm rein, Johnny. Mein Vater erwartet dich.
(Sie dreht sich um und geht weg. OMAR *und* JOHNNY *gehen auf das Haus zu.* BILQUIS *steht am Fenster des vorderen Zimmers und beobachtet sie.* OMAR *lächelt und winkt ihr zu.)*

JOHNNY: Wie geht's Salim heute?

OMAR: Hat zuviel Parfum aufgelegt, wie immer. *(*OMAR *hält* JOHNNY *fest und streicht ihm übers Gesicht.)* Eine Wimper.
*(*TANIA, *die an der Tür wartet, sieht diese zärtliche Geste und wird nachdenklich.)*

70. INNEN. NASSERS ZIMMER. ABEND.

NASSER, SALIM, JOHNNY, ZAKI *und* OMAR *lachen über eine von* NASSERS *Geschichten.* JOHNNY *ist vorgestellt worden, und man versteht sich ausgezeichnet.* TANIA *reicht* SALIM *noch einen Drink und sieht nach, ob alle anderen versorgt sind.*

NASSER: ... Also hab ich gesagt, in meiner Straße bin ich das Gesetz! Versteht ihr, ich mache Reichtum, ich schaffe Geld.
(Eine kleine Pause entsteht. NASSER *bedeutet* TANIA, *sie soll das Zimmer verlassen. Sie macht es, widerwillig.* SALIM *versucht beim Vorbeigehen ihre Hand zu nehmen, aber sie reißt sich los. Sie ist fort.)*
(Zu OMAR*)* Gefällt dir Tania?

OMAR: O ja.

NASSER: Ich werd sehen, was ich tun kann.
*(*ZAKI *lacht und schlägt* OMAR *aufs Knie.* OMAR *versteht das alles nicht so recht.)*

Jetzt aber zum Geschäft. Ich hab mir die Wäscherei angesehen. Ihr Jungs werdet das Kind schon schaukeln,
und zwar gut, das weiß ich. Dann habt ihr's geschafft.
(Zu JOHNNY*)* Aber zum Dank dafür möchte ich, daß du
etwas für mich tust. Du bist ein harter Typ, wie mir
scheint. Ich hab ein paar Schweinemieter in einem meiner Häuser, die ich nicht rauskriege.

JOHNNY: Nein. Ich mach keine harten Nummern mehr.

NASSER: Ich such doch keinen Massenmörder, du Trottel.

JOHNNY: Was, bitte, liegt denn an?

NASSER: Das werd ich dir sagen. Entficken. *(Zu* SALIM*)* Womit
wir bei deinem Lieblingsthema wären.

SALIM: Jetzt mach aber 'n Punkt!

JOHNNY: Was ist denn entficken?

ZAKI: Du kriegst einen Einblick in die Familiengeschäfte, weiter nichts.

SALIM: Was zum Teufel bleibt ihnen denn sonst noch in diesem Land?

NASSER: *(Zu* OMAR*)* Schick ihn zu mir in die Garage. Und sag
Tania, sie soll uns Champagner bringen. Und dann trinken wir auf Thatcher und eure schöne Wäscherei.

JOHNNY: Paßt das denn zusammen?

NASSER: Wie Dal und Chipatis!

71. AUSSEN. VOR DER WÄSCHEREI. NACHT.
JOHNNY *und* OMAR *haben ihr Auto neben der Wäscherei geparkt.*
Sie lehnen am Auto nahe beieinander und unterhalten sich.

JOHNNY: Morgen früh kommt das Holz. Ich krieg's sehr billig.
(Sie gehen langsam auf die Wäscherei zu.)

OMAR: Ich hatte eine Vision. Wie das hier aussehen könnte.
Warum hassen Leute Wäschereien? Weil sie Toiletten
mögen. Das könnte das Ritz unter den Wäschereien sein.

JOHNNY: Eine Wäscherei so groß wie das Ritz. Ja.

(JOHNNY legt seinen Arm um OMAR. OMAR dreht sich zu ihm, und sie küssen sich auf den Mund. Sie küssen sich leidenschaftlich und umarmen sich.

Auf der anderen Seite der Wäscherei treten GENGHIS, MOOSE und drei weitere JUNGS die Wäscherei-Mülltonnen über den Gehsteig. Sie sehen OMAR und JOHNNY nicht.

JOHNNY löst sich von OMAR und geht um die Wäscherei herum zu den JUNGS. OMAR stellt sich so, daß er einen Überblick hat, hält sich aber fern.

MOOSE sieht JOHNNY und gibt GENGHIS, der ganz ins Treten vertieft ist, ein Zeichen. GENGHIS baut sich vor JOHNNY auf. JOHNNY bleibt gelassen. Er stellt den Mülleimer auf und fängt an, den Müll mit Getöse wieder hineinzuwerfen. Er gibt zwei JUNGS ein Zeichen, ihm zu helfen, die weichen zurück.

JOHNNY packt MOOSE an den Haaren und stopft seinen Kopf in den Mülleimer. MOOSE, angemessen gezüchtigt, hilft jetzt JOHNNY, den Müll wieder in die Tonnen zu stopfen, mit schuldbewußten Seitenblicken auf GENGHIS.)

GENGHIS: Warum arbeitest du für die? Für diese Leute? Du warst doch mal einer von uns? Für England.

JOHNNY: Es ist Arbeit. Ich will arbeiten. Ich hab die Nase voll vom Rumhängen.

GENGHIS: Ich bin sauer. Ich kann's nicht ertragen, wenn einer von uns den Pakis die Stiefel leckt. Sie sind hierhergekommen, um für uns zu arbeiten. Deswegen haben wir sie hierhergebracht, o. k.?

(Und GENGHIS schickt sich an, wegzugehen. Dabei sieht er OMAR. Die anderen sehen ihn im selben Moment. MOOSE holt ein Messer raus. GENGHIS gibt ihm ein Zeichen, sich zurückzuhalten. Er möchte sich auf JOHNNY konzentrieren.)

Kapsel dich nicht von deinen eigenen Leuten ab. Außer

denen will dich nämlich keiner wirklich haben. Jeder
braucht seinen Platz, an den er hingehört.

72. AUSSEN. STRASSE IM SÜDEN VON LONDON. NACHT.
Sie befinden sich in einer Straße mit heruntergekommenen Ein-
familienhäusern, bereit zum Abbruch. JOHNNY *küßt* OMAR *und*
öffnet die Tür.
JOHNNY: Ich kann dich nicht reinbitten. Du solltest auch
    schleunigst zu deinem Vater gehen.
OMAR: Ich hätte nie gedacht, daß du je über meinen Vater re-
    dest.
JOHNNY: Er hat mir doch schließlich geholfen, oder? Als ich
    noch in der Schule war.
OMAR: Und was hast du getan, außer ihm weh zu tun?
JOHNNY: Das möchte ich alles vergessen.
    (Er steigt schnell aus und geht vor dem Auto vorbei. Er
    biegt um die nächste Ecke. OMAR *verläßt den Wagen und*
    folgt ihm.)

73. AUSSEN. STRASSE. NACHT.
OMAR *folgt* JOHNNY, *sehr darauf bedacht, sich nicht sehen zu las-*
sen. JOHNNY *geht auf ein vernageltes baufälliges Haus zu.* OMAR
beobachtet, wie er um das Haus geht und durch eine zerbrochene
Tür reinklettert.
OMAR *wendet sich ab.*

74. INNEN. PAPAS WOHNUNG. NACHT.
PAPA *schnarcht total betrunken in seinem Zimmer.* OMAR *ist ge-*
rade hereingekommen. Er steht neben PAPAS *Bett und streichelt*
seinen Kopf.
Er hebt eine fast leere Flasche Wodka auf und trinkt sie aus. Er
geht damit zur Balkontür.

75. AUSSEN. BALKON. NACHT.

OMAR *steht auf dem Balkon und blickt über die verlassene Bahn-linie. Plötzlich schreit er fröhlich in die Nacht hinaus und wirft die leere Flasche, so weit er kann.*

76. AUSSEN. VOR DER WÄSCHEREI. TAG.

OMAR *und* JOHNNY *arbeiten hart und sehr konzentriert. Sie strei-chen die Fassade der Wäscherei, die Türen usw. Sie sind fast fertig mit der Arbeit. Die neuen Fenster sind eingebaut, aber das Neon-schild hängt noch nicht.*

In der Nähe spielen KINDER *Fußball. Und einige zynische Anwoh-ner schauen zu, ein paar alte Männer, die wir später im Wettbüro sehen. Ebenso* MOOSE *und ein anderer* JUNGE, *die sich über die viele Mühe amüsieren. Sie lehnen an einer Wand gegenüber und trinken aus Dosen.*

Ein Stückchen weiter die Straße hoch sitzt SALIM *in einem gepark-ten Wagen und beobachtet alles.*

JOHNNY *steht auf der Leiter. Er steigt von der Leiter, nickt* OMAR *zum Abschied zu und stellt seinen Pinsel weg.* SALIM *fährt ein Stück rückwärts.*

JOHNNY *geht weg.* OMAR *wirft* MOOSE, *der ihn anstarrt, einen ner-vösen Blick zu.*

77. INNEN. GARAGENBÜRO. TAG.

NASSER *und* SALIM *sitzen im eingeglasten Büro der Garage.* NASSER *schaut die Papiere auf seinem Schreibtisch durch.* SALIM *beobach-tet ihn und ist sehr hartnäckig.*

SALIM: Ich bin an der Wäscherei vorbeigefahren. Du hast ihnen also das Geld zum Renovieren gegeben? *(*NASSER *schüttelt den Kopf.)* Ich würde zu gerne wissen, woher sie es haben.

NASSER: Regierungszuschuß. *(*SALIM *sieht* NASSER *zweifelnd an.)* Oh, Omo ist genau wie wir, yaar. Paßt er nicht wie die Faust aufs Auge zu uns? Eben ein echtes Produkt dieser Scheiß-Familie. *(Wirft* SALIM *einen listigen Blick zu.)* Genau wie bei dir, weiß der Himmel, was er macht, um Geld zu verdienen. *(NASSER schaut hoch und sieht, wie JOHNNY sein Gesicht gegen die Glastür des Büros quetscht. Er fängt an zu lachen.)*

SALIM: Dieser andere komische Typ hat einen schlechten Einfluß auf Omo, da bin ich mir ganz sicher. Da laufen ein paar Sachen, aber ich werd schon rausfinden, was.

(JOHNNY kommt herein.)

(Zu JOHNNY) Sie haben dich also aus dem Gefängnis gelassen. Wegen Überfüllung geschlossen, was?

JOHNNY: Entfick dich.

(SALIM reagiert. NASSER führt JOHNNY schnell aus dem Büro, während er sich mit SALIM durch die offene Tür unterhält.)

NASSER: *(In Urdu)* Keine Sorge. Ich deck diesen Bastard nur mit Arbeit ein.

SALIM: *(In Urdu)* Der Bastard ist selber schon Arbeit genug.

NASSER: *(In Urdu)* Mein Fuß wird die ganze Zeit in seinem Arsch stecken.

SALIM: *(In Urdu)* Darauf stehen die doch. Und deinen Stiefel wird er dir auch stehlen.

(JOHNNY beobachtet die beiden amüsiert.)

78. AUSSEN. HAUS. TAG.

Wir stehen vor einem von NASSERS Häusern. Ein zerfallenes, dreistöckiges Gebäude im Süden von London, dessen Zimmer er an Durchreisende und Studenten vermietet.

Abgeblätterte Wände, verschossene Teppiche, Katzenpisse.

JOHNNY und NASSER stehen auf dem obersten Treppenabsatz des Hauses vor einer Tür. JOHNNY trägt einen Werkzeugkasten und fängt an ihn auszupacken.

NASSER: Er hat das Schloß ausgewechselt, also machst du am besten die ganze Tür raus, damit er es nicht noch mal wechseln kann. Ist nur ein Dichter ohne Geld.

JOHNNY: Ich werd keinem weh tun, okay?

Später. NASSER *ist weg.* JOHNNY *hat das Schloß aufgebohrt, und die Tür ist offen. Er schraubt die Scharniere ab und singt vor sich hin. Am Ende der Halle steht ein Pakistani um die Fünfzig und beobachtet ihn.* JOHNNY *hebt jetzt die Tür aus den Angeln und lehnt sie an die Wand.*

POET: Also, diese Tür, die du da gerade abgehängt hast. Häng sie wieder ein.

*(*JOHNNY*, stöhnend vor Anstrengung, hebt die Tür hoch. Er versucht an dem* POETEN *vorbeizukommen. Der* POET *gibt* JOHNNY *einen kräftigen Schubs.* JOHNNY *versucht das Gleichgewicht zu halten, macht eine Art Tanz mit der Tür und kracht dann damit zu Boden. Die Tür fällt auf ihn.* JOHNNY *rappelt sich hoch. Der* POET *geht drohend auf ihn zu, und* JOHNNY *weicht zurück.)*

Ich bin ein armer Mann. Das ist mein Zimmer. Lassen wir's dabei.

(Und der POET *schubst* JOHNNY *noch mal.*

JOHNNY*, der keinen Widerstand leisten will, fällt gegen die Wand. Am Ende des Gangs, am Treppenabsatz, erscheint* NASSER*. Der* POET *wendet sich zu* NASSER *und geht auf ihn zu. Er beschimpft ihn auf Punjabi. Nasser ignoriert ihn. Als der* POET *sich auf* NASSER *stürzen will, packt* JOHNNY *den* POETEN *von hinten und biegt ihm den Arm hinter den Rücken.)*

NASSER: Wirf den Wichser raus.

*(*JOHNNY *schubst den strampelnden* POETEN *den Korridor entlang zur Treppe und führt ihn dann die Treppe hinunter.)*

80. INNEN. ZIMMER. TAG.

Das Zimmer, dessen Tür JOHNNY *entfernt hat. Ein großes, mies eingerichtetes Apartment mit Kocher, Eisschrank, Doppelbett, Schrank usw.*

NASSER *gibt* JOHNNY *Geld. Dann öffnet* NASSER *das Fenster und schaut hinunter auf die Straße. Der* POET *geht weg vom Haus.* NAS-SER *schreit ihm etwas auf Punjabi nach. Und er wirft die Sachen des Poeten aus dem Fenster. Der* POET *versucht unten hektisch seine Sachen einzusammeln.*

JOHNNY: Spielen sie denn nicht ihren Feinden in die Hand, wenn sie auf die Art... entficken? Den Leuten, die sagen, die Pakistanis kommen nur hierher, um anderen Leuten die Jobs und die Häuser wegzunehmen?

NASSER: Aber wir sind professionelle Geschäftsleute. Keine professionellen Pakistanis. In der neuen Unternehmenskultur gibt es keine Rassenfrage. Gefällt dir das Zimmer? Omar sagt, du hättest keine Wohnung. Du mußt nichts bezahlen.

JOHNNY: Warum nicht?

NASSER: Du kannst entficken. Der bildschöne Beweis ist erbracht. Aber kannst du dich freimachen und diesen Zoo hier unter Kontrolle halten? Ha?

81. AUSSEN. WÄSCHEREI. ABEND.

(Musik)

JOHNNY *arbeitet außen an der Wäscherei. Er macht das Neonschild an und hat Schwierigkeiten.* OMAR *steht unten, teuer gekleidet, und will nicht helfen. Auf der gegenüberliegenden Seite der Straße stehen* MOOSE *und ein paar* JUNGS *und beobachten sie.*

OMAR: Ich wünschte, Salim könnte das sehen.

JOHNNY: Warum? Er hat uns durchschaut. O ja, der wartet nur ab. Dann kriegt er uns.

(Er gibt MOOSE *ein Zeichen.* MOOSE *kommt rüber und hilft ihm. Die* ALTEN MÄNNER *sehen verständig zu, wie* JOHNNY *und* MOOSE *gefährlich auf einem Brett zwischen zwei Leitern hin und her schwanken, mit dem Neonschild ›Powders‹ in der Hand.)*

OMAR: Nimmst du das Zimmer in Nassers Haus?

(Die JUNGS *kicken einen Ball, der an* JOHNNYS *Ohr vorbei-*
pfeift. MOOSE *reagiert.)*

Zahl ja die Miete. Sonst mußt du dich selbst aus dem Fenster stoßen.

(GENGHIS *kommt die Straße entlang auf die Wäscherei zu.*
OMAR *dreht sich um und geht.*

MOOSE *gerät in Panik, er weiß, wie sauer* GENGHIS *über*
diese Zusammenarbeit sein wird. JOHNNY *wirft* MOOSE *ei-*
nen Blick zu.

GENGHIS *kommt näher. Die Leiter schwankt. Und die* AL-
TEN MÄNNER *schauen zu.* GENGHIS *bleibt stehen.* MOOSE *sieht*
ihn an.)

82. INNEN. WÄSCHEREI. TAG.

Der Tag der Eröffnung der Wäscherei.

Die Wäscherei ist fertig und sieht toll aus: Topfpflanzen, ein Fern-
seher, in dem Videos laufen, eine Stereoanlage, alles ist hell gestri-
chen und sauber.

OMAR *ist erstklassig angezogen. Er schlendert mit einem Drink in*
der Hand durch den Raum und sieht sich alles an.

Draußen stehen Leute aus der Gegend und drücken sich die Na-
sen am Fenster platt. Zwei alte Ladies warten geduldig darauf,
eingelassen zu werden. Langsam bildet sich eine Schlange von
Wartenden mit Wäschebündeln.

In der offenen Tür des Hinterzimmers zieht JOHNNY *sich seine*
neuen Klamotten an.

JOHNNY: Komm, machen wir auf. Die Welt wartet.

OMAR: Ich hab Nasser zum Stapellauf eingeladen. Und Papa
kommt auch. Sie sind noch nicht hier. Papa war seit Mo-
naten nicht mehr aus dem Haus. Wir müssen auf ihn warten.

JOHNNY: Wann wollten sie denn hiersein?

OMAR: Vor einer Stunde.

JOHNNY: Dann kommen sie wohl nicht.

(OMAR sieht betroffen aus. JOHNNY winkt OMAR zu sich. OMAR geht zu ihm.)

83. INNEN. HINTERZIMMER DER WÄSCHEREI. TAG.

Das Hinterzimmer ist auch neu dekoriert, alles sehr hell und high-tech. Und ein Spion ist eingebaut worden, durch den sie in die Wäscherei schauen können.

OMAR *beobachtet* JOHNNY, *der auf dem Schreibtisch sitzt.*

JOHNNY: Soll ich jetzt den Champagner aufmachen? *(Er öffnet die Flasche.)*

OMAR: Hab ich es nicht gesagt? *(Sie schauen durch den Spiegel und durch die riesigen Fenster der Wäscherei auf die geduldigen Kunden draußen.)* Das ganze stinkende Viertel bettelt auf Knien um saubere Wäsche. Mein Gott.

(OMAR faßt sich an die Schultern. JOHNNY massiert ihn.)

JOHNNY: Komm, machen wir auf.

OMAR: Erst wenn Papa da ist. Weißt du noch? Er hat sich viel Mühe mit dir gemacht. Und mit allen meinen Freunden. *(Plötzlich barsch)* Hat er doch, stimmt's?

JOHNNY: Omo. Was regst du dich denn so auf?

OMAR: Darüber, wie er Jahre später dieselben Jungs wiedergesehen hat. Und was haben sie gemacht?

JOHNNY: Was?

OMAR: Was haben sie bei den Märschen durch Lewisham gemacht? Ziegel und Flaschen und Union Jacks. Emigranten raus, haben sie gebrüllt. Umbringen wollten sie uns. Leute, die wir kannten. Und du mit. Er hat dich marschieren sehen. Du hast sein Gesicht gesehen, wie er dich beobachtet hat. Streit es nicht ab. Wir waren dort, als du vorbeimarschiert bist. *(JOHNNY umarmt OMAR und hält ihn fest.)* Papa hat sich und seinen Job gehaßt. Er hat

Angst um mich auf der Straße gehabt. Und er hat es an ihr ausgelassen. Und sie konnte es nicht ertragen. Ach, solch ein Versagen, solch eine Leere.

(JOHNNY küßt OMAR, dann läßt er ihn los und rückt etwas von ihm ab. OMAR berührt ihn, will umarmt werden.)

84. INNEN. WÄSCHEREI. TAG.

NASSER *und* RACHEL *rauschen begeistert mit Pappbechern und einer Flasche Whisky in der noch nicht geöffneten Wäscherei ein. Moderne Musik, zu der man Walzer tanzen kann, läuft.*

NASSER: Sie haben etwas Wunderbares daraus gemacht! Nicht wahr! O Gott, und auch noch mit Musik!

RACHEL: Es sieht aus wie ein unglaubliches Schiff. Ich hatte keine Ahnung.

NASSER: Der Junge ist einfach toll, Rachel, ich sag's dir.

RACHEL: Das brauchst du mir nicht zu sagen.

NASSER: Aber, ich sag dir doch alles fünfmal.

RACHEL: Mindestens.

NASSER: Bin ich dir denn ein schlechter Mann?

RACHEL: Du bist manchmal... achtlos.

NASSER: *(Bewegt)* Ja.

RACHEL: Tanz mit mir. *(Er geht zu ihr.)* Aber wir lernen.

NASSER: Wo sind denn die beiden Halunken?

85. INNEN. HINTERZIMMER. WÄSCHEREI.

OMAR *und* JOHNNY *stehen engumschlungen da.*

JOHNNY: Mit Worten kann ich das nicht wiedergutmachen. Ich kann dir nur zeigen, daß ich... bei dir bin.

(OMAR fängt an, JOHNNYS Hemd aufzuknöpfen.)

86. INNEN. WÄSCHEREI. TAG.

NASSER *und* RACHEL *tanzen Walzer durch die Wäscherei. Die alten Ladies draußen werden allmählich unruhig.*

NASSER: Natürlich hat Johnny die ganze körperliche Arbeit gemacht.

RACHEL: Du magst ihn.

NASSER: Ich wünsche mir, ich könnte mehr für die anderen hoffnungslosen Kinder wie ihn tun. Sie lungern auf der Straße herum wie Tauben, machen Mist, tun nichts.

RACHEL: Und du hast keine Lust mehr, zu arbeiten.

NASSER: Es ist an der Zeit, daß ich ein heiliger Mann werde.

RACHEL: Ein Sadhu aus dem südlichen Teil Londons.

NASSER: *(Überrascht von ihren Kenntnissen)* Ja. Aber zuerst muß ich Omar unter die Haube bringen.

87. INNEN. HINTERZIMMER WÄSCHEREI. TAG.

OMAR *und* JOHNNY *lieben sich heftig, beiden scheint es großen Spaß zu machen. Plötzlich hält* OMAR *inne, hebt den Kopf und sieht* NASSER *und* RACHEL *durch die Wäscherei tanzen.* OMAR *springt auf.*

88. INNEN. WÄSCHEREI. TAG.

NASSER *geht ungeduldig auf die Tür des Hinterzimmers zu.*

89. INNEN. HINTERZIMMER DER WÄSCHEREI. TAG.

OMAR *und* JOHNNY *ziehen sich hastig an.* NASSER *stürmt ins Zimmer.*

NASSER: Was zum Teufel macht ihr denn hier? Sonnenbaden?

OMAR: Schlafen, Onkel. Wir waren total geschafft. Wo ist Papa? (NASSER *sieht nur* OMAR *an.* RACHEL *erscheint an der Tür hinter ihm.)*

90. INNEN. WÄSCHEREI. TAG.

Die Wäscherei ist jetzt offen. Die alten Damen und andere Leute aus der Gegend waschen ihre Wäsche. Maschinen surren, Bettla-

ken werden gefaltet, Illustrierte gelesen, Musik spielt, die Video-
spiele werden ausprobiert usw.

SALIM *und* ZAKI *erscheinen. Sie unterhalten sich beim Herein-*
kommen.

ZAKI: Wäschereien sind unmöglich. Ich hab zwei Wäschereien
und zwei Magengeschwüre. Plus... Stapel!

(GENGHIS, MOOSE und der Rest der Bande kommen. MOOSE
betritt den Waschsalon, gefolgt von GENGHIS. GENGHIS
dreht sich um und verbietet dem Rest der BANDE hereinzu-
kommen. Ungeduldig warten sie draußen.

JOHNNY unterhält sich mit RACHEL.)

RACHEL: Wie heißt du mit Nachnamen?

JOHNNY: Burfoot.

RACHEL: Ich hab's gewußt. Ich kenn deine Mutter.

(Der TYP AM TELEFON hängt am Telefon und unterhält sich
eifrig mit seiner Angela.

Durch das Fenster sieht OMAR, der sich mit NASSER unter-
hält, TANIA mit einem Blumenstrauß die Straße überque-
ren.)

OMAR: Ich hab geglaubt, Papa könnte es heute vielleicht doch
schaffen, Onkel.

NASSER: Er hat gesagt, er besucht nie Waschsalons.

(TANIA kommt zur Tür herein.)

JOHNNY: *(Zu RACHEL)* O gut, da ist Tania.

RACHEL: Ich kenn sie nicht. Aber sie hat ein schönes Gesicht.

(JOHNNY verläßt RACHEL, geht zu TANIA und küßt sie. Er
nimmt begeistert die Blumen an.

NASSER ist durch das Erscheinen seiner Tochter ziemlich ver-
unsichert, nachdem er mit seiner Mätresse, RACHEL, da ist.)

NASSER: *(Zu OMAR)* Wer zum Teufel hat denn Tania eingeladen?

(GENGHIS und MOOSE schreien am Videospiel herum.)

OMAR: Das war ich, Onkel.

(Sie beobachten, wie TANIA mit JOHNNY zu RACHEL geht.

JOHNNY *bleibt keine andere Wahl, er muß die beiden einander vorstellen.)*

TANIA: *(Lächelt* RACHEL *an)* Endlich. Nach so vielen Jahren in meiner Familie.

RACHEL: Tania, ich hab das Gefühl, dich schon lange zu kennen.

TANIA: Aber das ist nicht so.

NASSER: *(Beobachtet das)* Bring Tania hierher.

TANIA: *(Zu* RACHEL*)* Ich hab nichts dagegen, daß mein Vater eine Geliebte hat.

RACHEL: Gut. Ich bin so dankbar.

NASSER: *(Zu* OMAR*)* Dann heirate sie. *(*OMAR *sieht ihn an.)* Was paßt dir denn nicht an ihr? Wenn ich sage, heirate sie, dann wirst du es verdammt noch mal tun!

TANIA: *(Zu* RACHEL*)* Ich hab nichts dagegen, wenn mein Vater unser Geld für Sie ausgibt.

RACHEL: Warum denn nicht?

NASSER: *(Zu* OMAR*)* Sei ein bißchen nett zu Tania. Nimm mir diesen Druck von meinem verfluchten Schädel.

TANIA: *(Zu* RACHEL*)* Ich hab nichts dagegen, daß mein Vater mit Ihnen zusammen ist anstatt mit unserer Mutter.

NASSER: *(Zu* OMAR*)* Dein Penis funktioniert doch, oder?

TANIA: *(Zu* RACHEL*)* Aber ich mag keine Frauen, die sich von Männern aushalten lassen.

NASSER: *(Schiebt* OMAR *vor)* Los, mach schon!

TANIA: *(Zu* RACHEL*)* Das ist doch ziemlich ekelerregendes Parasitentum, oder?

OMAR: *(Zu* TANIA*)* Komm, schau dir die Trockner an. Sie sind recht interessant.

RACHEL: Aber, sag mir eins, von wem läßt du dich aushalten? Und eins mußt du verstehen, wir gehören verschiedenen Generationen an und verschiedenen Klassen. Auf dich wartet alles. Das einzige, was je auf mich gewartet hat, ist dein Vater.

(Dann geht NASSER *sehr würdevoll zu* RACHEL.)

NASSER: Wir sollten uns auf den Weg machen. Jungs, wir sehen uns.

(Er schüttelt OMAR *und* JOHNNY *herzlich die Hand und geht dann mit* RACHEL *hinaus, ohne* TANIA *eines Blickes zu würdigen.*

Draußen auf der Straße fangen RACHEL *und* NASSER *einen erbitterten Streit an. Der Rest der* BANDE *beobachtet sie.* RACHEL *und* NASSER *gehen schließlich getrennte Wege — traurig.)*

91. INNEN. WASCHSALON. TAG.
Der Waschsalon ist jetzt voller Leute, hauptsächlich echte Kunden, die ihre Wäsche machen und es genießen dazusein.

GENGHIS *und* MOOSE *trinken immer noch.* GENGHIS *unterhält sich quer durch den Waschsalon mit* JOHNNY. JOHNNY *macht Kundenwäsche, faltet Kleidungsstücke.*

OMAR *verabschiedet sich an der Tür von* TANIA.

SALIM *hält sich im Hintergrund und wartet auf* OMAR. ZAKI *verabschiedet sich von ihm und geht vorsichtig an der unberechenbaren Brustentblößerin* TANIA *vorbei.*

TANIA: *(Zu* OMAR*)* Ich möchte weg von zu Hause. Ich muß mich abnabeln. Du wirst mich finanziell unterstützen müssen.

*(*OMAR *nickt begeistert.)*

GENGHIS: *(Zu* JOHNNY*)* Warum gehst du nicht mehr mit uns aus?

OMAR: *(Zu* TANIA*)* Ich bin betrunken.

JOHNNY: *(Zu* GENGHIS*)* Ich hab hier rund um die Uhr zu tun, Genghis.

OMAR: *(Zu* TANIA*)* Willst du mich heiraten?

TANIA: *(Zu* OMAR*)* Wenn du mir etwas Geld beschaffen kannst.

GENGHIS: *(Zu* JOHNNY*)* Gibt dir denn der Paki nie frei?

MOOSE: *(Zu* JOHNNY*)* Ich wette, du hast nicht den Mumm, ihn darum zu bitten.

110

SALIM: *(Zu* JOHNNY, *er zeigt auf* OMAR*)* Omo heiratet.

*(*TANIA *geht.* SALIM *geht zu* OMAR. *Er legt ihm den Arm um die Schulter und führt ihn nach draußen.* OMAR *will zuerst nicht mit, aber* SALIM *läßt nicht locker und zerrt ihn nach draußen.* JOHNNY *beobachtet das.)*

GENGHIS: *(Zu* JOHNNY*)* Und kommst du mit uns heute nacht auf die Spur?

92. AUSSEN. STRASSE VOR DEM WASCHSALON. TAG.

Es wird langsam dunkel. OMAR *und* SALIM *stehen neben* SALIMS *schickem Auto.*

Es kommen immer noch eifrige und neugierige Kunden. SALIM *nickt ihnen beifällig zu.*

Über ihren Köpfen blitzt das riesige rosa Neonschild ›Powders‹.

Ein paar Kinder spielen auf der gegenüberliegenden Seite Fußball.

JOHNNY *rennt zur Tür des Waschsalons. Er brüllt die Kinder an.*

JOHNNY: Paßt ja auf die Fenster auf!

*(*SALIM, *der von* JOHNNY *beobachtet wird, führt* OMAR *ein Stück die Straße hoch, vom Waschsalon weg.)*

SALIM: *(Zu* OMAR*)* Ich fürchte, du schuldest mir einen Haufen Geld. Der Bart? Erinnerst du dich? Eh? Gut. Jetzt erinnerst du dich. Ich glaube, ich sollte das Geld wiederkriegen, meinst du nicht auch?

OMAR: Ich hab jetzt nicht soviel Geld.

SALIM: Weil es alles im Waschsalon steckt?

*(*GENGHIS *und* MOOSE *sind aus dem Waschsalon gekommen und gehen jetzt die Straße entlang, weg davon, parallel zu* OMAR *und* SALIM. GENGHIS *starrt* SALIM *verächtlich an, und* MOOSE *spuckt auf den Gehsteig.* SALIM *ignoriert die beiden.)*

Dann sollte ich eine anständige Anzahlung kriegen, sagen wir, ungefähr die Hälfte. *(*OMAR *nickt)* Sagen wir mal, bis zur Jahresparty von Nasser. Oder, ich werde ihm nahelegen, die Wäscherei loszuschlagen. Du mußt wissen, wenn mich jemand austrickst, zerstör ich ihn.

*(*JOHNNY *kommt aus dem Waschsalon, rennt hinter* GEN-GHIS *und* MOOSE *her und springt auf* MOOSE' *Rücken. Sie biegen um die Ecke, weg von* SALIM *und* OMAR. OMAR *schaut ihnen besorgt nach, er versteht nicht, was* JOHNNY *mit ihnen vorhat.)*

OMAR: Du hast ganz schön lange gebraucht, bis du auf uns gekommen bist.

SALIM: Ich wollte sehen, was ihr machen würdet. Wie geht's deinem Papa? *(*OMAR *hebt die Schultern.)* So viele Bücher geschrieben und gelesen. Politiker haben sich um seine Gesellschaft bemüht. Bhutto war ein enger Freund von ihm. Aber in England sind wir ohne Geld nichts.

93. INNEN. WETTBÜRO. TAG.

Es sind nur etwa fünf bis sechs Leute im Wettbüro, alles Männer. Und die Männer sind fast alle alt, mit Schlappen und schmutzigen Anzügen, mit verbundenen Beinen und fleckigen Hemden und unrasierten, milchig aussehenden Gesichtern und Krankenkassenbrillen. Neben ihnen wirkt NASSER *zuversichtlich und mächtig. Er kennt sie. Eine gute Atmosphäre von Kameradschaft herrscht.*

Als OMAR *das Wettbüro betritt, sitzt* NASSER *auf einem Hocker, mit einem Stapel Wettickets vor sich und starrt auf eine Zeitung, die an die Wand geheftet ist. Ein* ALTER MANN *sitzt neben* NASSER *und gibt ihm Ratschläge.*

OMAR *geht zu* NASSER.

OMAR: *(Besorgt)* Onkel. *(*NASSER *ignoriert ihn.)*

NASSER: *(Kritzelt auf einen Wettabschnitt)* Nicht mal gekrönte Häupter können mich nachmittags erreichen.

OMAR: Ich muß mit dir reden. Über Salim.

NASSER: Quetscht er dir die Eier?

OMAR: Ja, ich brauche deine Hilfe, Onkel.

NASSER: *(Steht auf)* Du bist jetzt am Zug. Es liegt nur an dir, Junge.

(NASSER geht zum Schalter und gibt seinen Wettschein ab. Und er zahlt ein dickes Bündel Geld ein. Über die Laden-lautsprecher hören wir, daß das Rennen beginnt. Der Start-schuß fällt.

NASSER lauscht wie hypnotisiert, seine Augen irren Mitleid heischend von einem zum anderen im Laden; er stampft mit den Füßen, als sein Pferd ›Elvis‹ in Führung geht. OMAR hat NASSER noch nie so erlebt.)

(Zum Pferd) Los, Elvis, mein Sohn. *(Zu OMAR)* Du mußt jetzt die ganze Familie allein führen. *(Zum Pferd)* Los, Junge! *(Zu OMAR)* Du übernimmst die Kontrolle. *(Zum Pferd und den anderen im Laden)* Ja, ja, ja, er wird gewin-nen, der bildschöne schwarze Hurensohn! *(Zu OMAR)* Du kannst alles haben. Auch Salim. *(Zum Pferd)* Mach's, Baby, los, du schaffst es! Nein, nein, nein, nein.

(NASSER ist starr vor Selbstverachtung und Enttäuschung, als ›Elvis‹ das Rennen verliert. Der Wettschein fällt ihm aus der Hand. Und er läßt verzweifelt den Kopf hängen.)

OMAR: Wo ist Rachel?

NASSER: Du kannst nicht mit ihr reden. Sie ist damit beschäf-tigt, sich die Haare auszureißen. Wenn doch nur dein verdammter Vater nüchtern wäre, dann würde ich mit ihm über sie reden. Er ist der einzige, der überhaupt was weiß. *(Witzig)* An deiner Stelle würde ich mit ihm über Salim reden.

(OMAR starrt NASSER wütend und angewidert an. Er stürmt aus dem Wettbüro, gerade als das nächste Rennen — ein Hunderennen — anfängt.)

94. INNEN. WASCHSALON. TAG.

Der Waschsalon ist jetzt voll in Betrieb, die Kunden drängen sich im Laden.

Musik spielt — eine Arie für Sopran aus Butterfly.

Kunden lesen Illustrierte. Sie unterhalten sich, sehen fern mit leise gedrehtem Ton, und ein Mann singt die Arie aus der Puccini-Oper auswendig mit.

Der TYP AM TELEFON *brüllt in das brandneue, gelbe Telefon.*

TYP AM TELEFON: Natürlich kümmer ich mich drum! Ich komm jeden zweiten Abend vorbei. Mindestens. Ehrlich. Ich will Kinder haben!

*(*OMAR *schlendert durch den Waschsalon, beobachtet alles stolz und streng. Er hilft den Leuten, wenn die Türen der renovierten Waschmaschinen zu streng gehen. Und er reicht den Leuten Körbe, damit sie ihre Wäsche herumtragen können.*

Einstellungen von Leuten, die Geld in die Maschinen stecken.

Aber JOHNNY *ist nicht da.* OMAR *weiß nicht, wo er ist, und hält besorgt Ausschau nach ihm. Salims Geldforderung macht ihm Sorgen.*

Schließlich geht OMAR *hinaus auf die Straße und fragt einen Jungen, ob er* JOHNNY *gesehen habe.)*

95. INNEN. OBERER KORRIDOR DES HAUSES, IN DAS JOHNNY GEZOGEN IST. NACHT.

In einem der Zimmer in diesem Stockwerk ist eine Party im Gang. Der Lärm ist höllisch, Leute torkeln durch den Gang.

Ein PAKISTANISCHER STUDENT, *ein Mann Ende Zwanzig mit intelligentem Gesicht, hat sich über jemanden gebeugt, der in der Tür zwischen Zimmer und Gang zusammengebrochen ist.*

PAKISTANISCHER STUDENT: *(Als* OMAR *vorbeigeht)* Für deinen Onkel gibt's nur eine Bezeichnung. *(*OMAR *geht ordentlich wei-*

ter zu Johnnys Tür, ohne die beiden eines Blickes zu würdigen. Der Student brüllt.) Kollaborateur des weißen Mannes! *(OMAR klopft an Johnnys Tür.)*

96. INNEN. JOHNNYS ZIMMER. NACHT.

OMAR *betritt Johnnys Zimmer.* JOHNNY *liegt auf dem Bett und trinkt. Er hat nur Boxer-Shorts an.*

OMAR *steht in der offenen Tür.*

JOHNNY *rennt zur Tür und schreit den* PAKISTANISCHEN STUDENTEN *an.*

JOHNNY: Hab ich's dir gestern abend nicht gesagt, wegen dem Lärm? *(Pause)* Hab ich's etwa nicht?

   (Der PAKISTANISCHE STUDENT *schaut ihn verächtlich an. Die Betrunkenen liegen auf dem Boden herum.* JOHNNY *schlägt seine Zimmertür zu.*

   Und OMAR *geht auf ihn los.)*

OMAR: Wo warst du? Du bist einfach verschwunden!

JOHNNY: Trinken war ich. Mit meinen alten Kumpeln. Das ist nicht ungesetzlich.

OMAR: Ist es doch. Waschsalons sind eine große Verpflichtung. Warum bist du nicht in der Arbeit?

JOHNNY: Ist doch sowieso bald Ladenschluß. Du sperrst zu und kommst ins Bett.

OMAR: Nein, wir haben keinen Ladenschluß. Und einer von uns muß dasein. So fangen wir an, Geld zu verdienen.

JOHNNY: Du fängst an, gierig zu werden.

OMAR: Ich will ans große Geld. Ich werde mich von diesem Land nicht unterkriegen lassen. In der Schule hast du und dein Haufen mich rumgeschubst. Und was machst du jetzt? Meinen Boden aufwischen. So mag ich es. Jetzt marsch, an die Arbeit. An die Arbeit, hab ich gesagt. Oder du bist gefeuert!

(OMAR packt ihn und zerrt ihn hoch. JOHNNY *wehrt sich nicht.* OMAR *wirft ihm sein Hemd und seine Schuhe an den Kopf.* JOHNNY *zieht sich an.)*

JOHNNY: *(Berührt ihn)* Was ist mit dir?

OMAR: Ich möchte dich eine Zeitlang nicht sehen. Ich muß einiges gründlich überdenken.

*(*JOHNNY *mustert ihn traurig.)*

JOHNNY: Aber heute war doch wirklich der beste Tag!

OMAR: Ja. Fast der beste Tag.

97. INNEN. OBERER GANG. NACHT.

JOHNNY, *inzwischen angezogen, geht am Partyzimmer vorbei. Der* PAKISTANISCHE STUDENT *spielt jetzt auf dem Gang eine Tabla.* JOHNNY *ignoriert ihn, obwohl ihn der* STUDENT *ironisch mustert.*

98. INNEN. UNTERER EINGANGSKORRIDOR DES HAUSES. NACHT.

JOHNNY *bleibt vor einem Wandschränkchen im Gang stehen. Er holt einen Schlüsselbund aus der Tasche und sperrt es auf. Er greift hinein und dreht einen Schalter.*

99. AUSSEN. VOR DEM HAUS. NACHT.

JOHNNY *bewegt sich weg vom Haus. Er hat der Party den Strom abgedreht, alles ist dunkel. Im Zimmer hört man Leute schreien. Der* PAKISTANISCHE STUDENT *hängt aus dem Fenster und brüllt* JOHNNY *nach.*

PAKISTANISCHER STUDENT: Ihr seit Unmenschen! Ihr seit kalte Menschen, ihr Engländer, die großen Eisberge Europas!

*(*OMAR *steht am nächsten Fenster und schaut hinaus. Dieses Zimmer ist erleuchtet.*

JOHNNY *geht kichernd und fröhlich weg.)*

›*Walk On By*‹ *von Nina Simone tönt sanft aus den Lautsprechern des Waschsalons. Und es sind immer noch viele Leute da. Der* TYP AM TELEFON *hat sich zur Wand gedreht und den Kopf gebeugt, um sich besser auf das Gespräch konzentrieren zu können. Ein* MANN *schläft auf einer Bank.* JOHNNY *geht an ihm vorbei, merkt, daß er schläft, und gibt ihm einen Schubs. Der* MANN *springt auf.* JOHNNY *zeigt auf sein Wäschebündel.*

Ein junges, schwarzes Paar tanzt engumschlungen und verträumt, während es auf seine Wäsche wartet.

Ein PENNER *kommt langsam zur Tür herein, er hat Schwierigkeiten beim Gehen. Er trägt einen weiten schwarzen Mantel mit hochgeschlagenem Kragen.* JOHNNY *beobachtet ihn.*

JOHNNY: He!

> *(Der* PENNER *reagiert nicht.* JOHNNY *geht zu ihm und packt ihn beim Arm, um ihn rauszuwerfen. Dann dreht sich der* PENNER *zu* JOHNNY *um.)*

PAPA: Ich erkenne dich wenigstens. Laß mich hinsetzen.

> *(*JOHNNY *führt* PAPA *durch die Wäscherei.*
>
> *Der* TYP AM TELEFON *knallt den Hörer hin und geht raus.)*

JOHNNY: *(Jetzt ehrerbietig)* Wir hatten Sie heute erwartet.

PAPA: Ich bin gekommen.

JOHNNY: Die Einladung war für zwei Uhr, Mr. Ali.

PAPA: *(Sieht auf die Uhr)* Es ist doch erst zehn nach. Ich dachte, ich hab die falsche Adresse. Daß ich plötzlich bei einem Damenfriseur in Pinner wäre, wo man eine rosa Tönung kriegen kann. Macht ihr rosa Tönungen, Johnny? Oder bist du immer noch ein Faschist?

JOHNNY: Sie haben mir immer gute Ratschläge gegeben, Sir. Als ich noch klein war.

PAPA: Als du noch klein warst. Und was hat es dir geholfen? Bist du Politiker? Journalist? Gewerkschaftler? Nein, du bist ein Unterhosenwäscher. *(Selbstironisch)* O Gott, die werktätige Klasse ist ja so eine Enttäuschung für mich.

JOHNNY: Ich hab nicht viel aus mir gemacht.

PAPA: Du solltest dich auf die Hinterbeine stellen und was tun.

JOHNNY: Ja. Hier können wir etwas tun.

PAPA: Hilf mir. Ich möchte, daß mein Sohn aus dieser Unterhosenwäscherei rauskommt. Ich möchte, daß er aufs College geht und studiert. Sag's ihm: geh aufs College. Er muß das Wissen haben. Wir alle müssen es haben, jetzt. Um klar sehen zu können, was getan wird und wem es angetan wird in diesem Land. Richtig?

JOHNNY: Ich weiß nicht. Kommt drauf an, was er will.

PAPA: Nein. *(Eindringlich)* Du mußt deinen Einfluß geltend machen. *(PAPA steht auf und geht langsam hinaus.* JOHNNY *sieht ihm traurig nach.* PAPA *dreht sich um).* Kein schlechter Schuppen, den ihr da habt.

IOI. AUSSEN. VOR DEM WASCHSALON. NACHT.
PAPA *geht weg vom Waschsalon.*

IO2. AUSSEN. DIE EINFAHRT VON NASSERS HAUS. TAG.
JOHNNY *ist mit dem Bus zu Nassers Haus gefahren. Und* OMAR *öffnet ihm die Haustür.* JOHNNY *schickt sich an, ins Haus zu gehen.* OMAR *zieht ihn raus in die Einfahrt.*

JOHNNY: Warum zwingst du mich, den weiten Weg hierher zu machen?

OMAR: Wir müssen reden.

JOHNNY: Du Arschloch. *(An der Seite des Hauses ein seltsamer Anblick.* TANIA *klettert auf einen Baum.* BILQUIS *steht am Fuß des Baumes und schreit ihr Anweisungen in Urdu zu.* JOHNNY *und* OMAR *sehen zu.)* Was ist denn hier los?

OMAR: Richtig heavy, Mann. Bilquis macht einen Zaubertrank aus Blättern und Vogelschnäbeln und so Zeug. Sie will Rachel verwünschen.

(JOHNNY beobachtet erstaunt, wie TANIA *nach Blättern tastet.)*
JOHNNY: Funktioniert es?
OMAR: Rachel hat mich angerufen. Sie hat den Vikar geholt. Er
macht einen Exorzismus. Die Möbel wackeln. Ihre Hosen gehen allein spazieren.

103. INNEN. NASSERS ZIMMER. TAG.
OMAR *und* NASSER *und* JOHNNY *sitzen um einen Tisch in Nassers
Zimmer und spielen Karten.* NASSER *schmollt. Er legt seine Kar-
ten hin.*
NASSER: Ich bin draußen.
*(Er steht auf, geht und legt sich auf sein Bett, die Arme über
dem Gesicht.*
OMAR *und* JOHNNY *spielen weiter. Sie legen ihre Karten hin.*
JOHNNY *gewinnt. Er sammelt das Geld ein.)*
OMAR: Salim muß Geld kriegen. Bald. Einen Haufen Geld. Er
hat mich bedroht. *(Sie stehen auf und gehen aus dem Zimmer, während sie sich leise unterhalten.* NASSER *liegt auf
dem Bett und grübelt, hört aber nicht zu.)* Ich wollte es dir
vorhin nicht sagen. Ich dachte, ich könnte das Geld aus
den Gewinnen des Waschsalons aufbringen. Aber in der
kurzen Zeit ist das unmöglich.

104. INNEN. GANG VOR NASSERS ZIMMER. TAG.
Sie gehen den Gang entlang zur Veranda.
JOHNNY: Diese Stadt quillt über von Geld. Wenn ich gewöhn-
lich Geld brauche —
OMAR: Dann klaust du es.
JOHNNY: Ja, klar. Du mußt dich entscheiden, ob du das jetzt
auch machen willst.

105. INNEN. VERANDA. TAG.
*Sie sind auf der Veranda angekommen. Draußen, im Garten,
spielen die beiden jüngeren* TÖCHTER.

Am anderen Ende der Veranda sitzen BILQUIS *und* TANIA *auf einem Sofa. Vor ihnen steht ein Tisch.* BILQUIS *mischt verschiedene Zutaten in einer großen Schüssel — Gemüse, Vogelstücke, Blätter, etwas Urin von einem Hund, den gequetschten Augapfel einer Kaulquappe, einen halben Goldfisch usw. Wir sehen, wie sie den Goldfisch zerschneidet.*

Gleichzeitig diktiert sie TANIA *einen Brief, den diese auf blaues Luftpostpapier schreibt.* TANIA *ist anscheinend mit ihrer Geduld am Ende.*

OMAR *und* JOHNNY *setzen sich und beobachten sie.*

OMAR: Sie ist Analphabetin. Tania schreibt für sie an ihre Schwester. Bilquis will zurückgehen, wenn sie Rachel ins Krankenhaus gebracht hat. *(*BILQUIS *schaut hoch zu ihnen, ihre Augen sind dunkel, ihr Gesicht völlig humorlos.)* Nasser hat sich in einen Schmollmarathon gestürzt. Er versucht, den Weltrekord zu brechen.

(Pause. JOHNNY *wechselt das Thema, als* TANIA — *sie befürchtet, die beiden lachen sie aus — ihnen einen giftigen Blick zuwirft.)*

JOHNNY: Wir müssen eben einfach einen Job durchziehen, um das Geld zu kriegen.

OMAR: Ich möchte nicht, daß du damit wieder anfängst.

JOHNNY: Nur damit wir über die Runden kommen, Omo. Es ist für uns beide. Wenn wir weitermachen wollen. Das willst du doch, oder?

OMAR: Ja, ich will dich.

(Plötzlich erscheint NASSER *in der Tür und beschimpft* BILQUIS *laut in Urdu, sagt ihr, diese Zauberei sei Quatsch usw. Aber* BILQUIS *ist nicht auf den Mund gefallen. Sie brüllt zurück und sagt ihm u. a. in Urdu,* NASSER *sei ein großer, fetter, schwarzer Mann, der ihr nie wieder unter die Augen kommen sollte.*

TANIA *schlägt sich entsetzt die Hände vors Gesicht. Plötzlich steht sie auf. Die Schale mit dem Zaubertrank fällt um und die widerlichen Ingredienzen ergießen sich über* BILQUIS' *Füße.* BILQUIS *schreit auf.* JOHNNY *fängt an zu lachen.* BILQUIS *kippt* NASSER *den restlichen Zaubertrank über den Kopf.)*

106. AUSSEN. VOR EINEM SCHICKEN HAUS. NACHT.
Eine Doppelhaushälfte. Eine Hecke vor dem Haus.
JOHNNY *bricht das Vorderfenster auf. Er macht es sehr geschickt. Er klettert hinein. Er macht* OMAR *ein Zeichen, ihm zu folgen. Und* OMAR *folgt ihm.*

107. INNEN. VORDERES ZIMMER DES HAUSES. NACHT.
Sie nehmen den Videorecorder und den Fernseher und gehen damit zur Haustür hinaus. Ihr Wagen parkt vor dem Haus.
Plötzlich steht ein Kind von etwa acht Jahren hinter ihnen unten an der Treppe. Ein INDISCHER JUNGE. OMAR *sieht ihn an, der* JUNGE *macht den Mund auf und will schreien.* OMAR *packt den* JUNGEN *und hält ihm die Hand vor den Mund. Während er den* JUNGEN *festhält, geht* JOHNNY *mit der Anlage hinaus. Dann mit dem CD-Spieler.*
OMAR *läßt das erschrockene Kind los und läuft weg.*

108. INNEN. HINTERZIMMER DES WASCHSALONS. NACHT.
Im Hinterzimmer stapeln sich Anlagen, Videorecorder, Radios usw. OMAR *steht da und schaut sich die Stapel an.*
JOHNNY *kommt herein. Er schleppt einen Videorecorder.* OMAR *lächelt ihn an.* JOHNNY *reagiert nicht.*

109. INNEN. GANG. TAG.
Der obere Gang des Hauses, in dem JOHNNY *lebt.* JOHNNY, *in Jeans und T-Shirt, barfuß. Er ist eben erst aufgewacht und hämmert jetzt an die Tür des pakistanischen Studenten.*

OMAR *steht neben ihm, schick gekleidet, mit Aktentasche. Er hat die* *Nacht mit* JOHNNY *verbracht. Und jetzt geht er in den Waschsalon.*

JOHNNY: *(Zur Tür)* Heute wird Miete gezahlt! Miete fällig, Mann!

   *(*OMAR *beobachtet ihn.* JOHNNY *sieht unglücklich aus.)*

OMAR: Ich hab dir gesagt, daß es dich runterziehen wird, wenn du wieder stiehlst. Es ist nicht gut für dich. Du brauchst ein ganz neues Leben.

   (Der PAKISTANISCHE STUDENT *öffnet die Tür.* OMAR *schickt sich an, zu gehen. Zu* JOHNNY*)* Heute abend die Party. Dann haben wir alles hinter uns.

PAKISTANISCHER STUDENT: Mach die Toilette wieder frei, ja, Johnny?

JOHNNY: *(Schaut ins Zimmer)* Heute abend. Du machst doch nichts Politisches da drin, Mann, oder? Ich darf mal reinschauen, ja?

   *(*OMAR *geht lachend weg.* JOHNNY *gibt der Tür einen kräftigen Schub und der* PAKISTANISCHE STUDENT *gibt nach.)*

110. INNEN. ZIMMER DES PAKISTANISCHEN STUDENTEN. TAG.

JOHNNY *betritt das Zimmer. Eine junge* PAKISTANISCHE FRAU *sitzt mit einem* KIND *auf dem Bett.*

Ein PAKISTANISCHER JUNGE *von etwa vierzehn Jahren steht hinter ihr, auf der anderen Seite ein* PAKISTANISCHES MÄDCHEN *von etwa siebzehn.*

PAKISTANISCHER STUDENT: Meine Familie, auf der Flucht vor Verfolgung.

   *(*JOHNNY *sieht ihn an)* Bist du ein guter oder ein schlechter Mensch?

111. AUSSEN. LANDSTRASSE UND EINFAHRT ZU NASSERS HAUS. ABEND.

OMAR *und* JOHNNY *sitzen auf dem Rücksitz eines Minicars.*

JOHNNY *ist genauso aufgeputzt wie* OMAR, *nur trägt er modische*

Straßenkleidung und keinen teuren dunklen Anzug. JOHNNY
wird sich prächtig vom Rest der Party abheben.
Der junge ASIATISCHE FAHRER *fährt langsam auf* NASSERS *Haus zu.*
Das Haus ist hell erleuchtet, viel Lärm. Und die Einfahrt ist vol-
ler Autos, PAKISTANIS *und* INDERN, *die laut redend aussteigen.*
Beim Anblick des Hauses, der Lichter, der Extravaganz lacht
JOHNNY *sarkastisch.*
OMAR, *der den Fahrer bezahlt, wirft* JOHNNY *einen wütenden*
Blick zu.
JOHNNY: Für wen hält er sich überhaupt, dein Onkel. So 'ne
       Art Gatsby-Verschnitt? *(*OMAR *wirft ihm einen vernich-*
       tenden Blick zu.) Vielleicht ist das einfach nicht meine
       Welt. Du hast recht. Willst du immer noch heiraten?
       (Sie steigen beide aus dem Auto. OMAR *geht auf das Haus zu.*
       JOHNNY *bleibt kurz stehen, er möchte sich dem Ganzen ei-*
       gentlich nicht stellen.
       Als OMAR *fast an der Eingangstür angelangt ist und* TANIA
       herausgekommen ist und ihn umarmt hat, geht JOHNNY *auf*
       das Haus zu.
       TANIA *umarmt* JOHNNY.
       OMAR *schaut ins Haus und sieht* SALIM *und* CHERRY *unter*
       den vielen Leuten im Wohnzimmer. Er winkt SALIM *zu,*
       aber SALIM *ignoriert ihn.* CHERRY *sieht man ihre Schwanger-*
       schaft schon an.
       BILQUIS *steht am Ende des Ganges. Sie begrüßt* OMAR *in*
       Urdu. Und er antwortet in gebrochenem Urdu.
       JOHNNY *kommt sich etwas komisch vor, weil er der einzige*
       Weiße hier ist.)

II2. INNEN/AUSSEN. DIE VERANDA. PATIO UND GARTEN. ABEND.
Haus, Patio und Garten sind voller wohlhabender, gut angezoge-
*ner, gut abgefüllter Mittelklasse-*PAKISTANIS *und -*INDER.
Der AMERIKANER, DICK *und der* ENGLÄNDER *unterhalten sich.*

DICK: England bräuchte mehr junge Männer wie Omar und Johnny, soweit ich das beurteilen kann.

ENGLÄNDER: *(Etwas tuntig)* Je mehr solche Jungs, desto besser.

(Wir sehen, wie OMAR *sich auf der Veranda vertraulich mit verschiedenen Leuten unterhält. Gelegentlich schielt er zu* SALIM, *der in ein Gespräch mit* ZAKI *und Zakis* FRAU *vertieft ist. Ein Bruchstück ihrer Unterhaltung.)*

SALIM: Jetzt, wo Cherry schwanger ist, werde ich ein Haus bauen. Ich werde viele Kinder haben.

*(*BILQUIS *ist da. Sie ist allein, strahlt aber eine Intensität und Fröhlichkeit aus, die wir von ihr gar nicht kennen.*

JOHNNY *weiß nicht, mit wem er sich unterhalten soll.*

CHERRY *geht zu ihm.)*

CHERRY: Bitte, könnten Sie sich um die Musik kümmern?

*(*JOHNNY *sieht sie an. Dann schüttelt er den Kopf.*

NASSER, *betrunken und lautstark, führt* OMAR *durch das Zimmer zu* ZAKI, *der bei* SALIM *ist.)*

ZAKI: *(Schüttelt* OMAR *die Hand)* Omar, mein Junge.

*(*SALIM *entfernt sich.)*

NASSER: *(Zu* OMAR, *bei* ZAKI*)* Hilf ihm. *(Zu* ZAKI*)* Jetzt erzähl's ihm, bitte.

ZAKI: O Gott, Omo. Ich hab diese zwei Waschsalons in deiner Gegend. Ich brauche dringend Rat von dir.

(Wir hören OMARS *Stimme zu einer Einstellung von der Party.)*

OMAR: Ich werde dich nicht beraten. Wenn dir die Waschsalons lästig sind, zahl ich dir die Miete und Prozente vom Gewinn.

NASSER: Was sagst du dazu, Zaki? Er wird sie mit Johnny führen.

(Wir sehen TANIA; *sie unterhält sich mit zwei interessierten* PAKISTANIS, *die sie als heiratsfähig sehen und über alles, was sie sagt, lachen. Aber* TANIA *sieht* JOHNNY *an, der allein*

dasteht und trinkt. Er tanzt auch, beugt die Knie und macht unauffällige Handbewegungen. Er lächelt TANIA *zu.*
TANIA *geht zu* JOHNNY. *Er flüstert ihr etwas ins Ohr. Sie führt* JOHNNY *an der Hand in den Garten.*
BILQUIS *wirft* NASSER *wütende Blicke zu. Sie gibt ihm die Schuld daran. Er wendet sich ab von ihr.*
ZAKI *erzählt hochbeglückt seiner Frau von dem Handel mit* OMAR.)

113. AUSSEN. GARTEN. ABEND.
TANIA *führt* JOHNNY *durch den Garten zu einem kleinen Gartenhaus am anderen Ende. Ein Rad lehnt dort. Sie zieht ihre Schuhe aus. Sie umarmen sich und tanzen.*

114. INNEN. DAS HAUS. ABEND.
SALIM *ist im Moment allein.* OMAR *geht auf ihn zu.* SALIM *geht nach draußen, in den Garten.*

115. AUSSEN. GARTEN. ABEND.
OMAR *folgt* SALIM *über den Rasen.*
OMAR: Ich hab's. *(*SALIM *dreht sich zu ihm.)* Die Rate. Ein ganzer Batzen, Salim. Mehr, als du wolltest.
*(*OMAR *kramt in seiner Tasche nach dem Geld. Am Ende des Gartens spielen* JOHNNY *und* TANIA *mit einem Fahrrad herum.* OMAR *läßt zitternd etwas von dem Geld fallen.* SALIM *wehrt lächelnd mit einer Geste ab.)*
SALIM: Biete mir nie Geld an. Das war ein erzieherischer Test. Damit du einsiehst, daß du etwas Falsches gemacht hast. *(*TANIA *und* JOHNNY *fahren jetzt mit dem Rad auf dem Rasen herum.)* Du solltest in Zukunft nicht die Hand der Familie, die dich füttert, beißen. Wenn du Geld brauchst, frag mich einfach. Vor Jahren haben deine Onkel mir unter die Arme gegriffen. Und ich werde zu dir genauso sein.

(OMAR ist während dieser Ausführungen zusehends unruhiger geworden, da TANIA, mit JOHNNY auf dem Gepäckträger, direkt auf SALIMS Rücken zusteuert. OMAR schreit eine Warnung)

OMAR: Tania!

(Und er versucht, SALIM aus dem Weg zu zerren. Aber TANIA prallt gegen SALIM und schleudert ihn zu Boden. NASSER kommt über den Rasen gelaufen.

TANIA und JOHNNY liegen lachend auf dem Rücken.

SALIM steht wütend auf und geht auf JOHNNY los. OMAR und NASSER packen je einen von SALIMS Armen. JOHNNY lacht SALIM ins Gesicht.)

(Zu SALIM) Schon gut, schon gut, er ist unwichtig.

(SALIM beruhigt sich schnell und hebt warnend den Finger gegen JOHNNY. NASSERS Angriff auf TANIA verhindert die Konfrontation.)

NASSER: *(Zu TANIA)* Du kleines Luder! *(Er packt TANIA und will sie schlagen. JOHNNY zerrt sie weg.)* Was zum Teufel fällt dir überhaupt ein?

SALIM: *(Zu NASSER)* Kannst du deine Scheiß-Leute nicht im Zaum halten? *(Und er beschimpft NASSER auf Urdu. NASSER flucht und schimpft auf englisch)* Wie solltest du auch! Du hast ja fast dein ganzes Geld verspielt! *(SALIM wendet sich ab und geht weg.)*

TANIA: *(Deutet hinter ihm her)* Dieses arschglatte Zäpfchen besitzt uns mit Haut und Haaren! Alles gehört ihm! Unsere Erziehung, deine Geschäfte, Rachels Strümpfe. Alles!

NASSER: *(Zu OMAR)* Wollt ihr zwei denn nicht heiraten?

OMAR: Ja, ja. Demnächst.

TANIA: Da trink ich doch lieber meinen eigenen Urin.

OMAR: Man sagt, es kann ganz gut schmecken, mit einem Stück Zitrone.

NASSER: Geh mir aus den Augen, Tania!

TANIA: Nichts lieber als das!

> (NASSER *wendet sich ab und stürmt davon. Er geht über den*
> *Rasen und sieht, daß* BILQUIS *ein Stück weiter weg steht und*
> *alles beobachtet hat.*
>
> NASSER *bleibt kurz neben ihr stehen, ohne sie anzuschauen.*
> *Dann geht er weiter.)*

OMAR: *(Zu* JOHNNY*)* Laß uns hier abhauen.

TANIA: *(Zu* JOHNNY*)* Nimm mich mit.

> (OMAR *schüttelt den Kopf und nimmt* JOHNNY *an der Hand.)*

OMAR: Salim wird uns im Wagen mitnehmen.

JOHNNY: Ich brauch ihn für etwas, was mir so vorschwebt.

116. INNEN. SALIMS AUTO. NACHT.

SALIM *fährt mit* JOHNNY *und* OMAR *eine Landstraße entlang, weg*
von Nassers Haus, er fährt schnell.

JOHNNY *sitzt auf dem Rücksitz und schaut aus dem Fenster.* OMAR
macht für JOHNNY *auf sarkastisch; der beachtet ihn nicht, und der*
humorlose SALIM *merkt es nicht.*

OMAR: Ja, also, danke, Salim. Für das Retten des Waschsalons
und alles. Und fürs Mitnehmen. Unser Auto ist kaputt.

SALIM: *(Beschleunigt)* Muß zu einer kleinen Liaison. *(Zu*
JOHNNY*)* Er muß mir nicht danken. Was, Johnny? Wo
liegt denn dein Problem mit mir, Johnny?

JOHNNY: *(Nach einigem Überlegen, sehr barsch)* Salim, wir wissen, was du verkaufst, Mann. Wir kennen die Kids, denen du es verkaufst. Es ist Scheiße. Scheiße.

SALIM: Hast du's noch nicht bemerkt? Leute sind Scheiße. Ich
gebe ihnen, was sie wollen. Ich kritisiere nicht. Ich lie-
fere. Das Gesetz des Geschäfts.

JOHNNY: Mein Gott, wie kann man nur so denken. Was,
Omo? Du findest das doch auch total beschissen, oder,
Omo?

(SALIM tritt plötzlich auf die Bremse. Sie schlittern bis zur Kante eines steilen Abhangs.)

SALIM: Steig aus!

(JOHNNY öffnet die Autotür. Er schaut den steilen Abhang hinunter über die windgepeitschte Landschaft von Kent. Er lehnt sich zurück und schließt die Autotür.)

JOHNNY: Ich steh nicht auf Land. Die Schlangen machen mich nervös.

(SALIM lacht und fährt weg.)

117. INNEN. SALIMS AUTO. NACHT.

Sie sind im Süden von London angelangt, in der Nähe des Waschsalons. OMAR *schildert gerade* SALIM *seinen neuen Plan.*

OMAR: ... Ich hab also mit Zaki darüber geredet. Ich möchte seine zwei Waschsalons übernehmen. Er hat keine Ahnung.

SALIM: Keine.

OMAR: Renovieren. Mit seinem Geld. *(Er klopft sich auf die Brusttasche.)*

SALIM: Ja, reicht es?

OMAR: Ich hab gedacht, du steigst vielleicht bei mir ein... finanziell.

SALIM: Ja. Ich bin auf der Suche nach legalen Beteiligungen. *(Pause)* Du bist ein durchtriebener Schlingel.

Plötzlich) He, he, he... *(Und er sieht im Halbdunkel neben dem Fußballplatz eine Gruppe herumstreifender, lachender* JUGENDLICHER. *Sie gehen in eine schmale Gasse.* SALIM *bremst ab und fährt hinter ihnen in die Straße. Er folgt ihnen, beobachtet sie und erklärt. Zu* JOHNNY*)* Diese Leute. Was für eine Verschwendung von Dasein. Sie sind schmutzig und ignorant. Sie sind einfach nichts. Aber sie schänden Leute. *(Zu* OMAR*)* Unsere Leute. *(Zu* JOHNNY*)* In ganz England werden Asiaten, wie ihr uns

nennt, geschlagen, verbrannt. Ständig werden wir eingeschüchtert. Was dieser Abschaum braucht — *(Er haut
den Gang hinein und gibt Gas)* — ist eine Probe ihrer eigenen Pisse.

*(Er beschleunigt heftig, fährt auf den Gehsteig hoch und
auf die* JUNGS *vor ihm los.* MOOSE *dreht sich um und sieht
das Auto. Sie teilen sich und laufen weg.* GENGHIS *ist auch
einer der* JUNGS. *Einige andere erkennen wir als seine
Freunde.*

GENGHIS *drückt sich an die Wand und hebt ein Stück
Holz auf, um damit die Windschutzscheibe einzuschlagen. Aber ihm bleibt nicht genug Zeit es zu werfen,* SALIM
*fährt auf ihn los und reißt in letzter Sekunde das Steuer-
rad herum.* GENGHIS *sieht deutlich, wer vorne im Auto
sitzt.*

SALIM *wendet den Wagen, weg von* GENGHIS, *und* MOOSE
steht plötzlich isoliert mitten auf der Straße. SALIM *kann
ihm nicht mehr ausweichen.* MOOSE *springt zur Seite, aber*
SALIM *fährt ihm über den Fuß.* MOOSE *schreit.*

SALIM *fährt weiter.)*

118. INNEN. JOHNNYS ZIMMER. NACHT.
OMAR *und* JOHNNY *haben miteinander geschlafen.* OMAR *scheint
zu schlafen, liegt quer über dem Bett.*

JOHNNY *steht auf, geht durchs Zimmer und nimmt eine Flasche
Whisky. Er trinkt.*

119. INNEN. EIN ANDERER WASCHSALON. TAG.
Dieser Waschsalon ist viel kleiner und viel weniger prächtig als
OMARS.

OMAR *begutachtet alles ›fachmännisch‹.* ZAKI *harrt* OMARS *Urteil.
Das ist Zakis Problemwaschsalon.*

SALIM *ist auch da und läuft mürrisch hin und her.*

OMAR: Ich glaube, ich könnte was draus machen. Mein Partner
 und ich.
ZAKI: Nimm ihn. Ich vertraue dir und deiner Familie.
OMAR: Salim?
SALIM: Ich würde wirklich gerne Geld reinstecken.
OMAR: Na schön. Warte einen Moment.

120. AUSSEN. VOR DIESEM KLEINEN WASCHSALON. TAG.
JOHNNY *sitzt mürrisch im Wagen und sieht sich im Spiegel an. Im
Spiegel sieht er, daß ihn am unteren Ende der Straße eine Gestalt
mit Krücken beobachtet. Das ist* MOOSE.
OMAR *kommt aus der Wäscherei und unterhält sich mit* JOHNNY
durchs Autofenster.
OMAR: Willst du's dir anschauen? Glaubst du, wir könnten was
 damit anfangen?
JOHNNY: Kann ich nicht sagen, ohne es gesehen zu haben.
OMAR: Na, dann komm.
JOHNNY: Nicht, solange dieser Abschaum Salim da ist.
 (OMAR *wendet sich wütend ab und geht zurück in den
 Waschsalon.*)

121. AUSSEN. VOR OMAR UND JOHNNYS WUNDERSCHÖNEM WASCH-
SALON. TAG.
GENGHIS *steht auf dem Dach des Waschsalons, er hat ein Brett voller Nägel in der Hand.*
*Auf der anderen Seite der Straße, in der Gasse und hinter den Au-
tos, lauern die* JUNGS *und beobachten den Waschsalon.* MOOSE *ist
bei ihnen, er hinkt. Drinnen putzt* JOHNNY *den Fußboden.* TANIA,
die weder GENGHIS *noch die* JUNGS *sieht, geht die Straße hinunter
zur Wäscherei.*

122. INNEN. WASCHSALON. TAG.
JOHNNY *putzt den Boden des Waschsalons. Ein weißer Mann öff-*

net eine Waschmaschine und fängt an, Garnelen herauszuholen und steckt sie in eine schwarze Plastiktüte. JOHNNY *beobachtet ihn ganz erstaunt.*

TANIA *kommt in die Wäscherei, um sich von* JOHNNY *zu verabschieden. Sie trägt eine Reisetasche.*

TANIA: *(Aufgeregt)* Ich bin unterwegs.

JOHNNY: Wohin?

TANIA: London. Einfach weg.

> *(Einige Kinder spielen draußen Fußball, gefährlich nahe am Fenster des Waschsalons.* JOHNNY *geht zum Fenster und schlägt dagegen. Er entdeckt einen* JUNGEN *und* MOOSE, *wie sie den Waschsalon von der anderen Seite der Straße beobachten.* JOHNNY *winkt ihnen zu. Sie ignorieren ihn.)*
> *(Zu ihm)* Ich hau ab, ich will mein Leben leben. Du kannst mitkommen.

JOHNNY: So gute Jobs wie den hier gibt's in London nicht.

TANIA: Omo jagt dich doch rum wie einen Diener.

JOHNNY: Trotzdem bleib ich bei meinem Freund hier und trag es mit ihm aus.

TANIA: Meine Familie, Salim und die alle werden dich wie einen Kebab verschlucken.

JOHNNY: Ich könnte ihn jetzt nicht verlassen. Verlang das nicht von mir. Hast du ihn je berührt? *(Sie schüttelt den Kopf.)* Aber ich würde ihm nicht trauen.

TANIA: Ich geh jetzt besser. *(Sie küßt ihn, wendet sich ab und geht. Er steht an der Tür und schaut ihr nach.)*

123. AUSSEN. VOR DEM WASCHSALON. TAG.

GENGHIS *beobachtet vom Dach aus, wie* TANIA *sich vom Waschsalon entfernt.*

Am Ende der Straße biegt Salims Auto um die Ecke. Ein JUNGE, *der an der Ecke steht, gibt* GENGHIS *ein Zeichen.* GENGHIS *nickt den* JUNGS *in der Gasse gegenüber zu und hält sein Stück Holz bereit.*

124. INNEN. CLUB/BAR. TAG.

NASSER *und* RACHEL *sitzen an einem Tisch der Bar. Sie hatten ein sehr heftiges, schreckliches, trauriges Gespräch. Jetzt starren sie sich an.* NASSER *hält ihre Hand.* RACHEL *entzieht sie ihm.*

TARIQ *kommt mit zwei Drinks an den Tisch. Er stellt sie ab. Er will mit* NASSER *reden.* NASSER *berührt seinen Arm, ohne ihn anzusehen. Und* TARIQ *geht.*

RACHEL: Also... also... das war's dann.

NASSER: Warum? Warum mußt du mich jetzt verlassen? *(Ihre Antwort ist ein Achselzucken.)* Nach so vielen Tagen.

RACHEL: Jahren.

NASSER: Warum sagst du, du nimmst meiner Familie etwas weg?

RACHEL: Liebe und Geld. Ja, anscheinend mach ich das.

NASSER: Nein.

RACHEL: Und ich kann nicht genießen, so gehaßt zu werden.

NASSER: Es wird aufhören.

RACHEL: Ihre Arbeit. *(Sie zieht ihren Pullover hoch und zeigt ihren Bauch, voller blauer Flecken. Wenn möglich, sollten wir einen Augenblick lang den Verdacht haben, sie sei schwanger.)* Und ich bin grausam zu ihr. Es ist unmöglich.

NASSER: Laß dich küssen. *(Sie steht auf.)* O Gott. *(Sie wendet sich ab und möchte gehen.)* O Schatz. Geh nicht. Geh nicht, Rachel. Nein. Tu's nicht.

125. AUSSEN. VOR DEM WASCHSALON. TAG.

SALIM *sitzt in seinem Auto vor dem Waschsalon.* GENGHIS *steht über ihm auf dem Dach und beobachtet ihn. Auf der anderen Seite der Straße, in der Gasse, stehen die* JUNGS *bereit.*

SALIM *steigt aus seinem Wagen.*

126. AUSSEN. VOR ANWARS CLUB. TAG.

RACHEL *geht weg vom Club.* NASSER *steht an der Tür und sieht ihr nach.*

132

127. AUSSEN. VOR PAPAS HAUS. TAG.

NASSER *steigt aus seinem Wagen und geht auf Papas Haus zu. Die Tür ist kaputt, er schiebt sie auf, betritt den Gang, geht zur Treppe.*

128. AUSSEN. VOR DEM WASCHSALON. TAG.

SALIM *betritt den Waschsalon.*

129. INNEN. PAPAS HAUS. TAG.

NASSER *steigt traurig die schmutzigen Treppen des Hauses hoch, in dem Papa wohnt.*

130. INNEN. WASCHSALON. TAG.

SALIM *ist in die Wäscherei gekommen; es herrscht geschäftiges Treiben.* JOHNNY *arbeitet.*

SALIM: Ich will mit Omo über Geschäfte reden.

JOHNNY: Ich hab keine Ahnung, wo er ist.

SALIM: Hat es Sinn, zu warten?

JOHNNY: Meiner Erfahrung nach hat es immer Sinn, auf Omo zu warten.

(Der Typ am Telefon brüllt in den Hörer.)

TYP AM TELEFON: Nein, nein, ich verspreche, ich kümmer mich darum. Ich will doch ein Kind, oder? Richtig. Ich komm jetzt rüber. *(Er knallt den Hörer hin. Dann fängt er wieder an zu wählen.)*

131. INNEN. PAPAS HAUS. TAG.

NASSER *ist oben an der Treppe vor Papas Tür angelangt. Er öffnet die Tür mit seinem Schlüssel. Er geht den Gang entlang zu Papas Zimmer.* PAPA *liegt reglos im Bett.* NASSER *mustert ihn besorgt.*

132. AUSSEN. VOR DEM WASCHSALON. TAG.

Die JUNGS *warten in der Gasse gegenüber.* GENGHIS *gibt ihnen vom Dach aus ein Zeichen.*

Die JUNGS *rennen über die Straße und fangen an, mit großen Stöcken auf Salims Auto einzuschlagen. Sie zertrümmern Scheinwerfer, das Dach usw.*

133. INNEN. WASCHSALON. TAG.
Einstellung auf den TYP AM TELEFON. *Er hält den Hörer in der einen Hand. Die andere hat er vor dem Mund.* SALIM *sieht ihn und dreht sich um, um zu sehen, was los ist, und bemerkt, wie draußen vor dem Waschsalon sein Auto zusammengeschlagen wird.*

134. INNEN. PAPAS ZIMMER. TAG.
NASSER *betritt Papas Zimmer.* PAPA *hört ihn und hebt den Kopf.* PAPA *kämpft sich zur Bettkante vor und zieht sich hoch.* NASSER *geht zu ihm, und sie umarmen sich herzlich, heftig. Dann setzt sich* NASSER *zu seinem Bruder aufs Bett.*

135. AUSSEN. VOR DEM WASCHSALON. TAG.
SALIM *rennt aus dem Waschsalon auf sein Auto zu. Er packt einen der* JUNGS *und knallt ihn mit dem Kopf ans Auto.* GENGHIS *steht über ihnen, am Rand des Daches.*
GENGHIS: *(Brüllt)* He! Paki! He! Paki!

136. INNEN. PAPAS ZIMMER. TAG.
PAPA *und* NASSER *sitzen Seite an Seite auf dem Bett.*
PAPA: Dieses verdammte Land hat uns fertiggemacht. Deswegen bin ich so. Wir sollten dort sein. Zu Hause.
NASSER: Aber dieses Land ist von der Religion in den Hintern gefickt worden. Allmählich beeinträchtigt es das Geldverdienen. Verglichen mit überall anders ist es hier geradezu himmlisch.

137. AUSSEN. VOR DEM WASCHSALON. TAG.
SALIM *schaut hoch und sieht* GENGHIS *an der Dachkante stehen.*

Plötzlich springt GENGHIS *herunter, auf* SALIM, *und reißt* SALIM *mit sich zu Boden.*

GENGHIS *springt rasch hoch. Und als* SALIM *aufsteht, schlägt ihm* GENGHIS *das mit Nägeln beschlagene Stück Holz ins Gesicht und reißt ihm das Gesicht auf.*

JOHNNY *beobachtet alles vom Waschsalon aus.*

138. INNEN. PAPAS ZIMMER. TAG.

PAPA *und* NASSER *sitzen auf dem Bett.*

PAPA: Warum bist du unglücklich?

NASSER: Rachel hat mich verlassen. Ich weiß nicht, was ich machen soll.

(Er steht auf und geht zur Balkontür.)

139. AUSSEN. VOR DEM WASCHSALON. TAG.

SALIM, *blutüberströmt, stürzt sich auf* GENGHIS. GENGHIS *schlägt ihm mit dem Stück Holz auf den Bauch.*

140. AUSSEN. STRASSE IM SÜDEN VON LONDON. TAG.

OMAR *und* ZAKI *gehen eine Straße im Süden von London entlang, weg von Zakis kleinem Waschsalon.*

Auf der anderen Straßenseite ist der Club/die Bar. TARIQ *kommt gerade heraus. Er winkt* OMAR *zu.*

ZAKI: Du planst also eine Armada von Waschsalons?

OMAR: Was hältst du von einer Reinigung?

ZAKI: Die gehören der Vergangenheit an. Aber sie sind auch die Gegenwart. Zum Großteil sind sie Vergangenheit. Aber sie werden auch die Zukunft sein. Meinst du nicht?

141. AUSSEN. VOR DEM WASCHSALON. TAG.

SALIM *liegt auf dem Boden.* MOOSE *geht zu ihm und verpaßt ihm eins mit der Krücke.* SALIM *liegt reglos da.* GENGHIS *tritt* SALIM *in den Rücken. Er will gerade noch mal treten.*

JOHNNY *steht an der Tür des Waschsalons. Er geht auf* GENGHIS *zu.*
JOHNNY: Er wird sterben.

> *(*GENGHIS *tritt* SALIM *noch einmal.* JOHNNY *verliert die Be-*
> *herrschung, stürzt sich auf* GENGHIS *und drängt ihn gegen*
> *das Auto.)*
> Ich hab gesagt: Hör auf!
> *(Einer der* JUNGS *bewegt sich auf* JOHNNY *zu.* GENGHIS *schüt-*
> *telt ablehnend den Kopf.* SALIM *richtet sich langsam auf.*
> JOHNNY *hält* GENGHIS *wie einen Liebhaber. Zu* SALIM:*)*
> Verschwinde von hier!
> *(*GENGHIS *verpaßt* JOHNNY *einen Schlag in den Magen.* GEN-
> GHIS *und* JOHNNY *fangen an zu kämpfen.* GENGHIS *ist stark,*
> *aber* JOHNNY *ist schnell.* JOHNNY *versucht zweimal den*
> *Kampf zu beenden, zieht sich von* GENGHIS *zurück.)*
> Komm, laß uns aufhören, ja?
> *(*SALIM *kriecht weg.* GENGHIS *verpaßt* JOHNNY *einen Schwin-*
> *ger und* JOHNNY *geht zu Boden.)*

142. AUSSEN. STRASSE. TAG.
ZAKI *und* OMAR *biegen um die Ecke in die Straße, in der der*
Kampf stattfindet. ZAKI *sieht* SALIM *auf der anderen Straßenseite*
dahertorkeln. ZAKI *geht zu ihm.*

OMAR *rennt auf den Schauplatz des Kampfes zu.* JOHNNY *ist in-*
zwischen schwer angeschlagen. EIN JUNGE *versucht* OMAR *zu*
packen. OMAR *wehrt sich.*

Plötzlich sind Polizeisirenen zu hören. Die an der Schlägerei Be-
teiligten zerstreuen sich. GENGHIS *wirft beim Weglaufen das*
Stück Holz durch das Fenster des Waschsalons. Ein Schauer von
Glassplittern ergießt sich über die Kunden, die sich am Fenster
versammelt haben.

OMAR *geht zu dem fast ohnmächtigen* JOHNNY.

143. AUSSEN. BALKON VON PAPAS WOHNUNG. TAG.

NASSER *hat sich über das Balkongeländer gebeugt und schaut hinunter auf die Geleise.* PAPA *kommt durch die Balkontür und stellt sich im Schlafanzug neben ihn.*

NASSER: Du kümmerst dich immer noch um mich, was? Aber ich bin am Ende.

PAPA: Nur Omo zählt.

NASSER: Ich werd dafür sorgen, daß er eine gute berufliche Zukunft hat.

PAPA: Und was ist mit dem Heiraten?

NASSER: Ich arbeite daran.

PAPA: Tania wäre eine Möglichkeit?

(NASSER *nickt zuversichtlich. Vielleicht zu zuversichtlich.)*

144. INNEN. HINTERZIMMER DES WASCHSALONS. TAG.

OMAR *wäscht* JOHNNY *am Waschbecken das Gesicht, das übel zugerichtet ist.*

OMAR: Gut so?

JOHNNY: Was soll das heißen, gut so? Wie kann es gut sein, wenn ich so zugerichtet bin? *(Pause.)* Ich werde wieder gut aussehen. Aber wo bin ich überhaupt?

OMAR: Da, wo du hingehörst. Bei mir.

JOHNNY: Nein. Wo steh ich denn überhaupt?

OMAR: Weinst du?

JOHNNY: Wo denn? Küß mich wenigstens.

OMAR: Wein nicht. Deine Hand tut auch weh. Deshalb.

JOHNNY: He.

OMAR: Was?

JOHNNY: Ich sollte besser gehen. Ich glaube, es reicht, ja.

OMAR: Du bist immer gegangen, in der Schule. Und hast dich immer rumgetrieben, du. Deine Hand ist bös zugerichtet. Damals konnte ich dich nicht festnageln.

JOHNNY: Und jetzt geh ich wieder. Gib mir meine Hand zurück.

OMAR: Du bist schmutzig. Du bist schön.

JOHNNY: Ich mein es ernst. Faß mich nicht dauernd an.

OMAR: Ich werde dich waschen.

JOHNNY: Du hörst nie zu.

OMAR: Ich mach dieses Waschbecken voll.

JOHNNY: Tu's nicht.

OMAR: Komm hier rüber! *(OMAR füllt das Waschbecken. JOHNNY wendet sich ab und geht aus dem Zimmer.)* Johnny.
(Wir folgen JOHNNY hinaus durch den Waschsalon.)

145. AUSSEN. BALKON. TAG.
PAPA wendet sich von NASSER ab.
Ein Zug nähert sich, rast auf NASSER zu. Mit einem Mal rauscht er an ihm vorbei und einen Augenblick lang (wenn das technisch möglich ist) sieht er TANIA lesend im Zug sitzen, die Reisetasche neben sich. Er schreit auf, aber der Schrei geht im Getöse des Zuges unter. Sollte es nicht möglich sein, daß er sie sieht, dann gehen wir mit ihr in den Zug, und vielleicht sieht sie von ihrer Position aus den Balkon mit den beiden Gestalten.

146. INNEN. WASCHSALON. TAG.
JOHNNY ist jetzt an der Tür des Waschsalons. OMAR ist zur Tür des Hinterzimmers gestürzt.
Der Boden ist noch vom Glas des zertrümmerten Fensters bedeckt. Ein kalter Wind bläst durch den schwach beleuchteten Waschsalon. JOHNNY bleibt an der Tür des Waschsalons stehen. Er wendet sich zu OMAR.

147. INNEN. HINTERZIMMER DER WÄSCHEREI. TAG.
Während des Abspanns sieht man, wie OMAR und JOHNNY sich gegenseitig am Waschbecken im Hinterzimmer des Waschsalons waschen und anspritzen. Beide haben freie Oberkörper. Musik im Hintergrund.

ENDE

138

Sammy und Rosie tun es

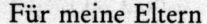

Für meine Eltern

Sammy und Rosie tun es hatte am 15. Januar 1988 in London Premiere.

Darsteller:

RAFI	Shashi Kapoor
ALICE	Claire Bloom
SAMMY	Ayub Khan Din
ROSIE	Frances Barber
DANNY	Roland Gift
ANNA	Wendy Gazelle
VIVIA	Suzette Llewellyn
RANI	Meera Syal
TAXIFAHRER/GEIST	Badl Uzzaman
Produzenten	Tim Bevan und Sarah Radclyffe
Regie	Stephen Frears
Drehbuch	Hanif Kureishi
Kamera	Oliver Stapleton
Produktionsdesign	Hugo Luczyc Wyhowski
Schnitt	Mick Audsley
Musik	Stanley Myers

I. INNEN. U-BAHN-STATION. TAG

Ein junger schwarzer Mann steht in der offenen Tür einer U-Bahn. Die Türen schließen sich. Er hält sie jedoch auf, damit eine alte Frau einsteigen kann, brüllt dem Zugwächter etwas zu, steigt selbst aus und läuft den Bahnsteig hinauf. Der Bahnsteig ist erfüllt von der Musik einer großen, zerlumpten Kinderbande, die in einem Tunnel, der vom Bahnsteig wegführt, spielen.

2. AUSSEN. STRASSE. TAG

Eine Straße im Süden Londons. Ein Wohngebiet, verdreckt, heruntergekommen. Die Polizei sperrt eine Straße mit weißem Band ab. Eine kleine Menschenmenge von Gaffern hat sich angesammelt — Farbige und Weiße bunt durcheinander. Einige protestieren. Aber die Leute halten überrascht inne. Vor einem Haus in der Straße stehen zwei Polizeibusse. Die Polizisten laufen hin und her. Sie sind bewaffnet.

3. AUSSEN. HOF. TAG

Der Hof eines ärmlichen Hauses in der Straße im Süden Londons. Eine hohe Mauer umgibt den Hof. Ein Hund rennt bellend im Hof hin und her, jagt seinem eigenen Schwanz nach. Die Einstellung auf diesen Hund so lange wie möglich, oder so lange erträglich — möglicherweise mit Einblendungen aus Einstellung 2.

4. INNEN. KÜCHE. TAG

Von der Küche aus sieht man den Hof. In der Küche kocht eine ältere schwarze Frau. Eine Bratpfanne voller Speck und Tomaten und eine volle Pfanne mit Pommes, zischend. Die Frau redet und lacht mit ihrem Sohn, einem jungen, schwarzen Mann, der am Küchentisch sitzt und Trompete spielt.

5. AUSSEN. HOF. TAG

Nun springen die bewaffneten Polizisten über die Mauer in den Hof. Der Hund spielt verrückt.
Schnitt: Die Polizisten treten die Eingangstür ein.
Schnitt: Am abgegrenzten Teil der Straße sehen wir DANNY. *Er drückt sich gegen das Band, schaut ängstlich zum Haus.*
Schnitt: In der Küche sieht der Junge die Polizei über die Mauer klettern. Er steht auf und setzt sich wieder. Dann läuft er zur Küchentür hinaus. Diese Tür führt zum Gang.
Schnitt: DANNY, *am Band, holt eine Schere oder ein Messer aus der Tasche und zerschneidet das Band. Die Leute drängen jetzt nach vorn, vorbei an der Polizei.*
Schnitt: Der Gang ist voller Polizisten. Sie versuchen den Jungen zu packen. Die Frau läuft schreiend auf den Gang, die Pfanne mit Pommes in der Hand. Sie wirft sie auf die Polizisten und bespritzt sie mit dem kochenden Fett. Ein junger, hysterischer Polizist am Ende des Ganges, verängstigt und verwirrt, feuert zwei Kugeln in den Körper der Frau. Sie fällt zu Boden.
Schnitt: Draußen. DANNY *hat jetzt das Haus erreicht. Er hört die Schüsse. Chaos herrscht.*

VORSPANN

6. INNEN. ANNAS STUDIO. TAG

Wir sehen den nackten Rücken einer Frau. Sie hat auf jeder Hinterbacke ein ›W‹ eintätowiert. Geräusche von einem Mann und einer Frau im Bett. Die Frau hockt über dem Mann. Sie kopulieren nicht, spielen nur herum. Überall sind amtliche Papiere verstreut. Dann versucht SAMMY *etwas aufzuschreiben, aber* ANNA *beißt ihn. Sie ist Amerikanerin.* SAMMY, *Ende zwanzig, trägt ein*

offenes, schwarzes Hemd. Wir sind in Annas Fotostudio. Es ist
ein riesiger Raum, ein umgebautes Lagerhaus, ähnlich einem
New Yorker Loft. Video- und Fotoausrüstung. Auch viele indi-
sche Gegenstände: Stoffe, Schnitzereien, Teppiche, Bilder von mol-
ligen Gurus usw. Auf dem Tisch neben ihnen sitzt eine Katze.
Durch das offene Fenster sieht man Bäume und hört Kinder spie-
len. In der Ferne bellt ein Hund. Das Geräusch eines Flugzeuges.

7. INNEN. FLUGZEUG. TAG
Abblende von beiden Gesäßbacken auf zwei Sitze im Flugzeug.
Ein Sitz ist leer. Im anderen sitzt RAFI, *ein eleganter alter Herr*
mit engelhaftem Gesicht. Er trägt immer exquisit geschnittene,
englische Anzüge. Er holt ein großes weißes Sherbet aus einer
Tüte, steckt es in den Mund und lutscht genüßlich daran, ein
Stück des Sherbets auf der Nasenspitze. Der Kapitän sagt über
Lautsprecher: ›*Wir befinden uns im Anflug auf London und*
werden in Kürze landen... die Temperatur in London beträgt...‹

8. INNEN. ANNAS STUDIO. TAG
SAMMY *und* ANNA *sind im Bett.* ANNA *lacht, als* SAMMY *gegen ihren*
Willen versucht aufzustehen.
SAMMY: Als dein Steuerberater, Anna, rate ich dir, dich nach
     ein paar ausländischen Anlagepapieren umzusehen.
     (Pause.) Jetzt muß ich aber gehn, Baby. Muß zum Flug-
     hafen. Jemanden abholen.
ANNA: Vom Lügen kriegt man Pickel auf der Zunge, du
     Couchkartoffel. Du willst sagen, deine Frau hat das
     Abendessen fertig und du mußt nach Hause.
SAMMY: Meine Frau. Es ist wirklich komisch, Anna. Je mehr
     Rosie von dir hört, desto umwerfender findet sie dich.
ANNA: *(Zieht an seiner rausgestreckten Zunge)* Da ist schon wie-
     der einer — genau da.
SAMMY: Sie ist vor allem von dem W auf jeder Pobacke total fas-

ziniert. Rosie will wissen, ob das so eine Art New Yorker Code ist.

ANNA: Du weißt doch, was es ist, du Couchkartoffel. Wenn ich mich bücke, steht da ›Wow‹!

9. INNEN. SOZIALWOHNUNG. TAG

ROSIE, *schön und gut angezogen, um die Dreißig, geht durch die dreckige, verkommene Sozialwohnung eines alten Mannes. Viele Fotografien von seinen Kindern und Enkelkindern stehen herum.* ROSIE *sucht ihn.*

ROSIE: Mr. Weaver! Mr. Weaver! Ich bin's, Rosie Hobbs!
   (Sie setzt sich kurz in die Mitte des Raumes, Einstellung auf ihr Gesicht. Wir hören SAMMYS *Stimme.)*

SAMMY: *(Voice over)* Es gibt zwei Dinge, an die meine Alte nicht glaubt. Abendessen kochen und sexuelle Treue. Sie sagt, Eifersucht ist schlimmer als Ehebruch.
   (Schnitt: ROSIE *schiebt jetzt die Tür des Badezimmers des alten Mannes auf.)*
   (Voice over) Rosie will niemanden besitzen. Wenn sie uns jetzt sehen könnte, wie wir deine Bücher prüfen, würde sie eine Flasche Champagner aufmachen, so wenig besitzergreifend ist sie.

10. AUSSEN. FLUGHAFEN HEATHROW. TAG

Umgeben von Koffern steht RAFI *vor dem Flughafenterminal und wartet auf seinen Sohn* SAMMY. *Er wird allmählich sehr ungeduldig. Schließlich winkt er einem Taxi und nimmt seine Koffer.*

11. INNEN. ANNAS STUDIO. TAG

SAMMY *liegt dort und öffnet gierig ein weiteres Bier. In der Zwischenzeit ist* ANNA *aufgestanden und stellt Fotowände ums Bett.*

SAMMY: Ich hab meinen alten Herrn seit fünf Jahren nicht mehr gesehn. Als er jung und arm war, hat er in England gelebt. Dann ist er nach Hause gegangen, um mächtig zu werden. Er hat mich meiner Mutter aufgehalst, als sie sich getrennt haben. Er wollte mich nie haben. Er hat mich hiergelassen. Ich glaube, ich muß das Ergebnis einer verfrühten Ejakulation gewesen sein.

12. AUSSEN. FLUGHAFEN. TAG

Wir sehen RAFI *in das Taxi steigen. Das Taxi fährt los. Der* TA-XIFAHRER *ist ein asiatischer Mann mit braunem Anzug. Ein Auge ist verbunden und sein Schädel ist teilweise eingeschlagen.* RAFI *bemerkt das nicht, aber es ist wichtig, daß wir das Gesicht des* TA-XIFAHRERS *sehen und es uns merken.*

SAMMY: *(Voice over)* Rosie und ich haben ihn dort besucht. Er ist ein großer Patriarch und ein kleiner König, umgeben von Bediensteten.

(Schnitt: Im Studio schickt ANNA *sich an,* SAMMY *zu fotografieren.)*

ANNA: Du verehrst ihn, stimmt's? Hat er mit seiner anderen Frau Kinder?

SAMMY: Eigentlich nicht. Nur Töchter.

(Sie lachen.)

Gib mir doch den Kamm, ja, Anna?

13. INNEN. SOZIALWOHNUNG. TAG

SAMMY: *(Voice over)* Anna, ich muß ihn heute abend schwer beeindrucken — Haufen Geld, anständige Wohnung, Rosie nicht zu müde.

*(*ROSIE *hat die Badezimmertür aufgeschoben. Sie geht ins Badezimmer. Der Putz fällt von den Wänden. Wasser trieft überall. Der alte Mann liegt tot in der Wanne, sein magerer Körper ist unter Wasser. Sein Kopf ist quittegelb. Das Wasser dampft. Sie starrt ihn an und zieht den Stöpsel heraus, berührt dabei versehentlich sein Bein.)*

14. INNEN/AUSSEN. TAXI. TAG

Es dämmert jetzt. RAFI *im Taxi ist schon mitten in London, auf dem Weg in die weniger schönen Gefilde von Süd-London.*

RAFI: *(Zum* TAXIFAHRER*)* Für mich ist England heißer Buttertoast auf einer Gabel vor einem offenen Feuer. Und Finger, die nach Möse riechen.

(Das Taxi bleibt im Verkehr stehen. RAFI *kurbelt das Fenster herunter und steckt seinen alten, ergrauten Kopf hinaus. Das Taxi beschleunigt. Über sich und um sich herum sieht* RAFI *sich kreuzende Autobahnen, Autobahnbrücken, riesige Hinweisschilder und ein Gewirr schnellen Verkehrs, wie im Traum, laut, seltsam. Wir sehen es durch seine Augen, als wäre es das erste Mal. Das ist nicht das England seiner Erinnerung.)*

15. AUSSEN. BALKON EINES WOHNSILOS. TAG

ROSIE *steht auf dem Balkon des Wohnsilos, wo der alte Mann gelebt hat. Es ist einer dieser Blocks, die aussehen, als wären sie von den Außenbezirken Warschaus hierher versetzt worden. Sie wartet auf den Krankenwagen. Sie läßt den Blick über London schweifen, hin zum Betonklotz der Autobahn in der Ferne. Dann sieht sie nach unten. Eine Gruppe Jugendlicher klopft an die Tür der Wohnung gegenüber. Sie schieben den Inhaber zur Seite und stürmen in die Wohnung, mit Masken und Schals vermummt. Unten am Boden, in der Mitte des Hofs, brennt ein riesiges Lagerfeuer. Schwarze und weiße Kinder schüren es, werfen Sachen hinein. Der Krankenwagen, mit heulender Sirene und blitzenden Lichtern, rast in den Hof.*

16. INNEN. SAMMYS UND ROSIES BADEZIMMER. TAG

ROSIE *wäscht sich die Haare in ihrem ›viktorianischen‹ Badezimmer. Sie taucht das Haar ins Wasser und zieht den Kopf wieder heraus. Einstellung auf ihr Gesicht, wir sehen ihr Haar voller*

Wasser. Könnte vielleicht durch einen Spiegel aufgenommen wer-
den, damit wir in das große, lange Wohnzimmer sehen können.
Dort sind einige von ROSIES *Freundinnen versammelt, plus ei-*
nem schwarzen und einem weißen Jungen, beide taubstumm, die
zur Musik tanzen. Dann erscheint eine der Frauen, RANI, *hinter*
ROSIE *und knallt die Tür zu.*

RANI: Draußen gibt's Ärger. Ich glaub, heute abend wird's
brennen.

    *(*ROSIE *dreht sich um und sieht sie an. Dann schauen sie in*
    den Badezimmerspiegel. Sie sehen sich nicht selbst, sondern
    einen verfallenen Schuppen in einem grünen Wald. Es reg-
    net in Strömen. Im Schuppen malt ein junger Mann ein Por-
    trät von ROSIE.*)*

ROSIE: Das ist mein Liebhaber, Walter. Ich treffe ihn später.

RANI: Was wird Sammy dazu sagen?

ROSIE: Auch wenn ein Buschbrand ihm Herz und Eingeweide
versengt, wird sein Mund versuchen zu sagen: Wie interessant doch dein Leben ist, Rosie.

RANI: Was für ein Armutszeugnis.

17. AUSSEN. STRASSE. DÄMMERUNG
Jetzt biegt RAFIS *Taxi in die Straße in Süd-London ein, in der*
SAMMY *und* ROSIE *wohnen.*

RAFI: *(Zum* TAXIFAHRER*)* Mein Sohn Sammy ist ein sehr erfolg-
reicher Steuerberater.

TAXIFAHRER: Und dann wohnt er hier?

    (Auf halbem Weg ist die Straße von Polizeiautos, Polizeibus-
    sen und einem Krankenwagen blockiert. Das ist die Straße
    aus Einstellung 2. Das Taxi hält an. Es kommt nicht weiter.
    Wir sehen, wie RAFI *verwirrt die chaotische Szene wahr-*
    nimmt. Jetzt geht RAFI *mit seinen Koffern vorbei an den Po-*
    lizeiautos und dem Krankenwagen. Die Außenshots bei
    Nacht haben eine sensibilisierte, unwirkliche Atmosphäre.

Als RAFI *an dem Haus mit den Terrassen aus Szene 3 vorbei-geht, tragen die Sanitäter jemanden auf einer Bahre heraus. Eine Schar von Schwarzen und einige Weiße haben sich vor dem Haus versammelt, viele wütend, andere weinen.* DANNY *steht abseits. Seine junge schwarze Freundin und ihr Kind sind jetzt da, bei ihm.* RAFI *geht vorbei, registriert alles. Wir zeigen alle Gesichter in Großaufnahme.* RAFI *geht an einigen größeren Häusern vorbei. Der* TAXIFAHRER *beobachtet ihn. Auf den Treppen dieser Häuser stehen* ROSIE *und* VIVIA *und beobachten besorgt den Vorfall mit dem Krankenwagen.* RAFI *drängt sich durch die Menge.* DANNY *beobachtet ihn.* ROSIE *entdeckt* RAFI *in der Menge und stürzt sich ins Gewühl, um ihn zu holen, schubst sich durch.)*

ROSIE: Rafi! Rafi!

(Sie findet und umarmt ihn. DANNY *beobachtet das.)*

Was ist denn passiert? Hat Sammy dich nicht abgeholt?

RAFI: Das einzige, was der Junge sich gerade holt, ist eine sexuell übertragbare Krankheit!

18. INNEN. SAMMYS UND ROSIES WOHNUNG. ABEND

Eine geräumige Wohnung, überall Bücherstapel, ein Dschungel von Pflanzen, ein paar anständige Stiche, Musik spielt. Die Woh-nung ist wild und unordentlich, nicht yuppiemäßig. Karten und Tabellen an den Wänden, Bilder von Blumen, alte Buddhas, viele Möbel vom Trödler, Heimwerkerskulpturen, Bidets voller Bü-cher, Samtvorhänge an den Wänden, riesige, kaputte Sessel, Schichten von Orientteppichen, Wasserpfeifen, Messingtöpfe, High-tech-Geräte... eine Hängematte vor einem Fenster ge-spannt, rote Seide, die von der Decke wallt. Vier von Rosies Freundinnen trinken Wein: EVA, RANI, BRIDGET *und* MARGY. EVA *ist eine jüdische Intellektuelle.* BRIDGET *hat rasierte Schläfen, der Rest der Haare ist lang.* MARGY *ist politisch sehr engagiert.* BRIDGET *und* EVA *massieren sich gegenseitig.*

MARGY: *(Ironisch)* Sammy mag ja vielleicht Steuerberater sein, aber er ist ein sehr radikaler Steuerberater...

RANI: *(Zu Bridget)* Hast du keine Lust, mich zu massieren? Brauch ich etwa keine Unterstützung? Wo sind denn Rosie und Vivia?

BRIDGET: *(Teil einer fortlaufenden Unterhaltung.)* Ich hab immer die Pille genommen. Lieber Krebs als schwanger. Ich hab noch nie einen Gummi gesehn. Gehört nicht zu meiner Generation. Margy?

(Inzwischen holt sich der weiße Junge auf dem Teppich einen runter. RANI zieht ihn hoch und er starrt keuchend die Frauen an. Sie ignorieren ihn.)

MARGY: Ich hab immer ein halbes Dutzend dabei. Für den Fall, daß ich einem großen, dunklen, steifen Fremden begegne. *(Sie zieht ein Päckchen Kondome aus der Tasche.)*

19. INNEN. TREPPE. ABEND

ROSIE *und* VIVIA *kämpfen sich mit Rafis Koffern die Treppe hoch. Dieser Teil der Wohnungen ist auch geräumig und offen.* RAFI *steigt vor ihnen die breite Steintreppe hoch, mit absoluter Würde, wie immer.*

RAFI: Ist so ein Weltkrieg typisch für eure Straße?

ROSIE: *(Zu RAFI)* Die Polizei hat aus Versehen eine Frau erschossen. Sie haben ihren Sohn gesucht. Eine fünfzig Jahre alte Büroputzfrau kann man ja auch so leicht mit einem zwanzig Jahre alten Jazztrompeter verwechseln.

(Als RAFI und VIVIA das Zimmer betreten, hören und sehen sie:)

MARGY: Du hältst das Kondom da und ziehst es runter. *(MARGY zieht das Kondom über eine große, schrumpelige Karotte. Die Frauen stehen um sie herum und lachen.)*

EVA: Karotten sind aber wirklich wesentlich attraktiver als Schwänze. Und vitaminreicher, kann ich mir vorstellen.

(RAFI scheint etwas verwirrt. Er sieht auch die taubstummen Jungs, von denen einer versucht, mit ihm zu tanzen. RANI beobachtet RAFI genau. Sie erkennt ihn.)

ROSIE: Rafi, das sind meine Freundinnen.

RAFI: *(Murmelt vor sich hin)* Guter Gott, wirklich?

(MARGY rollt hastig das Kondom von der Karotte.)

BRIDGET: *(Zu VIVIA)* Alles in Ordnung da draußen?

VIVIA: Ganz im Gegenteil. Gehn wir, Margy, Eva. Alle.

(MARGY beißt in die Karotte. Sie stehen auf. ROSIE nimmt RAFI am Arm und führt ihn weg von den Frauen, um ihm die Wohnung zu zeigen. VIVIA, die gerade dabei ist, RANI anzumachen, schaut sie erwartungsvoll an.)

RANI: *(Zu VIVIA)* Bis später. Ich bleib noch ein bißchen.

VIVIA: Rufst du mich an?

RANI: Ja, ja.

(Sie nehmen sich bei der Hand und küssen sich zum Abschied, ein längerer Zungenkuß, den RAFI sieht; er ist ziemlich entsetzt. RANI sieht ihn herausfordernd an. VIVIA lacht darüber und führt die Frauen hinaus. RANI gesellt sich zu ROSIE, die RAFI die Wohnung zeigt. Die taubstummen Jungs beobachten RAFI durch das Blätterwerk.)

ROSIE: Wie gefällt dir unsere Wohnung, Rafi?

RANI: Mitten im Klee, was?

RAFI: Naja, 50 Prozent Klee, 50 Prozent synthetisches Material.

RANI: Haben Sie sich ganz aus der Politik zurückgezogen, Mr. Rahman?

RAFI: Oh ja, ja.

RANI: Die Asiaten in Britannien haben Ihre politische Karriere mit angehaltenem Atem verfolgt. Ich würde Sie gerne für eine Zeitung interviewen, für die ich arbeite.

(RAFI schüttelt den Kopf und legt den Arm um ROSIE.)

RAFI: Dieser Besuch ist rein privat.

RANI: Mr. Rahman. Jemand wie Sie kann nie rein privat sein.

20. INNEN. EINGANGSTÜR DER WOHNUNG. ABEND

ROSIE *verabschiedet sich von* RANI *und küßt sie.* RAFI, *ungesehen von den beiden, geht auf die Küche zu. Als er hört, daß* ROSIE *und* RANI *sich über ihn unterhalten, bleibt er stehen, um sie zu belauschen.* RANI *hat die taubstummen Jungs bei sich.*

ROSIE: Warum interessierst du dich so für Rafi?

RANI: Was weißt du über ihn?

ROSIE: Nur, daß er da drüben zur Regierung gehört hat. Er behauptet immer, er wäre ein Freund von Mao Tse-tung.

RANI: Damit kommt er auch nicht in einen Nachtklub. Ich werde ein paar Sachen über ihn ausgraben. Ich glaube, das wird dich interessieren.

21. INNEN. WOHNZIMMER. ABEND

RAFI *sitzt am Tisch. Alle sind jetzt gegangen.* RAFI *ißt langsam seinen Hauptgang, nachdem er mit der Avocado fertig ist.* ROSIE *schreit ihm von draußen zu.*

ROSIE: Sammy ist wahrscheinlich von einem Klienten aufgehalten worden. Er macht vieles nebenbei — Schauspieler, Discjockey, Fotograf. Die Creme de la creme des Abschaums geht zu Sammy.

22. AUSSEN. AUTOBAHN. DÄMMERUNG

Wir befinden uns auf einer Stadtautobahn durch London. Einstellung von oben auf Sonnenuntergang über London. Wir kommen näher und sehen SAMMY *in seinem Wagen, das Hemd bis zur Taille geöffnet. Er rast wie ein Verrückter, Musik dröhnt aus dem Radio. Ein Haufen zerlumpter Jugendlicher, etwa zwölf bis fünfzehn Jungen und Mädchen, seltsam gekleidet, einige mit Musikinstrumenten, haben gerade die Autobahn überquert. Jetzt klettern sie über die Randbegrenzung und werfen ein langes Seil über den Abhang. Einer spielt Trompete, ein anderer eine Trommel, ein weiterer eine Geige usw. Es sind Weiße und Schwarze.*

153

RAFI: *(Voice over)* Mein Junge genießt großes Ansehen?
ROSIE: *(Voice over)* Für einen Steuerberater.

23. INNEN. WOHNZIMMER. ABEND

Jetzt setzt ROSIE *sich, um zu essen. Sie nimmt einen kräftigen Schluck Wein.* RAFI *beobachtet sie mißbilligend.*

RAFI: *(Essend)* Wie ich höre, ist das Essen im Westen der Chemie zu verdanken und nicht der Natur.

ROSIE: *(Trinkt schnell)* Was willst du in London, Rafi?

RAFI: Ich möchte euch beide sehen, weil ich euch liebe. Außerdem hab ich noch eine alte Freundin hier, die ich besuchen will, Alice. Und bevor ich sterbe, muß ich mein geliebtes London wieder kennenlernen: für mich ist es das Zentrum der Zivilisation — tolerant, intelligent, aber jetzt völlig außer Kontrolle, wie ich höre.

ROSIE: Das hängt davon ab, welche Zeitung du liest.

24. AUSSEN. STRASSE. ABEND

Nachdem er gezwungenermaßen sein Auto in der Nähe hat stehen lassen, läuft SAMMY *die Straße entlang auf das Haus zu. Aber er kommt nicht durch die Menge. Der Krankenwagen ist fort, statt dessen stehen einige Polizeibusse da. Schwarze und weiße Jugendliche haben sich in der Straße versammelt. Die Atmosphäre ist sehr gespannt.* DANNY *steht da. Ein weißer Junge von etwa dreizehn fährt mit dem Rad hinter* SAMMY *her.*

JUNGE: He, Macker. Macker. Willste schwarzen Shit kaufen? Koks?

   *(*SAMMY *steht jetzt bei dem Jungen. Der verkauft ihm etwas.)*

SAMMY: Was zum Teufel ist denn hier los, Mann?

JUNGE: Schießerei. Mieser Mord, Mann. Großer Stunk.

25. INNEN. SAMMY UND ROSIES WOHNZIMMER. ABEND

ROSIE *und* RAFI *unterhalten sich am Tisch.*

154

RAFI: Das Land hat eine starke Hand zu spüren bekommen, ja?

ROSIE: Die Arbeiterklasse ist noch nicht vollständig davon niedergeknüppelt worden, aber —

RAFI: Genau. In meinem Land nennen wir sie die englische *nicht* arbeitende Klasse. In meiner Fabrik arbeiten die Leute wirklich. So schafft man Reichtum.

(Er nimmt sich noch etwas zu essen. Sie mahlt ihm Pfeffer darüber.)

Gut, daß Schwarz meine Lieblingsfarbe ist.

ROSIE: Rafi, du bist immer noch ein Gauner.

RAFI: Und du bist immer noch meine liebste Schwiegertochter. Schau. Ich geb dir was, um es zu beweisen. *(Zieht eine ziemlich mitgenommene Mütze aus einer Tüte.)* Setz sie auf! Wer denkst du, hat sie mir geschenkt? Mao Tse-tung persönlich!

(Ein Geräusch hinter ihnen. Durch die Blätter sehen sie SAMMY *an der Tür. Er sieht erschöpft aus, schrecklich.)*

SAMMY: Hallo Dad. Rosie. Tut mir leid, daß ich so spät komme. Ich mußte ein paar wichtigen Sachen nachgehen. *(Zu* ROSIE*)* Was hast du denn da auf dem Kopf?

ROSIE: Die chinesische Revolution.

(Schnitt) Das Essen ist beendet und ROSIE *und* SAMMY *räumen jetzt den Tisch ab.* SAMMY *hat ein Bier in jeder Hand, ein Sandwich im Mund.)*

RAFI: Natürlich beißt Tante Ranis Hund jeden, auch ihren Mann, die Kinder —

ROSIE: *(Sehr kühl)* Ich geh jetzt dann, Samir.

RAFI: — und das Personal...

SAMMY: *(Zu Rosie)* Wohin? Heute abend? Heute abend?

RAFI: Aber sie will den Hund nicht einschläfern lassen. Ich würde ihm selbst eine Kugel in die Eier schießen. Du nicht auch, Sammy?

SAMMY: *(Zu* ROSIE*)* Geh heute abend nicht weg. Da draußen passiert etwas. Da wird Blut fließen, das weißt du.

ROSIE: Sonst bist du auch nicht zu Hause geblieben und hast zu Abend gegessen, wenn schwarze Leute angegriffen wurden und sich verteidigten.

SAMMY: Mein Vater ist hier, Rosie.

ROSIE: Einer meiner Fälle ist heute gestorben. Ein alter Mann. Da fragt man sich, was das eigene Leben bedeutet. Ich hasse meinen Job, die zertrümmerten Stücke von Menschenleben aufzusammeln. Alle verachten dich dafür: die Leute, in deren Leben du herumschnüffelst, und die anderen, die glauben, du spielst dich als Scheiß-Heiliger auf. *(*RAFI *beobachtet die beiden. Er steht auf.)*

RAFI: Ich werde mich ausruhen. Bin ich in eurem Zimmer?

SAMMY: *(Kurz angebunden)* Wir geben dir Rosies Arbeitszimmer. *(*RAFI *geht.)*

ROSIE: Tu ihm nicht weh.

SAMMY: Er hat mich doch vor Jahren verlassen. Er ist ein Fremder für mich.

ROSIE: Ich glaube, er will dich wieder kennenlernen.

26. INNEN. ROSIES ARBEITSZIMMER. ABEND
Ein großer Schreibtisch aus dunklem Holz. Ein großes, gerahmtes Foto von Virginia Woolf und ein Foto von Rodins DER KUSS. *Viele Bücher. Ein Bett für* RAFI *ist aufgestellt. Er packt seine zahlreichen Medikamente aus: Salben, Pillen, Zäpfchen.*

SAMMY: *(Voice over)* Bleib heute abend bei uns, Rosie.

ROSIE: *(Voice over)* Ich hab mich mit Walter verabredet.
(Schnitt zurück ins Wohnzimmer.)

SAMMY: Dein Freund. Liebhaber.

ROSIE: Ich habe gesagt, ich werde es tun. Aber zumindest bin ich ehrlich. *(Pause)* Sammy. Freiheit plus Verpflichtung. Das waren unsere Worte. Sie sollten die beiden Säulen unserer gemeinsamen Liebe, unseres gemeinsamen Lebens sein.

(Schnitt zurück ins Arbeitszimmer: RAFI *packt ein Zäpfchen aus. Dabei zieht er den Vorhang beiseite und sieht aus dem Fenster. Er sieht aggressive Leute herumrennen. Und in der Ferne brennt ein Auto — die Flammen schießen seltsamerweise geradewegs in den Himmel. In der Nähe tritt eine Gruppe Jugendlicher, schwarz und weiß, einige vermummt, eine Mauer ein, dann laufen sie mit den Ziegelsteinen davon.)*

(Voice over) Haben wir das nicht ausgemacht? Ich sage dir, was ich will. Ich will nichts Abgestorbenes und keine Ordnung. *(Schnitt zum Wohnzimmer.)*

(Sie zieht ihren Mantel an) Manchmal will ich ein bißchen Leidenschaft.

SAMMY: Laß dich von mir nicht aufhalten.

ROSIE: *(Liebevoll)* Ich kann dich nicht immer bemuttern, Baby.

27. AUSSEN. STRASSE. ABEND

ROSIE *läuft die Straße entlang, vorbei an den Jugendlichen, die die Mauer eintreten. Sie läuft auf das brennende Auto zu. Feuerwehrmänner versuchen es zu erreichen, aber den aufgekratzten Jugendlichen gelingt es, sie aufzuhalten. Ein Junge hat einen Ghetto-Blaster dabei.* ANNA *ist da und fotografiert alles, läßt Leute am Auto posieren.* ROSIE *beobachtet sie und lacht über ihre charmante Unverschämtheit.*

28. INNEN. ROSIES ARBEITSZIMMER. ABEND

SAMMY *begleitet* RAFI *an sein Bett. Er zieht die Vorhänge zu, so daß man die chaotische Straße nicht mehr sieht.*

SAMMY: Wir wollten dir ein Zimmer mit Aussicht geben. Und hier hast du Watte für die Ohren.

(Draußen schreit jemand und eine Explosion ist zu hören.
Eine Benzinbombe.)

Wohl eine wilde Straßenparty.

RAFI: Wo ist Rosie?

SAMMY: Sie wollte ein bißchen frische Luft schnappen.

RAFI: Und wie ist das Eheleben so? Gut? Schlecht?

SAMMY: Eheleben? Ein echter Heuler.

RAFI: *(Nimmt* SAMMYS *Hand)* Sohn, ich bin in großer Gefahr.
      Ein Grund für meinen Besuch in London ist, daß in der
      Heimat mein Leben bedroht ist.

SAMMY: Durch wen? *(Pause)* Kannst du's mir nicht sagen?

RAFI: Spielt das denn eine Rolle? Sagen wir einfach, von jetzt
      an liegt es in deiner Hand.

29. AUSSEN. STRASSE. NACHT

ROSIE *läuft in eine Einkaufsstraße. Chaos. Ein schwarzer Mann,*
in Begleitung eines Weißen und einer Schar anderer Menschen,
schwarz und weiß, Männer und Frauen, schickt sich an, mit ei-
nem Vorschlaghammer das Fenster eines Elektrogeschäftes einzu-
schlagen. Das Glas zersplittert. Jubel. Ein junger Schwarzer fällt
in das Glas und steht mit blutüberströmten Händen und Gesicht
wieder auf. Ein Fernsehteam filmt alles mit. Die anderen packen
Elektrogeräte und fliehen mit ihrer Beute durch den Lärm und
den Trubel. DANNY *steht da und sieht* ROSIE *an, bei ihm sind ei-*
nige der zerlumpten Jugendlichen. ROSIE *läuft weiter. Eine kleine*
weiße Frau mit einem Einkaufskorb auf Rädern rennt in den
Elektroladen und stiehlt ein Transistorradio. So schnell sie kann,
verschwindet sie wieder.

30. INNEN. ROSIES ARBEITSZIMMER. NACHT

RAFI *liegt im schwach erleuchteten Zimmer im Bett. Er schläft,*
hat einen Alptraum. Er schreit auf und erwacht. Er liegt da, un-
ter den strengen Augen Virginia Woolfs, die immer furchterre-

gender wird, je länger sie ihn anstarrt. Der Lärm von draußen eskaliert. Ob er real ist oder eine Fortsetzung seines Alptraums, er weiß es nicht. Er setzt sich auf. An der Bettkante zieht er sich die Watte aus den Ohren. Er schlägt sich die Hände vors Gesicht.

31. INNEN. WOHNZIMMER. NACHT

SAMMY trinkt ein Bier. Ein unnatürlich großer, halb gegessener Hamburger und ein Milkshake stehen neben einem aufgeschlagenen Pornomagazin auf dem Bett. SAMMYS Hosen hängen ihm um die Knöchel. Er hört eine CD mit etwas Lautem, Klassischem — Schostakowitsch, zum Beispiel. Er hat einen halbierten Strohhalm in einem Nasenloch und beugt sich über eine Linie Koks, die er auf den Glastisch gestreut hat. Jetzt steht RAFI an der Tür. Er brüllt, aber die Musik übertönt ihn, und SAMMY sitzt mit dem Rücken zu ihm und hat, nachdem er das Koks geschnupft hat, in den riesigen Hamburger gebissen und begierig eine Seite des Magazins umgeblättert. SAMMY dreht sich erschrocken um und sieht über die Lehne des Sofas seinen Vater, wild in seine Richtung gestikulierend. RAFI geht entschlossen zur Wohnungstür, nimmt im Vorbeigehen seinen Mantel. SAMMY steht auf, die Hosen um die Knöchel und schlägt der Länge nach auf den Boden. Der Rest des Koks staubt in die Luft. Er könnte versuchen, es aus dem Teppich zu schnupfen. Schnitt: SAMMY steht am oberen Treppenabsatz und zieht sich die Hose hoch, während RAFI die Treppe hinunterläuft.

SAMMY: *(Schreit ihm nach)* Hast du denn keinen Jet-Lag, Dad?
RAFI: Ich hab schon Kriege gesehn, weißt du!
SAMMY: Geh nicht da raus, Dad!

32. AUSSEN. STRASSE. NACHT

RAFI ist jetzt auf der Straße und läuft wie besessen auf die Straßenschlacht zu. SAMMY kommt aus dem Haus, mit dem Hamburger und dem Milkshake in der Hand und läuft ihm nach. Wirres

Durcheinanderlaufen auf der Straße. Die Straße ist mit Unrat bedeckt. RAFI *bleibt neben dem Auto stehen, das* ROSIE *in Flammen stehen sah. Es ist ausgebrannt, aber kleine Flämmchen flackern noch unwirklich über seiner Oberfläche.*

RAFI: Mein Gott, ich versteh es einfach nicht. Warum in aller Welt wohnt ihr bloß hier?

SAMMY: Es ist kosmopolitisch, Pap. Und billig. Komm schon. Gehn wir, ja? Bitte.

RAFI: Nein, ich will das sehen.

> (RAFI *reißt sich von ihm los. Ein junger Schwarzer kommt aus seinem Haus und rennt die Straße entlang, verfolgt von seinem Vater, der ihn nicht hinausgehen lassen wollte. Seine Mutter steht an der Tür. Vater und Sohn kämpfen miteinander.)*

SAMMY: Leonardo da Vinci hätte in der Innenstadt gewohnt.

RAFI: Bist du dir da wirklich ganz sicher?

SAMMY: Ja, weil die City eine endlose Quelle der Faszination ist.

> *(Wir sehen jetzt* RANI, VIVIA, EVA, MARGY, BRIDGET, *die zusammen die Straßenschlacht beobachten.* RANI *tobt vor Wut und beschimpft die Polizei wegen der Gewalt, die sie gegen die Leute anwendet.* MARGY *ist angewidert von der Gewalt und dem Mitgefühl der anderen Frauen für die Straßenkämpfer.)*

MARGY: Aber es sind doch bloß Männer, Scheiß-Männer, die ihre Männlichkeitsshow abziehen!

> *(*EVA *ist auf der Seite der Straßenkämpfer und hält bedrohlich eine Eisenstange. Plötzlich kommt ein Ziegel aus dem Nichts gesegelt und trifft* VIVIA *an der Schläfe. Sie stürzt zu Boden. Die Frauen umringen sie. Sie heben sie auf und tragen sie schnell weg, als eine Phalanx Polizisten mit Schilden auf sie zukommt.* EVA *wirft ihre Eisenstange auf die Polizisten.* SAMMY *und* RAFI *fliehen, und wir sehen verwundete Leute im Schutt herumliegen, einige werden von Freunden*

versorgt oder von Sanitätern. Ein junger Weißer kauert heulend unter einer Hecke.)

SAMMY: Rosie sagt —

RAFI: Was sagt die große Rosie?

SAMMY: Rosie sagt, diese Revolten sind eine Manifestation des menschlichen Geistes. Eine Art ausgleichende Gerechtigkeit.

(Pause. Die Lage wird gefährlicher. SAMMY ist jetzt aufgeregt.)

Nichts wie weg hier!

(RAFI stolpert. Jetzt rennt ANNA auf sie zu, die Kamera im Anschlag. Sie fotografiert. Eine Horde schwarzer und weißer Jugendlicher rennt an RAFI vorbei.)

(Zu ANNA) Was machst du denn hier, Anna? Das ist doch nicht dein Viertel!

RAFI: Das sind Idioten und Irre!

SAMMY: *(Während sie weiterfotografiert)* Anna, hör auf damit! Das ist mein Vater!

ANNA: *(Schüttelt ihm die Hand)* Freut mich, Sie kennenzulernen, Sir. Willkommen in England. Ich hoffe, Sie haben einen schönen Aufenthalt! *(Küßt SAMMY)* Ich ruf dich an.

(Sie geht. Schnitt: Später. SAMMY führt RAFI eilends zurück. Sie biegen um eine Ecke und stehen plötzlich vor einem Auto. Die Fenster sind eingeschlagen, das Radio und die Lautsprecher herausgerissen usw. In der Ferne sieht man die Rücken eines Polizeikordons, der die brüllende Menge angreift. SAMMY ist bestürzter über das Auto und versetzt ihm wutentbrannt einen Fußtritt.)

SAMMY: Scheiße, Scheiße, Scheiße, Scheiße!

RAFI: Haben sie dir denn in der Schule, für deren Bezahlung ich mir den Arsch aufgerissen habe, nur das eine Wort beigebracht?

SAMMY: Aber das ist doch mein Scheiß-Auto!

RAFI: Aber doch sicherlich eine Manifestation des menschlichen Geistes?

(Schnitt: SAMMY *und* RAFI *gehen durch düstere, hallende Gassen zurück zum Haus.* RAFI *hat jetzt den Arm um* SAMMY *gelegt.)*

Ich will gar nichts mehr. Die Dinge, die ich besitze, sind mir eine Last. Also hab ich die Fabrik deinen Cousins gegeben.

SAMMY: Was, diesen Idioten?

RAFI: Sie steigen in Klimaanlagen ein. Ich glaube, Heizungen in einem der heißesten Länder der Erde herzustellen war kein guter Geschäftssinn.

(Schnitt: Die Treppe des Hauses. Auf der Treppe ein verwundeter junger Weißer mit seiner schwarzen Freundin.)

Das Geld, das ich aus dem Land schaffen konnte, und das ist ein Haufen Geld —

SAMMY: Welchem Arschloch hast du das vor die Füße geworfen, Pap?

RAFI: Das Geld auf dein Konto zu transferieren war einer der Hauptgründe für meine Reise hierher, Sohn.

(Schnitt: Sie befinden sich jetzt in der relativen Stille des steinernen Korridors.)

Du kannst das Geld haben, vorausgesetzt, daß du dir ein Haus in einem Teil von England kaufst, der nicht der Zwilling von Beirut ist! Gibt es das überhaupt noch? Ich hätte auch gerne ein paar Enkel. Bitte. Für sie ist auch Geld da.

SAMMY: Wieviel?

33. INNEN. BÜRO. MORGEN

Das Büro einer Amnesty-ähnlichen Organisation. VIVIA *und* RANI *sitzen an einem Schreibtisch, einer jungen Japanerin gegenüber.*

JAPANERIN: Rafi Rahman.

RANI: Ja, ich hatte gestern angerufen und um Informationen gebeten.

(Die Japanerin steht auf, lächelt.)

JAPANERIN: Ich erinnere mich. Ich hole nur schnell die Akte, dann können Sie sehen, was wir haben.

(Sie geht. VIVIA *und* RANI *halten ängstlich Händchen.)*

VIVIA: *(Zu* RANI*)* Gesetzt den Fall, wir finden etwas über Rafi 'raus, das man nicht gerne beim Frühstück hören würde? Was machen wir dann — erzählen wir es einfach Rosie und überlassen ihr das alles?

RANI: Wär's denn nicht schlimmer, etwas zu verbergen, was wir wissen?

VIVIA: Ich weiß, ich weiß, aber wir bringen sie in eine schwierige Lage.

(Die Japanerin kommt mit einer dicken Akte zurück und legt sie auf den Schreibtisch. RANI *und* VIVIA *beugen sich darüber.)*

JAPANERIN: Das ist Band eins.

34. INNEN. WOHNZIMMER. MORGEN

RAFI *frühstückt im Seidenpyjama. Sein Scheckbuch liegt vor ihm. Er hat einen Scheck ausgestellt, der nun auf dem Tisch liegt. Jetzt schreibt er eine Postkarte. Ein paar Tage sind vergangen. Er läßt den Blick durch die Wohnung schweifen, fasziniert von* ROSIES *Anblick, die in T-Shirt und Shorts zu Mozarts Requiem Hanteltraining und Bodybuilding-Übungen macht.*

Schnitt: Etwas später. ROSIE *ist jetzt für die Arbeit gekleidet.*

RAFI *wandert durch die Wohnung, läßt die Postkarte fallen und bückt sich steif, um sie aufzuheben.* ROSIE *hebt sie für ihn auf.*

ROSIE: Du schreibst schon nach Hause? Aber du bist doch erst ein paar Tage hier, Rafi. Und du warst kaum aus dem Haus.

RAFI: Schätzchen, lies sie. Sie ist an meine liebsten Verwandten.

ROSIE: *(Liest)* ›Straßen in Flammen — wünschte, du wärst hier!‹

RAFI: *(Klopft ihr auf den Hintern, während sie lacht.)* Rosie, noch eins. Was hältst du vom Trappeln kleiner Kinderfüße, hmm? Wär's nicht an der Zeit?

ROSIE: *(Muß sich sehr zusammennehmen)* Rafi —

RAFI: Wie? Ich weiß, daß du so 'ne Art Feministin bist, aber du bist doch nicht auch noch lesbisch, oder?

ROSIE: Ich denke darüber nach, ein Kind zu bekommen.

RAFI: *(Nimmt ihre Hand)* Es würde mich so glücklich machen.

ROSIE: Und genau das will ich, Rafi.

RAFI: Du hast mich erheitert. Vielleicht hab ich heute sogar den Mut auszugehen.

(Schnitt: Etwas später. ROSIE *macht sich auf den Weg zur Arbeit.* VIVIA *ist zu Besuch. Sie steht mit* ROSIE *an der Tür.* VIVIA *gibt* ROSIE *einen braunen Umschlag.)*

VIVIA: Das ist von Rani.

ROSIE: Toll. Danke. *(Ruft* RAFI *zu)* Bis später, Rafi.

(Schnitt: Auf dem Weg nach unten öffnet ROSIE *den Umschlag.* VIVIA *schaut* ROSIE *über die Schulter.* RANI *hat* ROSIE *Material über* RAFI *geschickt. Zeitungsausschnitte vom Subkontinent und England: wir können sein Foto sehen, Fotokopien von Artikeln, Amnesty-Berichte usw.)*

VIVIA: Weiß Sammy davon?

ROSIE: Er hat immer versucht, seinen Vater zu verdrängen.

(Pause.) Armer Sammy.

35. AUSSEN. STRASSE. MORGEN

RAFI *macht einen Spaziergang. Er geht mit seinem schicken Hut durch eine Gasse mit hohen Mauern und kommt in einer heruntergekommenen Wohnsiedlung heraus. Eine dieser Siedlungen, die ein bißchen wie Soweto aussehn — keine Läden, nichts.* RAFI *geht über einen offenen Platz zwischen graffiti-besprühten Hoch-*

häusern. Kinder streifen herum. Einige haben Schals vor die Gesichter gebunden. Andere tragen Sturzhelme.

Schnitt: RAFI *hat die Siedlung verlassen und ist in eine andere Straße eingebogen, eine Hauptstraße. Hier sind Geschäfte geplündert worden, ausgebrannt, Autowracks liegen überall herum, ausgegrabene Pflastersteine etc. Viele Zuschauer, Journalisten, untröstliche Ladenbesitzer, ein Filmteam, Straßenkehrer usw.* RAFI *schaut sich alles an. Jetzt läuft ein weißer Jugendlicher mit einer Stereoanlage im Arm über die Straße. Er wird von drei Polizisten verfolgt. Sie rennen alle unglaublich schnell. Der Junge läßt die Anlage fallen. Die Polizei packt ihn. Ein Kampf entsteht. Andere Leute, Schwarze und Weiße, erscheinen plötzlich und stürzen sich in das Getümmel.* DANNY *steht am Rand und beobachtet alles. Jemand wird gegen* DANNY *geschleudert, und er stürzt gegen einen Türstock. Weitere Polizisten stürmen die Straße entlang.* DANNY *steht auf und will fliehen. Andere rennen los, und* RAFI *kann nicht schnell genug ausweichen, er wird umgestoßen.* DANNY *rast zuerst an ihm vorbei. Aber dann bleibt* DANNY *stehen, hebt* RAFI *samt seinem schicken Hut auf und zerrt ihn fort.*

Schnitt: Völlig außer Atem haben DANNY *und* RAFI *eine Nebengasse erreicht.* RAFIS *Hände und Knie sind zerschunden. Er zieht ein Hosenbein hoch, um die blutverschmierte Haut zu betrachten.* DANNY *nimmt* RAFIS *Taschentuch, spuckt darauf und reibt* RAFIS *Knie. Um sie herum überall Lärm.* RAFI *ist über den Zustand seines Anzugs besorgt.*

DANNY: Wo wohnst du? Soll ich dich heimbringen?

RAFI: Straßenschlacht hin oder her —

DANNY: Revolte. Es ist eine Revolte.

RAFI: Ja. Gut. Diese Gesellschaft mag vielleicht in den letzten Zügen liegen, aber ich werde in Cockfosters erwartet. Bitte zeig mir den Weg Richtung Norden und bete für mich.

(Ein TORY-PARLAMENTSMITGLIED *und ein* IMMOBILIENSPEKU-

LANT *gehen in diesem Augenblick am Ende der Gasse vorbei.* RAFI *und* DANNY *hören folgendes)*

TORY: Sie sind ein reicher, intelligenter Geschäftsmann.

(DANNY spuckt)

Sie müssen in diesem Viertel investieren — ihret- und unsertwillen. Sie haben freie Hand.

IMMOBILIENSPEKULANT: Ich will diesen offenen Platz unter der Autobahn — dann können wir reden.

DANNY: Komm. Ich begleite dich.

RAFI: Wohin?

DANNY: Komm schon.

36. INNEN. U-BAHN-ZUG. TAG

DANNY *und* RAFI *setzen sich,* DANNY *reißt eine Zeitung vom Sitz, bevor* RAFI *sich niederläßt. Ihnen gegenüber sitzt ein riesiger Mann im Jogging-Anzug. Er macht verschiedene Übungen zum Fingerstärken.* RAFI *beobachtet ihn mißtrauisch. Neben dem* FINGERATHLET *sitzt eine Frau, ältlich, weißlich, mit einem räudigen Hund, der ein Sandwich vom Boden frißt. Die Frau hat eine Zigarette im Mund. Und während sie sich am Ohr kratzt, gleitet die Zigarette in ihrem Mund von links nach rechts.*

RAFI: Müssen wir umsteigen?

(Plötzlich stemmt sich der FINGERATHLET *auf den Armlehnen des Sitzes hoch. Und dort hängt er wie eine fette Fledermaus. Das ist offensichtlich eine Art U-Bahn-Gymnastik.)*

FINGERATHLET: *(Zu* DANNY*)* Stop die Zeit, Mann!

*(*RAFI *kriegt fast einen Herzinfarkt, als* DANNY *seinen Arm packt und ihm den Ärmel hochschiebt, damit er seine Uhr sehen kann. Inzwischen)*

DANNY: *(Zu* RAFI*)* Danny heiß ich. Meine Freunde nennen mich Victoria. Leute, die mich nicht mögen, Wichser. *(Pause.)* Ich kenn mich in der U-Bahn gut aus. Manchmal fahr ich den ganzen Tag U-Bahn. Das ist mein Büro, die

Victoria Line. Hier mach ich meinen Bürokram. Bürokram macht mich fertig.

(Er schaut zum FINGERATHLET, dessen Gesicht rot aufgequollen ist, als wolle es platzen. Er läßt sich in den Sitz zurückfallen.

Schnitt: DANNY und RAFI gehen jetzt zusammen einen langen U-Bahn-Tunnel entlang. Als Experte schlage ich den Tunnel vor, der die Piccadilly mit der Victoria Line am Green Park verbindet — man kriegt hier ein wunderbares Gefühl, als ginge man endlos in beide Richtungen. Die Akustik ist ausgezeichnet.)

RAFI: Ich bin mit einer Frau verabredet — Alice —, die ich seit über zwanzig Jahren nicht mehr gesehen habe. Ich hab in ihrem Haus gewohnt, nachdem ich mit der Universität fertig war. In dieser Zeit, bevor du zur Welt kamst, gab es in England Rassenschranken. Sie haben mir Zuflucht gewährt, sie und ihr Mann. Dann bin ich zurück nach Hause, um zu heiraten. Aber ich — ich hab sie ganz entsetzlich geliebt.

(Im Tunnel spielt die zerlumpte Musikgruppe. Wir sahen sie zuletzt beim Überqueren der Autobahn. Sie spielen das Titellied aus einem Film — Trompeter, Saxophonisten, ein Hurdy-Gurdy-Spieler, Bassoon groovers etc., Rapper. Der Hund aus Einstellung 2 ist dabei. Als DANNY und RAFI vorbeigehen, sagt die ganze Band gleichzeitig › Wotcha, Danny Boy‹. DANNY nickt majestätisch. Ein paar Jungen und Mädchen tanzen zur Musik. Wenn wir sie einen Augenblick von vorne filmen könnten, sähen wir eine Sekunde lang, wie der ganze U-Bahn-Tunnel tanzt, wie in einem Cliff-Richard-Film.)

DANNY: Warum ist nichts draus geworden?

RAFI: Mein Vater wollte, daß ich jemand anderen heirate. Und Alices Mann hat mich wie ein Adler beobachtet. Wenn

ich sterbe und in den Himmel komme, dann werde ich
sie dort heiraten.

DANNY: Du weißt doch gar nicht, wie sie jetzt ist.

(Der asiatische TAXIFAHRER *mit dem braunen Anzug und
der Binde über dem Auge kommt auf sie zu und geht schnell
an ihnen vorbei.)*

37. AUSSEN. STRASSE. TAG

*Ein grüner Vorort im Norden Londons, mit Bäumen, gesetzt, ru-
hig.* RAFI *und* DANNY *gehen auf Alices Haus zu — ein Einfamilien-
haus mit vier Schlafzimmern, vorne und hinten ein Garten.* RAFI
*hat einen großen Strauß Blumen gekauft, eine Schachtel Pralinés
und eine Flasche Champagner, die* DANNY *trägt. Weiße bleiben
auf der Straße stehen und starren* RAFI *und* DANNY *an.* RAFI *lächelt
sie höflich an.*

RAFI: Warum schauen die uns so an?

DANNY: Sie glauben, wir rauben ihre Häuser aus.

RAFI: Mein Gott, es hat sich so wenig geändert! Die arme Alice
— sie ist in Indien geboren und aufgewachsen, weißt du.

DANNY: Sie ist also farbig?

RAFI: Nein, extrem weiß. Aber ihre Familie war über Generationen in Indien. Ich habe wahrscheinlich das Haus ihres
Vaters in Bombay mit Steinen gegen den Kolonialismus
beworfen. *(Sie sind am Haus angelangt.)* Das ist es.

*(*RAFI *versucht* DANNY *loszuwerden.)*

O. K. dann, Victoria. Bis bald. Danke.

*(*RAFI *klopft ihm gönnerhaft auf die Schulter, geht den Weg
entlang zum Haus und klingelt. Er dreht sich um und sieht,
daß* DANNY *ihm ein Stück gefolgt ist.)*

DANNY: Du schaffst es nicht allein, hier draußen auf dem Land.

RAFI: Das ist doch nicht das Land, du Idiot. Es ist nur respek-
tabel.

*(*DANNY *sieht, daß Alice die Tür geöffnet hat. Er macht* RAFI

ein Zeichen. RAFI *dreht sich um, sieht* ALICE *und geht auf sie zu.* DANNY *ist derjenige, der bewegt ist.* ALICE *und* RAFI *gehen ins Haus.* DANNY *bleibt einen Moment stehen, dann geht er an der Seite des Hauses entlang.*
Schnitt: DANNY *ist jetzt im Garten hinter dem Haus. Ein alter weißer Mann und ein geistig behinderter Junge machen Alices Gartenarbeit.*
Schnitt: In Alices Wohnzimmer sitzen RAFI *und* ALICE *auf der Couch und trinken Tee. Als sie die Tassen an ihre alten Münder führen, sehen wir, daß ihre Gesichter tränenüberströmt sind, obwohl sie sich normal unterhalten. Das Haus von Alice ist angefüllt mit indischen Andenken aus den Zwanzigern und Dreißigern. Der Putz fällt von den Wänden, alles ist am Zusammenbrechen, die Wohnung ist viel seltsamer und düsterer, als man anfänglich vermutet.)*
Ich werde nie vergessen, wie gut du zu mir warst.

ALICE: Aber du hast es vergessen, Rafi. Du hast mich ganz vergessen.

(Schnitt: Im Garten spaziert DANNY *herum. Auf einer Bank findet er einen alten Gärtnerhut, der aussieht, als wäre er aus einem plattgedrückten Wellensittich gemacht.)*
Manchmal, während du dort in der Regierung warst, hab ich dich im Fernsehen gesehen, wie du über die eine oder andere Krise geredet hast. Du warst beeindruckend, auch wenn ich dich eigentlich nur noch mit Flugzeugentführungen identifiziert habe. *(Pause.)* Ich hatte gedacht, du würdest mich früher besuchen, weißt du.

*(*ALICE *ist aufgestanden, um eine Platte aufzulegen, etwas Romantisches aus den Vierzigern. Sie setzt sich wieder neben ihn und sie umarmen sich.* RAFI *hebt den Kopf und erblickt* DANNY, *der zum Fenster hereinsieht, den Hut auf dem Kopf.* RAFI *wird nervös, so wie es Ihnen bestimmt auch erginge. Mit der freien Hand gibt er* DANNY *ein Zeichen, er*

solle sofort verschwinden. In dem Augenblick, in dem ALICE
den Kopf hebt, verschwindet DANNYS *Gesicht.)*
Soll ich noch mehr Earl Grey machen? Reg dich nicht
auf, Rafi. Für mich bist du immer noch ein charmanter
und entzückender Mann. Wie wär's mit einem Stück Ja-
maica Rum Cake?

RAFI: Alice, ich muß dir jemanden vorstellen.

(Schnitt: Der Garten. ALICE *und* RAFI *draußen.* ALICE *sieht*
DANNY *an.)*

(Zu ALICE*)* Das ist mein Kartenleser und Führer, er heißt
Victoria. Seiner Findigkeit und Freundlichkeit verdanken wir diesen Besuch.

(Sie begrüßt ihn huldvoll.)

38. AUSSEN. STRASSE IM SÜDEN LONDONS. DÄMMERUNG

Ein Polizeiauto rast um die Ecke. RAFI *und* DANNY *überqueren
die Straße auf ihrem Heimweg.* DANNY *zerrt* RAFI *aus dem Weg
des kreischenden Polizeiwagens.*

RAFI: *(Zu* DANNY*)* Ich habe fast einen Herzinfarkt bekommen,
als ich dich vor Alices Fenster gesehen habe. *(Pause.)* Was
machst du jetzt? Hast du denn keine Bleibe?

DANNY: Doch, ich geh mit dir.

39. INNEN. ROSIE UND SAMMYS WOHNZIMMER. DÄMMERUNG

RAFI *und* DANNY *betreten die Wohnung.* DANNY *sieht sich um.
Schnitt: Wir sehen* DANNY *allein in der Wohnung. Er ballt immer wieder seine Hände zu Fäusten, offensichtlich sehr beunru-
higt über etwas, das er nicht vergessen kann.* RAFI *stellt sich hinter
ihn.*

RAFI: Victoria, was ist los?

DANNY: Lange Zeit war ich gegen Gewalt, das stimmt. Sachen
niederbrennen war nie meine Sache. Ich seh' den Reiz,
aber nicht die Wirkung. O. k. Ihr Typen habt doch

schließlich den Kolonialismus ohne Gewalt beendet. Ihr habt euch überall hingehockt, richtig? Wir müssen hier mit einer Art einheimischem Kolonialismus fertig werden, weil sie uns nicht erlauben, unsere eigenen Gemeinden zu verwalten. Aber wenn ein richtiger Bürgerkrieg ausbricht, können wir nur verlieren. Und was passiert dann mit all der Schönheit?

RAFI: Wenn ich hier leben würde... wäre ich auf eurer Seite. Auf der ganzen Welt schlagen die Kolonialvölker zurück. Es ist eine Notwendigkeit des Zeitalters. Es gibt mir Hoffnung.

DANNY: Aber wie sollen wir kämpfen? Das möchte ich wissen.

40. AUSSEN. STRASSE IN SÜD-LONDON. DÄMMERUNG

SAMMY *wartet auf der Straße.* ROSIE *geht durch die Menge auf ihn zu.* SAMMY *steht da und trinkt ein Bier aus der Dose. Szenen notdürftig reparierter Verwüstung um sie herum. Menschen bauen ihre Läden wieder auf. Banden streifen umher, beobachten. Starke Polizeipräsenz. Ein* TORY-PARLAMENTSMITGLIED *und ein* IMMOBILIENSPEKULANT *stehen auf der Straße und unterhalten sich mit ihren Ratgebern.* ROSIE *geht zu* SAMMY, *und sie küssen und begrüßen sich herzlich.*

ROSIE: Guter Tag im Büro, Schatz? Ich hatte heute nur einen Selbstmord.

(Schnitt: Später. Sie gehen durch das Einkaufsviertel.)

SAMMY: Wie geht's dem faden, untalentierten Arschloch?

ROSIE: Hör auf damit. Walter hat eine Ausstellung.

SAMMY: Bei Gott, ein Renaissancemensch, Rosie. Ich finde, wir sollten ein Kind haben, weißt du. Mein Samen ist momentan sehr potent. Ich hab ihn untersucht. Ich bin in der Hinsicht eine ganz heiße Nummer.

ROSIE: Aber du wirst kein verantwortungsbewußter Vater sein. Das unschöne Geschlecht hat noch einen weiten

Weg vor sich. *(Pause.)* Interessierst du dich nicht mehr für Politik? Du wolltest doch immer die Gesellschaft verbessern, Sammy.

SAMMY: Ich komme mehr und mehr zu der Überzeugung, das Schlimmste, wenn man links ist, sind die anderen Leute, die auf meiner Seite stehen.

(Sie küßt ihn, hält ihn fest, lacht.)

41. INNEN. ASIATISCHER LADEN. DÄMMERUNG

SAMMY *und* ROSIE *sind jetzt in einem armseligen asiatischen Laden an der Theke. Sie kennen den asiatischen* LADENBESITZER. *Der Laden ist während der Revolte geplündert worden. Eine weiße Kundin hat eine Siamkatze auf der Schulter, an der Leine.*

SAMMY: Ich kann mir nicht vorstellen, daß mein Alter allzulange bleibt, du? *(Zum* LADENBESITZER*)* Irgendwelche Nudeln, Ajeeb?

ROSIE: Du hast deinen Vater auf die Nase geküßt und gesagt, er könnte für immer bleiben.

SAMMY: Das muß man doch machen. Stadtbekannte Lüge.

LADENBESITZER: Die Nudeln stehn direkt vor deiner Nase.

SAMMY: Tatsächlich. Indische Süßigkeiten?

*(*LADENBESITZER *schüttelt den Kopf)*

Du machst Witze. Du machst keine Witze? Ajeeb, das ist eine fürchterliche Schande.

LADENBESITZER: Samir, ich sag's dir, dieser Abschaum hat alles geplündert. Sie sind eifersüchtig auf uns. Aber warum? Sind wir denn in diesem Land nicht alle im selben Boot?

ROSIE: *(Zu* SAMMY*)* Dein Vater hat verlauten lassen, wie lange er bei uns bleiben will. *(Pause.)* Ein bis zwei Jahre, hat er gesagt.

SAMMY: Was?

42. INNEN. SAMMY UND ROSIES WOHNUNG. ABEND

DANNY *hat Sammys riesigen Fernseher auf dem Arm und schwankt unter dem Gewicht. Der Apparat ist an und* RAFI *sieht fern, die Füße in einer Schüssel Wasser, während* DANNY *ihn unter Gefahr für* RAFI *in die richtige Stellung bringt. Alles nur, damit* RAFI *sich nicht bewegen muß.* RAFI *sieht sich im Fernsehen Berichte von den Straßenschlachten an. Er trägt einen Schlafanzug und ißt Sherbets aus einer Tüte.*

43. INNEN. DIE TREPPE ZUR WOHNUNG. ABEND

SAMMY *und* ROSIE *kommen trinkend die Treppe herauf, bleiben am Treppenabsatz stehen und zanken sich kurz, erreichen ihre Haustür. Sie vertragen sich sehr gut, trotz allem.*

ROSIE: Und hast du gesehen, wie er sich die Fingernägel gefeilt hat und —

SAMMY: Und sich zwischen den Zehen gepudert hat!

ROSIE: Oder die Haare an seinen Ohren geschnitten hat. Weißt du, daß er mir seine Wäsche gegeben und gesagt hat: ›Paß auf, daß das Bügeleisen für die Seidenhemden nicht zu heiß ist!‹

*(*ROSIE *und* SAMMY *krümmen sich vor Lachen, lehnen an der Wand und schlagen sich gegenseitig vor Vergnügen auf den Rücken.* SAMMY *hält plötzlich inne.)*

SAMMY: Hör auf, meinen Vater schlechtzumachen, du alberne Kuh!

ROSIE: Ach, fick dich ins Knie.

SAMMY: Ich sollte es dir besser sagen, Rosie. Er ist ziemlich wild darauf, einen Berg Knete auf uns abzuladen. Und ich meine einen Haufen Knete, Darling. Also reiß dich zusammen und sei respektvoll!

(Schnitt: Sekunden später. Sie gehen weiter. SAMMY *steckt spielerisch seine Hand unter ihren Rock.)*

ROSIE: Wir waren in der Fabrik, mit der Rafi sein Geld gemacht hat, weißt du noch? Ich weiß, daß Dante dort die Idee zu seinem Inferno hatte. Man muß kein Radikaler sein, um einzusehen, daß man mit allem möglichen Natterngezücht unter einer Decke steckt, wenn man auch nur einen Penny von ihm nimmt.

(Oben an der Treppe kramt ROSIE *nach ihrem Schlüssel, aber* SAMMY *lehnt sich faul gegen die Klingel.)*

SAMMY: Ich glaube, einen schärferen Gegner von ererbtem Reichtum als mich findest du nicht, Rosie. Aber hatte Engels nicht eine Fabrik?

(Sie nickt.)

Genau. Laß uns das Geld nehmen.

ROSIE: Sammy, ich glaube, du solltest wissen, daß dein Vater sich auch noch einige andere Sachen zuschulden hat kommen lassen.

SAMMY: Was denn, außer Paternalismus, Habgier, allgemeines Besäufnis, Mißhandlung meiner Mutter und bösartige Ausnutzung?

ROSIE: Also, er —

*(*DANNY *öffnet die Tür. Er hat eine Flasche Whisky und ein Glas in der Hand.* DANNY *bedeutet ihnen, in die Wohnung zu kommen. Er gießt einen Drink ein, den er* ROSIE *gibt.*

SAMMY, *überzeugt, daß Einbrecher am Werk sind, läßt vor Angst seine Einkäufe fallen. Durch die offene Tür sieht* ROSIE RAFI, *der seine müden Füße in der Schüssel badet.* ROSIE *lächelt* DANNY *an.* DANNY *hebt jetzt* SAMMYS *fallengelassene Einkäufe auf.* SAMMY *geht ins Zimmer und starrt* RAFI *an.)*

RAFI: Was ist denn los, Junge?

SAMMY: Was zum Teufel geht hier vor?

(Schnitt: DANNY *und* ROSIE *bücken sich nach den Einkäufen und mustern sich mit großem Interesse.)*

ROSIE: *(Zu DANNY)* Wohnst du hier in der Gegend?

DANNY: Nicht weit. Du?

ROSIE: Direkt hier.

DANNY: Schau mal einer an.

44. INNEN. WOHNZIMMER. ABEND

Später. Die Waschschüssel ist entfernt worden. DANNY *und* RAFI *sitzen und schauen fern.* SAMMY *läuft unruhig im Zimmer auf und ab, trinkt, versucht, die beiden loszuwerden.*

SAMMY: *(Zu RAFI)* Ich muß noch ein paar Konten abschließen. Und Rosie hat noch zu schreiben.

RAFI: Und was schreibt Rosie?

(SAMMY stellt sich versehentlich vor den Fernseher. DANNY *starrt ihn vorwurfsvoll an.)*

SAMMY: Oh, tut mir leid. *(Zu RAFI)* Ja, sie schreibt eine wichtige Abhandlung.

RAFI: Über Body-building?

SAMMY: Ja. In etwa. Es geht um das Für und Wider, die Qualität und die Variationsmöglichkeiten von... Eine Art soziopolitische Untersuchung. Von Küssen.

RAFI: Küssen. Red lauter, Sohn. Hast du gesagt küssen?

SAMMY: Ja. ›Geschichtsführer des Küssens für die intellektuelle Frau.‹

RAFI: Oh, mein Gott!

(DANNYS und RAFIS Blicke begegnen sich. Sie lachen. SAMMY *hebt inzwischen den Scheck auf, den sein Vater am Morgen ausgestellt hat. Er ist beeindruckt. Er geht zu seinem Vater und küßt ihn zärtlich.)*

SAMMY: Dicken Dank, Pap.

RAFI: *(Zu SAMMY)* Ich möchte euch und meinen Enkeln alles geben, was ich besitze. Alles, was ich habe. *(Zu DANNY)* Und du, hast du Geld? *(Zu SAMMY)* Gib ihm was von dem verdammten Kies.

(ROSIE kommt ins Zimmer, geduscht und umgezogen. Sie sieht umwerfend aus.)

Rosie, was höre ich da?

ROSIE: Worüber, Rafi?

RAFI: Küssen. ›Für die intelligente Frau?‹

ROSIE: Knutschen als sozio-ökonomisches, politpsychologisches Ereignis, eingebettet in einem fundamentalen Komplex von Entschlüssen? Sag bloß, für dich ist ein Kuß einfach ein Kuß?

RAFI: Doch, einfach ein Kuß.

(Sie geht zu SAMMY und küßt ihn auf den Mund.)

ROSIE: Mein Ehemann. Unsere verheirateten Münder. Das ist eine Sache. Seine Bedeutung ist klar. Das aber —

(Sie geht zu DANNY und küßt ihn auf den Mund. Ein langer Kuß. Er fällt fast vom Stuhl. SAMMY und RAFI beobachten das mit offenem Mund.)

Das ist ein völlig anderer Kuß, mit einer anderen politischen und sozialen Bedeutung.

(Sie macht einen Schritt auf RAFI zu. Er weicht zurück. Sie küßt ihn kurz auf den Mund.)

Wie ihr also alle sehen könnt, gibt es soviel über das Thema Küssen zu sagen, daß man gar nicht weiß, wo man anfangen soll.

(RAFI lacht laut vor Freude über ihren Charme.)

(Zu RAFI) Komm, laß uns essen gehen, ja? Und wie ist es dir heute ergangen?

RAFI: Ziemlich gut, abgesehen davon, daß verschiedene fette Leute auf meinem Kopf herumgetrampelt sind. Victoria hat mich gerettet. Ich nehme an, diese Form gesellschaftlichen Umgangs ist jetzt eine englische Sitte — eine Art Fahnenparade?

ROSIE: Ja, aber nicht so spannend für die Arbeiterklasse.

(ROSIE sieht, daß SAMMY kurz den Scheck betrachtet, ihn dann faltet und in die Tasche steckt.)

SAMMY: Nun, Victoria, meinst du nicht, deine Mutter macht sich Sorgen, wo du bleibst?

(DANNY steht auf. Er geht auf die Tür zu.)

RAFI: *(Hastig zu* SAMMY, *mit einem Zeichen auf* DANNY*)* Greif ihm unter die Arme. Bitte, mach einmal, was ich dir sage.

(SAMMY gibt DANNY widerwillig einen FÜNFER. RAFI nickt SAMMY noch einmal zu und er gibt ihm, sehr zögernd, noch einen FÜNFER. RAFI nickt noch einmal. ROSIE lacht, stachelt RAFI an.)

(Zu ROSIE*)* Aber das ist Kapitalismus, Rosie. Neuverteilung, sobald der Kapitalismus Reichtum geschaffen hat, was?

(DANNY wendet sich zum Gehen. ROSIE reicht ihm die Hände. Er geht zu ihr, schüttelt ihr die Hand und läßt ihr das Geld in den Schoß fallen. Sie sehen sich an.)

SAMMY: So, jetzt laßt uns feiern!

45. AUSSEN. DIE TREPPE DES HAUSES. ABEND

Die drei stehen auf der Treppe und schauen auf die Straße. RAFI *hat den Arm um* SAMMYS *Schulter gelegt.* SAMMY — *mehr oder weniger unbewußt — befreit sich von seinem Vater und nimmt RO-*
SIES Arm. Das verletzt RAFI. *Sie gehen alle die Treppe runter.)*

46. INNEN. RESTAURANT. ABEND

ROSIE, SAMMY *und* RAFI *essen in einem schicken, teuren Londoner Restaurant. Dieses London ist zur Abwechslung wohlhabend, attraktiv. Ein Quartett gutaussehender Punker spielt am hinteren Ende des Restaurants Mozart.* SAMMY *verläßt kurz den Tisch, entschuldigt sich.*

RAFI: Er redet kaum mit mir, Rosie. Warum kümmert er sich nicht um mich und verwöhnt seinen einzigen Vater ein bißchen? Hat er denn gar kein Gefühl für mich?

ROSIE: Warum ist die Banane krumm?

RAFI: Was weiß ich? Aber warum macht er es nicht?

ROSIE: Rafi, er weiß nicht, wie er dich lieben soll.

RAFI: Vielleicht fördert es seine Karriere, wenn er keine Gefühle kennt.

ROSIE: Er kennt schon Gefühle. Du hast ihn doch verstoßen.

RAFI: Seine häßliche Mutter hab ich verstoßen. Ich bin gezwungen worden, sie zu heiraten. Also hab ich sie nach London geschickt und wieder geheiratet. Du bist Samir gegenüber sehr loyal.

(SAMMY *kommt zurück*)

(*Zu* SAMMY) Sie ist eine anständige Frau. *(Pause. Zu* SAMMY) Du hast also den hübschen Scheck bei dir, den ich dir ausgeschrieben habe?

SAMMY: *(Nervös)* Hab ihn in der Tasche, Daddio.

ROSIE: *(Zu Sammy)* Ich würde ihn gern sehen.

SAMMY: Du weißt doch, wie ein Scheck aussieht, oder?

(Sie nickt.)

Na ja, so einer ist es eben.

ROSIE: Ich möchte wissen, ob du ihn deinem Vater zurückgeben wirst, wie du gesagt hast.

SAMMY: Warum sollte ich? Rosie, wir sind jetzt fein heraus.

RAFI: *(Zu* ROSIE) Ja. Deine Prinzipien ärgern mich und werden meinen Sohn 'runterziehen.

(Eine Pause entsteht. ROSIE *ist auf beide wütend.)*

Prost beisammen.

*(*ROSIE *bewundert einen Transvestiten im Lokal.)*

ROSIE: Die Frau ist ein echter Star.

RAFI: Jetzt redest du wie eine verdammte Lesbe.

ROSIE: *(Zu* RAFI) Noch etwas Wein? *(Pause.)* Übrigens —

RAFI: Ja?

ROSIE: Stimmt es, daß einem Journalisten, der schrieb, dir würden die Haare ausgehen, die Zähne eingeschlagen wurden?

RAFI: *(Vorsichtig)* Wenn seinem Gesicht etwas passiert ist, dann war das nur eine Verbesserung. *(Zu* SAMMY*)* Außerdem hat seine Frau Unterwäsche bei Marks and Spencer's gestohlen und den Ruf meines Landes geschädigt.

ROSIE: *(Zu* RAFI*)* Als du dort in der Regierung warst, wurden Menschen — manchmal Menschen aus der Opposition — gefoltert und ermordet, nicht wahr?

SAMMY: Rosie, komm laß uns das Essen genießen.

ROSIE: Ich möchte, daß er antwortet. Das ist wichtig.

RAFI: *(Zu* ROSIE*)* Manchmal. Ein bißchen. Es passiert auf dieser Welt. Manchmal ist es notwendig. Das wird jeder zugeben.

*(*RAFI *ist fast mit dem Essen fertig und rammt seine Gabel in ein Stück Fleisch auf seinem Teller. Als er es zum Mund führt, sehen wir, daß es ein toter, blutiger Finger mit einem langen Fingernagel ist. Wir bemerken, daß die Leute am nächsten Tisch, sehr brave Yuppies in gestreiften Hemden und Perlen, nahe genug sitzen, um zu hören, was Rosie sagt.* RAFI *legt den unverdaulichen Fingernagel zur Seite, sehr behutsam.)*

ROSIE: Mußten sie nicht den Urin ihrer Wärter trinken?

*(*SAMMY *prustet in seinen Drink.)*

Stimmt es nicht, daß ihr Mullahs — religiöse Menschen — mit dem Kopf nach unten auf Spießen aufgehängt habt, mit roten Chilis im Hintern?

(Die Yuppies rufen die Kellner.)

RAFI: Wenn ja, dann war das Verschwendung von Essen. Trinken wir noch einen Wein. Kellner!

SAMMY: Ich glaube, Rosie will damit sagen, daß Charme kein Ersatz für Tugend ist.

RAFI: *(Explodiert)* Unsere Regierung hat die Unterdrückten aufgerüttelt und die westlichen Imperialisten aus dem Land gejagt! Ich habe die Banken verstaatlicht! Ich habe

Verbindungen zu den Palästinensern geschaffen! Vergiß das nicht! *(Ironisch:)* Genosse. Chruschtschow und ich —

ROSIE: Ich will doch bloß wissen —

(Der GESCHÄFTSFÜHRER *eilt auf sie zu.)*

RAFI: Du kennst doch nur Selbstgefälligkeit!

ROSIE: Was ist das für ein Gefühl, zu töten, zu foltern, zu verstümmeln, und was hast du abends gemacht?

MANAGER: Könnten Sie bitte leiser sein?

SAMMY: Ja, tut mir schrecklich leid.

RAFI: Ich war selbst eingesperrt, weißt du das! Neunzig Tage lang, malariakrank, hab ich keinen Sonnenschein gesehn! In der Zelle daneben haben Verrückte geschrien. Ihre Stimmen waren noch lästiger als deine!

ROSIE: Du hast noch mehr Böses in die Welt gebracht.

RAFI: *(Wütend)* Du hast nie leiden müssen! Nie harte politische Entscheidungen treffen!

ROSIE: Doch, jeden Tag, bei meiner Arbeit!

RAFI: Du kümmerst dich nur um Homosexuelle und Frauen! Ein Luxus, den sich reiche Unterdrücker leisten können! Wir mußten uns mit Armut, Imperialismus und Feudalismus beschäftigen! Echte Probleme, die Menschen kaputtmachen!

ROSIE: Wir fragen doch nur, was für ein Gefühl es ist, ein anderes Leben zu zerstören.

(Der GESCHÄFTSFÜHRER *steht neben ihnen, selbst wütend.)*

GESCHÄFTSFÜHRER: Bitte —

ROSIE: *(An ihn gewandt)* Schon gut, wir gehen!

RAFI: *(Zieht sie zu sich.)* Ein Mann, der nicht getötet hat, ist eine Jungfrau und kennt die Bedeutung von Liebe nicht! Der Mann, der andere zum Besten der Allgemeinheit opfert, hat einen schrecklichen Posten. Aber er ist lebensnotwendig! Selbst du weißt das. Ich komme aus einem Land, das durch 200 Jahre Imperialismus zu Staub zermahlen ist. Wir werden immer noch vom Westen beherrscht, und ihr werft uns Methoden vor, die wir von euch gelernt haben. Ich habe Leuten zu ihrem eigenen Besten geholfen und andere aus demselben Grund geschädigt — genau wie du in deinem kindischen Beruf!

47. AUSSEN. SOUTH KENSINGTON. NACHT

Sie gehen durch South Kensington, vom Restaurant zum Auto.

RAFI: *(Bedrohlich)* Überleg dir in Zukunft genau, was du zu mir sagst, kleines Mädchen. Vergiß nicht, wer ich bin und habe Respekt.

ROSIE: Wer bist du, Rafi? Wer?

SAMMY: Er ist mein Vater.

48. AUSSEN. SOUTH KENSINGTON. NACHT

Sie sind jetzt am Auto angelangt. ROSIE *geht zur Fahrerseite.*

RAFI: Jetzt kannst du dir ein neues Auto kaufen, was? Rosies Auto ist gut, aber klein.

49. AUSSEN/INNEN. ÜBER DEM FLUSS. NACHT

ROSIE *und* RAFI *sitzen vorne im Auto,* SAMMY *hinten. Sie blicken auf die Themse.*

RAFI: Der Fluß ist heute abend hinreißend. Aber es muß doch immer deprimierend sein, in dieses Ghetto zurückzukehren.

SAMMY: Wir versuchen, uns selbst zu unterhalten. Und Rosie hat neulich vorgeschlagen, wir sollten doch eine kleine Party für dich machen, Dad.

*(*ROSIE *kommt mit dem Auto gefährlich ins Schlingern.)*

Ja, nur ein paar Freunde, unsere und deine. Würde dir das gefallen?

RAFI: Das wäre herrlich. Ich muß schon sagen, ihr beide wart wirklich sehr nett zu mir — die meiste Zeit.

50. INNEN. WOHNZIMMER. NACHT

RAFI *steht in Yogastellung auf dem Kopf, im Schlafanzug.* SAMMY, *nur mit einem Handtuch um die Taille, trägt zwei Bier. Er beobachtet* RAFI *und geht durchs Zimmer.*

RAFI: Alles andere ist nebensächlich, solange wir beide uns respektieren.

SAMMY: Das weiß ich.

RAFI: Gott segne dich.

51. INNEN. SAMMY UND ROSIES SCHLAFZIMMER. NACHT

Fortlaufend. ROSIE *macht Stretchingübungen im Schlafzimmer, in einem blauen Seidenpyjama.* SAMMY *kommt herein.*

ROSIE: Rani und Vivia haben die Informationen über deinen Vater gebracht.

SAMMY: Die wildesten Gerüchte kursieren über ihn! Einige Leute sagen, er hätte Hunderte von Pfund an Bettler auf der Straße verschenkt. Andere sagen, ihre Verwandten seien umgebracht worden! Keiner kann etwas mit Sicherheit sagen, und du am allerwenigsten, Rosie!

ROSIE: Sammy, du mußt dich der Sache stellen, und —

SAMMY: *(Unterbricht sie)* Trotz allem, Rosie, gib's doch zu, er ist ein witziger Kerl, voller Charme und —

ROSIE: *(Unterbricht ihn)* Hör mich an, Sammy —

SAMMY: Sehr großzügig und voller Optimismus. Er hat Wunder für dieses Land vollbracht. Er war ein Freiheitskämpfer.

ROSIE: *(Unterbricht ihn)* Nein, nein, nein!

SAMMY: Wir sind doch bloß verweichlichte Mittelständler, die nichts wissen und alles haben!

ROSIE: Halt einfach den Mund, dann les' ich dir etwas vor. Okay?

SAMMY: Was denn?

ROSIE: Du wirst schon sehen.

(Er nickt schließlich und legt sich ins Bett. ROSIE *nimmt den*

braunen Umschlag und liest den Augenzeugenbericht eines Opfers vor.)

»Ich werde die Wahrheit über die Zustände im Gefängnis sagen. Am ersten Tag haben sie mich in den Nacken geschlagen. Dann haben sie Draht um meine Hoden gebunden. Ein dünnes Rohr wurde in meinen Penis geschoben, während man eine Pistole in meinen After rammte, bis die Darmwände bluteten. Ich wollte mich umbringen. Ein anderer Mann hat sich auf meine Brust gesetzt und mir zwei Finger in die Nasenlöcher gebohrt, bis ich dachte, ich ersticke. Es gab viele Leute, die ich bereitwillig verraten hätte. Aber ich konnte nicht reden.«

(SAMMY steht auf und geht zur Tür. Er öffnet sie und schaut ins Wohnzimmer. RAFI sitzt am Tisch, liest Zeitung, hört Wagner und trinkt ein Glas Milch. Er prostet SAMMY mit dem Glas zu.)

(ROSIE liest, während SAMMY RAFI ansieht:) »Zwei Soldaten stellten mir eine Frage, und dann haben sie meinen Kopf in eine Toilette voller menschlicher Exkremente gesteckt. Später haben sie mir Klebeband um die Spitze meines Penis gewickelt, so daß ich fünf Tage nicht pinkeln konnte. Der Schmerz wurde immer schlimmer. Ich fing an...«

(SAMMY knallt die Tür zu.)

SAMMY: Schon gut, schon gut!

(Er reißt ihr das Papier aus der Hand. Schnitt: Später in dieser Nacht. Wohnzimmer. SAMMY kann nicht schlafen. Er lauscht dem zufriedenen Schnarchen an der Tür seines Zimmers. Er geht zum Fenster und sieht hinunter auf die Straße. Der Mann mit dem braunen Anzug und dem eingeschlagenen Schädel, der TAXIFAHRER, zündet sich unter einer Straßenlaterne eine Zigarette an. SAMMY dreht sich um und ROSIE steht an der Tür zu ihrem Zimmer.)

Was soll ich tun? Wir haben doch versprochen, ein paar

Leute einzuladen, damit sie ihn kennenlernen. Ein bißchen Folter darf uns doch nicht die Party verderben.
Aber wen laden wir ein?

ROSIE: Die üblichen gesellschaftlich Abtrünnigen: Kommunisten, Lesben und Farbige, mit einer leichten Prise geistig
Abnormaler —

SAMMY: Ja —

ROSIE: —, um mit dem Reigen anzufangen. Und Victoria, ja?

SAMMY: Ich liebe dich mehr als jeden anderen Manschen, den
ich kenne.

ROSIE: Ich dich auch, Dummerchen. Aber wir suchen beide
nach einem Fluchtweg. Stimmt's?

52. INNEN. WOHNZIMMER. ABEND

SAMMY *bereitet die Wohnung auf die kleine Party vor. Möbel sind
beiseite geschoben.* SAMMY *richtet Essen her.* RAFI *stellt Sachen weg.
Er nimmt den Schlüssel zur Schublade aus einer Obstschale.* RAFI
*öffnet die Schublade, in der ein paar gefährlich aussehende Waf-
fen liegen: Holzstücke mit Nägeln, große Stemmeisen usw.*

SAMMY: Wir brauchen noch mehr Alk, Pap. Würd's dir was
ausmachen, noch was zu holen?

RAFI: Ich spüre, daß du dich seit einigen Tagen gegen mich
stellst, obwohl du praktisch nichts über mich weißt.
Aber etwas mußt du dir anhören. *(Zeigt auf die Waffen.)*
Schau dir das an.

SAMMY: Die sind zur Selbstverteidigung. Bei uns wird dauernd
eingebrochen. Dieses Bedürftigengesindel ist total außer
Kontrolle.

RAFI: Ja, London ist ein Höllenloch geworden. Du solltest besser nach Hause kommen, Samir.

SAMMY: Ich bin zu Hause, Pap. Das ist der Schoß.

RAFI: Was für ein verdrießlicher junger Mann du doch bist. Ich
meine, nach Hause in dein eigenes Land, wo man dich

schätzt, wo du reich und mächtig sein wirst. Was, um Himmels willen, gefällt dir denn an dieser Stadt noch?
SAMMY: Ja, also ...

(Wir sehen jetzt ein paar Londoner Szenen, wie SAMMY und ROSIE sie mögen, zum Beispiel: SAMMY und ROSIE gehen den Leinpfad in Richtung Hammersmith Bridge entlang.)

(Voice over) Samstags gehen wir den Leinpfad in Hammersmith entlang und streiten und küssen uns.

(Als nächstes sehen wir SAMMY und ROSIE in »Any Amount of Books«.)

(Voice over) Dann gehen wir in den Buchladen und kaufen Romane, die von Frauen geschrieben sind.

(Als nächstes SAMMY und ROSIE vor der Albert Hall.)

(Voice over) Oder wir spazieren an der Albert Hall vorbei durch den Hyde Park. Samstag abends geht dann richtig die Post ab.

(Schnitt: Vor dem Royal Court Theatre am Sloane Square.)

(Voice over) Wenn wir billige Karten bekommen, gehen wir ins Royal Court. Aber wenn nichts läuft, das eine gute Kritik im *Guardian* hatte —

(Jetzt sehen wir das kleine, sehr amüsierte Publikum in einem Cabaret über einem Pub, nämlich Finboroughs in Earl's Court. Ein Mann im riesigen Kostüm eines fetten Mannes, der Kopf verschwindet fast im Nacken, tanzt zu einer alten französischen Melodie. (Das ist ALOO BALOO.) SAMMY und ROSIE sitzen lachend und trinkend im Publikum.)

(Voice over) Wir gehen in ein alternatives Cabaret im Earl's Court in der Hoffnung, daß die Regierung beschimpft wird. Oder, wenn uns wirklich gar nichts Unterhaltsames mehr einfällt —

(Wir befinden uns jetzt in einem Seminarraum des ICA. COLIN MCCABE spricht vor einem hingerissenen Publikum über Derrida. Eine Frau aus dem Publikum meldet sich zu Wort.)

185

(Voice over) Dann gehen wir zu einem Semiotikseminar im ICA, das mag Rosie besonders gern.

*(*ROSIE *meldet sich ebenfalls. Aber* MCCABE *zeigt auf jemand anders.* ROSIE *wendet sich* SAMMY *zu, verärgert über* MCCABES *Gleichgültigkeit ihr gegenüber.)*

FRAU AUS DEM PUBLIKUM: Was ist, Ihrer Meinung nach, die Beziehung zwischen einer Tüte Chips und der in sich geschlossenen Einheit des linguistischen Symbols?

*(*MCCABE *fängt an zu lachen.)*

SAMMY: *(Voice over)* Wir lieben unsere Stadt. Engländer sind wir zwar beide nicht, aber Londoner, verstehst du?

53. INNEN. SAMMY UND ROSIES SCHLAFZIMMER. ABEND

Minuten später. Im Schlafzimmer zieht ROSIE *sich für die Party um.* SAMMY, *erregt und verärgert über* RAFI, *beobachtet sie mit sexuellem Interesse.*

ROSIE: Hast du ihm das Geld zurückgegeben?

SAMMY: *(Begehrt sie)* Bevor ich irgendwas mache, brauch' ich Entspannung.

ROSIE: *(Mißversteht ihn absichtlich)* O. k. Da hast du zwei Valium.

54. AUSSEN. STRASSE. ABEND

RAFI, *der Schnaps kaufen geht, schlendert mit seinem schicken Hut die Straße entlang.*

55. INNEN. ROSIE UND SAMMYS WOHNZIMMER/SCHLAFZIMMER. ABEND

ROSIE *zieht sich weiter an. Währenddessen kämmt* SAMMY *ihr das Haar und zieht ihr die Schuhe an. Durch die offene Tür sehen wir, daß* RANI *und* VIVIA *gekommen sind. Sie halten sich eng umschlungen. Sie setzen sich auf das Sofa gegenüber dem Schlafzimmer und knutschen. Auch die taubstummen Jungen sind dabei.*

SAMMY: *(Zu* ROSIE*)* Warum bumsen wir jetzt nicht, was meinst du?

ROSIE: Die üblichen Gründe. Langeweile. Gleichgültigkeit. Ekel.
(Schnitt:)

VIVIA: Streiten sie?

RANI: Die quatschen sich nur gegenseitig tot.

VIVIA: Nein, hör doch, die reden über Sex.

RANI: Ja, aber doch nur über heterosexuellen Sex. Du weißt
schon, die Geschichte, wo die Frau immer versucht zu
kommen und nicht kann. Und der Mann versucht die
ganze Zeit, nicht zu kommen, und kann es auch nicht.
(Schnitt:)

SAMMY: *(Zu ROSIE)* Ich frage mich, ob es etwas zu bedeuten hat,
daß wir Nacht für Nacht hier liegen, als würde die Berliner Mauer in der Mitte des Bettes stehen.

ROSIE: Stell mir keine Fragen über Sex. Ich versteh mehr von
Karotten. Aber das ist wohl auch so eine Gewöhnungssache, ohne die man ganz leicht auskommt.

SAMMY: Du? Du doch nicht.
(Schnitt:)

RANI: *(Zu VIVIA)* Mir sind Beziehungen immer suspekt, in denen die Partner zu jung Simone de Beauvoir und JeanPaul Sartre gelesen haben. Ich mag meine Partner gestreßt oder gar nicht.

VIVIA: Küß mich, Darling.
(Schnitt:)

ROSIE: Ich fang gerade an, Bumsen zu genießen.

SAMMY: Mein Gott, wie kann sich ein normales Paar so auseinanderleben?
(Schnitt:)

RANI: *(Zu VIVIA)* Rosie nennt diesen Haushalt ›die Igel‹.
(VIVIA sieht sie an.)
Weil so viele Schwänze da sind.
*(SAMMY und ROSIE kommen aus dem Schlafzimmer. SAMMY
hat den letzten Satz gehört. Die beiden gehen Arm in Arm.)*

SAMMY: Ja, aber nicht alle Schwänze sind Männer.

56. INNEN/AUSSEN. SCHNAPSLADEN. ABEND

RAFI *ist in einem Schnapsladen gegenüber. Die Theke der Schnaps-abteilung ist vom übrigen Laden mit einem Maschendraht ge-trennt, in dem eine kleine Durchreiche für das Geld ist. Hinter der Theke laufen bellend zwei Schäferhunde auf und ab. Ein riesiger Weißer, der* FINGERATHLET *aus der U-Bahn, sitzt im Laden, neben sich einen Baseballschläger.* RAFI *kauft Schnaps, man sieht, daß der Laden ihm ziemlich an die Nieren geht. Der* FINGERATHLET *spielt mit dem Schläger und renkt sich den Hals nach* RAFI *aus, während* RAFI *einkauft.*

Schnitt: Vor dem Schnapsladen sehen wir DANNY, *der ihn durchs Fenster beobachtet.* DANNY *hat seine Freundin, das Kind und den Hund dabei.* DANNY *winkt seine Freundin zu sich. Sie betrachten* RAFI *durch das Fenster, was* RAFI *sichtlich unangenehm ist.*

Schnitt: RAFI *kommt aus dem Schnapsladen.* DANNY *nimmt ihm den Schnaps ab.*

RAFI: Komm schon. Wir machen eine Party, zu der ihr unbedingt kommen müßt.

57. INNEN. SAMMY UND ROSIES WOHNUNG. ABEND

Einige Gäste sind jetzt da. SAMMY *und* ROSIE *stehen nebeneinan-der, mit* RANI *und* VIVIA. RAFI, *jetzt sehr elegant gekleidet, geht zu* SAMMY *und* ROSIE.

RAFI: Wenn ich euch schon zusammen erwische, sagt mir ganz
schnell: habt ihr euch entschlossen, mit dem Geld, das
ich euch gegeben habe, ein Haus in Hatfield zu kaufen?
*(*ROSIE *blickt genervt zur Seite und sieht, daß* DANNY *mit ei-nigen anderen Gästen gekommen ist.* DANNY *hat das Kind und den Hund dabei,* OMAR *und* JOHNNY *sind auch da.* JOHNNY *und* DANNY *unterhalten sich. Und dann kommt* ALICE. RAFI *geht zu ihr.*

Schnitt: Später. Die Party swingt. DANNY *steht neben dem Sofa, auf dem* RAFI *und* ANNA *sitzen. Gesprächsfetzen, wäh-*

rend wir uns durch den Raum bewegen. RANI *und* BRIDGET *tanzen miteinander, Wange an Wange.* VIVIA *beobachtet sie eifersüchtig.)*

RANI: Ich hab zu ihr gesagt, diesmal ist es Liebe, ich möchte mit dir zusammensein.

BRIDGET: Ich kann mir gar nicht vorstellen, mit jemandem länger als zwei Wochen zusammenzusein.

*(*ROSIE *beobachtet* DANNY. SAMMY *beobachtet* ROSIE. ANNA *beobachtet* SAMMY. OMAR *und ein* ASIATISCHER STEUERBERATER *beobachten* RAFI.)*

OMAR: Sammy ist unser Steuerberater. Er hat nie erzählt, daß Rafi Rahman sein Vater ist. Das hat er verschwiegen.

ASIATISCHER BUCHHALTER: Ich war in Dakar, als ihre Armee einmarschiert ist. Glaubst du, mein Vater ist bei einem Sturz aus dem Bett ums Leben gekommen?

*(*RAFI, *inzwischen etwas betrunken — ohne Jackett —, hat sein Polohemd hochgezogen und zeigt* ANNA *seine Narben.)*

RAFI: Ich zeig dir mein Leben!

*(*ANNA *sieht sie sich interessiert an.* RAFIS *Bauch, Brust und Rücken sind von langen Narben übersät.)*

(Deutet) Die Geographie des Leides. Herzoperation, Gallenblase, Lunge. Es ist ein Wunder, daß ich noch am Leben bin. Faß sie an.

ANNA: Wirklich?

RAFI: Gönn dir was — die Kennedy-Kinder haben immer bei mir im Haus gewohnt.

ANNA: Ich mag Männer, die versuchen, mich zu beeindrucken. Sie bringen mich zum Lachen.

*(*RAFI *blickt nervös auf und sieht, daß der weiße, taubstumme Junge ihn anstarrt. Schnitt:)*

JOHNNY: *(Zu* OMAR) Wenn du mit jemandem aus diesem Raum schlafen könntest, wen würdest du dir aussuchen?

OMAR: *(Pause. Sieht sich um.)* Ähh ... dich.

(Schnitt: ALICE *unterhält sich mit* VIVIA. *Sie beobachtet, etwas verunsichert,* RAFI *und* ANNA.)

ALICE: Obwohl ich immer neugierig war auf —

VIVIA: Andere Körper?

*(*RANI *geht zu* VIVIA *und küßt sie innig, mit einem Blick auf Alice.)*

ALICE: Andere Männer. Man ist einfach neugierig. Aber, obwohl ich einen anderen geliebt habe — ich habe Rafi geliebt —, war ich meinem Mann treu. Und zwar einzig und allein aus dem Grund, weil wir uns nicht gegenseitig anlügen wollten. Loyalität und Ehrlichkeit waren für uns sehr wichtig. Nicht Anziehung. Nicht etwas, das man Lust nennt.

(Schnitt: ROSIE *ist jetzt bei* DANNY.)

ROSIE: Cool siehst du aus. *(Pause.)* Ist das dein Kind? Wie heißt er denn?

DANNY: Rosie, du hast mir gefehlt.

ROSIE: Du kennst mich doch gar nicht.

DANNY: Dann wäre es noch schlimmer gewesen.

(Schnitt:)

ALICE: *(Zu* VIVIA*)* In der damaligen sicheren und stabilen Welt fand keiner es selbstverständlich, daß eine Ehe in zehn Jahren scheitert. Man hat sein ganzes Leben einem anderen gewidmet.

(Schnitt:)

ANNA: *(Zu* RAFI*)* Ich mache Gestalt-Therapie, eine Stunde indisches Yoga, gefolgt von buddhistischen Gesängen. Singen Sie auch?

RAFI: Was soll ich singen, meine Liebe?

ANNA: Mantras, zur Beruhigung.

RAFI: Ich bin ruhig. Ich suche Erregung. Ihr jungen, internationalen Leute seid mir ein Rätsel. Für euch ist die Welt und die Kultur so eine Art Supermarkt. Man geht rein und holt sich aus jeder Etage, was einem gefällt. Aber ihr hängt an nichts. Euer Leben ist ohne Zusammenhang, ohne Tiefgang.

ANNA: Mir persönlich ist Selbstverwirklichung das Wichtigste. Das Individuum erreicht sein höchstes Potential durch eine Reihe herausfordernder Erfahrungen.

RAFI: Ah, ja. Die Geschichte, die ich als bourgeoise Verweichlichung bezeichnet habe, als ich noch an Vernunft und den Kampf glaubte. Damals war meine Vorstellung von einem idealen Abend ein Dialog von Plato, gefolgt von Frauenringkämpfen im Schlamm.

(Schnitt:)

ALICE: *(Zu* VIVIA*)* Wir hatten keine übersteigerten Erwartungen, was Sex und Liebe betraf, also jagten wir uns auch nicht beim geringsten Anzeichen von Unglück gegenseitig zum Teufel.

VIVIA: Ihr habt kein eigenes Leben gehabt. Ihr habt durch die Männer gelebt. Sein Penis war eure Lebenslinie.

*(*DANNY *und* ROSIE *gehen zusammen weg, beobachtet von* RAFI *und* ALICE.*)*

(Zu ALICE*)* Wir sollten trotzdem in Verbindung bleiben. Können wir Telefonnummern tauschen?

(Schnitt: ROSIES *Arbeitszimmer.* ROSIE *zeigt* DANNY *ihre Bücher, Zeichnungen usw. Jetzt umarmen sie sich. Ihre Gesichter nähern sich einander. Unglaubliche Sinnlichkeit, die Finger im Mund des anderen.)*

DANNY: Warum verschwinden wir nicht von diesem einsamen Ort? Und gehen an einen noch einsameren?

(Schnitt: SAMMY *ist jetzt bei* RAFI. ANNA *fotografiert ihn.* RAFI *hält seinen Pullover hoch und amüsiert sich blendend.)*

RAFI: *(Zu* SAMMY*)* Und wo ist Lady Chatterley?

SAMMY: Verpiß dich. *(Zu* ANNA*)* Was machst du da, bitte?

RAFI: Ich glaube, ich werde ein sehr freier und befreiter Mensch.

(Schnitt: SAMMY *steht unglücklich vor Rosies Arbeitszimmer.* ANNA *fotografiert ihn vom Ende des Ganges.* VIVIA *und* RANI *stehen eng umschlungen hinter* ANNA.*)*

SAMMY: Gehen wir, Anna!

(Wir sehen, wie VIVIA *und* RANI *sich unauffällig davonmachen.)*

58. INNEN. ROSIES ARBEITSZIMMER. NACHT

Sekunden später. RAFI *ist in seinem Zimmer, unter dem Bild von Virginia Woolf. Er nimmt ein paar Pillen mit Whisky. Er blickt auf — und das Zimmer ist dunkel — und sieht* VIVIA *und* RANI *dastehen. Sie bedrohen ihn nicht direkt, aber er hat Angst.*

RANI: Wir wollten mit Ihnen reden, Mr. Rahman.

VIVIA: Ja, wenn's Ihnen nichts ausmacht.

RANI: Über Politik und Ähnliches.

VIVIA: Über einige Dinge, die einigen Leuten passiert sind.

RAFI: Wenn ich an eurer Stelle wär, würde ich —

VIVIA: Ja?

(Mit einem Mal öffnet sich die Tür, und ROSIE *steht da. Die Atmosphäre hat sich entspannt.* ROSIE *merkt, was gespielt wird, und sorgt dafür, daß* RAFI *ungehindert gehen kann.)*

ROSIE: Rafi, Alice sucht dich.

*(*RAFI *geht.)*

ROSIE: *(Zu* RANI *und* VIVIA*)* Bitte, nicht jetzt.

RANI: Dir ist hoffentlich klar, wer da in deiner Wohnung lebt?

ROSIE: Ich hasse ihn nicht.

RANI: Typisch für Leute deiner Herkunft und Klasse. Eure Politik ist rein oberflächlich.

ROSIE: Was möchtest du denn tun?

RANI: Wir wollen ihn aus dem Land jagen. *(Zu* VIVIA*)* Das ist Liberalismus, der in den Irrsinn abgleitet!

*(*VIVIA *und* RANI *sehen* ROSIE *mitleidig an. Eine Hand erscheint über* ROSIES *Kopf. Sie blickt auf und sieht* DANNY.*)*

ROSIE: *(Zu DANNY)* Bereit?

DANNY: *(Zu ROSIE)* Zu allem.

59. AUSSEN/INNEN. AUTO VOR ALICES HAUS. NACHT

ALICE *sitzt vorne in* SAMMYS *neuem Auto, neben ihm.* ANNA *und* RAFI *sitzen hinten, die elektrischen Scheiben gleiten auf und ab. Schweigen herrscht im Vorort.*

SAMMY: Anna, wie gefällt dir mein neues Auto?

RAFI: *(Zu ANNA)* Ich hab's ihm gekauft.

ANNA: Und was muß er dafür für dich tun?

RAFI: Er soll sich nur ein bißchen um mich kümmern.

> *(ANNA küßt RAFI zum Abschied, herzlich. Er faßt ihr unter den Rock.)*

ANNA: Ein toller Unterhalter sind Sie.

> *(Schnitt: ALICE geht durch die Strahlen der Scheinwerfer auf das Haus zu.* SAMMY *und* RAFI *stehen neben dem Auto,* ANNA *ist im Auto. Die Autotür steht offen, und Musik berieselt die Straße.* ANNA *kann mitsingen.)*

RAFI: Ich bleibe heute nacht hier, weil ich mit Alice zusammensein will.

SAMMY: Jetzt? Nachts?

RAFI: Zu jeder Zeit.

SAMMY: Und in jeder Stellung?

RAFI: Die Engländer verschwenden ihre Frauen. Alice ist noch
gute zehn Jahre zu gebrauchen. Du verstehst ja gar nicht,
was für eine gute Frau sie ist. Du verstehst sowieso überhaupt nichts von Frauen, punktum.

SAMMY: Was, um Himmels willen, soll das denn heißen?

RAFI: Wo ist denn deine Frau, zum Beispiel?

60. AUSSEN. EISENBAHNBRÜCKE. NACHT

ROSIE, DANNY, *der Junge und der Hund überqueren die Eisenbahnbrücke in Richtung Brachland. Das Kind und der Hund lau-*

fen weiter, lassen ROSIE *und* DANNY *stehen. Die beiden schauen
von der Brücke. Rosie hat das Brachland noch nie gesehen, sie ist
überrascht. Sie beobachtet, wie die Jugendlichen mit riesigen, aus
Eisen geformten Figuren Schach spielen. Die Spieler sitzen über
dem Brett wie Tennisschiedsrichter und befehligen bereitwillige
Untergebene, die ihre Figuren setzen.* DANNY *steht hinter* ROSIE,
das Gesicht in ihrem Haar vergraben. Sie erzählt ihm von sich.

ROSIE: Mein Vater hat ein kleines Möbelgeschäft und war mal
    Bürgermeister von Bromley! Meine Mutter hatte eine Af-
    färe mit dem Dienstchauffeur. Ich hab seit fünf Jahren
    nicht mehr mit Dad gesprochen. Er ist grob, bösartig,
    rassistisch und ignorant. Ich könnte zufrieden sterben,
    ohne ihn noch einmal zu sehen. Ich hab meinen Namen
    geändert und bin ich selbst geworden.
    (Sie dreht sich um. Sie knutschen ein bißchen.)
DANNY: Kann ich dir eine heiße Schokolade anbieten?
    (Sie nickt. Er nimmt ihre Hand.)
    Dann komm, laß uns die gelbe Pflasterstraße gehen.

61. AUSSEN. INNEN. STRASSE. NACHT
SAMMY *hält mit dem Auto vor* ANNAS *Studio. Sie sitzt immer
noch auf dem Rücksitz, die Arme fest um ihn geschlungen. Ihr
Studio liegt in einem Arbeiterviertel Londons, das jetzt die Rei-
chen und Geschickten allmählich übernehmen.*
ANNA: Möchtest du heute nicht mit mir zusammen sein?
SAMMY: Ich versuche, mich ganz neuen Regeln zu unterwerfen.
ANNA: Warum denn?
SAMMY: Mein Schwanz bringt mich ständig in die Bredouille.
    Ich bin wie ein kleiner Mann, der von einem großen
    Hund herumgeschleift wird.
    (Sie berührt ihn. Er stöhnt und steigt aus dem Auto.)
    Aber Leidenschaft macht eben doch süchtig.

62. AUSSEN. UNTER DER AUTOBAHN. NACHT

Hier, auf dem Brachland, steht Dannys Wohnwagen. Er lebt hier. Viele andere Wohnwagen und Hütten für die zerlumpten Kinder stehen herum. Ein paar von ihnen — vielleicht DANNYS *— sind mit Weihnachtslichtern dekoriert. Darüber donnert der Verkehr.* ROSIE, DANNY, *der einen Stock schwenkt, der Junge und der Hund gehen auf den Wohnwagen zu. Teenager und Twens, schwarz und weiß, Mädchen und Jungen, stehen an offenen Feuern oder sitzen auf alten Autositzen, die sie ins Freie gezerrt haben. Neben einem Feuer, auf einer Kiste, steht ein riesiger Fernseher, in den die Jugendlichen starren. Im Fernsehen liest ein kopfloser Mann die Nachrichten. Auf anderen Teilen des Brachlandes spielen die Jugendlichen eine Vielzahl von Instrumenten, je seltsamer und handgestrickter, desto besser. In der Nähe sind zwei Autos im Schlamm vergraben, als wären sie mit der Nase voraus von der Autobahn gestürzt. Ein riesiger, indianischer Totempfahl ragt in den Himmel. Eine Schaukel hängt von den Streben der Autobahn. Ein Kind schaukelt darin.*

ROSIE: Mein Vater hat mich immer durchs ganze Zimmer geprügelt, und dann hat er seine Bürgermeisterkette angelegt und Kirchenbazare eröffnet. Seither habe ich Schwierigkeiten mit dem, was in Männerköpfen vorgeht. Ihre Körper sind in Ordnung.

DANNY: Schwer was los hier, heute abend.

(DANNY und ROSIE gehen die Stufen zu Dannys Wohnwagen hinauf.)

63. INNEN. ANNAS STUDIO. NACHT

Das Licht im Studio ist heute abend düster und seltsam. Viele Kleider — aus Spitze, Seide, Samt, Leder — liegen von einer Fotosession herum. SAMMY *ist sehr nervös, trinkt, rennt herum. Sie beobachtet ihn, während sie verschiedene Sachen in einen Beutel packt: Decken, Kerzen, Kissen.*

ANNA: Deine Ängste möcht' ich nicht haben, Mann. Es gibt
zwei Sorten von Menschen. Toxische und nährende Typen. T und N. Du bist jetzt mehr T als N. Aber da mußt
du dir schon was Besseres einfallen lassen, damit ich auf-
höre, dich zu lieben. Los, komm jetzt.

64. AUSSEN. FEUERLEITER. NACHT
ANNA *führt* SAMMY *die Feuerleiter an der Rückseite des Gebäudes
hinauf. Er bleibt stehen. Sie zerrt ihn weiter. Sie trägt einen Beutel.*

65. INNEN. WOHNWAGEN. NACHT
*Ein großer Wohnwagen, voller Pflanzen, Bilder von Gandhi, Tol-
stoi, Martin Luther King.* DANNY *liegt nackt auf dem Bett und
liest ein Taschenbuch.* ROSIE *geht zum Bett und sieht ihn. Sie steht
da, sieht ihn an, nippt aus einer Flasche Cider und tanzt ein bißchen. Er wirft das Buch beiseite. Sie ist ganz angezogen. Der
Hund streckt sich auf dem Boden aus.*
ROSIE: Danny, du bist phantastisch. Deine Beine. Kopf. Brust. Du
machst mich an. Du machst mich wirklich scharf. Kannst
du ... könntest du mir einen Gefallen tun? Dreh dich um.
(Ohne Scheu dreht er sich auf den Rücken. ROSIE *beugt sich über
ihn. Und sie berührt ihn, streift mit den Lippen seine Haut.
Schnitt: Draußen spielt die Band Musik für Liebende, und
durch das Wohnwagenfenster sieht man die Feuer. Und natürlich hört man drinnen die Musik.)*

66. INNEN. ALICES SCHLAFZIMMER. NACHT
ALICE, *neben deren Bett mehrere Romane von Jane Austen liegen,
löst ihr Haar in dem heruntergekommenen, unheimlichen Schlafzimmer. Auch in diesem Zimmer Souvenirs aus Indien. Sie trägt
einen Morgenmantel.* ALICE *sieht* RAFI *an.*
RAFI: Ich mag dich in diesem Morgenmantel. *(Pause.)* Ich mag dich
auch ohne. *(Pause.)* Kommen die Kinder dich besuchen?

ALICE: Ein- oder zweimal im Jahr.

RAFI: Ist das jetzt öfter oder seltener, als sie zum Zahnarzt gehen?

ALICE: Einer arbeitet in der City. Der andere macht in Immobilien.

RAFI: Reich?

ALICE: Natürlich, Rafi.

RAFI: Die natürlichen Bande sind trotzdem durchtrennt. Und Liebe wird überall gesucht, nur nicht zu Hause. Was ist denn so schlecht an einem Zuhause?

ALICE: Meistens die Leute, die da leben. *(Pause.)* Es ist Jahre her, daß ich das gemacht habe. Und bei dir?

RAFI: *(Zieht sich die Hose aus.)* Wenn ich kann... genieß ich es.

ALICE: Wie bei den meisten Frauen basiert mein Leben auf Entsagung, einer Anerkennung der Grenzen.

RAFI: Mein Gott, Alice, genießen wir's doch einfach, hmm? *(*RAFI*, fröhlich nackt, ist dabei, seine Kleider in den Schrank zu hängen. Er sieht sich selbst im Spiegel des Schrankes, untersetzt, haarig, faltig. Er schrickt zusammen. Sie lacht.)*

ALICE: Schau nie in einen Spiegel, den du nicht kennst.
(Aber er sieht unverwandt in den Spiegel. Für einen Moment sieht er hinter sich den Taxifahrer mit dem zertrümmerten Kopf stehen. RAFI *wendet sich ab und reißt sich zusammen.)*

RAFI: Vielleicht hast du recht. Recht damit, daß wir uns zügeln und beschränken sollten und lernen, zufrieden zu sein. Der Westen ist seit meiner Rückkehr dekadent, sexbesessen und krank geworden. Weißt du, was ich in meinem Land gemacht habe?

ALICE: War es schrecklich?

RAFI: Ich habe alle Nachtclubs und Casinos schließen lassen. Die Frauen sind wieder dahin zurückgekehrt, wo sie hingehören. Es gibt Einschränkungen. Es herrscht Ordnung. Wir haben eine Identität durch Religion und ein strenges Leben.

197

ALICE: Das ist zweifelsohne tyrannisch.

RAFI: Während man hier moralisches Kopfsausen und ständigen Wechsel hat.

67. INNEN. WOHNWAGEN. NACHT

ROSIE *und* DANNY *liegen auf dem Bett im Wohnwagen.* ROSIE *ist jetzt halb nackt. Musik von außen. Ihre Zungen gleiten über ihre Gesichter.*

ROSIE: Bei meinen Kußforschungen habe ich festgestellt, daß einige Leute harte Zungen haben. Denen möchte man am liebsten eine Gabel reinstecken. Andere küssen wie Staubsauger, man muß Angst um seine Füllungen haben. Aber das ist ein Kuß.

DANNY: Ich kann nicht aufhören, dich zu berühren.

ROSIE: Möchtest du nicht lieber einen Brief schreiben?

DANNY: Ich erzähle dir etwas, Rosie.

ROSIE: Ich beiße deinen Hals. Ich liebe Hälse. *(Sie rangeln ein bißchen.)*

DANNY: Die Frau, die mich aufgezogen hat — weil meine Mam den ganzen Tag in der Arbeit war —, hat direkt neben dir gewohnt. Deshalb hab ich dich so oft auf der Straße beobachtet.

ROSIE: Warum hast du nichts gesagt?

DANNY: Ich hab gefühlt, daß du eine tolle Frau bist. Aber ich hab gedacht: Victoria, die ist ein paar Klassen zu hoch für dich. Bis mir klar wurde, daß du nach unten mobil bist!

ROSIE: Und die Frau, die dich aufgezogen hat?

DANNY: Paulette. Die Polizei ist einfach in ihr Haus gegangen und hat sie erschossen. Das war der Anfang der Rebellion. Keiner ahnt, wieviel Scheiße die Schwarzen in diesem Land erdulden müssen.

(Wir fahren ein bißchen zurück und sehen, an der Trenn-

wand zwischen dem Bett und dem übrigen Wohnwagen,
das Kind stehen. Es schaut zu.)

68. INNEN. ALICES SCHLAFZIMMER. NACHT
Eine alte Platte spielt auf dem Grammophon im Zimmer. ALICE
und RAFI *sind im Bett. Sie küßt ihn. Sie löst ihr Haar, das bis jetzt*
hochgesteckt war. Er läßt sie los und ihre Haare fallen, völlig
weiß, was RAFI *schockiert. Jetzt greift sie nach unten, um ihr*
Nachthemd über den Kopf zu streifen.

ALICE: Frauen wie Vivia sind unnatürlich und ekelhaft, sicher,
aber ich habe bei Männern etwas festgestellt, das sie auch
begreifen würden. Man muß Männern ständig vergeben.
Ständig sollen ihre Frauen in sie hineinsehen, sie verstehen, ihnen vergeben. Gibt es in dieser Richtung etwas,
das ich für dich tun kann, Rafi, mein Schatz?

69. AUSSEN. DACH VON ANNAS STUDIO. NACHT
Hier, hoch über London, in der Nähe der Autobahn, sind SAMMY
und ANNA. ANNA *tanzt für* SAMMY, *leidenschaftlich, wie eine Bal-*
lettänzerin, elegant, geräuschlos. SAMMY *beobachtet sie. Ein Hub-*
schrauber fliegt über sie hinweg, der dicke Scheinwerferstrahl er-
faßt sie, der Hurrikanwind seiner Propeller treibt sie einander in
die Arme.

ANNA: Du denkst wohl gerade an Rosie?
(Er nickt.)
Wirklich außerordentlich seltsam und bizarr, daß ein
Mann an seine Frau denkt, wenn er bei seiner Geliebten ist.
(Plötzlich packt sie ihn und schubst ihn mit Gewalt an den
Rand des Gebäudes und beugt seinen Oberkörper über die
niedrige Wand, die das Dach von dem tiefen Abgrund trennt.)
SAMMY: Was zum Teufel —
ANNA: Wie viele Geliebte hast du in den letzten zwei Jahren ge-
habt?

SAMMY: Ungefähr... ungefähr...

ANNA: Ja?

SAMMY: Zwölf oder so.

ANNA: Für dich ist die Jagd nach Frauen wie Paragleiten. Sie
sind eine Herausforderung, etwas, das man besiegen
muß. Altmodisches Ficken ist das, Mann! Höchste Zeit,
daß du lernst, jemanden zu lieben!
*(Sie schubst ihn heftig, und wir schauen mit ihm nach un-
ten.)*
Das ist das Scheißleben, Baby!
*(Schnitt: Er liegt jetzt zu ihren Füßen, auf dem Dach. ANNA
hat exotische Teppiche ausgebreitet und Kerzen angezündet.
Sturmlampen sind erleuchtet. Er massiert ihren rechten Fuß.)*
Das ist er, der Punkt, der direkt mit meinen Eileitern in
Verbindung steht... und dort, das ist mein Darm... ja,
mein Zwerchfell...

SAMMY: Was würdest du tun, wenn du feststellst, daß jemand,
der dir nahesteht, etwas Schreckliches und Unverzeihli-
ches getan hat? Natürlich hatten sie Methoden, alles zu
rechtfertigen. Aber wenn es dich trotzdem so aufwühlt,
daß du es nicht ertragen kannst?

ANNA: Dein Vater? Ich weiß nicht, was ich machen würde,
Sammy.

SAMMY: Ich weiß es auch nicht, weißt du.

ANNA: Komm her.
*(Sie macht SAMMY ein Zeichen, und er geht zu ihr. Sie um-
armen sich und rollen über das Dach.)*

70. INNEN/AUSSEN. COLLAGE VON BILDERN DES KOITUS. NACHT
*Jetzt folgt eine Collage der drei sich liebenden Paare. Dazwischen
Schnitte von den Jugendlichen und der zerlumpten Band, die vor
dem Wohnwagen tanzen, zur Feier der heiteren Kopulation quer
durch London. Einige der armseligen Bands spielen Instrumente*

oder schlagen auf Dosen. Andere tragen bizarre Variationen nor-
maler Kleidung — wie Moriskentänzer, Pearly Queens, Verkehrs-
polizisten, Matrosen, Gehirnchirurgen, Hexen, Teufel etc. Die Ki-
noleinwand teilt sich plötzlich vertikal (oder wäre horizontal an-
gebrachter?) und wir sehen die drei Paare in heftigem, zärtlichem
und ekstatischem Orgasmus, DANNY *und* ROSIE *in der Mitte.*

71. INNEN/AUSSEN. MÜLLPLATZ. MORGEN

ROSIE *wacht im Wohnwagen alleine auf. Sie verläßt den Wohn-*
wagen. Die zerlumpten Jugendlichen, mit DANNY *und seinem*
Kind, frühstücken draußen. Sie essen an einem langen Tisch im
Freien, über ihnen die Autobahn. Bei Tageslicht sieht ROSIE*, daß*
die Jugendlichen auf dem Müllplatz Gemüse angebaut haben und
eine junge Frau mit einer Gießkanne auf und ab geht, deren Gie-
ßer ein Godemiché ist. Im Gemüsebeet stehen einige Skulpturen.
Im Hintergrund steht eine alte Hütte, in der ein Laden ist. Hier
kaufen Kunden Gemüse, Bücher etc. Auf dem langen Tisch sieht
ROSIE *eine Druckerpresse und die Jugendlichen drucken Seiten ei-*
nes Buches. ROSIE *setzt sich neben* DANNY *und frühstückt. Als sie*
zur Peripherie des Platzes blickt, sieht sie drei weiße Männer, die
auf der Pritsche eines Lasters stehen. Einer hat ein Fernglas. Sie be-
obachten die Jugendlichen.

ROSIE: *(Zu* DANNY*)* Was geht da vor?

DANNY: Sie vertreiben uns von diesem Platz — entweder
heute, morgen oder übermorgen.

72. INNEN. ANNAS STUDIO. MORGEN

ANNA *schläft.* SAMMY *geht mit einem Tablett zu* ANNA *— Crois-*
sants, Saft, Eier und Kaffee sind darauf. Er küßt sie, und sie öffnet
die Augen.

SAMMY: Laß uns die Fotos anschauen, die du von dem Haus
gemacht hast, das ich kaufen will.

(Schnitt: Etwas später. ANNA *und* SAMMY *sitzen auf dem*

Bett. ANNA *zeigt ihm die Fotos eines schicken und bewohnten Hauses in Fulham. Sie hat witzige Fotos von den lächerlichen Yuppie-Bewohnern des Hauses geschossen, die sich damit brüsten.)*

Welches Zimmer kriegt Rosie?

ANNA: Ich werde in New York eine Ausstellung machen. Ich nenne sie ›Bilder eines verfaulenden Europa‹. Ich sollte also diesen schwarzen Typen, der auf der Party war, fotografieren. Weißt du, wo er ist?

SAMMY: Ich nehme an, auf meiner Frau.

73. INNEN. ALICES WOHNZIMMER. TAG

ALICE *und* RAFI *sitzen am Tisch und frühstücken. Sie sind fast fertig.* RAFI *kann es kaum erwarten zu gehen.*

ALICE: Was möchtest du heute machen?

RAFI: *(Steht auf, wischt sich den Mund ab.)* Ich sollte mich besser auf den Weg machen, Alice. Sammy und Rosie warten sicher auf mich.

ALICE: Warum sollten sie auf dich warten? Du möchtest aber gehen, nicht wahr? Hast du etwas Dringendes zu erledigen? Ich möchte es nur wissen.

RAFI: Alice, ich möchte anfangen, meine Memoiren zu schreiben.

74. INNEN. SAMMY UND ROSIES WOHNUNG. TAG

RAFI *ist zurückgekehrt. Die ganze Wohnung zeigt noch das Chaos von gestern.*

RAFI: Sammy! Sammy!

*(*RAFI *geht in Rosies Arbeitszimmer. Er hört ein Geräusch aus dem Schlafzimmer, öffnet die Tür und entdeckt* RANI *und* VIVIA *im Bett. Er ist sehr schockiert und wütend. Er beschimpft sie in Punjabi. Das wird mit Untertiteln gezeigt.)* Was macht ihr da, ihr perversen, sexuell unterbelichteten, gottverfluchten Lesben?

RANI: Fick dich ins Knie, du alter Scheißer!

RAFI: Gott schütze meine Augen vor solchem Anblick!

(Er schließt die Tür und kauert sich schützend dahinter, als RANI *und* VIVIA *ihn mit allen möglichen Gegenständen bombardieren.)*

RANI: *(Kreischt ihn an)* Komm her und laß dir die Eier von mir abbeißen, und dann verschluck ich sie. Ich reiß dir deinen Schwanz mit einem Büchsenöffner ab! Ich näh dir Ratten in den Magen deines Kamels, du faschistischer Mörder! *(Während sie ihn mit Büchern bewirft)* Für wen hältst du dich überhaupt, du Scheißer! *(Sie öffnet jetzt eine Schublade und holt die Waffen heraus.)* Dieses Stück Hühnerscheiße! Ich quetsch ihm die Hoden jetzt gleich ab! *(Während sie sich mit einem Stück Holz auf ihn stürzt)* Warte, wenn ich diese vertrocknete Spermafabrik in die Finger kriege, dann befrei ich die Welt von diesem Elend! *(Sie schlägt wie eine Irre gegen die Tür. Wir sehen* RAFI *aus dem Fenster klettern.)*

75. AUSSEN. VOR SAMMY UND ROSIES HAUS. TAG

RAFI *klettert die Regenrinne herunter. Er schaut nach unten und sieht den* GEIST, *der zu ihm hochsieht. Ein Stück weiter unten auf der Straße steigt* ROSIE *von Dannys Motorrad.* RAFI *springt den letzten Meter zum Boden und verletzt sich dabei den Arm. Der* GEIST *geht rückwärts, läßt ihn nicht aus den Augen.* RAFI *geht auf* DANNY *und* ROSIE *zu. Er sieht, daß sie sich innig umarmen. Die Polizei in der Straße beobachtet das angewidert.* RAFI *ist wegen Sammy auf* ROSIE *und* DANNY *sauer.* DANNY *entdeckt* RAFI *über* RO-SIES *Schulter. Er ruft* RAFI, *während* RAFI *versucht, sich unbemerkt davonzuschleichen; seinen verletzten Arm versteckt er.*

DANNY: He, Rafi, besuch mich doch mal, ich würde mich freuen.

RAFI: Ich weiß nicht, wo du wohnst, Victoria.

DANNY: Komm, ich zeichne dir einen Plan.

(DANNY *geht zu seinem Motorrad, um Papier und Bleistift zu holen.* RAFI *und* ROSIE *stehen ein Stück abseits.)*

ROSIE: *(Boshaft)* Die ganze Nacht wach?

(RAFI *schaut zurück zum Haus und sieht* RANI *und* VIVIA, *die ihn von der Treppe aus beobachten.* BRIDGET *geht zu* VIVIA *und* RANI, *sie unterhalten sich kurz und zeigen auf* RAFI.)

RAFI: *(Zu* ROSIE*)* Was zum Teufel hast du dir dabei gedacht, diese Straßenratte, diesen Penner Danny mitten auf der Straße zu küssen?

ROSIE: Straßenratten sind für mich ein Aphrodisiakum, Rafi.

(DANNY *kommt mit dem Plan und gibt ihn* RAFI.)

DANNY: Also bis dann.

RAFI: Ich wurde auch einmal geliebt.

(RAFI *geht weg.* BRIDGET *kommt die Treppe des Hauses herunter und folgt ihm.* DANNY *und* ROSIE *umarmen sich zum Abschied.)*

ROSIE: *(Zu* DANNY*)* Du magst diesen alten Mann, stimmt's?

DANNY: Es ist leicht für mich, ihn zu mögen. Aber du bist es, die mich bis ins Mark vibrieren läßt.

ROSIE: So, so. *(Pause.)* Ich muß gehen. Sonst macht Sammy sich Sorgen.

76. INNEN. U-BAHN. TAG

RAFI *hat sich in der U-Bahn verirrt. Er steht an bei den Fahrkartenschaltern einer Station wie Piccadilly, zwischen herumhetzenden Menschen.* BRIDGET *beobachtet ihn. Eine Gruppe jüdischer Kinder wird von einer Gruppe junger Männer schikaniert. Sie brüllen:* ›Judenpack, Judenpack!‹ RAFI *ist verwirrt und weiß nicht weiter.* BRIDGET *flüstert* EVA *etwas zu. Von jetzt an folgt* EVA RAFI, *der sich entschlossen hat, sich in einen Tunnel zu wagen.*

77. INNEN. SAMMY UND ROSIES WOHNUNG. TAG

SAMMY, *guter Laune, ist nach Hause gekommen.* ROSIE, *alleine in der Wohnung, sägt die Beine des Betts ab, weil es zu hoch ist. Sie hört* SAMMY *und geht ins Wohnzimmer. Er küßt sie. Aber sie ist sehr schlechter Laune.*

SAMMY: Wo ist Daddio?

ROSIE: Irgendwohin gegangen.

SAMMY: Du hast ihn doch nicht beleidigt, oder?

ROSIE: Beleidigt?

SAMMY: Ja, du weißt schon: ›Welche der ihnen bekannten Foltermethoden ist ihnen die liebste?‹

ROSIE: Er war lange genug hier.

SAMMY: Wir können den alten Wichser doch nicht einfach auf die Straße werfen. Was soll er denn machen, Straßenmusikant werden?

ROSIE: Warum, kann er denn ein Instrument spielen? Er ist ja schließlich nicht mittellos, oder?

SAMMY: Doch. Wir haben sein Geld. Und es gibt Leute, die ihn umbringen wollen. Hör mal, ich hab ein Haus gesehn, das uns beiden genau zur Nase stehen würde. Soviel Platz, daß wir uns tagelang nicht sehen könnten. Oder Pap nicht sehen.

ROSIE: Deinen Vater?

SAMMY: Er könnte den Keller, oder das Verlies, wie wir es nennen, haben.

(Sie wendet sich von ihm ab, kann seinen Frohsinn nicht ertragen.)

Versuchen wir's doch mit ein bißchen lieben. Können wir uns nicht ein bißchen berühren oder so was?

ROSIE: Hast du deinen gestrigen Beischlaf mit Anna genossen?

SAMMY: Wenn ich ehrlich bin, wäre ich lieber daheim geblieben und hätte die Küche neu gestrichen. Und du? *(Pause.)* Bei dem Gedanken an Danny lächelst du innerlich. Habt ihr euch gemocht?

ROSIE: Er hat mich wahnsinnig erregt.

SAMMY. Und der Verkehr ist dir nicht über den Kopf gewachsen?

78. AUSSEN. VOR ALICES HAUS. TAG
RAFI *geht auf das Haus zu.*

79. INNEN. ALICES BADEZIMMER. TAG
ALICE *versorgt* RAFIS *verwundeten Arm im Badezimmer.*

RAFI: Ich kann in diesem Teil Londons nicht leben. Deshalb
bin ich zurückgekommen. Tag für Tag brennen diese Jugendlichen die eigenen Straßen nieder. Das ist schwer
für Touristen wie mich.

ALICE: *(Schockiert, zeigt auf den Arm)* Ist es so passiert — bei einem Straßenkampf?

(RAFI nickt und versucht sie zu küssen. Sie wendet sich ab.
Schnitt: Sie gehen die Treppe hinunter, RAFI voran.)
Ich hasse ihre ignorante Wut und ihren mangelnden Respekt für dieses große Land. Brite zu sein muß eine Iden-
tifikation mit anderen ähnlichen Menschen sein. Wenn
wir überleben wollen, müssen Worte wie ›Einigkeit‹
und ›Zivilisation‹ verstanden werden.

RAFI: Ich mag Rebellen und Widerstand.

ALICE: Du komischer kleiner Scharlatan, du erschießt doch
deine Straßenkämpfer auf der Straße! Die Dinge, die wir
genießen — Chopin, Constable, Wein —, sind ein Produkt der Mittelklasse. Die proletarischen und theokratischen Ideen, die du theoretisch bewunderst, zermahlen
die Zivilisation zu Staub!

(Am Fuß der Treppe, im Gang, versucht RAFI, sie festzuhal-
ten. Sie weicht ihm aus.)

RAFI: Bitte.

ALICE: Was ist denn, Rafi?

RAFI: Sammy und Rosie haben kein menschliches Gefühl für
mich. Wäre es denn so schrecklich schmerzlich, wenn
ich hier wohnen würde?

ALICE: Heute morgen konntest du gar nicht schnell genug fort

von hier. Zwischen deinem ersten Augenaufschlagen
und dem Schließen der U-Bahn-Türen verging kaum ein
Atemzug!

RAFI: Ich weiß. Ich weiß. Alice, hab Mitleid mit mir. Ich habe
viele persönliche Probleme.

ALICE: *(Nimmt seine Hand.)* Komm. Laß dir jetzt etwas zeigen.

80. INNEN. KELLER. TAG

ALICE *führt* RAFI *durch eine Tür im Gang, die gefährliche Treppe in
den düsteren Keller des Hauses hinunter. Dieser ist vollgestopft mit
alten Möbeln, Schachteln, Akten, indischen Souvenirs — Moskito-
netze, Hockeystöcke, alte Gewehre. Während* RAFI ALICE *durch das
Gerümpel nach hinten folgt, sieht er, daß der* GEIST *bei ihm im Keller
ist und durch Gegenstände hindurchgeht. Er versucht sich von dem
beängstigenden Anblick zu lösen, indem er ein gerahmtes Bild ansieht. Es zeigt Alice als Baby in Indien, mit ihrer Ayah — der indischen Dienerin, die sie wohl aufgezogen hat.*

ALICE: Das bin ich als Baby, mit der Ayah, die die ersten acht
Jahre meines Lebens für mich gesorgt hat.

*(*ALICE *holt einen Stapel großer, staubiger Notizbücher aus
den Regalen am Ende des Kellers. Begleitet von dem* GEIST
geht RAFI *zu ihr, als sie die Notizbücher aufschlägt.)*

RAFI: Was ist das, Alice?

*(Während sie blättert, sieht man, daß in den Jahren 1954,
1955 und 1956 jeden Tag ein Eintrag gemacht wurde. Jeder
Eintrag beginnt mit ›Lieber Rafi‹… oder ›Mein geliebter
Rafi‹… oder ›Rafi, mein Schatz‹…)*

ALICE: Jahrelang, jeden Tag, während ich auf dich gewartet
habe, habe ich dir mein Herz ausgeschüttet. Ich hab dir
alles erzählt! Schau es dir an, Seiten über Seiten! Ich war
tatsächlich so idiotisch, darauf zu warten, daß du zu-
rückkommst und mich holst, wie du versprochen hat-
test. Schau dir das an.

(Sie geht zu einem alten Koffer, der völlig mit Staub bedeckt ist. Sie öffnet ihn unter großen Schwierigkeiten. Der GEIST *beobachtet* RAFI.*)*
Es ist dreißig Jahre her, daß ich diesen Koffer geschlossen habe.
(Langsam zieht sie die vermoderten Kleider heraus und hält sie hoch.)
Das sind die Kleider, die ich zum Mitnehmen eingepackt hatte. Die Bücher. Die Schuhe. Parfum...

RAFI: Alice...

ALICE: Ich habe auf dich gewartet, jahrelang! Jeden Tag hab ich an dich gedacht! Bis ich schließlich kuriert war. Ich wollte eine wirkliche Ehe. Aber du wolltest Macht. Jetzt kannst du dich damit brüsten, daß du in deinem Land Auspeitschen für kleinere Delikte, nukleare Waffen und Rebhuhnschießen eingeführt hast!

RAFI: *(Zum* GEIST*)* Wie sehr doch Bitterkeit eine Frau verdorren läßt!

81. AUSSEN. VOR ALICES HAUS. TAG
RAFI *verläßt* ALICES *Haus. Sie steht an der Tür und schaut ihm nach.*

82. INNEN. SAMMY UND ROSIES BADEZIMMER. TAG
SAMMY *und* ROSIE *sind zusammen im Bad.* SAMMY *wäscht* ROSIES *Haar.*

ROSIE: Seife?

SAMMY: Nein, ich hab mich heute schon gewaschen. *(Pause.)* Wo kann der alte Mann bloß sein?

ROSIE: Sammy, das ist doch alles so unehrlich, nicht wahr? Ich glaube, wir sollten versuchen, nicht zusammenzuleben. Ich glaube, wir sollten versuchen, getrennt zu leben.

83. AUSSEN. STRASSE IM SÜDEN LONDONS. TAG

RAFI, *mit seinem bandagierten Arm und der zerfledderten Karte (die* DANNY *für ihn gezeichnet hat), geht durch die einsamen Unterführungen und tristen Straßen Süd-Londons. Jetzt regnet es.* RAFI *bleibt unter einer Eisenbahnbrücke stehen, unter der andere Ausgestoßene Zuflucht gesucht haben — die Armen, die Alten, die Irren, die Krüppel. Einige schlafen in Pappkartons, andere in Schlafsäcken.* RAFI *stolpert über jemanden. Er wendet sich zurück. Während der Zeit beobachtet ihn der Inder im schmutzigen, braunen Anzug, mit einem Schal über dem Kopf, der* GEIST. *Ein Stück weiter weg stehen* EVA *und* MARGY *und beobachten* RAFI.

RAFI: *(Zu dem Mann)* Würdest du mir den Schuh ausziehen?

(Der Mann, ein Schwarzer, versucht, RAFIS *Schuh auszuziehen.*

Schnitt: RAFI *geht jetzt weiter. Der Mann im braunen Anzug folgt ihm,* RAFIS *abgelegten Schuh in der Hand.*

Schnitt: Jetzt geht RAFI *in strömendem Regen durch einen anderen Teil Süd-Londons. Naß bis auf die Haut, mit herunterhängendem Verband, nähert er sich dem Brachland. In der Straße werden zwei Bulldozer zu dem Platz gefahren. An den Grenzen des Brachlands parken mehrere große Autos. Weiße Männer in Anzügen schauen sich den Platz an, diskutieren darüber und zeigen auf verschiedene Dinge. Der Inder im braunen Anzug, der* TAXIFAHRER, *schaut zu.* RAFI *geht vorbei an den im Morast steckenden Autos, bis zum Knöchel im Schlamm. Einer der Jugendlichen — der, dessen Mutter am Anfang des Films erschossen wurde — zeigt ihm* DANNYS *Wohnwagen. Musik dröhnt über den Platz.* RAFI *geht zu* DANNYS *Wohnwagen und schlägt an die Tür.)*

84. INNEN. DANNYS WOHNWAGEN. TAG

RAFI *stolpert in den Wohnwagen.* DANNY *sitzt an einer alten Schreibmaschine und schreibt. Eine junge schwarze Frau steht auf*

einem Stuhl und spielt Keyboard. Sie heben den Kopf und schauen
RAFI *an.* DANNY *geht zu* RAFI *und stützt ihn.*

RAFI: Ich wollte auf deine Einladung zu einer Tasse Tee zurückkommen. Echter oder Teebeutel?

(Schnitt: DANNY *macht jetzt Tee. Die Frau spielt Keyboard. Ein weißer Hase hoppelt durch den Wohnwagen.* RAFI *schaut sich den Raum und die Bilder an.)*

Wohnst du wirklich hier? Ich hasse die Mittelklasse genauso wie du.

DANNY: Dieses Land ist von Immobilienhändlern aufgekauft worden. Die Regierung ermuntert fette weiße Männer mit schlechten Haarschnitten, Geld in dieses Viertel zu stecken.

RAFI: Als wir uns das erste Mal begegneten, du und ich, auf der Straße, da warst du sehr nett zu mir. Das werde ich dir nie vergessen.

DANNY: Nun, eine alte Frau, die ich geliebt habe, ist von der Polizei erschossen worden. Freunde von uns haben Weiße aus Autos gezogen und sie aus Rache zusammengeschlagen. Ich weiß nicht, ob ich das auch machen soll.

*(*DANNY *gibt* RAFI *seinen Tee.* RAFI *schaut über die Schulter aus dem Fenster in den strömenden Regen. Die Blätter der triefenden Büsche umrahmen* RAFIS *Aussicht auf den Mann im braunen Anzug, der durchs Fenster starrt.)*

85. INNEN. SAMMY UND ROSIES WOHNZIMMER. ABEND

ROSIE *bringt* SAMMY *bei, wie man auf dem Kopf steht. Jetzt ist er oben.* ROSIE *hält ihm die Beine gerade.*

ROSIE: Wenn du die Wahl hättest, mit George Eliot oder Virginia Woolf zu schlafen, wen würdest du wählen?

SAMMY: Allein vom Aussehen her Virginia Woolf. Jetzt du. De Gaulle oder Churchill, inklusive Abendessen, vollzogenem Geschlechtsverkehr und Blasen.

ROSIE: *(Pause. Denkt nach, dann)* Wenn wir nicht zusammenle-

210

ben, wenn wir mit anderen Leuten zusammenleben, wenn wir ganz unterschiedliche Dinge machen, werde ich trotzdem nicht aufhören, dich zu lieben.

SAMMY: Das reicht nicht. Wir müssen einander verpflichtet sein.

ROSIE: Du willst gar keine Verpflichtung. Du stehst auf tödliche Umklammerung.

SAMMY: Rosie, wo ist der alte Mann? Glaubst du, er ist zurück zu Alice, auf eine zweite Portion Dessert? *(Pause.)* Danny oder ich?

ROSIE: Das ist einfach.

86. AUSSEN. DAS BRACHLAND. NACHT

Ein Treffen ist im Gang. Die Jugendlichen und RAFI *sitzen um ein riesiges Lagerfeuer und diskutieren darüber, was sie machen sollen. Am Begrenzungszaun diskutieren die Bulldozer, der Immobilienspekulant und seine Kumpel, was zu tun sei. Ein paar von den Jugendlichen machen Musik.*

DANNY: *(Zur Gruppe)* Sie werden uns morgen früh verjagen.

JUGENDLICHER: *(Zur Gruppe)* Was sollen wir nach Meinung der Leute wohl tun?

JUGENDLICHER NUMMER ZWEI: Nicht kampflos gehen.

JUGENDLICHER NUMMER DREI: In Frieden gehen. Wir sind Anarchisten, keine Terroristen.

JUGENDLICHER NUMMER VIER: *(Zu* RAFI*)* Du bist doch Politiker. Was meinst du?

(Der Mann im braunen Anzug sitzt als Zuschauer unter den Jugendlichen. Der Junge sieht RAFI *respektvoll an.)*

RAFI: Wir müssen gehen. Die Macht des reaktionären Staates rollt weiter. Aber wir dürfen niemals besiegt werden.

87. AUSSEN/INNEN. BRACHLAND/WOHNWAGEN. NACHT

Es ist spät. Alle schlafen. Der Asiate im braunen Anzug, der

GEIST, *ist über den stillen Platz zu Dannys Wohnwagen gegangen. Davor zieht er sich nackt aus.*

Schnitt: Im Wohnwagen ist RAFI *aufgestanden, um sich das Gesicht zu waschen. Er läßt Wasser in eine Schüssel laufen. Er kehrt der Tür des Wohnwagens den Rücken zu. Während er sich wäscht, ist die Schüssel plötzlich voller Menschenblut, Haare und Knochen. Ein Geräusch hinter ihm.* RAFI *dreht sich um und sieht den* GEIST, *bedeckt mit Blut und Kot, mit schweren Verbrennungen am ganzen Körper. Der Körper ist eingeschnürt von Drähten für die Elektroschockbehandlung, die er im Gefängnis bekommen hat. Über dem Kopf trägt er eine Gummimaske, durch die man nicht atmen kann. Er gibt schreckliche Geräusche von sich.* RAFI *dreht sich um und starrt ihn an. Der* GEIST *legt die Gummimaske ab. Wir sehen jetzt, daß der Schädel halb zertrümmert und ein Auge (der Verband ist abgelegt) herausgerissen ist.*

GEIST: Ich bin mir sicher, du erkennst mich, obwohl ich etwas mitgenommen aussehe. *(*RAFI *nickt. Der* GEIST *setzt sich aufs Bett. Er macht* RAFI *ein Zeichen,* RAFI *muß sich neben ihn setzen. Der* GEIST *legt seine Arme um* RAFI. *Dann nimmt der Geist die beiden Elektroden von seinen Schläfen und drückt sie auf* RAFIS *Augen.)*
Du hast zu Rosie gesagt, ich wäre der Preis, der zum Besten meines Landes bezahlt werden müßte, ja?

RAFI: Vergib mir.

GEIST: Wie könnte das möglich sein?

RAFI: Weil ich immer versucht habe, die Leute zu lieben. Und ich habe das nicht angerichtet. Ich war gar nicht da, wenn es überhaupt passiert ist!

GEIST: Du warst nicht da, das stimmt, aber du hast den Befehl gegeben. Du warst in deinem großen Haus, hast illegal getrunken, ehebrecherisch Frauen auf den Hintern geklopft, dein Geld aus dem Land geschickt, und, wie ich gehört habe, Lieder von Vera Lynne gehört.

RAFI: Das Land brauchte ein Gefühl für Bestimmung, für Identität. Menschen wie du, die in Gewerkschaften organisiert waren, haben jeden Fortschritt verhindert und abgeblockt.

GEIST: All die Menschenleben, die du geschändet hast, Rafi Rahman!

(Das Gespenst hebt den Arm. Der Wohnwagen ist mit einem Mal dunkel. RAFI *schreit. Elektrizität knistert.)*

88. INNEN. ALICES WOHNZIMMER. MORGEN

Der nächste Morgen. ALICE *ist am Telefon.*

ALICE: *(Zu* VIVIA*)* Ich mach mir ein bißchen Sorgen um ihn, Vivia. Weißt du, wo er ist? Oh, gut. Ja, ich würde ihn gerne sehen. *(Schreibt auf einen Block.)* Ich werde da sein.

89. AUSSEN. BRACHLAND. MORGEN

Am Abgrenzungszaun sind die Bulldozer in Stellung gegangen. Die Männer des Immobilienspekulanten kommen an. Sie besprechen, was zu tun ist. Einige Jugendliche breiten Tücher, Wolle, Baumwolle und große Stücke bunten Stoffes über den Stacheldraht. Die anderen packen in den Wohnwagen ein. Der GEIST *im braunen Anzug verläßt Dannys Wohnwagen.*

90. INNEN. SAMMY UND ROSIES WOHNZIMMER. MORGEN

SAMMY *teilt die Bücher auf.* ROSIES *bleiben in den Regalen,* SAMMYS *werden in Schachteln gepackt.* ROSIE *kommt ins Zimmer. Sie will gerade aus dem Haus gehen.*

ROSIE: Sammy, was machst du da?

SAMMY: Ich bereite meinen Abgang vor, nachdem die Entscheidung gefallen ist. *(Fährt fort, ohne Bitterkeit.)* Das ist meins. Meins. Deins. Meins. *(Hält »The Long Goodbye« hoch.)* Meins?

ROSIE: Nein, ich hab's gekauft. Als wir auf dem College waren.

SAMMY: Ich hab's für dich gekauft.

213

ROSIE: Wer hat dann offiziell Anspruch darauf? Ach, nimm's du. Wir haben es uns in Brighton gegenseitig vorgelesen. Wir haben uns im Zug geliebt. *(Pause.)* Ich muß gehen. Sie werden heute zwangsgeräumt. Irgendwas Neues von Rafi?

SAMMY: Ich hab mich schon gefragt, warum ich so guter Laune bin — ich hab heute noch nicht an ihn gedacht. Ich werde ihn heute morgen suchen.

91. AUSSEN. BRACHLAND. TAG

Jetzt hat der Exodus begonnen. Die Wohnwagen setzen sich in Bewegung, der Zaun ist gefallen. Der IMMOBILIENSPEKULANT *und seine Männer treiben Hunde über den Platz. Die Polizei begleitet sie. Die Schläger schlagen den Laden zusammen, um den Weg freizumachen. Sie belästigen die Jugendlichen. Wohnwagen bleiben im Schlamm stecken. Einige Jungen versuchen, sie freizuschaufeln.* DANNY *sitzt am Steuer eines Wohnmobils. Die Bulldozer rollen über das Brachland, räumen den Müll beiseite, planieren den Boden. Der* IMMOBILIENSPEKULANT *steht in einem Auto mit offenem Dach und brüllt Instruktionen durch ein Megaphon. Der Junge, dessen Mutter erschossen wurde (*MICHAEL*), widersetzt sich, brüllt die Schläger und die Polizei, die sie begleitet, an.*

Schnitt: Das Innere von Dannys Wohnwagen. RAFI *liegt stöhnend auf dem Bett. Verängstigt vom Schaukeln des Wohnwagens, stolpert er zur Tür.*

Schnitt: Beim Öffnen der Tür des langsam dahinfahrenden Wohnwagens sieht man das Brachland aus RAFIS *Perspektive. Man sieht, wie der Konvoi sich langsam fortbewegt und versucht, sich zu organisieren.*

Schnitt: An der Peripherie werden ROSIE *und mit ihr* VIVIA, RANI *und* EVA *von der Polizei zurückgehalten. Eine Frau in einem langen Zobelmantel schaut sich die Aktion an — die Frau des Immobilienspekulanten.* RANI, *die kurz neben ihr steht, sprüht ihr mit grüner Farbe ein Kreuz auf den Rücken.*

214

VIVIA: *(Zu* ROSIE*)* Dein Schwiegervater hat sich endlich dem Proletariat angeschlossen.

ROSIE: Was, er ist hier?

RANI: Irgendwo.

(ALICE *ist jetzt gekommen. Man sieht sie aus dem Auto steigen, und sie geht durch die Reihen der Polizisten zu* ROSIE, RANI *und* VIVIA. *Sie beobachtet, wie die Polizei brutal junge Frauen verhaftet. Das schockiert sie. Sie nimmt* VIVIAS *Arm. Die anderen Frauen versuchen vorzudringen, zusammen mit vielen anderen Zuschauern. Die Schläger und die Polizei halten sie zurück. Der* IMMOBILIENSPEKULANT *auf dem Jeep fährt, ins Megaphon brüllend, vorbei.)*

IMMOBILIENSPEKULANT: Vorwärts, vorwärts, vorwärts! Verpißt euch, ihr lesbischen Kommunistinnen!

(Jetzt erkennt er ALICE *und sie ihn. Er hält an.)*

Alice, wie kommst du denn hierher?

ALICE: *(Deutet auf die Verwüstung)* Bist das du, Norman?

IMMOBILIENSPEKULANT: Ja, ich bin stolz darauf — daß ich helfe, London sauberer und sicherer zu machen.

ALICE: Ich suche jemanden. Darf ich mal kurz durch?

(Er winkt ALICE *durch.)*

IMMOBILIENSPEKULANT: Wie geht's Jeffrey?

ALICE: Meinen Sohn sehe ich wahrscheinlich seltener als dich!

(ALICE *geht über den Platz,* ROSIE, VIVIA, EVA *und* RANI *usw. begleiten sie. Der* GEIST, *der in die entgegengesetzte Richtung geht, rutscht im Schlamm aus, und von allen unbemerkt, ausgenommen den Jungen, dessen Mutter erschossen wurde, kommt er unter die Räder und wird zermalmt. Inzwischen ist* ANNA *eingetroffen. Wir sehen sie herumlaufen und fotografieren, wo es möglich ist, ohne selbst verletzt zu werden.* ALICE *ist bei* RAFI *angelangt, der im Schlamm herumstolpert.*

Schnitt: Breitere Einstellung des sich fortbewegenden Kon-

vois. ALICE *kümmert sich um* RAFI. *Sein Zustand ist erschreckend.* ROSIE *geht zu ihnen.)*

ROSIE: *(Zu* ALICE*)* Komm, bringen wir ihn weg von hier. Bring ihn zu mir.

*(*RANI *beobachtet das, und* ROSIE *sieht sie.*

Schnitt: Der Konvoi verläßt das Brachland und fährt in Richtung Straße. Die Jugendlichen sind nach wie vor frech, fröhlich und aufmüpfig, wie die PLO beim Verlassen Beiruts. Einige sitzen auf den dahinfahrenden Wohnwagen und spielen Musik.

Schnitt: ALICE *geht mit* RAFI *und stützt ihn.* RAFI *tobt.)*

RAFI: Ich werde nicht gehen! Bring mich zurück! Wir dürfen uns nicht von diesen Faschistenschweinen vertreiben lassen! Wir müssen kämpfen, kämpfen! *(Zu* ALICE*)* Du hast in deinem ganzen verdammten Leben für nichts gekämpft!

(Sie setzt RAFI *in ihr Auto. Er bricht auf dem Rücksitz zusammen. Sie ist sehr aufgewühlt von dem, was ihm passiert ist.)*

92. AUSSEN. AUTOBAHN. TAG

SAMMY, *auf dem Weg zu Alice, fährt die Autobahn entlang. Er hält an, steigt aus. Wir schauen vom Brachland nach oben und sehen* SAMMY *am Rand der Autobahn stehen und alles beobachten. Er ruft zu* ROSIE *hinunter. Er schreit so laut er kann.*

SAMMY: Rosie! Rosie! Rosie! Rosie!

(Aber sie hört ihn natürlich nicht. ANNA *bemerkt* SAMMY *aber. Sie schaut hinauf und winkt.* DANNY *ruft* ROSIE *aus dem Laster zu.)*

DANNY: Wie's aussieht, bin ich auf dem Weg nach draußen!

(Eine letzte Einstellung: Der Konvoi ist weg, die Bulldozer machen ihre Arbeit, das Brachland ist geräumt. Wir sehen ROSIE, VIVIA *und* RANI *über das Brachland gehen.* VIVIA *trägt die schwarze Anarchistenflagge, die von einem der Wagen heruntergefallen ist.)*

93. INNEN. SAMMY UND ROSIES WOHNUNG. TAG

Später an diesem Tag. Die Frauen — RAFI haben sie mitgenommen — sind in Rosies Wohnung gegangen, um die Ereignisse des Morgens zu besprechen. RAFI ist im Arbeitszimmer. Die Frauen: RANI, VIVIA, ANNA, ROSIE, BRIDGET essen und unterhalten sich.

RANI: Die Art, wie Danny und seine Leute behandelt worden sind, zeigt wieder einmal, wie unliberal und herzlos dieses Land geworden ist.

ALICE: Aber sie waren doch illegal dort —

ANNA: Aber sie waren doch schon so lange dort, obwohl — *(Wir bekommen eine Kostprobe ihrer engagierten, wohlgemeinten Unterhaltung. Das Gespräch setzt sich fort, und wir sehen, wie RAFI sie einen Augenblick von seinem Zimmer aus beobachtet und dann die Tür des Arbeitszimmers schließt. Jetzt sind wir bei ihm im Zimmer. Die Unterhaltung aus dem Wohnzimmer kann weiterlaufen, gedämpft.)*

ALICE: Das hat keinen Einfluß auf das Gesetz. Das Gesetz soll die Schwachen vor den Starken schützen, die bestehende Ordnung vor Willkür —

RANI: Aber sie haben ja nicht einmal.die Möglichkeit, sich in dieser verrotteten Gesellschaft einen eigenen Platz zu suchen! *(RAFI bewegt sich langsam. Er ist müde und erschüttert, aber seine Bewegungen sind sehr würdevoll. Er nimmt die Laken vom Bett und beginnt, sie zusammenzubinden, fast wie für ein Experiment. Die Stimmen draußen werden lauter.)*

ALICE: *(Außerhalb der Einstellung)* Sie können ihren Platz nur zu den Bedingungen der Gesellschaft finden, nicht nach Lust und Laune —
(Schnitt: SAMMY ist in die Wohnung gekommen. Er steht eine Zeitlang da und schaut sich alle an.)

ROSIE: *(Zu ALICE)* Eine Laune ist das wohl kaum, sie haben einfach keinen vorgegebenen Platz in dieser Gesellschaft!

(SAMMY geht zu ANNA und berührt sie leicht. Sie ignoriert ihn nicht, aber es ist, als hätte sie ihn nicht bemerkt. Er sieht ROSIE an.
Schnitt: Im Arbeitszimmer hat RAFI gute Fortschritte beim Zusammenknoten gemacht. — Er klettert die Leiter hoch und bindet das Laken an der obersten Sprosse fest. Schließlich sehen wir ihn mit dem anderen Ende des Lakens um den Hals. Währenddessen atmet er schwer. Er scheint jetzt sehr wach und bewußt.
Schnitt: SAMMY beugt sich über ROSIE.)

SAMMY: Wo ist mein Vater?

ROSIE: Er ist in seinem Zimmer. Bist du okay?

(Jetzt hört man, wie Rafi sich mit einem Sprung von der Leiter umbringt.)

SAMMY: *(Zu ROSIE)* Klar.

(SAMMY geht in Rafis Zimmer. Er sieht seinen Vater hängen. Er sieht ihn an. SAMMY verläßt das Arbeitszimmer und geht zurück ins Wohnzimmer. Einen Augenblick lang sieht er die Frauen an, wie sie sich unterhalten.)

(Zu ROSIE) Ich glaube, du solltest mal kommen und dir etwas ansehen.

(Sie blickt auf und geht zu SAMMY. Sie gehen ins Arbeitszimmer. Man sieht SAMMY und ROSIE, die RAFI betrachten, im Arbeitszimmer.)

94. INNEN. SAMMY UND ROSIES WOHNZIMMER. TAG

SAMMY *und* ROSIE *sitzen zusammen auf dem Boden und wiegen sich gegenseitig, während sie auf den Krankenwagen warten. Wir sehen die anderen gehen, traurig, einer nach dem anderen.* ANNA *dreht sich noch einmal um und sieht* SAMMY *an. Aber er sieht sie nicht. Nur Rosie und er bleiben zurück.*

ENDE

ZUSAMMENARBEIT MIT STEPHEN

Ein Tagebuch

Ich schiebe den ersten Entwurf von *Sammy und Rosie tun es* in Stephen Frears' Briefkasten und renne weg, weil ich nicht von ihm gesehen werden will. Ein paar Stunden später ruft er mich an und sagt: ›Das ist nicht das Werk eines Unschuldigen!‹ und weigert sich, es gleich zu lesen. Er sagt, er fahre mit Daniel Day Lewis übers Wochenende zu einem Filmfestival und werde es im Flugzeug lesen.

Ich habe viele Zweifel, was das Drehbuch betrifft, und in vieler Hinsicht ist es nur eine Skizze, aber ich komme momentan nicht weiter damit. Um ehrlich zu sein, ich kann es nicht mal ertragen, es anzusehen.

Habe Angst, Frears anzurufen und nach seiner Meinung über das Drehbuch zu fragen. Ich rufe Dan an und frage ihn, wie es in Seattle war. Ich frage auch — und zittere dabei —, ob er selbst einen Blick auf das Drehbuch geworfen habe, ob er vielleicht die Zeit gehabt hatte, einen kurzen Blick hineinzuwerfen. Er sagt in entschiedenem Ton, er habe es gelesen. Ich frage ihn, ob es Frears gefallen hat. Er sagt, ja. Schließlich rufe ich Frears an, und nach längerem Gerede über Cricket sagt er schließlich: ›Ich weiß, warum du anrufst, und es ist sehr gut!‹ Damit hat es begonnen.

Ich sehe den großen indischen Schauspieler Shashi Kapoor im Fernsehen, auf dem Balkon der indischen Garderobe, beim Test Match. Ich möchte, daß er die Hauptrolle in meinem Film spielt, den Politiker. Er schwebt mir schon vor, seit Frears ihn in Indien kennengelernt und erzählt hat, wie interessant er sei. Wir versuchen ihn aufzuspüren, aber als es uns gelingt, hat er bereits das Land verlassen.

Frears ruft mich an und sagt mir, wie's mit seiner Zeit aussieht. Er wird einige Zeit weg sein, hat alle Hände voll zu tun mit *Prick Up Your Ears*, und anschließend will er einen Film in Indien drehen. Ich frage mich, ob er mir durch die Blume sagen will, daß er den Film nicht machen will.

Inzwischen schicke ich das Drehbuch Karin Bamborough von Channel 4. Sie und David Rose haben *Mein wunderbarer Waschsalon* in Auftrag gegeben und finanziert. Dann rufe ich Tim Bevan an und erzähle ihm, was anliegt.

Bevan ist ein großer, hart arbeitender Mann Mitte zwanzig, verliebt ins Filme- und Geschäftemachen. Er und seine Partnerin Sarah Radclyffe sind relative Neulinge im Filmgeschäft, aber sie waren beide an einigen neueren britischen Filmen beteiligt: *Mein wunderbarer Waschsalon, Caravaggio, Personal Service, Elphida, Wish You Were Here, A World Apart* und viele mehr in petto. Bevan hat sehr schnell gelernt und sich entwickelt. Das mußte er auch, um den Absprung von Pop Promotion zu Spielfilmen zu schaffen. Seine Stärke als Produzent ist die Tatsache, daß er alle Aspekte des Filmemachens kennt, und seine Fähigkeit, Autoren und Regisseure vor finanziellen

222

und technischen Problemen zu schützen. Und er ist trotzdem kein frustrierter Autor oder Regisseur. Er macht zwar ständig Vorschläge zur Regie, dem Drehbuch und den Schauspielern, aber er sorgt dafür, daß jeder auf seinem Gebiet frei arbeiten kann. Seine Ansichten sind nützlich und fachmännisch, aber er versucht nie, jemandem etwas aufzuzwingen.

Er ist wild darauf, das Drehbuch zu lesen und glaubt, daß es nach dem Erfolg von *Waschsalon* in den USA leicht sein werde, einen Teil des Geldes dort aufzubringen. Aber Frears will Bevan kein Drehbuch zu lesen geben, weil Bevan nach L.A. geht und Frears nicht will, daß er dort versucht, Geld dafür aufzutreiben. Frears überlegt noch, wie man den Film am besten produzieren könnte. Er will nicht gezwungen werden, es auf eine bestimmte Weise zu machen.

Für mich ist es eine Erleichterung, daß andere Leute an der Sache beteiligt sind. Einen Film zu machen ist vergleichbar damit, einen riesigen Stein einen Berg hinaufzuwälzen, und bis jetzt, beim Schreiben des Drehbuchs, hab ich das allein gemacht. Jetzt können andere Leute sich mit dem Stein abmühen.

13. JUNI 1986

Ich kenne Stephen Frears seit Oktober 1984. Damals schickte ich ihm den ersten Entwurf von *Mein wunderbarer Waschsalon*. Er wurde im Februar und März 1985 produziert und kam ein Jahr später in die Kinos. Nach seinem Erfolg in Großbritannien und den USA wird er jetzt in der ganzen Welt gezeigt und Frears, Bevan und die Schauspieler machen in verschiedenen Städten Promotion dafür.

Frears ist Mitte vierzig und hat vier Spielfilme gemacht: *Gumshoe, The Hit, Mein wunderbarer Waschsalon* und *Prick Up Your Ears*. Er hat auch fürs Fernsehen, wo er seine Lehre ab-

223

solviert hat, produziert und Regie geführt und mit vielen der besten britischen Dramaautoren gearbeitet: Alan Benett, David Hare, Stephen Poliakoff, Peter Prince, Christopher Hampton. Frears war ein Teil der *Monty-Python*-Generation in Cambridge, wo er Recht studierte: Viele seiner Zeitgenossen dort sind zum Film, Fernsehen, Theater oder in den Journalismus gegangen. Später hat er im Royal Court Theatre als Assistent von Lindsay Anderson gearbeitet.

Was immer Frears auch trägt, er sieht immer aus, als hätte er in seinen Kleidern geschlafen, und seine Haare stehen starr nach allen Seiten ab, als hätte er einen Elektroschock bekommen. Seine Vorstellung von ›sich fein machen‹ besteht darin, ein sauberes Paar Espadrilles anzuziehen. Die modische Botschaft lautet: Ich kann mir über das Zeug nicht den Kopf zerbrechen, es bedeutet mir nichts, ich bin ein Bohemien, kein Modesklave. Während der Dreharbeiten zu *Waschsalon* ging Daniel Day Lewis immer zu Stephen, als wäre Stephen ein Penner, drückte ihm 20 Pence in die Hand und sagte: »Bitte nehmen Sie das im Namen der Heilsarmee an und kaufen Sie sich eine Tasse Tee!«

Ich fühlte mich wegen seiner Respektlosigkeit und Ernsthaftigkeit, seiner Direktheit und Güte von Anfang an zu ihm hingezogen. Er haßt Worte wie ›Künstler‹ und ›Integrität‹, weil sie nach Selbstbeweihräucherung riechen, er ist ungeheuer effizient und begabt und obwohl er sehr viel darüber redet, wieviel Geld bestimmte Regisseure machen, macht er nie einen Film nur des Geldes wegen. Er hat großes Interesse und Respekt für die Jugend, für ihre Musik und Filme und politischen Interessen. Im selben Maß, wie seine Generation sich in Komfort und Respektabilität etabliert, wird er abenteuerlustiger und respektloser gegenüber der britischen Gesellschaft; er betrachtet es als Teil seiner Arbeit, skeptisch, neugierig, zweifelnd und polemisch zu sein.

Frears' Nichtangepaßtsein und Individualität, sein Hang zu Aufruhr und Anarchie, passen zur Sparte des Films, zu der wir gehören — eine Sparte, die in letzter Zeit besonders aufregend war: die Sparte Filme mit niedrigem Budget, schnell gemacht, manchmal ziemlich grob. Filme, die bis zu einem gewissen Punkt außerhalb des Systems von Studios und großen Filmgesellschaften produziert wurden, Filme, die die Beteiligten selbst kontrollieren können.

Das Erfrischende dieser Filme ist zum Teil die Thematik: die Erforschung von Bereichen britischen Lebens, die nie zuvor berührt wurden. Genau wie die Entdeckung der unteren Mittelklasse und der Arbeiterklasse als Thema in den Sechzigern eines der aufregenden Ereignisse britischer Kultur war, so gab es in den repressiven Achtzigern ein Plus: das kulturelle Interesse an Randgruppen und Ausgeschlossenen.

Ich rufe also Frears an und singe ihm die Ohren damit voll, warum ich meine, er sollte bei *Sammy und Rosie tun es* Regie führen. Ich vermeide Schmeicheleien, aus Angst, ihn noch mißtrauischer zu machen, und werde technisch. Ich betone, daß es eine Fortsetzung der Arbeit sein wird, die wir mit *Waschsalon* begonnen haben — eine Mischung aus Realismus und Surrealismus, Ernsthaftigkeit und Komödie, Kunst und Sex ohne Bezahlung.

Frears hört sich das alles geduldig an. Dann sagt er plötzlich, wir sollten den Film fürs Fernsehen machen, auf 16 mm. Ich sage schnell, daß ich davon nicht überzeugt sei. Er argumentiert, die Ausrüstung sei leichter, man könne Filme schneller produzieren. Er schlägt also vor, wir sollten es der BBC geben. Wenn es ihnen gefällt, sagt er, dann werden sie dafür zahlen, und unsere Probleme sind gelöst. Ich setzte dagegen, daß sie zu reaktionär geworden seien, Angst vor dreckiger Sprache und Bumsen hätten, eingeschüchtert von Zensoren.

Trotzdem sagt er schließlich, er sehe die Sache als Fernseh-
geschichte, im Geist von *Waschsalon* gemacht.

Im Fernsehen sehe ich, wie die südafrikanische Polizei Protest-
ler niederknüppelt, und frage mich, was in den Köpfen der Polizisten vorgehen mag. Das ist ein Teil meiner Absicht bei
Sammy und Rosie — mein Grübeln über den Verstand des Fol-
terers, den Charakter eines Menschen, der zu extremer Gewalt und Grausamkeit fähig ist, während er mit anderen weiterhin sein Leben führt. Spricht er am Abend von Liebe?

Bekomme einen Brief von einer Tante, die im Norden Englands lebt. Seit sie *Waschsalon* gesehen hat, ruft sie häufig meinen Vater an, um ihn zu beschimpfen. »Dein Sohn ist ein absolutes Schwein!« kreischt sie durchs Telefon, als hätte mein
Vater Schuld daran, daß ich solche Sachen schreibe. »Kannst
du dieses Schwein nicht kontrollieren!« schreit sie. »Demütigt
uns in der Öffentlichkeit! Stell dir vor, die Leute finden 'raus,
daß ich mit ihm verwandt bin!«

In ihrem Brief schreibt sie: »Ich habe versucht, Dich anzurufen, aber ich glaube, Du warst in den USA und hast die Amerikaner mit Deiner Pornographie zu Tode gelangweilt...
Und das Allerschlimmste, der Film hat die ehrbare Familie
Deines Vaters beleidigt. Onkel ist in einem sehr schlechten
Licht dargestellt worden, betrunken im Bett, mit seiner Sorte
Wodka und ungeschnittenen Zehennägeln... das war völlig
überflüssig und boshaft. Es zeigt nur Deinen absoluten Mangel an Loyalität, Integrität und Mitgefühl...

Wir haben nicht gewußt, daß Du eine ›Schwuchtel‹ bist. Wir
hoffen nur, daß Du über AIDS und seine Gefahren informiert
bist, wenn nicht, kann Dir eine medizinische Broschüre zuge-
sandt werden. Warum, oh warum, mußt Du die weitverbrei-
tete Ansicht der Briten fördern, daß alles Böse seinen Ur-
sprung bei den pakistanischen Einwanderern hat? Dem Himmel sei Dank für Spitzenfilme wie *Gandhi*.«

Mir fällt etwas ein, das Thackeray in *Jahrmarkt der Eitelkeit* schrieb: »Wenn ein Mensch in seinem Leben etwas Falsches getan hat, kenne ich keinen Moralisten, der begieriger darauf wäre, die Welt auf seine Fehler hinzuweisen, als seine eigene Verwandtschaft.«

Ich beschließe, die asiatische Lesbe in *Sammy und Rosie* nach ihr zu benennen.

Anfang dieses Jahres traf ich Philip Roth bei einer Party und erzählte ihm von der Feindseligkeit dieser Tante und anderer Pakistanis, die sich über ihre Darstellung in *Waschsalon* und anderen Sachen, die ich geschrieben hatte, beklagten. Roth sagte, ihm wäre nach *Portnoy's Complaint* dasselbe passiert. Er schreibt sogar darüber in *The Ghostwriter*.

In diesem Roman schreibt Nathan, ein junger jüdischer Autor, »auf der Suche nach Bewunderung und Lob« eine Geschichte über eine alte Familienfehde. Er zeigt sie seinem Vater. Der Vater ist von diesem öffentlichen Verrat niedergeschmettert. »Du hast nichts ausgelassen«, stöhnt er. Nur die Leistungen, die harte Arbeit, den Anstand. Er fügt traurig hinzu: »Ich frage mich, ob du begreifst, wie wenig Liebe es auf dieser Welt für das jüdische Volk gibt.«

Als Nathan kontert, sie seien in Newark, nicht in Deutschland, holt sein Vater eine zweite Meinung ein, die des Richters Leopold Wapter. Wapter wendet sofort den literarischen Säuretest an, den seiner Meinung nach jedes jüdische Buch ertragen muß: Wird die Geschichte das Herz Josef Goebbels erwärmen? Das Ergebnis ist ... positiv. Warum nur, warum, schreit Wapter, muß es in einer Geschichte mit jüdischem Hintergrund Ehebruch, ständigen Streit in der Familie über Geld und verzerrtes menschliches Verhalten generell geben.

Wapters Beschwerde verlangt also ›positive Bilder‹: nützliche Lügen und erheiternde Fiktionen — der Autor als Public-Relations-Polizist, als bezahlter Lügner.

Sammy und Rosie ist wie *Waschsalon* eine sehr persönliche Geschichte, autobiographisch, nicht in ihren Fakten, aber emo-
tionell. Die betreffende Frau (ich werde sie Sarah nennen) bat
darum, das Drehbuch lesen zu dürfen. Ich sagte nein, weil die
Person sich noch ändern wird, wenn ich das Drehbuch um-
schreibe, auch die Schauspielerin, die die Rolle übernimmt,
wird sie noch verändern, und auch Frears, wenn er anfängt, an
dem Film zu arbeiten. Es ist schwierig, korrekt über reale
Menschen zu schreiben — so gerne man es auch möchte —,
weil die Anforderungen der Idee als solche im allgemeinen so
sind, daß man das Original verwandeln muß, um es in die
Zwangsjacke der Geschichte einzufügen. Trotzdem bin ich besorgt, was Sarah darüber denkt. Ich weiß, daß ich in einigen
Passagen gehässig war.
Am Telefon spricht Frears davon, Art Malik die Rolle des
Sammy zu geben. Er ist ein reizvoller Schauspieler, aber wir
fragen uns beide, ob er schräg genug für diese Rolle ist.

20. JUNI 1986

Treffen bei Channel 4 mit Karin Bamborough und David
Rose, um über den Film zu reden. Zusammen haben sie eine
erstaunliche Anzahl unabhängiger Filme mit niedrigem Budget ermöglicht, die zum Großteil (oder zumindest zum Teil)
aus Fernsehgeldern für die Kinos finanziert wurden. Diese
Reihe von Filmen hat eine Wiedergeburt britischer Filme-
macherei gesichert (sie sind praktisch die einzigen Leute in Britannien, die heute noch Filme machen) und Frauen und farbige Filmemacher, Debüt-Regisseure und Autoren ermutigt,
die mit Material arbeiten, das für die kommerzielle Schiene
nicht akzeptabel wäre.
Ihr Erfolg ist zum Teil der Initiative zuzuschreiben, Autoren

anderer Kunstformen — Romanciers, Theaterautoren, Autoren von Kurzgeschichten — Filme schreiben zu lassen. Sie wissen, daß die besten Drehbücher nicht von Leuten gemacht werden, die sich als Drehbuchautoren bezeichnen, sondern einfach von guten Autoren, Schriftstellern, die in anderen Sparten brillieren. Die sogenannten ›Regeln‹ sind in einer Stunde erlernbar. Aber die Essenz eines anständigen Drehbuchs, Charaktere, Story, Stimmung, Tempo, kann nur einer kultivierten Phantasie entspringen. Es ist zwar praktisch unmöglich, einen guten Film ohne ein gutes Drehbuch zu machen, aber das Drehbuchschreiben an sich ist ein so verfälschter und niedriger Beruf (Regisseur Joseph Mankiewicz hat gesagt, »der Drehbuchautor ist die höchstbezahlte Sekretärin der Welt«), daß Autoren, die überleben wollen, es vermeiden und Filme nur als gutbezahlten Nebenjob und traurigerweise nicht als ernsthaftes Medium betrachten.

Karin sagt mir, die Charaktere des ersten Exposés seien noch nicht stark genug. Ich müßte noch zwei oder drei Exposés machen. David Rose sagt, es sei traurig, daß alles in London spiele, denn für sein Gefühl spielten dort schon zu viele Filme. Ob ich es nicht auf Birmingham umschreiben könnte, meint er.

21. JUNI 1986

Der Vertrag von C4 mit einem Angebot für *Sammy und Rosie* kommt. Sie bieten einen lächerlichen Betrag an.

6. JULI 1986

Mein Agent ruft mich in New York an und sagt, nun sei folgendes geplant: Eine Dreiergesellschaft, bestehend aus Frears,

Bevan, Sarah Radclyffe und mir, solle gebildet werden. Auf diese Art könnten wir den Film völlig unter eigener Kontrolle behalten.

9. JULI 1986

Ich rede mit Frears, der gerade mit den Dreharbeiten zu *Prick Up Your Ears* beginnt. Er sagt, er wolle mit den Vorbereitungen für *Sammy und Rosie* beginnen, nachdem er mit seinem indischen Film fertig ist. Das heißt, wir werden im Herbst 1987 drehen. Die Wartezeit ist lang, ich fühle mich im Stich gelassen, das Leben wird erneut fade. Aber dadurch bin ich gezwungen, inzwischen etwas anderes zu schreiben.

9. AUGUST 1986

Mittagessen im ›*192*‹ in Notting Hill mit Bevan und Radclyffe. Shashi kommt als letzter, mit seiner Sekretärin. Er trägt einen lockeren, braunen Anzug, mit einem dunkelrot und schokoladenfarben gemusterten Schal über der Schulter. Er ist königlich und würdevoll, stilvoll und exotisch. Ein Raunen geht durchs Lokal.

Ich erwähne, daß dies zwar unser erstes Treffen sei, aber ich hätte ihn schon einmal auf dem Balkon des Lord's Test gesehen. Er sagt, er habe dabei denselben Anzug getragen und habe Schwierigkeiten gehabt, in den Pavillon zu kommen, so konventionell und verklemmt wären sie beim MCC. Also hatte er ihnen gesagt, er hätte gerade mit Mrs. Thatcher geluncht, und wenn seine Kleidung für die Premierministerin gut genug sei, dann sei sie doch sicherlich auch für den MCC akzeptabel.

Sein Charme hat echte Klasse, und er ist trotzdem wirklich bescheiden. Ich schäme mich ein bißchen für mein Angebot, den Film zu machen, so klein und doch ziemlich schäbig, wie er ist. Aber Shashi sagt, er findet das Drehbuch besser als *Waschsalon*. Er fügt hinzu, er würde uns zur Verfügung stehen, wann immer wir wollten.

Es ist ein sonniger Tag, und nachdem Shashi gegangen ist, spazieren wir gemütlich zu Frears' Haus, glücklich über Shashis Begeisterung. Wir reden ein bißchen über die anderen Rollen: Claire Bloom als Alice, vielleicht mit Miranda Richardson oder Judy Davis als Rosie.

Frears spricht über die Rolle der Anna, der amerikanischen Fotografin, und sagt, sie sei nicht sympathisch genug: Ich hätte sie parodiert. Er hat recht damit, und ich habe diese Rolle nicht so richtig im Griff. Der Prozeß des Schreibens ist in so großem Maß das Suchen von Ideen im eigenen Unterbewußtsein, was immer sie sein mögen. Später muß man sie rechtfertigen, ausfüllen und herausfinden, was zum Teufel sie bedeuten, wenn überhaupt etwas. Das ganze Drehbuch muß dieser Prüfung unterzogen werden.

14. AUGUST 1986

Endlich gebe ich Sarah das Drehbuch zu lesen. Sarah und ich haben uns auf der Universität kennengelernt und sechs Jahre lang zusammengelebt. Seit sie ausgezogen ist, sehen wir uns nach wie vor sehr häufig.

Als Sarah es liest, ist sie sehr wütend und gleichzeitig bestürzt. Ich habe Dinge gesagt, die sie als wahr empfindet, die ich aber nie zu ihr gesagt habe. Ihre Sorge sei es, sagt sie, daß die Leute glauben könnten, sie wäre Rosie, und sie wäre damit auf ewig versteinert, ihre Freiheit von der Kamera eingefangen. Sie würde es nicht mehr länger im Griff haben, was die Leute von ihr hielten. Würde man sich nicht diese grobe Filmvorstellung von ihr machen?

All das macht mir Schuldgefühle und gibt mir das Gefühl, hinterlistig zu sein; für mich sind Autoren wie Spione, die in Fehlschlägen und Schwächen nach guten Stories bohren. Notwendigerweise, weil sie die Welt so sehen, untersuchen Autoren ständig die Leben von Leuten, mit denen sie zu tun haben. Sie führen Buch über private Beziehungen. Und nach außen hin geben sie vor, am normalen Leben teilzuhaben. Aber ein paar Jahre später ist alles niedergeschrieben, ausgeschmückt, verändert, verzerrt, aber immer noch erkennbar als Teil irgendeines gelebten Lebens.

Bevan hat Art Malik und Miranda Richardson, die ich neulich im Royal Court getroffen habe, das Skript gegeben. Ich hab ihr von dem Film erzählt, und sie schien interessiert, aber wie es scheint, macht sie zur selben Zeit den Spielberg-Film *Empire of the Sun*.

1. SEPTEMBER 1986

Nach Paris mit Frears, Bevan und Daniel Day Lewis. Überall werden britische Filme gezeigt: *Clockwise, Mona Lisa, Zimmer mit Aussicht, Waschsalon*. Hier scheint es auf den Quadratkilometer mehr Kinos zu geben als überall sonst, wo ich bis jetzt war. Ich mache den ganzen Tag Interviews mit Hilfe einer Dolmetscherin, die die Tochter von Raymond Queneau ist.

Dan ist jetzt ein ziemlicher Star, und als Schauspieler auf eine andere Stufe vorgerückt. Er ist für Proben zu dem Film *Die unerträgliche Leichtigkeit des Seins* hier. Dan kleidet sich schwarz und rasiert sich nicht. Er hat einen schwarzen Beutel um seinen Körper geschlungen und sieht wie ein Künstler, ein Maler aus, wenn er über Brücken und Boulevards schreitet.

Wir treffen uns auf einen Schwatz in der Bar des George V, wo Frears interviewt wird. Der Journalist sagt bewundernd zu Frears: »Ich habe viele Menschen wie Sie kennengelernt, aber das waren alles Italiener.«

Frears hat viel darüber nachgedacht, wie *Sammy und Rosie* zu realisieren sei, und er ist jetzt zu dem Entschluß gekommen, man sollte den Film auf 35 mm machen, für das Kino. Bevan glaubt, wir könnten einen Großteil des Geldes für den Film in Amerika auftreiben. Frears hält das für eine gute Idee, weil sie Channel 4 Geld sparen würde. Dann könnten sie das Geld Filmemachern geben, die sonst nichts bekommen würden.

18. DEZEMBER 1986

Plötzlich heißt es, wir beginnen im Januar mit der Produktion und drehen Anfang März, weil Frears' indisches Projekt sich verzögert. Das Drehbuch sollte also allmählich fertig werden. Versuch die Story früher in Gang zu kriegen, sagt Frears. Und die Aufstände: Sie sind uns aus dem Fernsehen zu vertraut. Es muß etwas mehr passieren als Leute, die mit Flaschen auf Polizisten werfen. Ich interpretiere das so: Was während dieser Szenen zwischen den Charakteren passiert, ist von vorrangigem Interesse.

Ich treffe Frances Barber im Produktionsbüro. Sie ist eine sehr erfahrene Theaterschauspielerin, und ich kenne ihre Arbeit seit zehn Jahren, seit sie aus den Seitenrängen in die RSC aufgestiegen ist. Sie hat ein paar kleine Sachen im Film gemacht (wie in *Prick Up Your Ears*), aber sie hatte noch keine große Rolle gespielt. Man hat das Gefühl, sie ist bereit, sie ist in dem Stadium, in dem Daniel Day Lewis kurz vor *Waschsalon* war.

Sie äußert sich positiv über das Drehbuch und sieht die Probleme, gegen Charaktere mit dem Charme anzuspielen, den ich versucht habe, Rafi zu geben, und der strahlenden Kindlichkeit Sammys. Rosie darf nicht moralistisch oder selbstgerecht scheinen.

Später ruft Frears mich an, hocherfreut von einem Gespräch mit einem jungen, pakistanischen Schauspieler, Ayub Khan Dhin, der gerade nach oben pinkeln gegangen ist und für die Rolle des Sammy in Betracht kommt. Art Malik, den wir zuerst im Sinn hatten, bei dem wir aber dann unsere Zweifel bekamen, hat sich ohnehin über die Bettszenen mit Anna beklagt und über die Szene, wo Sammy onaniert, Koks schnupft und gleichzeitig an einem Milkshake nuckelt. Am Ende sagt er, das Drehbuch sei nicht gut genug. Ich glaube, er zieht leichtere Rollen mit mehr Glamour vor.

Ayub hatte eine kleine Rolle in *Waschsalon*, die später herausgeschnitten wurde. Ich erinnere mich, wie er zur Schauspielervorführung kam, begierig, sich in seinem ersten Film zu sehen, und Frears ihn beiseite nehmen mußte, um ihm zu erklären, daß wir, naja, leider seine große Szene herausschneiden mußten. Seither ist Ayub gewachsen und hat sich entwickelt, obwohl er erst fünfundzwanzig ist und die Rolle eigentlich einen Älteren vorsieht.

Jetzt, wo der Film in Gang kommt und andere Leute miteinbezogen werden, spüre ich, wie die Verantwortung von mir abfällt. Das ist eine Erleichterung. Den Großteil der harten Arbeit habe ich hinter mir. Jetzt kann ich das Machen und Lancieren des Films genießen. Die Umschreibungen, die ich von jetzt an mache, sind nichts im Vergleich zu der Belastung durch die Isolation und dem Auf-sich-allein-gestellt-sein beim anfänglichen Ausarbeiten der Idee.

Ich erinnere mich, wie ich in Washington, in einem Hotelzimmer mit Blick auf den Dupont Circle, ein Bier nach dem anderen trank und versuchte, die hohe Mauer zu überspringen, den Wendepunkt am halben Drehbuch. Ich saß monatelang mit dem Film fest, nach der ›Fuck‹-Nacht, dem Höhepunkt, dem Teil in der Mitte des Films, wo die drei Paare simultan zusammen schlafen. Ursprünglich wollte ich den Film *The Fuck* nennen. Was für Konsequenzen würden die drei Akte haben? Was würden sie für alle drei Charaktere bedeuten, und wie würden sie sie verändern? Erst als ich mich entschloß, das Brachland-Material und die anschließende Zwangsräumung auszubauen, und ich dieses neue Element eingebracht hatte, konnte ich weitermachen. Das Problem war, ob dieses Material überzeugend sein würde. Es basierte nicht auf Dingen, die ich kannte, obwohl anarchistische Ideen mich schon lange interessierten — eine ehrbare, englische, politische Tradition von Winstanley über William Goodwin und so weiter. Wenn es überhaupt eine Grundlage hatte, dann bei den jungen Leuten an den Theaterworkshops, die ich veranstaltet hatte. Sie zeigten eine ungeheure Energie, Intelligenz und Erfindungsgabe. Aber dank Armut, Obdachlosigkeit, Arbeitslosigkeit und schlechter Ausbildung lebten sie in Lücken der Gesellschaft, wohnten in besetzten Häusern, dealten mit Drogen und aasten allgemein herum. Mir schien es, als hätte diese Gesellschaft ihnen wenig zu bieten, keine Ahnung, wie sie diese Jugendlichen oder ihr Potential einsetzen könnte. Durch diese Blockierung war ich häufig versucht, den Film überhaupt fallenzulassen. Ich schrieb dieselbe Szene fünfundzwanzig- bis dreißigmal, in der Hoffnung auf einen Durchbruch. Ich hatte diese komplizierte Geschichte aufgebaut, ich hatte die Charaktere erfunden und Dinge zwischen ihnen passieren lassen, aber dann kam alles zum Stillstand. Genau da nämlich lassen einen das reale Leben oder echte Autobiographien in Stich: Die Story muß zu ihren eigenen Bedingungen beendet werden.

Sarah Radclyffe hat einige Bedenken bei dem Drehbuch. Sie bezweifelt, daß Sammy und Rosie keine Ahnung von Rafis Beteiligung an der Folterung seiner politischen Feinde gehabt haben konnten, besonders nachdem sie ihn in seinem eigenen Land besucht hatten. Karin Bamborough sagte etwas Ähnliches und schlug vor, ich sollte den Film so ändern, daß sie sich zum erstenmal treffen. Das hätte beträchtliche Arbeit erfordert. Außerdem, warum sollten sie Details von Rafis Verbrechen kennen, wenn er doch sicherlich mit bezahlten Schlägern und Leuten gearbeitet hatte, die nicht so leicht mit ihm in Verbindung zu bringen waren. Es hätte Jahre gebraucht, diese Informationen zu entdecken und zu sammeln.

Heute morgen ging es bei uns im Büro zu wie am Royal Court im Exil. Frears, ich selbst und Debbie McWilliams (für das Casting verantwortlich), arbeiten alle am Court. Tunde Ikoli, ein junger Autor und Regisseur, der als Lindsay Andersons Assistent am Court arbeitete, war im Büro. Wir schauen uns eine Reihe interessanter und erfahrener farbiger Schauspieler an. In dieser Hinsicht hat sich in den letzten vier bis fünf Jahren einiges geändert. Viele dieser Schauspieler, die entweder im National Theatre's Studio von Peter Gill (Ex-Royal Court) gearbeitet haben, oder am Court selbst, führen uns die Wichtigkeit des Theaters wieder einmal vor Augen, nicht nur als solches an sich, sondern auch als Nährboden für Film und Fernsehen.

Wir sprechen über das Publikum, das es für unsere Art Film gibt. Alter zwischen achtzehn und vierzig, zumeist aus der Mittelklasse, mit guter Bildung, film- und theaterkundig, liberal fortschrittlich oder links. Dieses präsente und anspruchsvolle Publikum will sich nicht von Teenie-Filmen anbiedern lassen: Es wird ein armes, ungeschliffenes Kino, reich an Ideen und Phantasie fördern.

Michael Barker von Orion Classics ruft an, um mir zu sagen, Orion würde versuchen, eine Oscar-Nominierung für mich durchzudrücken. Er glaubt nicht, daß ich gewinnen werde — Woody Allen wird mit *Hannah und ihre Schwestern* den Oscar bekommen —, aber er glaubt, die Nominierung könnte er durchboxen.

Hugo, der Designer des Films, ruft an und erzählt, sie hätten eine exzellente Location für den Wohnwagenplatz gefunden. In Notting Hill. Die flache Betonkurve der Autobahn hängt über einem staubigen Stück Brachland, das wiederum flankiert ist von einem Eisenbahnschienenstrang und einem U-Bahn-Gleis. Ich kenne den Platz, den er meint, er ist ideal.

Sie suchen in der Gegend auch ein Haus, das sich für Sammys und Rosies Wohnung eignen würde. Es gab Überlegungen, sie in einem Studio aufzubauen, was einfacher wäre, aber im Augenblick findet Frears, sie sollte echt sein.

Bevan versucht, einen Platz zu finden, wo wir die Straßenkämpfe inszenieren können. Dabei gibt es natürlich Probleme mit der Polizei, und ich werde ein beschönigtes Drehbuch vorbereiten müssen, um sie zu überzeugen. Als er zu ihnen geht, beschreibt er die Straßenkämpfe als »Reibereien«.

Ich treffe Claire Bloom zufällig, in einer nahegelegenen Straße, und gestern hab ich ihren Mann, Philip Roth, in einem Naturkostladen in Notting Hill getroffen. Er fragt, wie es mit dem Film läuft, und sagt mir, er hätte lieber nichts mit Film zu tun, nachdem ihm keiner der Filme, die nach seinen Büchern gedreht wurden, gefallen hätte. Es erinnert mich an mein zweites Zusammentreffen mit Philip und Claire. Frears und ich standen vor der amerikanischen Botschaft und gingen durch die Menge, die gegen die Bombardierung Libyens protestierte. Das Ganze ähnelte einer methodistischen Kirchenfeier. Dann, an der Barriere direkt an der Botschaft, standen Philip und Claire, sehr wütend.

24. DEZEMBER 1986

Frears und ich besprechen *Sammy und Rosie* im Hinblick auf Stil und Rhythmus, der wesentlich gemütlicher ist als der von *Waschsalon*. Die Beziehungen sind wesentlich weiter entwickelt, mehr Raum zum Atmen ist nötig. Es ist weniger ein Schocker, mehr ein erwachsener Film.

29. DEZEMBER 1986

Frears, etwas eingeschnappt durch die Erkenntnis, wie sehr Thatcher uns befürworten würde: Wir sind ein sparsamer, unternehmungslustiger, gut verdienender Betrieb. Ich sage: Aber es ist doch ein Teil unserer Absicht, Filme populär zu machen, die der britischen Gesellschaft kritisch gegenüberstehen. Er sagt: Thatcher wäre das egal, sie würde unsere Initiative loben, etwas Anständiges zu machen, trotz der schlechten Karten, nämlich dem realen Problem, im England von heute Filme zu produzieren, was von der Regierung noch erschwert wird.

4. JANUAR 1987

Gestern nacht langes Treffen mit Frears in seinem Haus. Wir haben uns wirklich das erste Mal richtig zusammengesetzt und das Drehbuch durchdiskutiert. Seine Ideen sind genau die Stimulation, auf die ich gewartet habe, um eine Lösung für

238

den Film zu finden. Nach der ›Fuck‹-Nacht sind die Film-stücke, die Zwischenschnitte zu schnell, die Szenen zu kurz. Das kommt daher, daß ich noch nicht genau ausgearbeitet habe, was vorgeht, was ich sagen will. Frears und ich machen beim Reden, während er die Kinder zu Bett bringt, folgendes: Neue Elemente erfinden, um die Story zusammenzuknüpfen: Rani und Vivia üben Druck auf Rafi aus, Rani und Vivia set-zen Rosie unter Druck, weil Rafi bei ihr wohnt, einige der an-deren Frauen, die Rafi durch die Stadt verfolgen, ihn vielleicht in den Tod treiben, alle Charaktere (und nicht nur einige, wie es bis jetzt ist) treffen sich bei der Zwangsräumungsszene, wo ihre Beziehungen festgelegt werden.

Jetzt muß ich mich hinsetzen und die ganze Sache noch ein-mal durchschauen. Es hat keinen Sinn, kleine Stückchen um-zuschreiben. Es muß ein ganz neuer Entwurf werden. Ich nehme an, wenn man ein guter Autor sein will, muß man die Fähigkeit haben, alles, was man gemacht hat, zu zerreißen und noch einmal von vorne anzufangen. Man muß die besten Dia-loge und Ideen zerreißen können und sie durch bessere Dia-loge und Ideen ersetzen, egal, wie schwer das ist und wie lange es dauert.

5. JANUAR 1987

Ich stehe um sechs Uhr früh auf, weil ich nicht schlafen kann, aus lauter Angst vor dem Umschreiben. In dieser eingefrore-nen, verlassenen Stadt fange ich an, am Drehbuch herumzu-fummeln, entgegen allem, was ich gestern gesagt habe. Als mir klar wird, wie sinnlos dieses Gefummel ist, spanne ich ein fri-sches Blatt in die Schreibmaschine und fange einfach mit Seite 1 an. Ich plane nicht, denke nicht nach, fange einfach an, wage mich hinaus aufs Drahtseil. Ich will mich nicht selbst behindern, nicht überkritisch oder schüchtern oder selbstkritisch sein, sonst blockiere ich mich wieder, und der Akt des Schreibens wäre so, als würde ich mit angezogener Bremse fahren.

Heute ist der erste Tag der Vorproduktion, und alle fangen offiziell an zu arbeiten: Der Regisseur, der Casting-Manager, der Produktionsleiter, Designer usw. Der junge Kameramann Oliver Stapleton wird diesen Film aufnehmen, genau wie *Waschsalon*. Das war sein erster Spielfilm, aber seither hat er *Absolute Beginners* und *Prick Up Your Ears* gemacht. Alles ist also schrecklich aufregend. Schade, daß ich das Gefühl habe, das Drehbuch zerfällt mir unter den Händen. Die neuen Ideen berühren jedes zweite Element im Film, ändern sie, geben ihnen eine neue Bedeutung. Nur wenig von dem, was ich geschrieben hatte, scheint gesichert, bis auf die Charaktere, die Story ganz bestimmt nicht. Während die ganze Sache in den Mixer geht, habe ich Angst, sie könnte sich auflösen.

7. JANUAR 1987

Heute morgen schreibe ich eine Szene zwischen Rani, Vivia und Rosie am Ende der Party, sie ist von entscheidender Bedeutung für den Film. Rani und Vivia werfen Rosie Mangel an politischer Integrität vor. Es ist eine dramatische Szene und wird den Film straffen, genau im richtigen Moment. Ich bin überrascht, daß es so lange gedauert hat, bis mir klar wurde, wie nützlich diese Art Druck auf Rosie ist. Das rührt zum Teil daher, daß ich erst seit diesem Gespräch mit Frears erkannt habe, welche Bedeutung Rani und Vivia für den Film haben. Sie waren im ersten Exposé — ich hatte sie eingefügt, weil ich unbewußt ahnte, daß sie nützlich sein würden. Erst bei der vierten Version wurde mir klar, wofür genau.

Ich verbringe fast den ganzen Tag damit, die abschließende Szene des Films zu schreiben, die momentan so aussieht: Rafi taumelt während der Zwangsräumung über das Brachland und Sammy steht auf der Autobahn und schreit auf Rosie herunter, die ihn nicht hört. Das ist nicht befriedigend. Ich versuche also, zum vorherigen Schluß zurückzukehren, bei dem Rosie und Margy und Eva, ihre Freundinnen, beschließen, in die Wohnung einzuziehen, während Sammy allein in das Haus zieht, das er gekauft hat. Aber an diesen Schluß glaube ich nicht.

Normalerweise, wenn ich blockiert bin, lege ich ein Drehbuch dreißig Tage in eine Schublade, so wie man einen Kuchen in den Ofen stellt, und wenn ich ihn herausnehme, ist es gar. Aber dafür bleibt jetzt keine Zeit.

Ich stecke also die letzten paar Seiten in die Schreibmaschine und schreibe sie neu, versuche, meinen Kopf zu beruhigen und frische Ideen ungehindert eindringen zu lassen. So kommt mir in den Sinn, oder vielmehr, es schreibt sich von selbst, daß Rafi sich erhängen sollte. Und während die Worte Gestalt annehmen, weiß ich, daß ich etwas Dramatischem, Kraftvollem auf der Spur bin. Ich mache auch etwas, das deprimierend sein wird. Ich habe keine Ahnung, wie dieser Selbstmord den Rest des Filmes beeinflussen wird, und keine Ahnung, was es bedeutet oder aussagt. Das kann ich später herausfinden. Es ist eine Erleichterung, eine neue Idee gehabt zu haben, und ein kreatives Vergnügen, ein Problem zu lösen, nicht indem man verfeinert, was man schon gemacht hat, sondern indem man ein bizarres und schockierendes neues Bild daraufklatscht!

241

Bevan, Rebecca (Location Manager), Jane (Produktionsleite-
rin) und ich fahren nach North Kensington, um uns die Lo-
cations für den Anfang des Films zu suchen, wo Rosie den alten Mann besucht und ihn tot im Bad findet, das Warten auf
den Krankenwagen und die Einstellung auf das Lagerfeuer der
Jungs im Zentrum der Siedlung. Zum dreißigsten Stock des
Hochhauses (das Designpreise in den Sechzigern bekommen
hat), mit mehreren Kindern im Lift. Der Lift hat eine seltsame
Form: sehr tief, mit niedrigem Dach. Jane sagt, er ist so gebaut, damit man aus dem dreißigsten Stock Särge runterbrin-
gen kann. Wir gehen durch die anderen Wohnblocks des Viertels. Das sind schmutzige, heruntergekommene Häuser, kaputt, mit Grafitti besprüht, vom Wind gepeitscht, düster,
durchzogen von Kotgeruch, unersättlich in ihrem Haß auf
alle Menschlichkeit, den sie verkörpern. Die umliegenden Läden sind mit Stangen und Maschendraht verbarrikadiert. Ich
bin in London aufgewachsen. Es ist meine Stadt. Ich bin kein
Brite, aber ein Londoner. Und es ist dreckiger und kaputter als
je zuvor.
Ich komme nach Hause und telefoniere mit Frears. Der dop-
pelte Imperatif (Veronika): Das umgeschriebene Buch muß
Montag vorgelegt werden und doch, wie er sagt, komplizierter sein. ›Deeper‹ nennt er es. Gott. Hab bis jetzt keinem von
dem neuen Schluß erzählt.
Heute habe ich das Gefühl, der Film entgleitet mir, dieses
kleine Ding, das ich in meinem Schlafzimmer in Fulham geschrieben habe, ist jetzt öffentliches Eigentum geworden. Auf
der Crew-Liste stehen jetzt schon fünfzig Personen, mindestens die Hälfte aus *Waschsalon*.

Frears kommt vorbei. Ich sitze ihm gegenüber, während er das Drehbuch durchblättert. Wir reden über jede Seite. Da der Film über die Beziehung zwischen Männern und Frauen im England von heute spielt und politischen Inhalt hat, wird uns allmählich klar, wie wichtig es ist, daß er auch alles aussagt, was wir damit sagen wollen. Das bedeutet, wir müssen herausfinden, was wir glauben!

Je näher Frears dem Ende kommt, desto nervöser werde ich. Ich habe die Szene getippt, in der Rafi sich erhängt, und sie ist völlig anders, als die harmlosen, blutleeren Finales bis jetzt waren.

Nach dem Lesen sagt Frears eine Weile lang nichts. Er springt auf und läuft immer im Kreis durch die Wohnung. Draußen hat es angefangen zu schneien, es ist sehr kalt. Versucht er bloß, sich warm zu halten?

Wir reden bis halb zwei Uhr früh über das Ende und machen uns Sorgen, ob es zu brutal ist, einerseits gegen das Publikum und andererseits als Akt der Aggression von Rafi gegen den Rest der Charaktere, mit denen er sich eingelassen hat. Wir sprechen über die Möglichkeit, Rafi an einem Herzinfarkt sterben zu lassen! Aber das ist zu zufällig. Es ist die Macht des bewußten Akts, die wir mögen.

Wir diskutieren über Tschechows *Möwe*. Ich sage, Rafis Selbstmord könnte wie der Trepliovs am Ende des Stückes sein: tiefgestapelt, die Action im off, eine Person, die es entdeckt und dann ins Zimmer zurückkehrt, um es den anderen zu sagen. In diesem Zimmer würden sein: Rani, Vivia, Alice, Anna, Eva, Bridget, Rosie. Wir vertagen die Entscheidung. Noch wichtiger, wir werden bald nach New York gehen, um Anna, die Fotografin, zu besetzen. Ich bin mir immer noch nicht im klaren, was sie im Film zu suchen hat. Ich habe es bewußt vermieden, ihre Stückchen umzuschreiben.

Sieben Uhr früh und eiskalt. Straßen mit Schnee bedeckt. Hinter mir höre ich die Röhren hinten am Haus klappern. Draußen der vorsichtige Verkehr und Leute, die zur Arbeit gehen. Ich bin nicht in der Stimmung, dieses Ding umzuschreiben. Ein paar Szenen müssen noch umgedacht werden, aber ich kann es nicht mehr sehen. Auf dem Stück vor mir steht fünfter Entwurf, aber in Wirklichkeit muß es der achte oder neunte sein. Wenn jeder Entwurf etwa 100 Seiten hat, dann sind das 900 geschriebene Seiten!

Als ich 1978 das erste Mal in diesen Teil West-Londons zog, kam ich mir sehr verletzlich vor. Es war, als lebte ich auf der Straße. Leute auf dem Weg zur Arbeit liefen nur ein paar Meter neben meinem Kopf vorbei. Mit der Zeit entspannte ich mich und genoß es, im Bett zu liegen und London um mich herum meilenweit zu fühlen und zu hören.

Diese West-Londoner Straßen neben der Eisenbahnlinie haben sich falsch entwickelt. 1978 waren die meisten vierstöckigen Häuser mit ihren verfallenen Säulen, abgeblätterten Fassaden und eingeschlagenen Fenstern heruntergekommen. Sie wurden bewohnt von Durchreisenden, Einwanderern, Drogensüchtigen und Leuten, die sich nicht schämten, betrunken auf der Straße gesehen zu werden. Auf dem Balkon gegenüber übte regelmäßig um Mitternacht ein Mann auf seinem Dudelsack. Jetzt sind die Straßen voll von Leuten, die ihren Lebensunterhalt verdienen. Junge Männer tragen gestreifte Hemden und gestreifte Krawatten, die Frauen tragen dunkelblaue Westen mit weißen Blusen, hochgeschlagene Kragen und hochnäsige Nasen und Perlen. Sie fahren Renault 5 und spät nachts, wenn man die Straße entlang geht, sieht man, wie sie in ihren sauberen, braven Kellern Dinnerparties veranstalten und auf weißen Tischdecken Trivial Pursuit spielen. Das Zentrum der

Stadt bevölkern jetzt die jungen Reichen, die von allen anderen bedient werden: Jetzt erleben wir die Reetablierung der strengen Klassenschranken, jetzt wirken die Sechziger und ihre Ideale wie ein unmöglicher Traum oder pure Blauäugigkeit.

Ich war zwar 1968 noch an der Schule und politisch nicht aktiv, war mir aber der Erregung und Originalität dieser Jahre fanatisch bewußt. Ich hatte die Platten, die Bücher, die Kleidung, ich sah die Sechziger im Fernsehen und wurde von dem, was ich verpaßte, geformt. Ich war nicht so daran beteiligt, daß ich desillusioniert wurde. Die Einstellung, die mich geprägt hat ist, kurz umrissen: Offenheit und freie Wahl im Sexualverhalten ist befreiend, und Anhäufung sexuellen Schuldbewußtseins und Verklemmung sind psychisch schädlich. Die Jugend ist angeboren originell und tatkräftig, obwohl der Grund für diese besondere Eigenschaft wohl eher darin zu suchen ist, daß man nicht mit Verantwortung und den Bestimmungen der Selbsterhaltung belastet ist. Es sollte eine mobile, unhierarchische Gesellschaft geben, die sich frei zwischen den Klassen bewegen kann, die Klassen selbst sollten allmählich aufgelöst werden. Ehrgeiz und Wettbewerbsgier sind erdrückende Persönlichkeitsschranken, und alle Autorität sollte mit Mißtrauen betrachtet und ständig in Frage gestellt werden.

Die letzten Jahre der neuerlichen Unterdrückung sind eine ständige Überraschung für mich. Irgendwie war ich nicht fähig, sie ernst zu nehmen, nachdem, meiner Vorstellung nach, die Sehnsucht nach mehr Freiheit, mehr Vergnügen, mehr Selbstdarstellung eine Grundlage des Lebens sind. Ich teile also weiterhin, auf diese altmodische Art, die Welt in »Straight« und die übrigen auf, die Unschuldigeren, die Lebendigeren, die sich gegen die Korrupten und Festgefahrenen stellen. Für mich sind Geschäftsleute immer noch Halbkriminelle, jeder im Anzug ist mir verdächtig, ich mag Drogen, besonders Hasch, und ich verstehe nicht, warum sich die Leute die Mühe machen zu heiraten. Ha!

14. JANUAR 1987

Frears ruft an und sagt, die Szene, in der Alice Rafi sagt, er solle gehen, am Ende des Films, nachdem Vivia und Rani ihn aus Sammy und Rosies Wohnung gejagt haben, sei langweilig, langweilig, langweilig. Die Szene muß dramatische Action kriegen, keine ausgedehnten Wortschlachten wie jetzt. Ich sage: Na, dann sag doch bitte mal, was für eine Scheiß-Action denn? Er sagt: Keine Ahnung — du machst den Papierkram, ich mach bloß die Bilder!

16. JANUAR 1987

Frances Barber ist anscheinend von den Änderungen begeistert, sagt aber, das neue Ende gehe ihr an die Nieren. Es dreht den Film um, glaubt sie, indem Rafi jetzt anscheinend seine Schuld für das Foltern von Menschen anerkennt. Frances sagt, es wäre unlogisch, nachdem er sich in der Restaurant-Szene so nachdrücklich für politische Zweckdienlichkeit eingesetzt habe. Ich sage, ich will nicht, daß er aus Schuldgefühlen Selbstmord begeht. Er ist einfach am Ende. Keiner will ihn. Er kann nirgendwo hin, weder zu Hause, noch in England.
Frears hat eine Session mit Frances und Ayub, die er auf Video aufnimmt. Ayub ist sehr nervös, kein Wunder. Frances hat die Rolle und Ayub wird wahrscheinlich morgen die Rolle angeboten bekommen.

Wir sehen uns zusammen das Band von Frances und Ayub an. Sie sehen gut zusammen aus. Ayub wartet unten im Büro seines Agenten, er weigert sich, nach Hause zu gehen, bis wir unsere Entscheidung gefällt haben. Er kommt ins Zimmer und sieht ganz benommen aus vor lauter Spannung. Wir bieten ihm den Job an. Er dankt uns allen und schüttelt uns die Hand.

Frears hat beschlossen, daß der Film viel mehr von jungen Leuten handeln soll, als ich mir vorgestellt habe. Nachdem Ayub fünf Jahre jünger ist als Frances, könnten wir ganz einfach die Leute ihrer Umgebung mit Jüngeren besetzen, nicht mit Älteren. Frears sagt, eine junge Besetzung wird es viel fröhlicher machen. Ich bin sehr für Fröhlichkeit, habe aber Angst, daß Rosie seltsam älter als alle anderen erscheinen könnte.

Frears spricht über die Probleme, die bei den Aufnahmen der Straßenkämpfe auftauchen könnten, besonders nachdem ein Freund gesagt hat: Oh, nein, nicht wieder lauter Schwarze, die einen Aufstand machen. Also unterhalten wir uns darüber, wie wir diesen Abklatsch von Fernsehberichterstattungen vermeiden können: Schreiender Mob, blutende Polizei. Was bei Fernsehberichterstattungen fehlt, sind Details.

In *The Battle of Algiers*, zum Beispiel, vermenschlicht der Regisseur die Gewalt. Man sieht die Gesichter derjenigen, denen Gewalt angetan wird. In der Folterszene sieht man nicht den Akt, sondern nur die Gesichter der Umstehenden, tränenüberströmt.

In *Sammy und Rosie* sieht man schon die Umstände, die zu der

Straßenschlacht führen — das Erschießen der schwarzen Frau durch die Polizei. Und wir sehen, wie gerechtfertigt der Aufstand durch die Umstände ist. Die Schwierigkeiten ergeben sich aus der Tatsache, daß Schwarze im Fernsehen so selten vertreten sind; wenn sie also nur beim Steinewerfen gezeigt werden, läuft man Gefahr, die beachtlichen Vorurteile noch zu schüren. Ich weiß, daß ich es befürwortet habe, aber, wie Orwell über Auden sagt, man hat leicht reden, wenn man nicht dabei ist, wenn die Gewalt stattfindet.

Nachdem Frears gesagt hat, die Alice-Rafi-Abschiedsszene am Schluß des Filmes sei nicht dramatisch genug, schüttle ich meine grauen Zellen durch und heraus kommt eine Miss-Havisham-Szene, die im Keller des Hauses spielt. Ich lasse Alice wütend den Deckel eines Koffers aufreißen, in dem sie die Kleider für ihre geplante Flucht mit Rafi Mitte der fünfziger Jahre gepackt hat. Ich lasse sie Rafi auch die Tagebücher zeigen, die sie damals geführt hat, in denen sie ihm ihr Herz ausschüttete — die physische und visuelle Repräsentation dessen, was vorher nur Dialog war.

Am Freitag in die Oper mit meinem vegetarischen Freund. Eine Frau in einem langen Zobelmantel sitzt neben uns. Mein Freund sagt: Ich wünschte, ich hätte eine Dose Farbspray in meiner Tasche, dann würde ich ihr den Mantel vollspritzen. Dachte, es wäre eine Idee, die man im Film verwenden könnte. Aber wo?

20. JANUAR 1987

Debbie McWilliams hat eine Popgruppe, *The Fine Young Cannibals*, im Fernsehen gesehen und bittet den Sänger, Roland Gift, ins Büro zu kommen. Er erscheint mit seinem Manager und sieht prachtvoll, stolz und verletzlich aus. Ich bitte die

Frauen im Büro, ihn durchs Fenster anzusehen und uns zu sagen, ob sie sich von ihm gerne die Kleider vom Leib reißen lassen würden. Nachdem das anscheinend die meisten wollen, rückt Roland der Rolle des Danny ein Stück näher.

Auf dem Heimweg vom Kino neulich, am U-Bahnhof Piccadilly, versammelte sich eine Gruppe jüdischer Jugendlicher oben an der Rolltreppe. Plötzlich sind sie umringt von Arsenal-Fußballfans, die sie mit »Yiddo, yiddo!« anbrüllen. Die Jugendlichen sehen eher beschämt als verängstigt aus, aber sie rücken näher zusammen, bilden eine kleine Herde. Es ist ein schwieriger Moment. Was macht man, wenn es dazu kommt? Weitergehen, zuschauen, oder sich draufstürzen? Woraus bist du gemacht? Was würdest du aufgeben? Ich sehe viele andere, zögernde Leute in der Nähe, mit demselben Dilemma. Aber keiner macht irgend etwas. Das Geschrei geht weiter. Dann verschwinden die Jugendlichen die Rolltreppe hinunter, ihre Stimmen hallen durch das Gebäude. Es ist das erste Mal, daß ich solchen Antisemitismus in London erlebe. Beschließe, es irgendwie im Film zu verwenden. Jetzt ist die Struktur stark genug für alles Seltsame und Interessante, das zufälligerweise einen Platz findet. Alle kleinen Puzzleteilchen müssen einfach miteinander auskommen, wie Leute auf einer Party.

23. JANUAR 1987

Probleme mit Meera Syal, der Schauspielerin, der wir die Rolle der Rani geben möchten. Max Stafford-Clark, künstlerischer Direktor des Royal Court, ruft an, um uns zu sagen, Meera hätte sich bereits für Caryl Churchills Stück *Serious Money* verpflichtet. Sie möchte aber auch die Rani in unserem Film spielen. Im Augenblick kann der Drehplan nicht so geändert werden, daß sie beides machen kann. Wir wollen sie nicht unter Druck setzen, eine Wahl zu treffen, aus Angst, sie könnte das Court wählen. Es ist schmerzlich für sie, besonders weil asiatischen Schauspielern so wenig Arbeit angeboten wird.

Auf jeden Fall werden wir uns später damit befassen. Jetzt fahren wir erst einmal in meine Lieblingsstadt, New York!

25. JANUAR 1987

New York. Die Stadt ist eingeschneit und jedesmal, wenn man sich umdreht, ist wieder jemand ausgerutscht und auf den Rücken gefallen. New York ist kalt auf eine Art, wie London es nie ist: Hier gefriert das Gesicht, die Tränenflüssigkeit wird zu Eis.

Der Eingang unseres Hotels, auf der Central Park West, hat eine silbergefütterte Markise, in der kleine Lichter eingesetzt sind. Dadurch ist dafür gesorgt, daß das Hotel bei einem Stromausfall wie eine Batterie Fackeln auf Hunderte von Metern zu sehen ist. Ja, man sieht es sogar leuchten, wenn man durch den Park fährt. Unter dieser Markise sind Heizer, die die Straße erwärmen und ungehorsame Schneeflocken, die sich auf den roten Teppich des Hotels oder auf die Mütze des Portiers wagen, wegschmelzen. Überall, wo man in dieser Stadt hingeht, hängen Schilder, die einen ermahnen, Energie zu sparen, während sie vor diesem Hotel die Straße heizen!

Frears ist Gefangener in seinem Hotelzimmer und macht Publicity für *Prick Up Your Ears*. Essen und Trinken läßt er sich aufs Zimmer bringen. Zwischen Interviews schaut er aus dem Fenster in den Central Park. Sein Redezeitplan ist erschöpfend. Es gab eine Zeit, in der ich glaubte, es wäre eine ideale Beziehung, jemandem über sich selbst zu erzählen, der wenig

sagt, aufmerksam zuhört und sich Notizen macht oder aufnimmt. Aber nach den ersten drei Stunden hat man eine aus-
gedörrte Zunge, der Mund will nicht mehr funktionieren, die
Kiefer schmerzen, wie nach 6 Stunden Fellatio. Die einzige Er-
holung ist es, die Journalisten selbst zu befragen und zu hoffen, sie machen Wiederbelebungsversuche, indem sie dir von
sich selbst erzählen.

Ein Journalist fragte mich, woher ich die zentrale Idee für
Sammy und Rosie gehabt hätte. Ich dachte darüber nach, aber
es ist kompliziert, eine Idee hat zumeist mehrere Quellen.

Eine Quelle war der großartige japanische Film *Tokyo Story*,
in dem ein altes Ehepaar, das auf dem Land lebt, seine Kinder
in der Stadt besucht und schäbig behandelt wird. Anfangs sah
ich *Sammy und Rosie* als zeitgenössisches Remake dieses wahnsinnig bewegenden und ehrlichen Films. Manchmal wünschte
ich, mein eigenes Drehbuch hätte die Schlichtheit, Leucht-
kraft und unverbildete Menschlichkeit von Ozus Meister-
werk, wünschte, ich hätte nicht so viele Charaktere, Themen
und Schnickschnack eingebaut.

Eine weitere Quelle war ein Theaterstück, das ich einmal geschrieben und verworfen hatte, über einen asiatischen Politiker, der im London der Sechziger gelebt und eine Affäre mit
einer jungen Frau gehabt hatte. Ich behielt den Politiker und
ließ alles andere fallen.

Dann war da noch eine Geschichte, die mir von einem Fami-
lienmitglied erzählt wurde, der eine Engländerin liebte, sie ver-
ließ, nachdem er versprochen hatte, nach England zurückzukehren und sie zu heiraten, aber nie mehr zurückkam. Sie
liebt ihn aber angeblich immer noch und wartet auch immer
noch auf ihn.

Als Frears mit den heutigen Interviews fertig ist, sagt er, ein
Journalist hätte ihm bei einem Gespräch über britische Filme
gesagt, er glaube nicht, daß heutzutage noch etwas Dramati-

sches in England passieren würde. Die Meinung des Journalisten von England hört sich wie die Orson Welles' in *Der dritte Mann* an, wenn er über die Schweiz redet und glaubt, sie wäre nur fähig, Kuckucksuhren zu produzieren!

Die Bemerkung des Journalisten trifft einen Nerv. Sie paßt zu dem britischen Minderwertigkeitskomplex, was die Filmindustrie betrifft: nicht nur das Gefühl, daß die Briten eigentlich keine guten Filme machen können, sondern auch, daß zeitgenössische britische Themen zu klein, zu unbedeutend sind. Britische Filme sind deshalb oft auf amerikanisches Publikum abgestimmt und versuchen ›allgemeine‹ oder ›epische‹ Themen zu behandeln, wie in *Gandhi, The Mission, The Killing Fields, Schrei nach Freiheit.*

Die Ansicht des Journalisten ist nicht direkt überraschend, nachdem ein Großteil englischer ›Kunst‹ sich ebenfalls in nostalgischen Szenarios von Reichtum und Überlegenheit suhlt, sich damit brüstet und sie nachlebt. Deshalb ist es für die Amerikaner sehr leicht, England einfach als altes Land zu sehen, als eine Art Museum, eine Fabrik, die Versionen verlorener Größe produziert. Schließlich und endlich sind viele britische Filme ein Spiegel dessen: *Chariots of Fire, Zimmer mit Aussicht,* die *Raj Epen* und die Serien *Wiedersehen mit Brideshead* und *The Jewel in the Crown.* Selbst die jüngere Vergangenheit, die Beatles, die Punks, die zahlreichen königlichen Hochzeiten, werden in Schrulligkeit umgewandelt, in Touristenkrüge und Postkarten, in verkaufbare Mythen. Wenn Imperialismus die höchste Form des Kapitalismus ist, dann ist der Tourismus sein gespenstisches Leben danach, in dieser Form kommerzieller Nostalgie, die als »Kunst« oder »Kultur« verkauft wird.

Aber ein bißchen britische Würde bleibt doch noch, im Gegensatz zu New York, wo ein Freund von mir ein In-Restaurant anruft und sie ihm sagen, daß sie keinen Tisch mehr haben. Mein Freund, der nach Art der Amerikaner sehr hartnäckig ist, sagt, er bringe einen Drehbuchautor mit — mich. Die Person im Restaurant fragt: Wir könnten Ihre Gesellschaft unterbringen, Sir, aber, sagen Sie mir bitte, was für Auszeichnungen hat denn Ihr Drehbuchautor?

26. JANUAR 1987

Wir marschieren zu einem Preisverleihungsdinner im weltberühmten Theaterrestaurant Sardi's. Wie Henker drängen sich Fotografen in schwarzen Capes vor dem Eingang. Beim Hineingehen merke ich, daß wir zu früh kommen. Wir setzen uns, und sie bringen uns Essen, während die anderen eintreffen. Der Lachs schmeckt wie Tapete. An den Wänden überall gräßliche Karikaturen von Filmstars und Autoren. Glücklicherweise wird die Zeremonie nicht im Fernsehen übertragen und es gibt auch keinen Wettbewerb: Wenn man gewonnen hat, weiß man es, sie quälen einen nicht mit dem Öffnen von Umschlägen. Sissy Spacek und Lynn Redgrave, offensichtlich sehr erfahren im Preisverleihungsspiel, haben genau das richtige Timing: Als sie ankommen, sitzen bereits alle und der ganze Raum ist gezwungen, sich umzudrehen und sie anzuschauen. Fotografen drängen sich durch die Menge und klettern über Tische, um an sie ranzukommen.
Ich sehe Norman Mailer hereinkommen. Er ist gedrungen wie ein Boxer, mit gesunder Gesichtsfarbe, sieht aber zerbrechlich aus, wenn er geht. Für mich wird es ein spannender Moment sein, wenn die Augen des großen Mannes bei der Entgegennahme des Preises für *Waschsalon* auf mir ruhen. Als die Autorin Beth Henley meinen Namen verliest, versuche ich eifrig vom Podium aus, Norman Mailers Blick zu erhaschen. Ich beginne mit meiner Rede, verliere aber fast den Faden, als ich

sehe, daß Mailers Platz jetzt leer ist und er schnell die Treppe hinten hochgeht, um das Finale des Superbowl im Fernsehen anzuschauen.

Habe zwei Vormittage im Hotelzimmer zugebracht und Schauspielerinnen für die Rolle der Anna interviewt. Etwa zwanzig kommen, und wir haben lange Gespräche mit ihnen: Sie sind offen und lebendig und scheinen gesünder und zuversichtlicher als ihre britischen Kolleginnen, irgendwie nicht so niedergeschlagen. Sie sind auch weniger gebildet. Der amerikanische Film hat keine so engen Verbindungen zum Theater oder zur literarischen Welt, wie das in London der Fall sein kann. Er steht dem Rock 'n' Roll näher, wenn überhaupt.
Eine Schauspielerin namens Wendy Gazelle scheint untypisch für die Gruppe, die wir uns ansehen. Sie ist weniger geradeheraus, sensibler, und ihre Attraktivität ist weniger klischeehaft. Als Wendy vorspricht, in diesem Zimmer mit Blick auf den Park, durch den die Leute skifahren, ist es herzzerreißend. Ich bin so beglückt, daß sie die etwas farblosen Dialoge mit Gefühl und Bedeutung beleben kann, daß ich die anderen bedränge, sie zu nehmen.
Am Abend ins Café Luxembourg mit Leon von Cinecom, der Gesellschaft, die zusammen mit Channel 4 unseren Film finanziert. Frears und ich bezeichnen Leon als »den Mann, der uns besitzt«, was ihm nichts auszumachen scheint. Er ist vierunddreißig, freundlich und intelligent, hat lange Haare und einen Pferdeschwanz. Bevan, Frears und ich haben Befürchtungen, daß seine Gesellschaft versuchen wird, unseren Film in eine bestimmte Richtung zu drücken oder zu drehen. Wir werden es einfach auf uns zukommen lassen müssen.

Zu einer schicken Party an der Upper West Side, die ein New Yorker Agent für die deutsche Regisseurin Doris Dörrie gibt. Es ist eine große Wohnung, die vorne einen Hof hat und hinten Aussicht auf den Fluß. Marcie, die Publizistin von *Waschsalon* für New York, sagt: Ich hätte nichts dagegen, der Steuerberater der Leute in diesem Raum zu sein! Sie zeigt mir: Isabella Rosellini, Alan Pakula, Mathew Modine, Michael Douglas und verschiedene andere. Michael Douglas, sehr höflich und freundlich, singt gegenüber mir und Frears das Loblied der königlichen Familie und das über einen beachtlichen Zeitraum; offensichtlich glaubt er, das würde uns Freude machen. Auf dem Rückweg fahren wir an einem Waschsalon vorbei, der *Mein wunderbarer Waschsalon* heißt, mit viel Neon: Sie bieten Reverse Cycle Washing, Fluff Drying und Expert Folding. Zwei Tage später fahre ich nochmal hin, aber der Waschsalon hat endgültig geschlossen.

Wir fragen uns, warum der Film in den USA so gut angekommen ist. Zum Teil, glaube ich, liegt es daran, daß sein Thema Erfolg um jeden Preis ist, und zum Teil, weil das puritanische und lüsterne Thema von zwei ausgestoßenen Jungs (aus der Gesellschaft ausgestoßen und der Welt der Frauen entwischt), die sich in leidenschaftlicher Blutsbrüderschaft aneinanderklammern, der Traum der amerikanischen Literatur und des amerikanischen Films schlechthin ist, von *Huckleberry Finn* bis zur Arbeit Walt Whitmans und weiter zu *Butch Cassidy und Sundance Kid*.

Ich fahre mit der U-Bahn quer durch New York, um mit Leon im Russian Tea Room zu Mittag zu essen. In einem Waggon küßt sich ein Paar mit Kind schamlos. Ein schwarzer Mann ohne Beine fährt mit dem Rollstuhl durch den Wagen, einen Pappbecher in der Hand. Jeder gibt ihm etwas. Die Straßen hier sind jetzt voller Bettler, an jeder Ecke bittet jemand um Geld. Bevor ich aus dem Haus gehe, besorge ich mir immer Kleingeld zum Verschenken, wie in Pakistan.

Die jungen Leute in New York, die man auf der Straße und in der U-Bahn sieht, sind viel weniger exzentrisch, originell und modisch als die Jugendlichen in Großbritannien. Die jungen Leute in London haben trotz Arbeitslosigkeit und Armut Geschmack, sie sind abenteuerlustig und selbstbewußt. Sie sind wandelnde Ausstellungen, Reklametafeln des Stils, tragen Flohmarktklamotten mit Designerkleidung gemischt. Hier sind die Jugendlichen modische Leichen. Sie tragen alle Sportkleidung. *Es gibt hier sogar Frauen, die Geschäftskostüme und Turnschuhe tragen.*

Der Russian Tea Room ist ein In-Lokal für Filmleute. Das Restaurant ist üppiger als Sardi's, scheinbar »kultivierter« und wird von Leuten besucht, die Geld haben. Die halbrunden Nischen sind in Rot und Gold gehalten, Nischen für zwei am Eingang, günstig plaziert, um gesehen zu werden oder zu sehen, die größeren im Inneren des Lokals. Die Atmosphäre ist festlich. Samoware blitzen, rote und goldene Bommeln baumeln an den Tischlampen, und das Personal trägt rote Hemden. Eine Art Santa-Claus-Grotte mit Kellnerinnen. Mächtige New Yorker Agenten wickeln hier ihre Geschäfte ab, reservieren mehrere Nischen für ihre Klienten und Partner und bewegen sich dann wie Vertreter von Nische zu Nische, feilschend.

Leon hat diesmal eine ernsthafte Verstärkung mitgebracht, die die Drehbuch->Probleme< aus der Welt schaffen soll, eine schöne und gescheite Frau namens Shelby, die für ihn arbeitet.

Oh, wie wir essen! Oh, wie ich das Leben jetzt liebe. Ich bestelle dunkelbraune Pfannkuchen, die die Kellnerin mit Sauerrahm bestreicht, dann löffelt sie einen Haufen orangen Kaviar darauf und gießt über das Ganze flüssige Butter. Dann wird er gefaltet. Das führt man dann zum Mund.

Shelby beugt sich vor. Während jedes einzelne Kaviarei in meinem Mund wie eine Zuckerbombe explodiert, erzählt mir Shelby, sie habe gerade alle fünf Entwürfe des Drehbuchs gelesen. Ich fühle mich geschmeichelt. Aber es kommt noch mehr: Sie hat sie alle verglichen und gegeneinandergehalten. Noch Wein? Sie spricht fachkundig über die Entwürfe. Sie scheint sie besser zu kennen als ich. Szene 81 in Entwurf 2, sagt sie, ist schärfer als Szene 79 in Entwurf 4. Vielleicht sollte ich darauf zurückgreifen? Ich schaue sie an. Sie sagt mir das alles in freundlichem Ton. Es liege natürlich letztendlich bei mir, wirft sie ein, aber ... Sie teilt mir, sehr ausführlich, ihre Einwände mit, die beträchtlich sind.

Ich nicke zu allem, damit ich keine Verdauungsstörungen kriege. Ich experimentiere auch mit der Zen-Methode, sich mit dem Wind zu beugen, damit mein Geistesbaum, wenn der reinigende Sturm sich legt, wieder fröhlich in seine übliche aufrechte Position zurückschnellt. Aber wird dieses hilfreiche Gepuste je aufhören?

Wir sprechen über das Ende des Films und Rafis Selbstmord. Sie schlagen vor, Rafi sollte vom Geist umgebracht werden. Es gelingt mir zu sagen (obwohl ich aus Prinzip dagegen bin, solche Dinge überhaupt zu diskutieren), das wäre vorhersehbar. Leon sagt: Wie kann ein Geist, der einen Politiker in einer anarchistischen Kommune ermordet, vorhersehbar sein?

Inzwischen nuckle und lecke ich an einer lockeren Eiscreme mit Schlagsahne und Grenadine. Shelby ist in voller Fahrt. Vielleicht bedeutet mein Mangel an Reaktion, daß ich über das, was sie sagt, nachdenke? Das Drehbuch ist nicht unbedingt besser geworden, es ist grober, offensichtlicher. Warum haben Sie die schwarzen Frauen, Vivia und Rani weiter entwickelt? Ja, also ... beinahe hätte ich mich gewehrt, als sie anfängt, in ihrer Tasche zu wühlen. Sie holt einen Brief heraus. Hier, lesen Sie das bitte, sagt sie. Es ist von jemandem, dem es am Herzen liegt.

Der Brief, von einem Lektor der Gesellschaft, ist an mich adressiert. Dieser Brief fleht mich an, endlich vernünftig zu sein. »Die Version, die ich im Oktober gelesen habe, war nahezu perfekt, und am fünften Entwurf ist viel zu viel herumgemacht worden ... Der fünfte Entwurf riecht nach Predigt und ist eindimensional. Er hat soviel an Klarheit verloren und wäre lange nicht so erfolgreich als Film ... Ich hoffe, Sie kehren zu dem phantastischen Drehbuch zurück, das Sie im Oktober geschrieben haben.«

Ich verlasse das Restaurant, rülpsend vom Kaviar, vollgestopft mit Eiscreme. Den ganzen Nachmittag wandere ich durch die Straßen. Zwei Dutzend Wespen toben durch meinen Schädel. Vielleicht haben all diese Leute recht, ich weiß es nicht. Keine Ahnung. Weiß der Himmel. Mein Urteilsvermögen ist verschwunden, weggefegt im Sturm all dieser Ratschläge. Schließlich lande ich in einer irischen Bar — ein schmuddliges Stück Dublin — und trinke ein paar Bier. Ich proste mir selbst zu. Der Trinkspruch: Mögest du lange wasserdicht bleiben und nie jemanden respektieren, der dir Geld gibt.

Von schlichter Habgier motiviert, bleibe ich den ganzen Tag im Hotel und schreibe einen Tausend-Worte-Artikel über Frears für ein amerikanisches Filmmagazin. Sie versprechen mir $ 1000. Als ich damit fertig bin, schicke ich ihnen den Artikel und höre mir ihre Vorbehalte an. Mir wird klar, wie selten irgendeine Art des Schreibens leicht ist, und wie wenig leichtes Geld man damit machen kann. Was immer man schreibt, man muß immer wieder zurückgehen, überdenken und umschreiben. Und man muß bereit sein, das zu tun. Man kommt einfach mit nichts durch.

London. Es tut gut, wieder mit Frears zu reden. Wir sagen beide, daß uns einige der Leute in unserer Umgebung traurig gemacht haben, indem sie ihre Zweifel vorbrachten, die Schwierigkeiten dessen, was wir vorhatten, betonten. Wir wollen zuversichtlich arbeiten, mit Bestimmtheit und mit Freude. Frears ist ein außerordentlich heiterer Mensch, der große Freude an seiner Arbeit und an der Gesellschaft anderer hat. Er hat nichts vergiftet Negatives an sich. Es ist, als wüßte er, wie nahe Niedergeschlagenheit und Entmutigung sich immer sind, daß sie die Umkehrung von allem darstellen, was wir tun, und wie tröstlich es ist, in diesen Gefühlen zu versinken.
Er sagt, es sei der schwerste Film, den er bisher gemacht habe. Dasselbe hat er auch von *Waschsalon* gesagt. Ich erinnere mich, wie glücklich ich war, daß wir so etwas Riskantes und Gefährliches machen.

Treffen bei Channel 4 mit David Rose und Karin Bamborough. Karin sagt, ich müsse Sammy mehr Substanz geben, er sei so ein Wichser, der nur ständig schnippische Bemerkungen mache. Stephen und Tim Bevan lachen mich aus, sie wissen, daß dieser Part etwas autobiographisch ist. Wir sagen Karin, Ayub sei ein so entzückend komplizierter Mensch und so wild darauf, die ödipale Beziehung auszuspielen, daß er dem Part Tiefgründigkeit geben wird. Ich erkläre auch, daß das Ende umgeschrieben wird. Im Augenblick hängt Rafi sich einfach auf. Es scheint ein schändlicher Akt, wohingegen Frears und ich wollen, daß es eine gerechtfertigte Sache ist, freiwillig, würdevoll, ein bißchen römisch.

Shashi schickt seine Maße und hat nicht abgenommen. Wir finden, er ist zu dick für die Rolle und sollte fitter und schlanker aussehen. Der Plan war, Shashi ein paar Wochen vor Drehbeginn kommen zu lassen und dann von Bevan auf eine Gesundheitsfarm schleppen zu lassen. Aber bis jetzt noch kein Anzeichen von Shashi. Einige von uns fragen sich, ob er überhaupt kommen wird.

Nachdem wir uns bis jetzt auf die Besetzung der anderen Rollen konzentriert haben, sieht es plötzlich so aus, als sei Claire Bloom nicht verfügbar. Wirklich lästig. Glücklicherweise sind die Probleme mit Meera ausgebügelt worden und sie wird mitspielen.

12. FEBRUAR 1987

Ich gehe in das Produktionsbüro in der Nähe der Ladbroke Grove, um über die Besetzung zu reden. Es sind eine Reihe Büros, mit Glas abgeteilt. Etwa zwanzig Meter weiter sehe ich

Bevan mit den Armen wedeln. Er rennt über den Gang zu mir und erzählt, er habe einen Anruf aus den Staaten bekommen; ich sei für den Oscar nominiert. Ich rufe meine Agentin an und sie sagt: Gut, das gibt zwei Nullen hinter deine Honorarforderungen.

Ich denke an den Brief, den Scott Fitzgerald 1935 aus Hollywood schrieb, während er am Drehbuch von *Vom Winde verweht* arbeitete: »Die Arbeit ist ganz nett, wenn man sie bekommt, und man bekommt sie, wenn man es etwa alle drei Jahre probiert. Das Entscheidende ist, man ist drin — zuerst im Vorspann, dann einen Hit und drittens den Oscar —, dann kann man auf ewig darauf zählen ... und ich weiß, daß es einen Ort gibt, wo man immer etwas zu essen bekommt, ohne gebeten zu werden, das Geschirr abzuwaschen.«

Später an diesem Tag fahren Frears und ich nach West-London, um uns eine Schauspielerin für die Rolle der Alice anzusehen. Frears stellt fest, wie seltsam unsere Besetzung doch sei: Eine Mischung aus unerfahrenen jungen Leuten, einem Rocksänger, einem berühmtem Filmstar, der noch nie in England gearbeitet hat, und einer Theaterschauspielerin mit wenig Filmerfahrung.

Die reizbare Schauspielerin, die wir in ihrem vornehmen Wohnzimmer in West-London besuchen, wedelt uns als erstes mit dem Brief vor der Nase herum und sagt, wie sehr sie sich geschmeichelt fühle, daß ihr die Rolle der Anna angeboten würde. Sie könne aber doch mit ihren über fünfzig Jahren nicht erwarten, daß wir ihr zwei W's auf den Hintern tätowieren.

Ich schaue Frears an. Wie er da so in dem Lederstuhl mit der hohen Lehne sitzt, mit seinen zerrissenen, grüngestreiften Espadrilles, ist er doch wirklich im Herzen ein Punk. Er ist etwas abweisend, aber vollendet höflich. Ich weiß, daß er es haßt, Dinge zu erklären. Art Malik hat sich bei mir beklagt, daß Frears ihm nicht die Rolle Sammys im Film erklären wollte. Frears sagte, er wüßte nicht soviel über Sammys Rolle in dem Film: Es ist hauptsächlich in Hanifs Kopf, sagt er, hoffen wir, daß wir es irgendwann vor dem großen Tag herauslocken können. Malik war entsetzt von Frears' Lässigkeit. Aber Frears möchte, daß Leute spontan und intuitiv spielen. Er möchte, daß sie sich die Sachen selbst erarbeiten und nicht faul sind; nur was sie erarbeitet haben, bringen sie in den Film ein. Er erwartet auch, daß andere Leute genauso intelligent sind wie er.

Frears reißt sich zusammen und sagt der Schauspielerin, daß sie für die Rolle der Alice in Betracht komme, nicht für die der Anna. Dann sieht sie mich an, als sei ich ein kleiner Junge, und fragt streng, wovon der Film handelt. Ich erkläre ihr, daß es um eine Reihe von Beziehungen geht, die sich vor dem Hintergrund eines Aufstands und sozialem Abstieg entwickeln. »Das ist leicht zu sagen«, erwidert sie. »Sehr leicht. Können Sie mir jetzt sagen, wovon der Film handelt?« Ich erkläre ihr, ich sei keiner von denen, die glauben, ein Film müsse »von etwas« handeln. »Was versuchen Sie dann, mit dem Film auszudrücken?« fragt sie, legt den Kopf in die Hände und macht ein schreckliches, gurgelndes Geräusch. Zuerst glaube ich, sie erstickt, und überlege, ob ich ihr auf den Rücken klopfen soll. Aber sie weint doch sicherlich? Als sie den Kopf hebt, sehe ich, daß sie hysterisch lacht. »Oh, armes England, wie hast du dich verändert«, sagt sie. »Und ich weiß nicht, wo es geblieben ist. Vor ein paar Tagen hat mich ein schwarzer Junge auf der Straße überfallen. Früher mußte man nicht mal die Haustür zusperren.«

Frears kippt einen strammen Whisky hinunter und schaut in die andere Richtung. Die Schauspielerin beginnt einen ausgedehnten Monolog über ihre Karriere. Sie hält einen auf Trab, weil man keine Ahnung hat, was sie als nächstes sagen wird.

In einer Beziehung ist sie Alice ziemlich ähnlich, sie ist zart, anständig und unfähig zu begreifen, warum sich ihre Welt verändert hat.

16. FEBRUAR 1987

Roland Gift, der den Danny spielt, kommt vorbei. Er gibt zu, daß er Angst vor Frears' Arbeitsmethode hat, ohne Proben. Ich erzähle ihm von den Gefahren der Übervorbereitung, die Spontaneität und Kreativität tötet, und auch, daß er zum Teil bei diesem Film mitmacht, weil er etwas von sich selbst in die Rolle einbringt, nicht wegen seiner technischen Fähigkeiten als Schauspieler. Dadurch sollen Vorstellungen vermieden werden. Britische Schauspieler neigen auf Grund ihrer Ausbildung dazu, im Film theatralisch zu sein.

Roland erzählt, daß er in Birmingham aufgewachsen ist und in einer Klasse war, in die nur fünf weiße Kinder gingen. Dann ist er nach Hull gezogen, und plötzlich war er das einzige schwarze Kind in der Klasse. Rassismus war an der Tagesordnung und gehörte dazu. Eines Tages ging er spazieren und hörte, wie jemand »Nigger, Nigger, Nigger« schrie. Er drehte sich um und sah, daß es eine Frau war, die ihren Hund rief.

Später arbeitete er als Nacktmodell für Architekten. Architekten? In einer Zeichenklasse, sagte er, damit die Barbaren der Zukunft einen Sinn für Schönheit bekommen.

Wir sprechen darüber, daß die Rolle des Danny tiefgestapelt ist. Er könnte sie ausfüllen durch ein starkes Gefühl dafür, was seine Persönlichkeit ist. Er glaubt, er könne viel von sich selbst in die Rolle einbringen.

Bevan ist es gelungen, eine polizeiliche Genehmigung für die Sperrung einiger Straßen in North Kensington zu bekommen, damit die Straßenkämpfe inszeniert werden können, oder die »Reibereien«, wie er das nennt. Sie wollen nicht mal das Drehbuch sehen.

Stephen und ich besuchen Claire Bloom. Plaudern ein bißchen mit Philip Roth. Roth sprudelt und brodelt vor Bosheit und lebendigem Interesse an der Welt. Ein listiger Geschichtenerzähler! Ich erzähle ihm, daß ich seinen Ratschlag beherzigt und Prosa geschrieben habe — eine Geschichte für *London Review of Books* —, aber daß die Geschichte in den USA vielleicht nicht akzeptiert würde, wegen der obszönen Wörter und der Sexszenen. Er sagt, er habe ähnliche Schwierigkeiten gehabt: Man stelle sich vor, wie lästig es ist, sagt er, ein passendes Synonym für das absolut passende *Hundescheiße* finden zu müssen, nur damit die Story im zugeknöpften *New Yorker* erscheinen kann. Er erzählt mir auch mit großer Freude, daß er eine Geschichte mit dem Titel »Die gequälte Fotze« geschrieben habe, aber den Titel ändern mußte.

Claire sieht jünger aus, als sie ist, sechsundfünfzig, und ich wollte, daß Alice älter ist, teils damit die Szene, die ich aus *A Sentimental Education* geklaut hatte — die Frau löst ihr Haar, und es ist weiß geworden — wirkungsvoll ist. Claire sucht im Drehbuch nach einem Satz, den sie nicht verstehen kann. Er lautet: »Die proletarischen und theokratischen Ideen, die du theoretisch bewunderst, zermahlen die Zivilisation zu Staub.« Meiner Meinung nach ist es eine der klarsten Zeilen, die je geschrieben wurden. Frears erklärt den Satz und fügt hinzu, daß der Satz, »dieses Land ist von der Religion in den Arsch gefickt worden«, in *Waschsalon*, ihm noch ein Rätsel war, lange nachdem der Film abgedreht war. Claire sieht skeptisch drein und erklärt, sie glaube nicht, daß sie etwas sagen könne, was sie nicht verstehe.

Auf dem Heimweg sagt Frears, Shashi habe angerufen und gefragt, ob er am ersten Drehtag früher gehen könnte, um zu einer Cocktailparty zu gehen. Frears sagt, wenn Stars sich so benehmen, dann wird es vielleicht doch schwierig.

23. FEBRUAR 1987

Ich treffe Roland. Er sagt: Warum muß Danny eine Freundin und ein Kind haben? Ich sage, weil seine Person dadurch noch komplizierter wird. Ich sehe, daß Roland Danny gerne romantischer hätte. Ich sage ihm, die Person wäre ohnehin zu irreal und idealisiert.

Spreche mit Karin Bamborough über das Ende des Films. Die Idee, den Selbstmord als Schlußszene zu nehmen, ist nicht unbedingt die beste. Karin findet, es sollte irgendein Bild der Versöhnung sein. Ich sage, gut, wenn mir eins einfällt, mach ich's rein. Ich bin mir nicht sicher, ob Sammy und Rosie sich am Ende des Filmes versöhnen sollen, nicht sicher, ob sie das wollen.

Stephen und ich unterhalten uns über die Musik, die wir im Film verwenden wollen. Eine Art Straßenmusik, plus amerikanischen Soul, vielleicht Otis Redding oder Sam Cooke, Musik aus den Sechzigern, die sich für meine Begriffe wirklich gehalten hat, etwas, das jeder erkennt.

24. FEBRUAR 1987

Roland, Ayub und Wendy Gazelle (die gerade aus New York angekommen ist) sind heute im Produktionsbüro, und an den Wänden hängen Fotos von Meera und Suzette Llewellyn, die

Rani und Vivia spielen. Ayub und Wendy sehen zusammen wie Romeo und Julia aus! Da sie alle so jung sind, wird es wenig Bitterkeit im Film geben, so daß eine Story, in der eine schwarze Frau von der Polizei erschossen wird, mit einem Folterer im Exil und der Zwangsräumung dutzender Leute aus ihren Wohnungen, die zwar mit einem Tod durch Erhängen endet, nicht so düster sein wird, wie die Beschreibung klingt.

Die Schauspieler sind ziemlich nervös und beklagen sich, weil Frears und ich nur wenig Zeit darauf verwendet haben, ihnen die Hintergründe ihrer Rollen zu erklären. Ich beschwöre sie, das selbst zu erarbeiten, vielleicht ein paar Seiten mit Details über den Hintergrund zu schreiben. Und trotz aller Sorgen scheinen sie zu wissen, worum es geht, als ich mich mit ihnen zusammensetze und sie einige der Szenen miteinander durchsprechen. Das wichtigste ist, daß sie sich mögen und sich entspannen können. Ich weiß, daß sie bereits miteinander herumziehen.

Stephen und ich sprechen noch einmal über das Ende des Films. Es ist immer noch nicht richtig ausgearbeitet. Vielleicht sollte es noch eine Szene geben, vielleicht eine, in der Sammy und Rosie sich in den Armen liegen, eine Szene, die aus einem früheren Teil des Drehbuchs geschnitten wurde. Ich bin nicht gegen diese Idee, aber vielleicht könnte ich noch etwas Interessanteres schreiben.

25. FEBRUAR 1987

Nach Mailand, zur Premiere von *Waschsalon* in Italien. Ich gebe mit Hilfe eines Dolmetschers ein Interview und gehe dann mit dem Publizisten, dem Verleiher und der Journalistin in die Bar. Sie reden über Politik. Die Journalistin, eine modisch gekleidete Frau um die Dreißig, dreht sich zu mir und sagt: Ist es nicht komisch, alle Italiener am Tisch sind Kommunisten? Die Bemerkung ist beunruhigend, nachdem ich seit zehn Jahren niemanden mehr gehört habe, der sich selbst als Kommunist bezeichnet, das letzte Mal hab ich das als Student gehört. Ja, überlege ich, selbst die Leute in London, die ich kenne, würden nur beschämt und mit leiser Stimme zugeben, daß sie Sozialisten sind. Im allgemeinen geben wir nicht zu, daß wir überhaupt an irgend etwas glauben, obwohl wir die schlimmsten Mißbräuche nicht gutheißen. Nur in London scheint es als ordinär oder exhibitionistisch zu gelten, sich für irgend etwas stark zu machen, daher die Londoner Verachtung für Mrs. Thatcher, gekoppelt mit der Unfähigkeit, etwas gegen sie zu unternehmen. In mancher Hinsicht ist diese Unbekümmertheit eine Manifestation des britischen Skeptizismus und der Ablehnung von Extremen, andererseits aber auch nur Schwäche.

Zu einer mächtigen gotischen Kirche in Mailand. Die Bleiglasfenster erzählen, der Reihe nach, wie bunte Comics, biblische Geschichten. Und mit dem starken Sonnenlicht dahinter sehen sie aus wie Filmbilder.

26. FEBRUAR 1987

Mit dem Zug nach Florenz. Die schnellen, komfortablen italienischen Züge und die Geschäftsleute um mich herum in ihren smarten Geschäftsanzügen. Wieviel Mühe sie sich geben: Alles paßt zusammen, kein Kleidungsstück ist abgetragen oder formlos. Was mich überrascht, ist der Wohlstand und die Attraktivität Norditaliens, und daß die britische Industrie, trotz Thatchers Gerede über den Boom, im Vergleich zu dem hier aus dem letzten Loch pfeift.

In Florenz gebe ich weitere Interviews. Diese Filmpromotion

ist eine seltsame Angelegenheit. Ich habe kein italienisches Geld und wenig Ahnung, was abläuft. Norboto, der Publizist, bringt mich von Stadt zu Stadt. Wenn ich durstig bin, kauft er mir eine Cola, wenn ich Hunger habe, holt er mir ein Sandwich. Er bringt mich ins Hotel und morgens weckt er mich auf. Ich komme mir vor wie damals als Kind, als ich mit meinem Vater unterwegs war. Auf diesen Publicity-Touren schwankt man zwischen dem Gefühl, wichtig zu sein, eine kleine Berühmtheit, jemand, dem man zuhört, und dem überwältigenden Gefühl, man sei eine Art großes Paket, ein Besitztum, das einem nervösen Verleiher zur Verfügung steht, mit dem man Dinge machen kann wie Filme verkaufen und Geld verdienen. Man hofft, daß man zur Belohnung vom Hotelfenster aus eine anständige Aussicht auf den Canal Grande hat.

27. FEBRUAR 1987

Nach Venedig zum Karneval. Ich stehe am Bahnhof und lese die Anzeigentafel: Züge nach Triest, Wien, München, Paris, Rom. Daß diese Orte nur eine Bahnfahrt entfernt sind, gibt einem das Gefühl, ein Teil Europas zu sein, das in England nicht zu haben ist. Wenn ich in den USA bin und die Leute sagen, sie machen einen Trip nach Europa, brauch ich immer eine Sekunde, bis mir klar wird, daß sie damit auch England meinen. Ich denke an das legendäre Schild in Dover: Nebel über dem Kanal, Kontinent abgeschnitten.

Dann hinaus in die baufällige, ertrinkende Stadt der Touristen, vollgestopft mit Leuten in mittelalterlichen Kostümen und Goldmasken. Sie tanzen die ganze Nacht am Markusplatz und fallen dann einfach um, wo sie auf dem Boden, unter den Füßen der Leute, bis zum Morgen schlafen. Beim Anblick der Brücken frage ich mich, wieso sie nicht unter dem Gewicht der Menschen zusammenbrechen. Ich gehe mit dem Verleiher durch diese wilden Festlichkeiten bis zu dem Kino, in dem *Waschsalon* Premiere haben wird. Das Kino ist praktisch leer. Ein Mann schläft und schnarcht laut. Das Geräusch erfüllt den Raum. Zu meinem Entsetzen ist der Film synchronisiert: Seltsame italienische Stimmen kommen aus den Mündern von Saeed Jeffrey und Roshan Seth. Der italienische Friseur von *Sammy und Rosie* sagte, er sei damit aufgewachsen, daß Cary Grant, Frank Sinatra und Marlon Brando alle dieselbe Stimme hätten, weil derselbe italienische Schauspieler sie synchronisierte. Ich beobachte das Publikum, das sich den Film anschaut. An den Stellen, wo das Publikum normalerweise lacht — Totenstille. Der Film ist keine Komödie mehr.

Ich stehe auf, um etwas zu sagen. Der schnarchende Mann öffnet kurz die Augen, schaut mich an und schläft wieder ein. Das Publikum stellt mir durch die Dolmetscherin Fragen. Sie hat zwar einen guten Akzent, aber was sie sagt, ergibt für mich keinen Sinn. Ich beschreibe also, wie der Film gemacht wurde und spreche ein bißchen über das Thema Schwul-Sein. Sie errötet, als ich das sage. Dann kommt sie ins Stottern und weicht vor mir und dem Mikrophon zurück. Ich starre sie wütend an. Sie fängt sich und spricht lange mit dem Publikum. Aber ich weiß, daß sie nicht wiederholt, was ich gesagt habe. Also drehe ich mich zu ihr und sage, Ziel des Filmes sei es, weltweite sexuelle Erregung hervorzurufen. Jetzt will sie überhaupt nicht mehr ans Mikrophon. Sie weicht mit angstgeweiteten Augen zurück. Das Publikum pfeift, brüllt und klatscht. Ich mache mich so schnell wie möglich davon.

Erster Drehtag. Ich hole Shashi ab, der gestern abend zu spät ankam. »Beinahe wär' ich überhaupt nicht gekommen«, sagt er. »Ich habe große Steuerprobleme. Rajiv Gandhi mußte sie persönlich regeln.« In Shashis Wohnung leben drei indische Autoren. Sie arbeiten an einem Drehbuch, bei dem Shashi Ende des Jahres selbst Regie führen will. Er erzählt mir, daß indische Filmautoren oft zehn Filme im Jahr schreiben und 250 000 Pfund verdienen. Einige Autoren arbeiten nur an der Story und taugen nicht für Dialoge, andere werden nur für das Verbale beschäftigt.

Shashi sieht prächtig aus, wenn auch ein bißchen mollig. Er ist weniger vertraut mit dem Drehbuch, als ich gehofft habe — und im Auto bittet er mich, ihn an die Story zu erinnern —, aber er ist ernst und eifrig bei der Sache. Bald haben sich alle in ihn verliebt.

Wir drehen die Szene, in der Rosie den alten Mann tot im Bad findet. Ich drehe mich um, und vor mir steht Frances in einem langen, grünen Mantel mit einem schwarzen Pelzkragen. Auf dem Kopf hat sie eine schwarze Pillbox. Sie sieht aus wie eine Statistin für *Doktor Schiwago*, nicht wie eine Sozialarbeiterin. Es trifft mich mitten ins Herz, als wäre es ein vollkommenes Mißverständnis all dessen, was ich tun will. Frances ist sehr nervös und ängstlich, weil es der erste Tag ist, und klammert sich an den Mantel, als wäre er ein Teil von Rosies Seele. Frears hingegen amüsiert sich. Er kann es mit Schauspielerinnen. Wenn ich sie am Kragen packen und würgen würde, setzt er sich und spricht behutsam mit ihnen. Frances wechselt den Mantel. Aber der Mantel sollte uns noch länger verfolgen.

Als Shashi auf das Set kommt — wir drehen die Szene vor und im Schnapsladen —, kommen die hiesigen Asiaten erstaunt aus ihren Läden. Einer gibt ihm sofort drei Pakete Crisps. Ein anderer ein Parfum und ein Aftershave. Für sie ist Shashi ein großer Star, wie Robert Redford, und er ist schon wesentlich länger im Geschäft. Er hat, seit er im Alter von acht Jahren mit seiner Karriere begonnen hat, 200 Filme gemacht. Als sie endlich glauben, daß er es wirklich ist, ziehen sie sich ihre besten Kleider an — die asiatischen Mädchen ihre schicken Shawar Kamiz und Schmuck —, um sich mit ihm fotografieren zu lassen. Andere rufen ihre Verwandten an, die mit dem Auto quer durch London herkommen und geduldig in der eisigen Kälte auf eine Drehpause warten, damit sie sich neben ihr Idol stellen können.

Shashi ist genauso entsetzt, wie Rafi es wäre, als er den Schnapsladen mit dem Gitter vor der Theke sieht, die Hunde, die Belagerungsatmosphäre — die Idee dazu gaben mir Läden, die ich kenne, in Brixton, wo der Kauf einer Flasche Wein wie das Betreten eines Kriegsschauplatzes sein kann. Shashi fragt: »Gibt es wirklich solche Läden in London?«

Shashi beschließt, für die Rolle einen Schnurrbart zu tragen. Er sieht dadurch älter und nicht mehr ganz so gut aus, weniger das Matinee-Idol, aber auch eindrucksvoll, imposant und irgendwie britisch, auf die richtige, die militärische, autoritäre Art.

4. MÄRZ 1987

Sarah kommt vorbei, als wir die Szene zwischen Sammy und Rosie in dem geplünderten asiatischen Krämerladen drehen. Frances ist immer noch angespannt und unsicher und sie beklagt sich bei Frears über Sarahs Anwesenheit, die sie beobachtet, während sie versucht, Rosies Charakter zu kreieren. Sarah geht. Sie amüsiert sich über die Kleider, die Frances trägt, eine Sozialarbeiterin würde wohl kaum einen Minirock und Zehn-

Zentimeter-Absätze zur Arbeit tragen. Davor stehen natürlich die Stunden in der Maske, der Friseur, der ständig bereitsteht, um jedes abtrünnige Härchen wieder an seinen Platz zu verweisen. Alles scheinbar absurd, wenn man eigentlich versucht, etwas zu machen, das realistisch ist, zumindest in mancher Hinsicht. Aber das Kino hat eben nie aufgehört, ein Traumpalast zu sein. Selbst im ernsthaften Film wird das Ideal immer ein bißchen betont. Man stelle sich vor, ein Film wäre mit häßlichen oder auch nur mit normal aussehenden Leuten besetzt. Das Kino kann den Roman oder die Autobiographie als präzises und ernsthaftes Medium unserer Zeit nie ersetzen, solange es immer noch zu sehr darauf erpicht ist, das Publikum mit seinem Charme zu fangen!

5. MÄRZ 1987

Viel Falschheit in dem, was ich gestern in Wut geschrieben habe, zum Teil liegt es daran, daß ich nicht fähig bin, das Drehbuch aus den Fingern zu geben und Frears den Film machen zu lassen, den er machen muß. Ich glaube, trotz der Kleider und der Accessoires, des Glamours, kann die Stimme der Kollaborateure dieses Filmes die trivialen Fluchtbotschaften, die das Kino heutzutage vermitteln muß, wenn es ein größeres Publikum ansprechen will, übertönen.

Außerdem, und das muß ich mir heute noch einmal wiederholen, muß der Filmautor immer dem Regisseur nachgeben. Er ist derjenige, der die kontrollierende Intelligenz des Films ist, der unsichtbare Tyrann hinter allem. Die einzige Möglichkeit für einen Autor, den Film zu beeinflussen, besteht in seiner Beziehung zum Regisseur. Wenn sie gut ist, wird der Film eine erfolgreiche Zusammenarbeit, wenn nicht, hat der Autor das Nachsehen. Und die meisten Autoren können sich glücklich schätzen, wenn der Regisseur sie überhaupt auf das Set läßt.

Es ist anzunehmen, daß in dieser Möglichkeit der Grund zu suchen ist, warum ernsthafte Schriftsteller sich nicht ans Kino wagen. Man findet nur wenige amerikanische Autoren — und das in einem Land mit einer Filmindustrie —, die den Film als ernsthafte Möglichkeit betrachten.

Ebenfalls im Gegensatz zu dem, was ich gestern gesagt habe: Ich bin überzeugt davon, daß das Spielen vor einem breiteren Publikum nützlich sein kann. Man muß dafür sorgen, daß die eigene Arbeit zugänglich bleibt. Man darf sich nicht verwöhnen, man muß selbstkritisch sein, man muß sagen: Ist das verfügbar? Also, um mich eines literarischen Vergleichs zu bedienen, nehmen wir die beliebten Autoren Thackeray und Dickens, sagen wir, im Gegensatz zu einiger neuer amerikanischer Schriftstellerei, beladen mit Experimenten, Neuerungen und hübschen Sätzen, die von unwichtigen Magazinen für ein Publikum von Jüngern, Freunden und Universitätsbibliotheken geschrieben werden.

Ich erwache, ziehe die Vorhänge auf, und es schneit! Der Schnee bleibt auch liegen. Heute früh drehen wir die Nachwehen der Straßenschlacht, als Rafi beschließt spazierenzugehen. Er trifft Danny und dann besuchen sie zusammen Alice.

Als ich am Set ankomme, scheint der Schnee nichts auszumachen. Verbrannte Autos liegen herum, der Mob wirft Gummiziegelsteine und Polizisten greifen mit Schlagstöcken an. Gepolsterte Stuntmen werfen sich über Autos und Polizisten treten sie. Dazwischen, in der schrecklichen Kälte, wandert Shashi mit einem Strauß Blumen umher. Die Kinder im Mob sind Leute aus der Gegend, keine Statisten. Diese Jugendlichen weigern sich, sich zu den Schauspielern in Uniform in den Wohnwagen zu setzen, aus Angst, ihre Freunde könnten glauben, sie fraternisieren mit der Polizei.

Die Angriffe und Kämpfe sehen furchterregend aus, und den Hauptkampf haben wir noch gar nicht gedreht. Das kommt heute abend. Frears sagt: Wenn wir das überstehen, sind wir o. k., dann überleben wir!

Nachtaufnahme. Eine Reihe verfallener Häuser und Läden, mit Asbest vor den Fenstern und gasbetriebenen Brennern in kleinen Fensterkästen, um den Eindruck eines Viertels in Flammen zu erwecken. Davor explodierende Autos, Feuerwehrautos, Krankenwagen und ein geteilter Mob von 200 Leuten, plus Polizei mit Schutzschilden. Vier Kameras sind unterwegs. Es ist sehr aufwendig für einen britischen Film, und brillant organisiert. Ich denke an das Drehbuch, da steht einfach bloß: Im Hintergrund tobt die Straßenschlacht!

Der Straßenkampf selbst ist beängstigend, erregend und befreiend. Es ist nicht schwer zu begreifen, wie mitreißend und aufregend die Teilnahme an einem solchen Aufstand sein kann, und wie man sich dadurch völlig vergessen kann. Bei manchen Einstellungen greifen die Jugendlichen sogar nach dem Schnitt die Statisten in Uniform weiter an. Die Statisten in Polizeiuniform drohen damit, nach Hause zu gehen, falls das nicht aufhört!

Spät nachts taucht ein seltsamer Anblick aus dem Mob auf. In der Nähe ist ein Blindenheim und etwa fünfzehn verwirrte, blinde Leute mit Hunden kommen aus dem Mob und überqueren das Kampfgebiet, während um sie herum Autos explodieren und Molotow-Cocktails in Läden geworfen werden. Am Ende des Sets lassen sie ihre Hunde im Park laufen.

Ich sehe Muster vom gestrigen Material. Sieht ziemlich effektvoll aus. Ich sehe, wie aufregend es sein muß, an großen Sets zu filmen. Es ist viel einfacher und oft effektvoller als die harten Nummern: differenziertes Spielen und Schilderung komplizierter Beziehungen.

Jeden Tag bittet Frears mich, ihm einen detaillierten Bericht über die Muster zu geben: Wie war diese Szene? fragt er. Und die andere? Er weigert sich, Muster anzuschauen. Die Entdeckung, daß er dem aus dem Weg gehen kann, hat ihn von der unweigerlichen, kalten Dusche befreit, sich täglich seine eigene Arbeit und ihre Unvollkommenheit anzuglotzen.

10. MÄRZ 1987

Mehr Muster und etwas von dem Straßenkampfmaterial zusammengeschnitten. Endlich erwacht es zum Leben! Ich spreche mit Oliver (dem Kameramann) über die Art, wie er das aufgenommen hat. Er hat die Rosa- und Blautöne von *Waschsalon* vermieden und einen mehr monochromen Look angestrebt, obwohl manchmal die Leinwand förmlich glüht! Ursprünglich war ich der Sache gegenüber skeptisch, weil mir das Überzogene und Billige an *Waschsalon* gefallen hat. Aber Oliver war der Meinung, je realer *Sammy und Rosie* aussehe, desto besser. Die schräge Story und die seltsame Gegenüberstellung seien irreal genug. Er hat dem Film etwas Europäisches gegeben, etwas Sinnliches, Warmes. Ich habe aus England noch keinen solchen Film gesehen.

Der Film ist schwer zu machen und viel Arbeit für sechs Wochen. Alle sehen bereits erschöpft aus, was nicht überraschend ist. Sie fangen um acht Uhr morgens an zu arbeiten und hören im Schnitt um elf Uhr nachts auf. Bei Nachtaufnahmen fangen wir meist um sechs Uhr abends an und hören um sieben Uhr früh auf, die Leute kommen erst um neun ins Bett.

Sorgen wegen Ayub: Er ist im Augenblick steif und begreift das

Komische an der Rolle nicht. In Nahaufnahmen ist er besser, weil er gut aussieht. Bei mittlerer Entfernung welkt er und sieht aus, als wüßte er nicht so genau, was er mit seinem Körper anfangen soll. Sein netter Charakter kommt durch, spielt gegen den schlechten Charakter Sammys. Aber er hat es schwer mit seiner ersten großen Rolle. Wendy sieht in den Mustern sehr effektvoll aus, stark und verletzlich. Amerikanische Schauspieler sind für die Leinwand geschult. Bei Ayub hat man manchmal das Gefühl, er bringt seine Darstellung für die hinteren Reihen, Wendy hingegen begreift die Intimität des Kinos.

Auf dem Weg zum heutigen Drehort, ein Loft im East End, kommt ein Schlachtschiff den Fluß entlang. Das Taxi, in dem ich sitze, hält an. »Warum sind Sie stehengeblieben?« frage ich. »Ich kann nicht weiterfahren«, sagt der Taxifahrer und schaut das Schiff an. »Mir hat's die Augen beschlagen. Geht Ihnen das nicht auch so?« Ich verkneife es mir zu sagen, daß das Schlachtschiff französisch ist. Als ich ankomme, stelle ich fest, daß sie das Schlachtschiff in die Szene eingearbeitet haben. Hoffen wir, daß die Leute es für ein Symbol halten.

Im Drehbuch finden die meisten Szenen zwischen Sammy und Anna in Annas Bett statt. Aber Frears öffnet sie, nimmt den ganzen Raum in Anspruch, schafft sogar eine neue Szene, indem er in das winzige Bad des Lofts zieht, das einen phantastischen Blick über London hat. Wegen dieser Szene schreibe ich einen neuen Dialog für Anna, über eine Ausstellung, die sie machen will: »Bilder eines zerfallenden Europa«.

13. MÄRZ 1987

Heute beschimpft Frears die Schauspieler, sie hätten zu wenig Flair, würden zuviel Wert auf ihre Kostüme legen; sie seien zu passiv und würden ihm nicht genug helfen. Die ganze Zeit über war er fröhlich, aber allmählich macht sich die ständige Belastung bemerkbar. Es liegt zum Teil an der Szene, die wir drehen — vor Sammys und Rosies Wohnung, als Rosie mit Danny auf dem Motorrad zurückkommt, der Geist vorbeigeht, Vivia Rafi vom Fenster aus beobachtet und Rosies zwei Freundinnen ebenfalls Rafi beobachten — alles sehr kompliziert. Die Kälte — fünfzehn Stunden am Tag im Schneegestöber arbeiten — macht die Leute fertig. »Du hättest eine so komplizierte Szene nie nach außen verlegen dürfen«, sagt er. »Hast du das denn immer noch nicht gelernt? Hier draußen kann ich es nicht kontrollieren!« Und es ist tatsächlich auch die einzige Szene im Film, die wir noch einmal drehen müssen.

16. MÄRZ 1987

Zu Frears gestern abend, um die Brachlandszene am Ende des Films zu besprechen. Sie muß genau choreographiert werden, und das ist noch nicht gemacht. Was ich geschrieben habe, ist nicht klar. Also arbeiten wir, praktisch Einstellung für Einstellung, die endgültige Beziehung zwischen den Personen aus. Das Ende des Films, mit der Zwangsräumung als Gegensatz zu der bereits gedrehten Straßenschlachtszene, läuft Gefahr, zu sentimental zu werden. Zweideutigkeiten und Ironien müssen ausgegraben werden, genau wie das Herumgeirre von Rafi, Sammy und Anna während der Straßenschlacht, durch das die Szene nicht eindimensional wird.
Habe den Einfall, während des Nachspanns einige von Annas Fotos zu zeigen, als Spiegel der Ereignisse des Films.

Wir drehen die Brachlandsequenzen auf einem großen, unge-
nutzten Grundstück, unter der Autobahn. Bei der Ankunft
am Drehort erleide ich einen leichten Schock, als Frances Barber in einem schwarz-weißen Korsett erscheint. Ich frage
mich, ob sie vergessen hat, den Rest ihrer Kleider anzuziehen.
Ihre Brüste, nun ja, sind in eine recht merkwürdige Form ge-
quetscht, es sieht aus, als hätte sie zwei Krapfen auf die Brust
gebunden. Ich sage Stephen, sie sähe aus wie eine Gangster-
braut aus einem Western. Er nimmt das als Kompliment. »Genau das hab ich damit bezweckt«, antwortet er, »John Ford
wäre stolz auf mich.«
Zwischen den Takes setzen wir unsere Korsettdebatte fort,
während Shashi in einem flohverpesteten Sessel vor einem rau-
chenden Feuer sitzt, umgeben von jungen Leuten in grauen
Kleidern, die auf Dosen trommeln. Frears behauptet, das Korsett sei eine geniale Idee, es rette Rosie vor Bravheit; sie sehe
bizarr, anarchistisch und interessant aus, nicht ernsthaft oder
herablassend. Das beschreibt er wiederum als die »überaus ein-
fache Politik des Films«, die, laut ihm, durch Phantasie über-
wunden wird. Am Ende der Auseinandersetzung sagt er, ich
sei prüde, und nennt mich den Rest des Nachmittags Mrs.
Grundy.
Das Korsett deprimiert mich, da der Film nach soviel Einsatz
von allen immer noch den falschen Ton treffen könnte. Ich
beklage mich nur ungern, weil meiner Meinung nach Frears'
Urteilsvermögen längst nicht so konservativ ist wie meines;
ich könnte mich irren. Vielleicht bin ich auch sentimental,
was die echte Frau, die hinter dieser Person steckt, betrifft, sie
ist eine würdigere und sensiblere Person, als das Korsett signa-
lisiert.

Wir drehen die Räumung und den Exodus vom Brachland. Die Wohnwagen und Wohnmobile wirbeln durch Schlamm und Staub, die Bulldozer brechen durch Läden, heben Autos hoch und werfen sie um, die zerlumpten Kinder schwenken Flaggen und spielen Musik, während die Polizei und die Schläger einmarschieren — es ist wie ein Western! Frears ist überall, brüllt Anweisungen durch ein Megaphon.

Es ist hart für Shashi. Indiens Star, ein Gott für Millionen, spielt einen Folterknecht, der einen Alptraum hat, während er auf dem Bett eines Wohnwagens herumholpert, der in einem Schneesturm über ein Stück Brachland rast. Bücher regnen auf seinen Kopf. Als er es überstanden hat, geschüttelt und gerüttelt, benommen und die Nase voll, droht er, nach Bombay zurückzugehen. Am nächsten Morgen sagen wir aus Witz, wir müßten die Szene im Wohnwagen nochmal drehen: Er wird aschfahl.

Es ist offensichtlich, daß seine Rolle sehr schwer ist. Rafis Charakter ist vielschichtig und widersprüchlich, und er muß gegen viele verschiedene Charaktere anspielen. Shashi ist es nicht gewohnt, in England Filme zu machen, und die Rolle ist körperlich anstrengend. Aber durch seine Bescheidenheit, Großzügigkeit und unenglische Zuneigung zu Frauen ist er der beliebteste Mensch bei diesem Film.

Ein wunderbarer Tag also — hauptsächlich durch die Freude, mit anderen Leuten zu arbeiten, besonders den zerlumpten Jugendlichen, die den ganzen Tag und einen Teil der Nacht lang am Feuer jammen. Die meisten von ihnen sind alternative Komödianten und Straßenmusiker aus der Londoner U-Bahn. Nur wenige haben einen festen Wohnsitz, und wenn Debbie sie über die Dreharbeiten für den Tag informieren will, muß sie ihre Assistenten in den U-Bahn-Stationen herumschicken, um sie zu suchen.

Dadurch, daß ich für diesen Film meinen Bau verlassen habe, wird mir klar, daß es manchmal schwer ist, die Isolation zu ertragen, mit der alle Autoren fertigwerden müssen.

20. MÄRZ 1987

Nach Kew, wo wir das Vorortmaterial schießen — in Alices Haus und der Straße, in der sie lebt. Wir filmen die Szene, in der Alice zur Tür kommt und Rafi das erste Mal seit dreißig Jahren sieht. Wir machen mehrere Takes und entdecken, daß es am besten herauskommt, wenn Claire und Shashi am wenigsten machen, wenn sie ihre Reaktion unterdrücken und wir uns anstrengen müssen, um uns ihre Gefühle vorzustellen.

Hier, in dieser ruhigen, gesetzten Gegend, voller Bäume und wohlhabend, haben wir mehr Beschwerden von den Anwohnern als an irgendeiner anderen Location, obwohl hier keine angreifenden Bulldozer herumtoben und wir nichts niederbrennen, obgleich die Versuchung groß ist.

Da ich selbst in einem Vorort aufgewachsen bin, erinnert mich diese Location an die langweiligen Kindheitssonntage, an denen man auf der Straße nicht schreien durfte und meine Freunde den heiligen Tag im Haus verbringen mußten. Sonntage im Vorort waren ein Begräbnis, und ich begreife immer noch nicht, warum die Feier für Gottes Liebe zur Welt eine so traurige Angelegenheit sein muß.

Ich weiß, daß England primär ein provinzielles Land ist, und englische Werte provinzielle Werte sind. Das Beste daran sind Güte und Milde, Höflichkeit und Privatsphäre und ein bißchen widerwillige Toleranz. Die Vororte sind auch eine Mischung von Leuten. In meiner kleinen Straße lebten ein Beamter, ein Innenarchitekt, ein Fahrer, ein Milchmann und so weiter, Seite an Seite, in komfortablen Häusern mit Gärten, in relativer Harmonie.

Das Schlimmste ist der begrenzte Horizont und die Angst vor dem, was von der Norm abweicht. Es gibt Grausamkeit durch Privatsphäre und Gleichgültigkeit. Der Snobismus der niederen Mittelschicht ist sehr ausgeprägt, die Verachtung für die Arbeiterklasse und der Neid auf die gehobene Mittelschicht groß. Menschlichkeit außerhalb der Familie, der Haushaltsmauern und der Gartenzäune wird verweigert. Jede Familie als autonome, selbstgenügsame Einheit steht einer feindlichen Welt anderer selbstgenügsamer Familien gegenüber. Diese neurotische und materialistische Privatsphäre, das Fundament britischen provinziellen Lebens, sorgt dafür, daß »kollektiv« oder sogar »öffentlich« für diese Menschen nur wenig Bedeutung hat. Es ist interessant, daß der Labour-Führer, Neil Kinnock, die inzwischen diskreditierte Vorstellung vom Kollektiven ablehnt und sich für den Individualismus des linken Flügels stark macht. Er hat erklärt: »Man muß ihnen sagen, daß Sozialismus die Antwort für sie ist, weil der Sozialismus das Individuum unterstützt.«

Meine Liebe und Faszination für die Londoner Innenstadt hält sich. Hier gibt es fließende Grenzen, und die Möglichkeiten sind unbegrenzt. Hier ist es möglich, den Feinen aus dem Weg zu gehen, hier ist alles verfügbar. In den Vororten ändert sich alles nur langsam. Heraklit sagte: »Man kann nicht zweimal in denselben Fluß steigen.« In der Innenstadt kann man kaum zweimal dieselbe Straße betreten, so schnell ist der Wechsel von Menschen und Umwelt.

Ich sitze beim ersten Sonnenschein des Jahres in diesem englischen Garten in Kew und lese Zeitung. Heute steht viel über das Urteil im Fall Blakelock drin, wo ein Polizist während eines Aufstandes in Broadwater Farm Estate in Nord-London zu Tode geprügelt wurde. Ein Mann wurde für den

281

Mord zu lebenslänglich verurteilt. Der Aufstand wurde durch den Tod einer sehr angesehenen älteren Farbigen, Cynthia Jarrett, ausgelöst, die während einer Polizeirazzia in ihrer Wohnung in der Siedlung einen Herzinfarkt bekam. Der Police Commissioner, Sir Kenneth Newman, behauptete, »Anarchisten und Trotzkisten« hätten den Aufstand geplant, obwohl es dafür keine Beweise gab. Der Polizeibericht über diesen Vorfall ist, gelinde gesagt, verworren und ungereimt. Die Polizei hat auch mehrere Gesetze gebrochen und sich bei der Behandlung von zwei jungen »Verdächtigen« ungesetzlich verhalten. Ein fünfzehnjähriger Junge wurde drei Tage festgehalten, ohne daß seine Eltern oder ein Anwalt verständigt wurden. Ein Sechzehnjähriger, geistig auf dem Niveau eines Siebenjährigen, wurde ohne seine Mutter oder einen Anwalt verhört.

Es ist alles sehr deprimierend, genau wie der Vorfall, der als Vorlage für den Anfang des Films diente: Die Farbige Cherry Groce, die bei einer Polizeirazzia, als ihr Sohn gesucht wurde, durch einen Schuß für immer an den Rollstuhl gefesselt wurde.

Aber wie kommen wir dazu, dieses Material im Film zu verwenden? Heute, erneut konfrontiert mit Rassismus, Gewalt, Entfremdung und dem sinnlosen Aufstand am Broadwater Farm Estate, muß unser kleiner Film von neuem gerechtfertigt werden. Schließlich und endlich ist die Realität ein Teil des Films geworden, reduziert vielleicht, möglicherweise trivialisiert, aber ein Teil davon. Wir werden Geld damit verdienen. Karrieren werden gefördert, Filmfestivals besucht. Aber benutzen wir nicht die Leben anderer Leute, ihre harten Erfahrungen, für unsere Zwecke? Die Beziehung, die wir zum Leben dieser Leute haben, ist, milde ausgedrückt, nur flüchtig. Vielleicht verstehen wir ihr Leben deshalb ganz falsch.

Ich komme heute nicht dahinter, ob die Frage der Beziehung zwischen echten Menschen, den echten Ereignissen und deren Darstellung eine ästhetische oder moralische ist. In anderen Worten: Ist der Diebstahl gerechtfertigt, wenn gut gespielt wird und der Film gut gemacht ist? Ist die Frage geklärt, wenn Erfahrung erfolgreich zu Kunst destilliert wird?

Oder ist die Qualität der Arbeit irrelevant für das soziale Problem, daß Leute aus der Mittelschicht (wenn auch Abtrünnige), die die Medien besitzen, kontrollieren und Zugang zu ihnen haben, mit Material über Minderheiten und die Arbeiterklasse versuchen, andere Leute aus der Mittelschicht zu unterhalten? Während der Dreharbeiten habe ich häufig das Gefühl, daß wir eine Art sozialen Voyeurismus praktizieren.

Gleichzeitig kann ich aber unsere Arbeit rechtfertigen, indem ich sage, zeitgenössische Filme müssen zeitgenössisches Leben zeigen. Diese Darstellung unserer Welt, wie sie ist, ist an sich schon wertvoll und Teil der Stimmungsmache von Opposition und Dissens.

Ein Teil von mir glaubt, der Film beinhaltet einiges an Wut und behandelt Dinge, die nicht oft in britischen Filmen angesprochen werden. Wenn ich mir die Filmwelt anschaue, die von den üblichen weißen Privatschulabgängern der gehobenen Mittelschicht beherrscht wird, mit einer leichten Würze von Parvenu-Schlägern, sieht ein anderer Teil von mir, daß der Film wirklich nur ein kommerzielles Produkt ist.

Frears und ich diskutieren über diese Frage. Er sagt, der Film sei optimistisch, was die jungen Leute, die darin dargestellt sind, betrifft: Ihre Lebendigkeit, mangelnde Anpassung und Aufmüpfigkeit würden darin gefeiert.

Am Abend zur Mustervorführung — ungeschnittene Takes vom Brachlandmaterial. Es sieht gut aus, und die Leute sind zufrieden mit ihrer Arbeit. Leon von Cinecom ist da, und sein Boss auch. Leon verschläft die Muster, und sein Boss sagt: Nicht schlecht für Muster, aber das ist keine Familienunterhaltung.

Anschließend fahren wir durch London und gehen in ein Pub. Es ist ein Schock, daß London und die Leben anderer Leute einfach weitergehen, während wir einen Film drehen. Filme machen ist eine Welt, die einen vollkommen in Anspruch nimmt; die Beziehungen sind so intensiv und großherzig, die Zusammenarbeit so absolut, daß der Rest der Welt ausgeschlossen wird.

24. MÄRZ 1987

Endlich im Studio in Twickenham und weg von der Straße. Hier sollen wir alles Material in Sammys und Rosies Wohnung drehen. Es ist einfacher, die Darbietungen an diesem ruhigeren und kontrollierteren Ort zu beobachten, auch wenn die Atmosphäre etwas schal ist.

Ich bin der Meinung, Shashi macht sich sehr gut bei seiner schwierigen Aufgabe, einen vielschichtigen, gefährlichen Menschen darzustellen, einen Mörder und einen Mann, der danach lechzt, geliebt zu werden, einen Populisten und Elitisten. Frears entlockt Shashi behutsam und mit viel Geduld seine Kraft und seine Feinheiten, indem er ihn schlicht agieren und alles tiefstapeln läßt. Nach acht oder neun Takes ist Shashi sicher, etwas müde und gelangweilt, lässiger und entspannter. Jetzt ist er fähig, die Szene fallenzulassen. Und genau dann ist er am besten, obwohl er selbst die ersten Takes bevorzugt, wo er meint, richtig zu »schauspielern«. Manchmal begreift er nicht, warum Frears so viele Takes wiederholt.

Ayub wird auch besser. Er ist als Schauspieler unerfahren (es ist natürlich schwierig für asiatische Schauspieler, Erfahrungen zu sammeln), aber Oliver übertrifft sich selbst und läßt ihn wie ein Matinee-Idol aussehen. Die Balance des Drehbuchs hat sich gegen Sammy gerichtet. Ich habe Rafi und Rosie weiterentwickelt, weil es bei ihnen mehr Spielraum für Konflikte gibt. Sammy glaubt nicht an sonderlich viele Dinge, es ist also schwer, ihn mit jemandem streiten zu lassen. Seine Verwirrung ist nicht sonderlich interessant. Rosie ist eine viel kompliziertere Person, besonders, weil sie nicht die Person ist, die ich zuerst konzipiert habe.

25. MÄRZ 1987

Ich tauche am Drehort auf und muß feststellen, daß Frears Rosie nicht nur in diesem lächerlichen Mantel zu dem Treffen mit ihrem Liebhaber schickt, sondern daß sie zu allem anderen Übel darunter auch nur Unterwäsche trägt. Er scheint zu glauben, daß jemand nur mit einer Thermo-Weste und einer Strumpfhose bekleidet quer durch eine Straßenschlacht zu einem Stelldichein mit einem Liebhaber gehen würde. Ich bestimmt nicht. Ich hoffe, ich kann den Film in Zukunft ansehen, ohne bei dem Anblick zu leiden.

Gott sei Dank werde ich London in ein paar Tagen verlassen, um die Oscar-Verleihung zu besuchen. Ich war jeden Tag auf dem Set, obwohl ich mir nicht sicher bin, ob es so wichtig ist wie bei *Waschsalon*. Diesmal wurde wenig umgeschrieben.

285

Los Angeles. Ich drehe das Fenster des Taxis herunter, als wir den Freeway erreichen und beschleunigen. Luft rauscht herein, herrlich warm für mich, nach einem englischen Winter, der einem die Eier abfriert. Ich ziehe drei Schichten Kleider über meinen Kopf. L.A. ist strahlend grün und hell: Wie leicht man doch vergißt (die Sinne sind an Öde gewöhnt), daß diese Industriestadt auch subtropisch ist, daß die ernsten und konservativen Geschäfte unter Palmen, exotischen Vögeln und übernatürlich singenden Blumen stattfinden. Alles strahlt, als hätte ich LSD genommen. Beim Betreten des Hotels Chateau Marmont, ein kleines, freundliches europäisches Haus auf einem Hügel, scheint das Gras gelackt zu sein, die Luft wie parfümiert. Es ist Eukalyptus.

Das Telefon fängt an zu klingeln, sobald ich die Fenster meines Zimmers geöffnet habe: Agenten, Presseleute, Produzenten, die mir zahlreiche, absolut hinreißend schöne, menschliche Wesen ans Herz legen, die ich in den nächsten paar Tagen beeindrucken soll. Ich sage zu meiner Agentin: »Aber die meisten dieser Leute interessieren mich nicht.« Sie erwidert: »Schatz, das einzig Wichtige ist, daß du sie beeindruckst — was immer du machst — wimmel sie nicht ab. Solange sie deinen Namen in dieser Stadt im Mund führen, während sie essen, brauchst du dir keine Sorgen zu machen.«

Während wir reden, esse ich Obst. Geschwollene Natur in meinen Händen: Erdbeeren lang wie Zucchini, dick wie Gurken. Hier sehen die natürlichsten Dinge unnatürlich aus, was nur passend ist in diesem legendären Hotel, in dem Bogart Bacall seinen Heiratsantrag gemacht hat, wo John Belushi starb, wo Dorothy Parker eine Wohnung hatte, Lilian Hellman und Norman Mailer sich immer zum Tee trafen und keiner als erster gehen wollte, und in dem ich, wenn ich mich zum Lesen ins Bett lege — Robert Stones *Children of Light* — plötzlich entdecke, daß ich in einen Roman über einen ausgebrannten Drehbuchautor starre, der trinkend und Drogen konsumierend im Chateau Marmont wohnt, während eines seiner Drehbücher in einem anderen Land gedreht wird.

29. MÄRZ 1987

Beim Frühstück unterhalten sich die Kellner über Filme, die sie in letzter Zeit gesehen haben. Dann zerbrechen sie sich den Kopf über die Oscars. Sie können nicht fassen, daß *Betty Blue* der französische Beitrag in der Kategorie ›bester ausländischer Film‹ ist. Und was ist mit *Vagabonde*? An einem anderen Tisch erklärt ein junger Mann begierig einem älteren Mann die Story eines Films, den er geschrieben hat. »Der Film könnte Leben verändern«, sagt er und ißt nicht. Der andere Mann ißt Croissants, groß wie Bumerange. »Es geht um einen Außerirdischen, der als Polizist verkleidet ist. Aber er ist ein guter Außerirdischer? Es geht um die Erneuerung des menschlichen Geistes.«
Später fahre ich mit Freunden durch diese Backofenstadt nach Venice Beach. Mir wird die Stadt gezeigt. Wie reizvoll sie doch wirklich sei, und gar nicht ordinär. Ich stelle fest, wie wenig Schwarze es gibt. Wie wenig Armut. Ich hätte sicherlich geglaubt, in dieser Stadt gäbe es keinerlei Unglück, wenn ich nicht bei meinem letzten Besuch hier in der Innenstadt gewohnt hätte. Damals sagte mir der Manager des Hotels beim Einchecken: »Was immer Sie tun, Sir, gehen Sie bei Dunkelheit nicht aus dem Haus.«
Venice Beach — der Name stammt von ein paar Ruinen venezianischer Architektur, die noch übrig sind aus einer Zeit, als

man hier ein Klein-Venedig plante. Auf seine chaotische Art ist es tatsächlich ein bißchen wie das italienische Venedig, das ich vor ein paar Wochen gesehen habe, wenn auch weniger elegant und exzentrischer, was in einem Land ohne aristokratische Kultur nur zu erwarten ist. Horden von Menschen pirschen über den Boardwalk. Ein Mann balanciert eine Kettensäge und einen Ball, wirft die surrende Säge in die Luft und fängt sie wieder. Ein Hund mit Sonnenbrille schaut zu. Ein Mann mit durchbohrten Brustwarzen, an denen Ringe hängen, sieht auch zu. Den ganzen Strand entlang drängen sich Masseure, Rolfer, Shiatsu-Experten, Astrologen, Yoga-Meister und Tätowierungsfreaks. Ein Stück weiter, am Muscle Beach, an einem abgezäunten Platz, trainieren Männer und Frauen, mit zuckenden, zitternden, vibrierenden, angespannten und der Menge zur Schau gestellten Körpern.

Zurück im Hotel, klingelt das Telefon unablässig. Die Leute sagen mir: Der größte Tag deines Lebens rückt näher. Ich versuche mich an den einen Tag in meinem Leben zu erinnern, an dem ich glücklicher war als an jedem anderen.

Später, eine Cocktailparty bei Orion, den Verleihern von *Waschsalon* in den USA. Ungefähr so interessant wie ein Kongreß von Teppichvertretern. Ich sitze neben einer Frau, deren Mann ein hohes Tier bei der Gesellschaft ist. Sie ist Anfang zwanzig und erzählt mir, wie verhaßt ihr das alles sei, daß sie ständig weiterlächeln müsse, damit der Mann befördert wird, und wie gerne sie nach Hause gehen und sich eine illegale Droge in die Nase blasen würde. Alle gehen früh. Fahre um elf durch die Straßen von L.A.; sie sind ausgestorben. Es ist wie Canterbury. Alle gehen früh zu Bett, weil sie so hart arbeiten müssen.

Nach dem Mittagessen in Santa Monica, in der Nähe des Stran-
des, zum Hotel Bel-Air mit seinem üppigen Garten, der weißen maurischen Architektur und seinen Privat-Suiten und
Häuschen mit eigenem Patio auf dem Areal. Wenn man hier
irgendwo hingeht, steigt man einfach aus dem Auto, und irgend jemand parkt es. Wenn man das Restaurant, die Bar oder
das Hotel verläßt, steht das Auto vor der Tür. Wenn man
Kohle hat, ist immer jemand da, der einem die Arbeit ab-
nimmt. Mir wird allmählich klar, wie schnell man sich an einen so luxuriösen Ort gewöhnen könnte. Wenn man erst einmal auf den Geschmack gekommen ist, wie kann man da ent-
giftet werden? In welche Klinik würde man fahren, um den
Entzug von diesen Säften des Wohlstands und des Vergnügens
zu lernen, mit denen man in dieser Stadt überschüttet wird?
Es ist interessant, wie wenig wichtige Filmregisseure tatsächlich in Los Angeles leben: Coppola, Pakula, Pollack, Scorsese,
Demmie, alle leben sie in anderen Städten. Die Regisseure und
Autoren, die tatsächlich hier leben, sind Briten, oft erfolgreich
im britischen Fernsehen, die jetzt im Vakuum von Los Angeles herumflattern; reich, aber entwurzelt und verwirrt, versuchen sie sich an der unmöglichen Aufgabe, anständige Arbeit
zu finden, im Exil aus einem Land, das keine Filmindustrie
hat.

Der Tag der Oscars. Die Leute verlassen mittags ihre Arbeits-
plätze, um die Verleihung um fünf Uhr zu Hause im Fernsehen zu sehen. In der ganzen Stadt beginnen Oscar-Parties in
Bars und neben Pools. Wochenlang, schon seit den Nominie-

rungen, wird über mögliche Gewinner spekuliert. Mach den Fernseher an, und todernste Weise wägen die Vorzüge von Bob Hoskins und Paul Newman ab; schlage eine Zeitung auf, und Prophezeiungen starren dir entgegen. Hier sind die Oscars unvermeidlich, ein Wettbewerb, so beliebt wie das Fußballcupfinale, würdig und gesellschaftlich bedeutsam, wie eine königliche Hochzeit.

Ein letztes Mal im Hotelpool auf dem Rücken schwimmen; ich beobachte den Himmel durch die Bäume vor den ausschweifenden Freuden des Badezimmers, wo ich Champagner nippe und Anrufe und Geschenke entgegennehme. Ich nestle mir meine Fertigfliege um den Hals und vermute, das wird der beste Teil des Tages sein. Draußen wartet bereits die Limousine. Jetzt habe ich endgültig die Nase voll von Leuten, die sagen: Es reicht schon, nominiert zu werden, das allein ist schon eine Ehre. Aber inzwischen reicht das nicht mehr, inzwischen will ich gewinnen, inzwischen weiß ich, daß ich gewinnen werde!

Wenn dann die eigene viersitzige, langgestreckte Limousine vor dem Theater vorfährt, sieht man links und rechts von sich nur andere Limousinen, ein schimmernder See aus schwarzem Metall. Beim Aussteigen bemerkt man, daß der lange Weg zur Tür mit hohen Tribünen flankiert ist. Auf diesen überfüllten Tribünen schwenken schreiende Leute Plakate mit den Namen ihrer Lieblingsfilme. »*Platoon, Platoon, Platoon!*« brüllt jemand. Ein anderer schreit: »*Zimmer mit Aussicht, Zimmer mit Aussicht!*« Ein anderer Mann hält ein Schild, auf dem steht: »Lest die Bibel.«

Im Inneren sind Dutzende junger Leute, die Frauen in langen Kleidern, die Männer im Smoking, mit kleinen Schildern um den Hals, auf denen steht: »The 59th Academy Awards«. Sie sind die Platzfüller. Sie spielen eine wichtige Rolle, denn wenn die Kameras durch den Zuschauerraum fahren, darf kein Platz leer sein. Die meisten vernünftigen Leute sitzen in der Bar und schauen alles, wie alle anderen auch, im Fernsehen an, und setzen sich nur hinein, wenn ihre Sparte dran ist. Wir sind mit Freunden in der Bar, halten Ausschau nach Stars und reden über sie: Sieht Elizabeth Taylor nicht winzig aus, und ihr Kopf unheimlich groß — vielleicht hat sie das Fett aus ihrem Körper mit dieser modischen Vakuummethode absaugen lassen. Sieht Bette Davis nicht schrecklich verschrumpelt und zerbrechlich aus; sieht Sigourney Weaver nicht toll aus, und was war denn bloß mit Jane Fonda los; und sieht Dustin Hoffman nicht immer gleich aus?

Wenn dann die eigene Sparte an der Reihe ist, und Shirley MacLaine anfängt, die Namen der Nominierten zu verlesen, geht man im Geiste noch einmal seine Rede durch, kratzt etwas eingetrockneten Samen vom Kragen und packt die Stuhllehnen, bereit, sich vor die Augen einer Milliarde Leute zu katapultieren. Man fragt sich, in welche Ecke des Wohnzimmers man den Oscar stellen wird, oder sollte man ihn besser irgendwo verstecken, damit er nicht gestohlen wird? Was wiegt der denn überhaupt? Bald wird man es wissen.

Wenn sie dann einen Fehler machen und deinen Namen nicht vorlesen, schwört man, nie wieder an einer so lächerlichen Zeremonie der Selbstbeweihräucherung, an so etwas Exhibitionistischem und Ordinärem teilzunehmen.

1. APRIL 1987

Am nächsten Tag, beim Eistee am Pool, schauen mehrere junge Produzenten vorbei. Mein Eindruck ist, daß sie kommen, um auszuspionieren, ob man etwas an sich hat, was ihnen etwas bringen könnte. Einer fährt mich in seinem Jaguar in der Stadt herum. Er fragt mich, ob ich Lust hätte, nach San

Francisco zum Mittagessen zu fliegen. Ich frage ihn, ob es denn kein Restaurant gäbe, das ein bißchen näher liegt. Er schwört ewige Liebe und einen Vertrag.

Eine Idee für eine Story: Von jemandem, der unabsichtlich einen erfolgreichen Film schreibt und jahrelang von dessen Ruhm lebt, aber solche Angst davor hat, der warme Regen finanzieller Verführungen und Schmeicheleien könnte enden, daß er nie wieder etwas schreibt.

2. APRIL 1987

Ich kehre zurück und finde Frears am Drehort im siebten Himmel. Er hat seine Espadrilles auf dem Tisch und wartet, daß die Einstellung aufgebaut wird. Um ihm den Tag zu verderben, erzähle ich ihm von den Regisseuren, die ich in Hollywood kennengelernt habe und wieviel Geld sie verdienen und in welchem Luxus sie leben. Frears windet sich in Agonien von Frust und Eifersucht, besonders wenn ich von Geld rede. Er sagt immer wieder: »Was mach ich denn hier? Scheiß auf die Kunst, gebt mir einfach das Geld!« Shashi lacht sich darüber kaputt. Aber dieser amerikanische Wahnsinn hat ein weiteres neurotisches Element, das ernster ist, besonders für einen Filmemacher. Seit den Fünfzigern ist Amerika der Ort, wo die Post abgeht, wo Sachen passieren. Und da Amerika in der Welt die zentrale Rolle spielt, die England im neunzehnten Jahrhundert hatte, ist dieses Land für Mitspieler im Kulturreigen immer präsent. Wie ein Gebirge, das man besteigen muß oder von dem man sich mit Ekel abwendet, ist es eine existenzielle Herausforderung, die komplizierte Entscheidungen, Drohungen und Ängste beinhaltet. Versucht man diese Höhen zu erreichen, oder zieht man sich in die Ecke zurück? Wieviel von sich selbst steckt man bereitwillig in dieses Unternehmen? Zu allem Unglück war Amerika für britische Filmemacher eine Art Bermudadreieck, in dem viele Karrieren spurlos versanken.

Sie drehen die Partyszenen und Küssereien zwischen Rani und Vivia, und zwischen Rani und einer anderen Frau, Margy. Ich kannte Meera (die die Rani spielt) als Studentin, die mich 1981 in den Riverside Studios besuchte, als wir ein Stück für das Royal Court probten. Sie fragte mich, ob ich glaubte, sie könnte jemals Schauspielerin werden. Sie wollte unbedingt zum Theater, und schreiben wollte sie auch. Sie mußte gegen massiven Widerstand ihrer Eltern ankämpfen, die, wie viele Eltern junger Asiatinnen, eine arrangierte Heirat wichtiger fanden. Aber ihre Begeisterung und ihr Ehrgeiz waren so offensichtlich, daß ich ihr einfach riet, sie solle nicht lockerlassen. Ich frage mich, was ihre Eltern wohl sagen würden, wenn sie sähen, wie sie sich von einer anderen Schauspielerin mit der Zunge eine Traube aus dem Mund holen läßt!

Vielleicht sind diese Küsse wie die zwischen Johnny und Omar in *Waschsalon* —

Jeder Kuß ein Herzbeben, die Stärke eines Kusses, denke ich, sollte an seiner Dauer bemessen werden.

— irgendwie subversiv. Es ist, als würden sie mit dem Finger gegen gesellschaftliche Konventionen stupsen und sagen: Es gibt auch noch andere Möglichkeiten zu leben, es gibt Leute, die anders sind, aber nicht von schlechtem Gewissen geplagt. Als ich vor kurzem *She's Gotta Have It* anschaute, unter hauptsächlich jungem, schwarzem Publikum, und die beiden Frauen sich küßten, brüllte das Publikum angewidert und mißbilligend.

Wir drehen auch die Szene, in der Rafi in Sammys und Rosies Wohnung eintrifft und Rosies Freundinnen gerade ein Kondom über eine Karotte ziehen. Später in dieser Szene stehen Rani und Vivia in der Mitte des Zimmers und küssen sich sehr demonstrativ. Shashi ist dadurch sehr erregt und brüllt nach seinem Agenten, einem Taxi und einem Erste-Klasse-Ticket nach Bombay.

Gott weiß, wie dieser Film aussehen wird, wenn er zusammengeklebt ist. Es wird wahrscheinlich ein Film voller Vergleiche und Kontraste, zusammengesetzt aus verschiedenen Szenen, die aufeinanderprallen. Eine Gefahr liegt darin, daß der Film möglicherweise keine erzählerische Kraft und keinen Schwerpunkt haben wird, er könnte zu diffus werden.

3. APRIL 1987

Frears und ich modeln die Szene um, in der Rafi nach der Party nach Hause kommt und Vivia und Rani zusammen im Bett erwischt. Ursprünglich sollten sie ihn mit Holzstücken durchs Zimmer jagen und versuchen, ihn zu Brei zu schlagen. Er verbarrikadiert sich und klettert aus dem Fenster und dann die Regenrinne hinunter. Als es ans Drehen geht, wirkt die Szene gar nicht mehr so glaubwürdig und komisch wie beim Schreiben.

Also überarbeiten wir sie mittags. Rafi kommt herein, findet Rani und Vivia im Bett und ist entsetzt. Er beschimpft sie in Punjabi, ein Riesenstreit ergibt sich daraus. Shashi und Meera arbeiten ein paar Seiten Beschimpfungen aus, die sie sich gegenseitig an den Kopf werfen können. Meera wird auch Gegenstände nach ihm werfen. Wir drehen es, und es ist richtig beängstigend, wenn Meera ein Stück Holz voller Nägel gegen die Tür drischt, hinter der Shashi kauert! Nachdem die Szene in Punjabi ist, überlegen wir, ob wir Untertitel machen sollen.

Wir filmen Sammy und Rosie, die sich am Ende des Films weinend am Boden hin- und herwiegen, während die Frauen langsam hinter ihnen die Wohnung verlassen. Ich komme um acht Uhr früh ins Studio und verlasse es um neun Uhr abends. Das scheint mir die ideale Lösung fürs Leben zu sein: Ein Rettungsring von Notwendigkeiten, so daß man nicht mehr darüber nachdenken oder sich entscheiden muß, wie man lebt!

Frears hat sich am Samstag ein ziemliches Stück des Films angesehen, das er während der Dreharbeiten geschnitten hat. Er sagt: Mein Gott, das ist ein echter Tränendrüsendrücker, wir müssen Hunderte von Geigen in die Musik einbauen!

Ich sehe mir ein längeres Stück Film auf dem winzigen Monitor eines Schneidetisches in den Twickenham-Studios an. Er bringt mich zum Lachen, wahrscheinlich zum Teil auch deshalb, weil ich so erleichtert bin, daß er nicht total mißglückt ist. Er ist nicht so grob wie *Waschsalon*, sondern konventioneller, mit Hollywood-Farben. Ich sehe mir die Szene an, in der Rafi Rani und Vivia im Bett erwischt. Sie attackieren ihn, und er klettert aus dem Fenster und rutscht die Regenrinne hinunter. Wir hatten überlegt, ob wir das Klettern wegschneiden, es war nicht recht überzeugend. Aber wenn man es im Zusammenhang sieht, geht es eigentlich.

Frears kommt in den Schneideraum, während ich schaue, und spricht mit Mick, dem Cutter. Es ist beeindruckend, wie Frears jede einzelne Einstellung des Films gleichzeitig im Kopf hat, obwohl er kaum etwas gesehen hat. Er kann sich an jeden Take jeder einzelnen Einstellung erinnern. Wenn er dann mit Mick über Szenen redet, die er vor Wochen gedreht hat, sagt er: War denn nicht Take 5 besser als Take 3? Oder: Hatte die Schauspielerin bei Take 11, mitten in der Einstellung, nicht die Hand vor dem Gesicht und bei Take 2 nicht?

Wir sprechen über die Art harmloser Gefahr eines Aufruhrs, wie sie *Waschsalon* und *Prick Up Your Ears* repräsentieren, was zum Teil ihren Erfolg erklärt. Es hat folgendes Muster: Im Film wird eine relativ starre, gesellschaftliche Ordnung detailliert aufgebaut. Gegen diese Ordnung stellt man ein oder zwei Individuen, vorzugsweise ineinander verliebte, die diese konventionelle Struktur durchbrechen. Ihre Rebellion, ihre Form sexueller Übergriffe ist befreiend, aufregend. Das Publikum identifiziert sich damit. So unterschiedliche Filme wie, zum Beispiel, *Billy Liar, Zimmer mit Aussicht, Midnight Cowboy, Guess Who's Coming to Dinner* haben dieses Muster und folgen einem entfremdeten Individuum oder Paar, das unfähig ist, einen Platz in der Gesellschaft zu finden. Für gewöhnlich findet am Ende des Films irgendeine Art individueller Versöhnung statt oder das Individuum wird zerstört. Aber selten hat man das Gefühl, die Gesellschaft könnte geändert werden. Das Muster ist natürlich verführerisch, weil wir uns selbst in diesem entfremdeten, aber authentischen Individuum wiederfinden, das sich gegen Muffigkeit, Ignoranz und Haß gegen Formen der Liebe auflehnt. Doch wird man nicht zu tieferem Nachdenken über die Mechanismen angeregt, mit denen die Gesellschaft legitime Ideale, Gruppen von Leuten und mögliche Lebensformen unterdrückt.

Manche Filme der mittleren und späten Sechziger, als man sich der gesellschaftlichen Ordnung völlig entzog, da sie nicht mehr relevant war, und nur ›befreite‹ Individuen dargestellt wurden, haben wenig Kraft, da ihnen die Art Konflikt und Spannung fehlt, die das klassische Muster notwendigerweise produziert.

Wir drehen im Keller eines Pub in Kew. Eng und staubig, die Lichter gehen dauernd aus. Claire, die bis jetzt — richtigerweise — sehr zurückhaltend gespielt hat, zeigt ihre Kraft in dieser Kellerszene mit Shashi. Sie reißt wutentbrannt das Zeug aus dem Koffer, den sie vor dreißig Jahren gepackt hat, und schleudert alles zu Boden, sie zeigt eine so phantastische Kombination von hemmungsloser Wut, Verletzlichkeit und Schmerz, daß am Ende der Einstellung ergriffenes Schweigen herrscht. Selbst Shashi sieht mitgenommen aus. Es war besonders schwierig, da der Geist auch in der Szene mitspielte und direkt hinter ihr stand.

Wir verbringen den Tag in einem Restaurant in South Kensington, in dem wir die Konfrontation zwischen Rosie, Rafi und Sammy, als sie gemeinsam zum Essen ausgehen, drehen. Diese Szene ist der Wendepunkt des Filmes. Sie fängt sehr einfach an. Die drei sitzen am Tisch, die Geiger spielen im Hintergrund ein bißchen Mozart, der Transvestit sitzt hinter ihnen. Aber die Geiger haben ungewöhnliche Gesichter: englische Gesichtszüge, helle Schultern (Modelle für Ingres), präraffaelitische Haare und — nach zwölf Stunden ununterbrochenem Gefidel — sehr mitgenommene Finger.
Im Lauf des Tages wird der Streit zwischen Shashi und Frances immer heftiger. Das Geigenspiel wird immer hektischer. Der Transvestit produziert sich entnervt. Shashi ißt einen Finger aus Wurstmasse und legt höflich den Nagel an den Tellerrand.
Ich sehe, daß Frears' Phantasie abhebt; er holt den größtmög-

lichen, absurdesten Effekt aus diesen paar Elementen heraus. Er wird immer einfallsreicher, seine Beherrschung des Metiers und die Erfahrung erlauben es ihm zu spielen. Ich habe ein bißchen Angst, daß die Szene in Effekten ertrinkt, aber ich habe die Szene in ähnlicher Stimmung geschrieben — die Leute einfach ins Restaurant gesetzt und experimentiert, bis etwas dabei herauskam.

Natürlich sind die Voraussetzungen für Frears' Kreativität anders als meine. Ich sitze allein in einem Zimmer und kann alles umschreiben, so oft ich will. Ich kann die Szene verlassen und in zwei Wochen umschreiben. Für Frears in dem kleinen Restaurant, in dem sich siebzig Leute drängen, gibt es kein Zurück. Die Szene muß hier gemacht werden, und sie muß funktionieren. Man braucht Nerven aus Stahl, um unter solchen Bedingungen mit einer Szene zu spielen, insbesondere weil das Medium so kostspielig ist.

Ich registriere, wie wohl Frances sich inzwischen in ihrer Rolle fühlt. Sie hat entdeckt, wen sie spielt, und das geht nur während des Filmens. Aber im Gegensatz zum Theater hat man keine Gelegenheit mehr, spätere Entdeckungen in frühere Szenen einzuarbeiten.

Nicht nur die Bedingungen, unter denen Filmregisseure im allgemeinen arbeiten, machen es schwer, originell zu sein, auch das Leben eines Schauspielers ist kein Zuckerlecken. Man wird um sieben Uhr morgens oder noch früher abgeholt, die erste Szene dreht man um zehn oder zwölf, wenn man Glück hat. Es kann auch passieren, daß man bis drei oder vier herumsitzt, bevor man mit Arbeiten anfängt. Wendy kam einige Tage lang früh, in der Annahme, ihre Fick-Nacht mit Ayub würde an diesem Tag gedreht, doch dann passierte nichts, obwohl sie das erst am frühen Abend erfuhr. Aber wenn dann die Szene doch gedreht wird, spielt es keine Rolle, wie gelangweilt, ausgefroren und verwirrt einer ist, man muß seine Konzentration zusammenraffen, die Darstellung aus dem Hut ziehen. Es kann passieren, daß man eine sehr emotionale Szene spielen muß, und zwar jetzt, sofort! Und was immer man tut, es ist teuer; je schneller man es spielt, desto beliebter ist man. Und nachdem nur wenig Zeit für Experimentieren und Erforschen bleibt, muß man wahrscheinlich eine schauspielerische Leistung zeigen, die man schon einmal gebracht hat, weil man wenigstens sicher sein kann, daß es funktioniert.

Wenn dieser Schauspielerjob beendet ist, gibt es vielleicht einen nächsten. Sollte man den ablehnen und auf etwas Besseres hoffen? Vielleicht kommt etwas, vielleicht auch nicht. Wenn ja, kann der Regisseur langweilig sein oder das Drehbuch schlecht oder die Rolle zu klein. Was immer passiert, der größte Teil der Arbeit, die Schauspieler bekommen, lastet sie nicht aus, und 80 Prozent der Regisseure, mit denen sie arbeiten, haben wenig oder gar kein Talent. Von den guten 20 Prozent sind 5 Prozent Tyrannen, die Schauspieler wie Marionetten behandeln.

Trotz dieser Schwierigkeiten haben alle britischen Schauspieler, die ich kenne, eines gemeinsam: Es sind gut ausgebildete, technisch versierte und begeisterungsfähige Leute, die gute Arbeit leisten wollen und ihr Bestes in einem Beruf geben, der ihnen nur selten Gelegenheit gibt, ihr Potential auszuschöpfen. Kein Wunder, daß so viele Schauspieler neurotisch oder langweilig werden, weil sie sich ausschließlich mit ihrer Karriere befassen.

11. APRIL 1987

In einem winzigen Studio in der Nähe der Harrow Road drehen wir die Innenaufnahmen in Dannys Wohnwagen. Vor dem Wohnwagen simulieren eine Reihe von Gasdüsen die Brachlandfeuer. Der Requisiteur und der Assistent des Art Di-

rectors tanzen müde hinter den Gasdüsen, um die Feierlich-
keit der Fick-Nacht darzustellen, während Roland und
Frances sich nackt herumwälzen. Frears läßt sich in den Stuhl
neben mir fallen. »Ich bin schon total paranoid«, sagt er. »Ich
kann nicht mehr. Ist das jetzt gut, oder nicht?« »Ich weiß es
nicht«, erwidere ich. »Worum geht's denn überhaupt?« fragt
er. »Weiß der Geier«, gebe ich zur Antwort. Er braucht Unterstützung, und keiner darf zu laut reden. Alles, was lauter als
ein Flüstern ist, wird als Haß ausgelegt. »Wir sollten mehr
Zeit haben«, sagt er nach einiger Zeit. »Etwa zwei Wochen
mehr wären genau richtig gewesen. Aber das hätte 300 000
Pfund gekostet und die haben wir nicht.«
Ich breche früh auf und gehe zu einer Buchpräsentation.
Auf dem Weg sehe ich, wie die Polizei ein schwarzes Paar
aufhält und ausfragt. Es ist komisch, auf die Party zu gehen,
normal weiterzuleben. Später sehe ich jemanden, den ich erkenne, auf mich zu kommen: schwarze, hochstehende Haare,
weißes Gesicht, eine Woche Bartwuchs. Ich versuche dahin-
terzukommen, wer es ist. Endlich weiß ich es: Stephen
Frears.
Später begegne ich einer Freundin, die mich aus dem Restaurant schleppt und sagt, ich solle mich in ihr Auto setzen. Sie
müsse mir etwas zeigen, was ich noch nie zuvor gesehen hätte.
Also fährt sie mich zu einem Arts Centre in West-London. Ich
werfe einen Blick auf die Szene und versuche zu gehen. Es
sieht aus, als hätte sie mich zu einer asiatischen Hochzeit gebracht. Frauen und Kinder jeden Alters sitzen auf Stuhlreihen
entlang der Wand, schweigend. Die Männer, zumeist Sikhs,
stehen an der Bar und unterhalten sich. Die Frauen haben sich
für den heutigen Abend sehr viel Mühe gemacht, sind mit viel
Schmuck behängt und tragen silber- und golddurchwirkte
Shalwar Kamiz. Um zehn Uhr ist der Saal brechend voll mit
asiatischen Familien, mit Babies, Kindern, alten Männern und

Frauen. Ich habe keine Ahnung, was mich erwartet. Die Bühne ist voller Rock 'n' Roll-Geräte.

Die Band erscheint: acht Männer in rotweißen Kostümen. Sie sehen aus wie Servierer in einem Fast-Food-Restaurant. Einer von ihnen kündigt die Sänger an: »Begrüßen Sie die besten Bhangra-Sänger der Welt!« Zwei Männer in glitzernden T-Shirts und engen weißen Hosen hüpfen auf die Bühne.

Die Musik beginnt. Sie ist außergewöhnlich. Nach Jahren des Kolonialismus, der Einwanderung und asiatischen Lebens in Großbritannien, nach Jahren schwarzer amerikanischer und Reggae-Musik hier, hat sich diese eigenartige Fusion entwickelt. Ein Cocktail von Rhythm and Blues, geschüttelt mit indischen Filmliedern in Hindu, durchsetzt von schweren Gitarrensoli, elektrischen Geigenläufen und afrikanischen Trommeln, eine Mischung aller Musik der Welt, die in einem wohlhabenden asiatischen Viertel, Southall, in der Nähe von Heathrow, verfügbar ist — Bhangra-Musik! Detroit und Delhi in London.

Ein paar Sekunden lang bewegt sich keiner. Der Tanzboden ist eine verbotene Zone, um die die Tänzer wie Läufer am Start kauern. Dann kann sich keiner mehr zurückhalten. Männer fliegen auf den Tanzboden. Sie tanzen zusammen, werfen die Arme in die Luft, zucken mit Hüften und Schenkeln, mit gespannten Hintern. Manche Männer klettern auf die Schultern der anderen oder wickeln ihre Beine um die Taille eines anderen, der sie dann schwindelerregend durch den Raum wirbelt. Mädchen und Frauen tanzen miteinander, Frauen tanzen mit winzigen Babies. Ein alter indischer Colonel mit einem stattlichen Schnurrbart windet sich durch die Tänzer und fotografiert.

Und sie kennen sich alle, diese Leute. Sie waren zusammen in der Schule und jetzt leben sie in derselben Straße, machen Geschäfte miteinander und heiraten untereinander. Dieser Gig, diese Feier ist völlig anders als alles, was ich in den letzten Jahren in dieser Richtung erlebt habe: Es hat nichts mit dem gegenseitigen Aufreißen von Mädchen und Jungs zu tun, es ist nicht aggressiv. Man merkt, daß man eigentlich immer Gewalt und Feindseligkeit auf öffentlichen Versammlungen in London erwartet.

Da wir jetzt fast fertig gefilmt haben, setze ich mich morgens hin und versuche etwas Neues zu schreiben.

Ich habe es genossen, jeden Tag das Haus zu verlassen, und ebenso die intensive Dreharbeit. Das alte Klischee vom Film, auf dem Set seien alle eine große Familie, trifft nicht zu, wenngleich auch ein Set einer strengen hierarchischen Ordnung unterliegt, so wie eine Familie. Aber im Gegensatz zur Familie sind die Beziehungen begrenzt, jeder weiß, was er tut, und ein starkes Gefühl von Zielstrebigkeit herrscht. Die besondere Freude am Filmemachen ist es, Teil einer Gruppe von Leuten zu sein, die gut und glücklich zusammenarbeiten.

Jetzt, zurück am Schreibtisch, hab ich sofort das Gefühl, daß Schreiben irgendwie eine schäbige Angelegenheit ist. Warum dieser ungesunde Versuch, Leben einzufangen, festzuhalten, es neu zu arrangieren, es weiterzugeben, wenn es doch nur einfach gelebt und vergessen werden sollte? Warum diese Neuschöpfung von etwas, das Blut und echtes Leben in sich hatte? Der Anspruch des Schriftstellers und seine Egoschmeichelei, das Geschriebene sei realer als die Realität, dabei stimmt das doch keineswegs.

16. APRIL 1987

Zu Frears Haus. Er wird mit seinen Kindern fotografiert, für die Premiere von *Prick Up Your Ears*. David Byrne kommt in einer grünschwarz karierten Jacke und Jeans vorbei, mit einem kurzen Pferdeschwanz. Er hat ein strahlendes, rundes Gesicht und helle, schöne Haut. Ich begegne ihm zum ersten Mal, obwohl seine Band, die *Talking Heads*, zu meinen Helden gehören. Wir gehen um die Ecke zum Gate Diner, wo der Kellner uns unbewußt unter ein Plakat für *Stop Making Sense* setzt. Einige Leute erkennen Byrne auf der Straße, und eine Frau kommt an unseren Tisch, gibt ihm einen Zettel mit ihrer Telefonnummer und dankt ihm für seinen Beitrag zu Musik und Film.

Byrne ist scheu, clever und unprätentiös. Das Verwirrendste an ihm ist, daß er aufmerksam zuhört und nachdenkt, bevor er eine ernsthafte Antwort gibt. Ich kenne sonst nur noch einen, der das macht, Peter Brook. Eine ganz ungewöhnliche Erfahrung.

Der große Produzent David Gothard hat David Byrne in New York das Drehbuch von *Sammy und Rosie* gegeben, und er möchte gerne die Musik dafür schreiben. Byrne hat aus Paris afrikanische Musik mitgebracht, komponiert von Straßenmusikanten, die Frears hervorragend findet. Byrne spricht davon, ähnliche Rhythmen in der Musik für *Sammy und Rosie* zu verwenden. Wir werden Byrne so schnell wie möglich einen Teil vom Film zeigen, und er kann die Teile, die ihn interessieren, mit Musik unterlegen. Das Problem ist nur die Zeit, da Byrne die Musik für den neuen Bertolucci-Film, *Der letzte Kaiser*, komponiert und gerade die Songs für das neue *Talking-Heads*-Album schreibt.

Auf der Straße warte ich mit Byrne in einem Taxi und sehe, daß die Polizei schon wieder ein Auto mit Schwarzen angehalten hat. Die Schwarzen sind sehr geduldig. Was zum Teufel geht in dieser Stadt vor?

Großer Tag. Erster grober Zusammenschnitt des Films. Ich treffe den Cutter, der den Film auf einem Wägelchen in mehreren silbrigen Dosen durch die Straße karrt. Der Film ist 110 Minuten lang, sagt er. Da erst der erste grobe Schnitt gemacht ist, wirkt er ein bißchen wie ein Amateurfilm, der Ton wird lauter und leiser, und natürlich ist er noch ohne Musik.

Wir schauen ihn uns in einem kleinen Vorführraum in der Nähe der Tottenham Court Road an. Die ersten vierzig Minuten machen uns Mut, sind spannend, und wir lachen viel. Shashi ist ausgezeichnet, drohend und komisch zugleich, obwohl seine Darstellung keine Feinheiten zu beinhalten scheint. Ich bin trotzdem begeistert. Dann fällt alles auseinander. Meine Gedanken wandern. Ich kann der Story nicht folgen. Ganze Szenen, die beim Drehen gut schienen, ziehen an mir vorbei, ohne daß ich sie registriere. Sie haben keinen Bezug zueinander. Ich spreche vom zentralen Teil des Films: die Party, die Fick-Nacht, der Morgen danach, die Frühstücke. Gegen Ende des Films wird es wieder geschlossener und wirkt recht bewegend.

Jeder von uns, Kameramann, Cutter, Regisseur, ich, sieht die Fehler von seinem Standpunkt aus. Ich sehe, wie die Person Dannys verblaßt, sehe, daß Anna nicht romantisch genug ist, daß die Aufstände nicht sinnvoll entwickelt sind.

Aber es gibt auch einiges, was besser ist als erwartet: Shashi natürlich. Und Frances, die eine starke, vielschichtige Person sehr klar darstellt. Roland auch, besonders da ich befürchtet hatte, er wäre etwas hölzern.

Was mir fehlt, ist das Gefühl von Frische, das Gefühl, wie überraschend und interessant es für andere sein wird.

Hinterher stolpere ich aus dem Vorführraum, einerseits glücklich, daß der Film endlich auf der Leinwand ist. Andererseits bin ich enttäuscht, daß es nach all der Arbeit und Mühe, den vielen Gedanken, so schnell vorbei ist, und nur ein Film übrig bleibt.

Frears ist zufrieden. Diese Dinger seien normalerweise die Hölle, sagt er, aber hier war es nicht ganz so. Teile davon, sagt er, seien das Beste, was er bis jetzt gemacht habe, es ist ein subtiler und anspruchsvoller Film. Er glaubt, ein Teil des Problems liege an der Tatsache, daß der Film anfangs zu komisch und nicht ernst genug sei. Er meint, man müßte das Tempo etwas verlangsamen. Ich sage, ich möchte nichts von der Komik verlieren, insbesondere weil das Ende so ernst ist. In den nächsten zwei Wochen geht es darum, die zwei Dinge in Einklang zu bringen.

30. APRIL 1987

Mick Audsley hat in den letzten zwei Wochen wie ein Besessener geschnitten. Als wir in den Vorführraum gehen — Karin Bamborough und David Rose von Channel 4 sind auch dabei —, um zu sehen, was für Fortschritte der Film gemacht hat, ist Mick nervös wie ein Theaterautor bei der Premiere. Ich beruhige ihn. Aber es ist jetzt sein Film, das ist sein Entwurf, seine Arbeit, über die wir urteilen werden. »Ich hab einiges rausgenommen«, sagt er nervös. »Und ein paar andere Sachen umgestellt.«

Es sind etwa zwölf Leute im Raum. Frears' Film *Prick Up Your Ears* ist in den Staaten erfolgreich und Bevans *Personal Services* Nummer drei in den britischen Filmcharts, also sind beide recht fröhlich.

Die ersten vierzig Minuten lang begreife ich nicht, was mit dem Film passiert ist. Er hat mehr Gestalt bekommen, ist aber irgendwie weniger bizarr, weniger überraschend. Ich unterdrücke mein eigenes Lachen, um kein Kichern und Gelächter um mich herum zu versäumen. Aber da ist nichts: absolutes Schweigen.

Im Umfeld der Fick-Nacht wird der Film besser und hebt ab, als die Ghetto-Leute zu Otis' Reddings »*My Girl*« tanzen und Pantomimen zeigen, und wir zwischen den eifrigen Bumsern hin- und herschneiden. Es ist ohne jede Scham erotisch, ein Anturner, der den bösen, monogamen Geist unserer Zeit genau zwischen die Augen trifft. Es muß mehr schlängelnde Zungen in diesem Film geben, als je zuvor auf der Leinwand zu sehen waren.

Ich winde mich während des ganzen Films wegen der lächerlichen Dialoge, so redet doch kein Mensch wirklich. Davon wird vieles wegfallen, nehme ich an, oder wir können ganz laute David-Byrne-Musik drüberlegen, obwohl ich an einigen der Ideen, die in den heftigeren Reden zum Ausdruck kommen, sehr hänge.

Am Ende fühle ich mich ausgepumpt und enttäuscht. Ich halte Ausschau nach einem Stuhl in einer Ecke, in der ich leise verschwinden kann. Am liebsten würde ich mir eine Jacke über den Kopf ziehen.

Dann muß man die Leute fragen, was sie davon halten. David Rose drückt sich etwas rätselhaft aus. Er sagt, der Film wäre wie ein Traum, so übersteigert und irreal. Er habe keine Beziehung zur realen Welt. Ich sage, wir wollten eine selbständige, innerlich zusammenhängende Welt schaffen. Er sagt, ja, das habt ihr getan, aber es darf euch nicht überraschen, wenn das, was ihr getan habt, denjenigen, um die es geht, wie ein unbefugtes Eindringen vorkommt.

Frears sagt, es sei ein anderer Film als der, den wir vor zwei Wochen angeschaut haben. Jetzt müssen wir das Ernste dieser Version mit der Frivolität der anderen verbinden.

Ein Journalist, der mich neulich besuchte, fragte, warum ich immer über so niedere Charaktere schreibe, über Leute ohne Werte oder Moral, so wären doch alle Personen, bis auf Alice. Für mich ist das ein echter Schock. Ich schreibe über die Welt um mich herum, die Leute, die ich kenne, und mich selbst. Vielleicht gebe ich mich mit den falschen Leuten ab. Erinnert mich an eine Geschichte über Proust, der, als er die Fahnen von *Auf der Suche nach der verlorenen Zeit* las, plötzlich angewidert war von den schrecklichen Leuten, die er zum Leben erweckt hatte, weil alle so korrupt und unangenehm und lüstern waren, nirgends ein einziger Integrer in Sicht.

4. MAI 1987

Eine sehr verworrene Zeit für uns, in der wir erarbeiten müssen, was für einen Film wir jetzt eigentlich herausbringen wollen. Wir sprechen häufig über die Form, darüber, ihn versuchsweise abzutasten, um die Knochen unter den Fettwülsten zu finden. Aber man muß zu fest drücken, um Härte zu finden. Die Story ist zu mager. Wenn es eine Story gibt, dann gehört sie Shashi. Frears spricht davon, Sachen 'rauszunehmen, »je weniger, desto besser«, sagt er. Und fügt drohend hinzu: »Alles viel zu viel.« Es ist schmerzlich, dieser notwendige Prozeß des Schneidens. Ich denke zum Trost an Jessica Mitford: »Beim Schreiben muß man immer seine Allerliebsten töten!«

7. MAI 1987

Frears im Schneideraum in guter Form. So fröhlich war er seit Tagen nicht. Er schneidet Schneisen aus dem Film. Er werde komischer und filigraner, sagt er. Er fügt hinzu: »Dein Talent wird erheblich größer wirken, wenn ich damit fertig bin.«

Er hat unabsichtlich eine Wunde berührt, unter der jeder Filmautor unvermeidlich leiden wird. Wenn der Film Erfolg hat, kann man nie sicher sein, ob das das eigene Verdienst ist, oder ob die Schauspielerei, der Schnitt und die Regie Schwächen kaschiert und ein in anderer Hinsicht recht gewöhnliches Drehbuch aufgewertet haben, das miserabel gewesen wäre, hätte man es so gezeigt, wie es geschrieben war.

11. MAI 1987

Frears ruft an und sagt, es sei absolut notwendig, daß ich später vorbeikomme und mir den Film ansehe. »Mach dich auf etwas gefaßt«, sagt er und legt auf.
Der erste Schock schon in der ersten Minute: Mick hat offensichtlich schwer mit sich gekämpft. Er hat die Szene herausgeschnitten, in der die schwarze Frau erschossen wird und man sie blutüberströmt zu Boden stürzen sieht. Selbst Frears ist davon überrascht, aber es gefällt ihm. Ein so kraftvoller und schockierender Moment, meinen die beiden, würde den Anfang untergehen lassen. Frears sagt, der Schnitt würde die Feinheiten der Erzählung betonen — wir finden erst später heraus, was passiert ist. Ich mag aber die Schießerei, nicht aus ästhetischen Gründen, sondern aus didaktischen; sie besagt: das passiert einigen Schwarzen in Großbritannien — sie werden von der Polizei erschossen.
Nach einer Weile begreife ich, daß es so gut ist. Die Form ist besser, es ist schneller, weniger getragen. Dannys lange Rede ist weg, ebenso einige andere Dialoge. Eine Szene zwischen Anna und Sammy fällt weg, was bedeutet, daß Annas Rolle in diesem Film verkleinert ist. Alices Rede, während sie die Treppe hinuntergeht, vor der Kellerszene, ist weg; sie fehlt

mir. Ich werde versuchen, sie zu überreden, die Szene wieder
'reinzunehmen.

Ich argumentiere gegenüber Frears, daß der Film entpoliti-
siert ist, daß private Emotionen jetzt den Vorrang gegenüber
öffentlichen Akten oder moralischen Standpunkten haben. In
gewissem Sinn ist das bei einem Film unvermeidlich: die Personen und ihr Leben interessieren einen. Frears erwidert, im
Gegenteil, der Film sei politischer. Einstellungen prallten jetzt
härter aneinander, das Publikum werde provoziert. Aber ich
sehe, daß meine Bemerkung ihm zu denken gibt.

Ich kann nicht abstreiten, daß es ein besserer Film ist: weniger
düster, weniger verworren und klumpig; er ist komischer und
vielleicht gegen Ende ein Tränendrüsendrücker. Frears hat die
Musik aus *Jules et Jim* der Szene unterlegt, in der Sammy uns erzählt, was er an London mag, was diesen Teil zum Leben erweckt. Gott sei Dank, insbesondere, da drei bis vier Leute ge-
stöhnt hatten, er sei überflüssig. Nächste Woche wird Frears
noch ein paar Teile dieser speziellen Hommage an Woody Allen drehen und vielleicht am Ende die Musik neu aufnehmen.

Nach der Vorführung überlegen wir, ob es noch eine Szene
zwischen Sammy und Rosie geben sollte, ganz am Ende des
Filmes, unter einem Baum, vielleicht in Hammersmith, am
Fluß. Natürlich besteht die Gefahr, daß alles zu sentimental
wird, als sei die Aussage, daß dieses seltsame Paar es trotz allem — der Schießerei, den Revolten, der Politik Rafis —
schafft, glücklich miteinander zu werden, mit dem Hinterge-
danken, das sei das einzig Wichtige. Somit verließe das Publikum das Kino nicht mit der Feststellung, das Leben sei vollkommen hoffnungslos. Ich sage zu Frears, in *Jules et Jim*
würde Jeanne Moreau sich selbst und ihren Liebhaber zumindest mit dem Auto von der Brücke in den Fluß stürzen. Er
sagt vernünftig: »Na gut, drehen wir die Szene, und wenn es
nichts wird, werfen wir sie 'raus.«

Frears und ich unterhalten uns darüber, wie seltsam sich *Sammy und Rosie* entwickelt hat. Das Komische ist, daß man nicht im vorhinein sagen kann, was für eine Art Film es ist. Es funktioniert anscheinend so: Man dreht einen Haufen Material und entscheidet später, nachdem man einen Haufen davon 'rausgeschmissen hat, wie der Film sein wird. Wie eine Improvisation mit Gerippe. Frears sagt: »Sollten wir nicht schon am Anfang mehr Überblick haben?« Sicherlich, wenn wir besser wüßten, was wir tun, könnten wir dann nicht mehr Zeit auf die Stücke verwenden, die wir tatsächlich zeigen wollen? Aber bis auf einige Ausnahmen ist es schwierig vorauszusehen, was im endgültigen Film sein wird, zum Teil, weil meine Schwäche der Pilot ist, die genaue Ausarbeitung der Story.

Frears und ich stöhnten uns gegenseitig die Ohren voll, weil die gestrige Tory-Wahlkampfsendung so schlimm war. Gräßlicher Nationalismus, Neofaschismus, alles war da drin, von »importierten ausländischen Ideologien wie dem Sozialismus« war die Rede, und niederträchtige Aufrufe zum Fremdenhaß wurden verbreitet. Nachdem er den Film noch einmal gesehen hat, will Frears das »Thema des Jupiter« aus *Die Planeten* von dem Sozialisten Holsts, das man später für die patriotische Hymne »I Vow to Thee my Country« verwendete (die übrigens bei der königlichen Hochzeit gespielt wurde), aus der Tory-Sendung nehmen und es über der Räumungsszene einspielen, die dadurch etwas Rituelles bekommt.

Später kommt zwischen David, Karin, Mick, Bevan, Frears und mir eine heftige Diskussion über den Film auf. Ich finde diese

Diskussionen sehr schmerzlich. Aber Frears fordert sie heraus. Er hört sich alles, was die Leute zu sagen haben, sehr genau an, und geht dann zum Film zurück. Er ist sich dessen, was er macht, so sicher, daß Kritik für ihn nicht bedrohlich ist, er kann sie aufnehmen und zur Verbesserung seiner Arbeit einsetzen.

Es wird zur Wahl aufgerufen. Ich verteile ein paar Handzettel für die Labour-Partei. Ich verteile sie in Wohnblocks, an denen ich tagtäglich vorbeigehe, in denen ich aber seit der letzten Wahl nicht mehr war. Die Gebäude sind in der Zwischenzeit »aufgefrischt« worden. Von außen sehen die Häuser modern aus, windsicher, naturabweisend. Ich frage mich, ob sie sich seit dem letzten Mal wirklich verändert haben. Meine Reisen nach New York und Los Angeles scheinen jetzt völlig unwichtig, da es Teile meiner eigenen Stadt, meiner eigenen Straßen — du lieber Himmel, fünf Minuten von mir! — gibt, die mir völlig unbekannt sind.

Ich verlasse die Hauptstraße und gehe über den Rasen zum Eingang des ersten Wohnblocks. Die Tür steht offen, das Glas ist zertrümmert. Eine Frau in schmutzigen Kleidern, in Lumpen, nehme ich an, steht im Eingang und fuchtelt mit den Armen herum. Sie ist weit weg: stoned. Ich gehe weiter in den silbernen Stahlkäfig des Lifts. Drinnen halte ich mir die Nase zu. Im obersten Stock sind die Fenster eingeschlagen, der Wind bläst scharf über den Gang. Zerbrochene Flaschen, Dosen und sonstiger Müll wirbeln durch die Gegend.

Jemand hat ein Schild an der Tür: »Bitte nicht einbrechen, habe nichts.« Die meisten Türen sind eingeschlagen und werden von verschiedenen Holzstückchen zusammengehalten. Überall stinkt es nach Pisse und Scheiße.

Eine verzweifelte alte Frau im Nachthemd kommt aus ihrer Wohnung und beklagt sich, daß die Party im Stock darunter schon zwei Tage dauert. Ein Mann mit einem kaum zähmbaren Schäferhund öffnet die Tür. »Komm her und nimm dein Scheißflugblatt wieder mit«, brüllt er; »komm und hol's dir, Kumpel!«

In jedem Stockwerk sind mindestens zwei Hunde, und ihr Gebell hallt durchs ganze Haus.

Es ist schwer, den Leuten, die hier leben, zu erklären, daß sie Labour wählen sollen. Es ist schwierig, ihnen zu erklären, warum sie überhaupt für irgend jemanden stimmen sollen.

23. MAI 1987

Letzter Drehtag. Hier ein Meter, da ein Meter. Colin McCabe im ICA, Sammy und Rosie am Fluß (für das Ende des Films), und Aloo Baloo im Finborough Pub in Earls Court für den »Sammy und Rosie«-Teil des Films. Ein seltsamer Tag, weil das all die Dinge sind, die Sarah und ich zusammen gemacht haben, es sind dieselben Orte, an die wir gehen. Erst erlebt man sie und geht dann ein paar Wochen später mit ein paar Kumpeln, einer Kamera und ein paar Schauspielern hin und hält alles auf Film fest. Sarah muß den Film erst noch sehen, und das ist gut so, glaube ich, denn er wird immer besser. Aber gestern abend hat sie mich angerufen, wütend, weil sie ausgeschlossen ist. Sie glaubt, es sei absichtlich oder nur wieder ein Beweis meiner ewigen Gleichgültigkeit. Was immer es ist, sie nennt den Film inzwischen »Hanif kriegt Geld, Sarah wird ausgenutzt.«

5. JUNI 1987

Frears und Stanley Myers arbeiten an der Musik. Charlie Gillett, der große Rock-DJ und Musikexperte, schlägt für die verschiedenen Teile des Films diverse Bands und Musikrichtungen vor. David Byrne, von dem wir eine Ewigkeit nichts gehört haben, sagt schließlich, er habe keine Zeit.

Sarah kommt endlich und sieht sich den Film an. Sie sitzt vor

312

Frances Barber. Anschließend sagt sie mir, der Film gefalle ihr. Sie sagt überzeugt, sie könne ihn als Gesamtobjekt sehen, einfach als guten Film, etwas, das nichts mit ihr zu tun habe.

Meine Agentin Sheila sieht sich den unfertigen Film an und ruft heute früh an. Einiges ist wunderbar, sagt sie. Aber er sei herzlos und frauenfeindlich. Warum frauenfeindlich, frage ich. Weil alle Frauen in diesem Film als Manipulatoren erscheinen. Und Rosie würde für Sammy gar nichts empfinden. Es scheine ihr nichts auszumachen, wenn er mit jemand anderem schlafe. Ich dachte, sagt sie, das ist so, weil du Rosie als Lesbe hinstellen willst. Ich frage sie, wie sie darauf kommt. Weil die meisten ihrer Freundinnen lesbisch sind. Plus, fügt sie hinzu, machst du Sammy zu einem so schwachen, körperlich unattraktiven Menschen, daß es schwer zu verstehen ist, wieso sie sich überhaupt so sehr für ihn interessiert. Glauben denn Stephen und du, daß Frauen so etwas mögen?

Sheila mag das Ende des Films nicht, wo Sammy und Rosie weinend am Boden sitzen. Irgendwie wirkten sie abgestumpft, besonders wegen all der Frauen, die aus der Wohnung schleichen, ohne etwas zu tun oder zu sagen. Außerdem gefällt ihr meine »Sammy und Rosie in London«-Sequenz nicht, sie vergleicht sie mit einer billigen Reklame. Das muß einfach 'raus, sagt sie. Und überhaupt, könnte man nicht mindestens fünfzehn Minuten wegkürzen? Was zum Beispiel? Na ja, Alices Rede an Rafi, als sie die Treppe 'runtergeht, kurz vor der Kellerszene. Da hört man einfach nicht zu. Ich würde gerne sagen, na ja, wir könnten fünfzehn Minuten 'rausschneiden. Aber dann ist der Film nur etwas über eine Stunde lang. Wir müßten ihn als Kurzfilm starten.

Nach diesem Gespräch bin ich eine Weile lang durchlöchert von Zweifeln und glaube, Sheila könnte recht haben: Unser Urteilsvermögen ist kaputt, und die ganze Sache ist ein schrecklicher, arroganter Fehler.

Mindestens achtzehn Monate muß man das durchstehen, dieses Exponiertsein, muß sich aburteilen lassen. Das ist ein »Meinungsbekenntnis«, wie Valery das nennt. Ein Buch oder einen Film zu schreiben heißt, sich hinzustellen, um sich bombardieren zu lassen.

Ich gehe ins Tonstudio, wo der Schauspieler, der den Immobilienspekulanten spielt, etwas über kommunistische, lesbische, jammernde Jammerlappen ins Mikrophon brüllt. Das wird mit Megaphon in die Räumungsszene eingebaut. Frears ist guter Dinge, wie immer. Als ich ihm von Sheilas Attacke auf den Film berichte, sagt er, diesmal werde er angegriffen werden. Die Leute würden sich mit den Problemen, die der Film aufwirft, auseinandersetzen wollen, mit dem Film an sich, und sie würden verärgert sein. Keine leichte Nummer wie *Waschsalon* oder *Prick*, wo die Leute dankbar sind, daß solche Filme überhaupt gemacht werden.

Während wir durch Soho spazieren, reden Frears und Mick erneut über das Erschießen der schwarzen Frau am Anfang des Films. Sie überlegen jetzt, ob sie die Szene wieder 'reinnehmen sollen. Die Entscheidung ist schwer: Soll man eine wichtige und kraftvolle Szene aufgeben, weil sie den Film aus dem Gleichgewicht bringt?

Ich verbringe den Abend wieder damit, Flugblätter zu verteilen, da morgen gewählt wird. Im Komitee, wo die Leute am Boden hocken und Umschläge adressieren, ist man der Meinung, daß die Entscheidung knapp wird. Keiner glaubt ernsthaft daran, daß dem Thatcherismus diesmal der Garaus gemacht wird, aber zumindest sollte Thatcher den Sozialismus nicht ganz ausradieren.

Ich habe Kinnock am Freitag bei einer Labour-Veranstaltung in einer Sporthalle in Leicester gesehen. Mindestens 2000 Leute waren da, und man kam nur mit Karte hinein: sie hatten Angst vor Randalierern, da das Treffen im Fernsehen übertragen wird. Eine Truppe kräftiger weiblicher Ordner ist im Einsatz, die jeden Randalierer, der versucht zu stören, sofort packen und schleunigst aus dem Saal schleifen. Sie fürchten sich auch vor allem Radikalen: Ich habe Anweisung erhalten, in meiner Rede das Wort »Genosse« nicht zu verwenden, obwohl es Kinnocks erstes Wort ist.

Die Labour-Organisation hat die Menge fachmännisch angeheizt, alles ist im Taumel, die Leute machen ungeheuren Lärm mit den Absätzen, die gegen die Holzbänke trommeln. Als ich Kinnock vorstelle, kommen er und Glenis, begleitet von einem Blasorchester, durch die Fotografen und Fans wie Filmstars.

Kinnock spricht brillant, zeigt den Gegensatz von Leichtfertigkeit und Leidenschaft, beginnt mit einem Hagel von Anti-Tory-Witzen. Ich weiß, daß sympathisierende Autoren und Komiker ihm Gags ins Haus geschickt haben und er sie in die Reden eingearbeitet hat, die er hartnäckig selber schreibt. Er ist halb Komiker und halb Priester. Was auch klar zum Ausdruck kommt, ist seine Menschlichkeit und Güte, man bemerkt, daß die vielen Ungerechtigkeiten unserer Gesellschaft ihm ein echtes Anliegen sind. Am Ende des Treffens singt die Menge »We Shall Overcome« und »The Red Flag«, und wir jubeln und jubeln. In diesen zwei Stunden glaubt keiner, man könnte die Wahl verlieren.

Alles taumelt noch unter dem Schock der Wahlniederlage und der Erkenntnis, daß wir uns über das Ausmaß der Labour-Niederlage total geirrt hatten. In Fulham sind wir mit 6000 Stimmen Mehrheit geschlagen worden, obwohl wir erst kürzlich bei einer Regionalwahl einen Sitz gewonnen hatten. Jemand erzählt mir, daß die Leute in den Blocks, wo ich Zettel verteilt habe, mit einer Mehrheit von drei zu eins für die Tories gestimmt haben. Dieser Tory-Sieg bedeutet den Tod des Traumes der Sechziger, nämlich des Traumes, daß unsere Gesellschaft sich den Bedürfnissen der Leute, die in ihr leben, besser anpassen, daß die Gesellschaft mitfühlender, liberaler, toleranter würde, weniger bedacht darauf, einige Gruppen aus der Domäne des Menschen auszuschließen; daß die ärztliche Versorgung, die Ausbildung und das Spektrum der sozialen Leistungen aufgewertet würde und unsere Gesellschaft dadurch fairer, ausgeglichener, weniger brutal wettbewerbsorientiert; daß die Leben von Randgruppen und Ausgeschlossenen nicht mehr länger vergeudet würden. Aber zum dritten Mal hintereinander hat das britische Volk gezeigt, daß es genau das nicht will.

Wir laden ein paar Freunde zu einer Vorführung von *Sammy und Rosie* ein, hauptsächlich damit sie sich zwei wichtige Veränderungen ansehen: einmal die Wiederaufnahme der Schüsse auf die schwarze Frau, zum anderen den neuerlichen Einsatz von Rolands langer Rede über heimischen Kolonialismus.

Nun ja, wir stehen nach der Vorführung im Vorführraum herum. Einige Leute meinen, wir bräuchten die Schüsse nicht, das sei zu offensichtlich. Andere sagen, die Kraft und die Klarheit der Szene sei notwendig. Ich sehe, daß Frears sich schließlich doch dafür entschieden hat. Ich sehe auch, daß er sich über die Entscheidung freut, Rolands Rede wieder hineinzunehmen, weil sie die erste Hälfte des Filmes verankert und Dannys Person mehr Substanz gibt. Die schwerste Entscheidung aber ist das Ende, wenn Sammy und Rosie am Fluß spazierengehen. — Frears sagt, er hasse unglückliche Schlußszenen, also habe er die Bilder verwendet, um alles etwas leichter zu machen. Aber jemand anderer widerspricht, dadurch hätte der Film zwei Schlußszenen, und, noch schlimmer: es sei ein Versuch, auf zwei Hochzeiten zu tanzen — einen traurigen, verzweifelten Film heiter zu machen.

Trotz dieser Kleinigkeiten habe ich das Gefühl, der Film hat jetzt Gestalt, Kraft und Tempo, dank dem ungeheuren Arbeitseinsatz von Frears und Mick Audsley beim Schneiden.

Sarah kommt auch zu dieser Vorschau, und wir verlassen sie gemeinsam, gehen die Charing Cross hinunter. Sie hat bis jetzt sehr wenig gesagt, und als ich sie diesmal um ihre Meinung zu dem Film frage, ist ihre Reaktion viel gespaltener. Sie sagt: »Ja, diesmal war es nicht so leicht. Rosie scheint mir zu hart und gleichgültig: Ich bin doch nicht wirklich hart und gleichgültig? Vielleicht bin ich es doch und war bis jetzt nur nicht fähig, diese Seite meines Ichs zu sehen? Vielleicht ist das deine objektive Meinung von mir. Oh, es ist schwer für mich, weil ich in letzter Zeit das Gefühl hatte, wenn ich arbeite oder mit jemandem zusammen bin — es überkommt mich einfach —, daß ich zu der Person werde, die du geschrieben hast und Stephen dirigiert und die Schauspielerin porträtiert. Was hast du getan?«

19. JUNI 1987

Frears außerordentlich gut gelaunt. Er genießt es, den Film zu vollenden, Schleifchen anzustecken, damit herumzuspielen. Er hört nie auf, daran zu arbeiten oder sich den Kopf darüber zu zerbrechen. Er spricht davon, einige von Thatchers Reden

317

zu verwenden: am Anfang, als Hintergrund, gleich nach dem Vorspann, sagt er, die St.-Francis-Rede wäre genau richtig. Und noch irgendwo. Wo, frage ich. Abwarten, erwidert er. Stanley Myers, der für die Musik verantwortlich ist, gibt mir ein Band mit der Musik, die Charles Gillett zusammengestellt hat. Sie ist toll: afrikanische Rhythmen, Reggae, ein bißchen Salsa und etwas Rap.

8. JULI 1987

Den fast fertigen *Sammy und Rosie* anschauen. Der Ton ist jetzt gemacht, hört sich gut an, Musik ist drauf. Frears hat die Szene von Anna und Sammy wieder 'reingenommen, in der sie ihn beinahe vom Dach wirft und nach seinen anderen Freundinnen fragt. Ich hatte gedacht, die Szene sei ein für alle Mal gestorben, aber Frears experimentiert weiter. Er sagt, es würde eine Überraschung, wo er das Thatcher-Material verwende. Ist es. Es ist direkt am Anfang, vor dem Vorspann, als Hintergrund für eine Aufnahme des Brachlands nach der Räumung. Es dient als eine Art Prolog und summt vor Drohung und Vorfreude, obgleich es auch durch die Erwähnung der »Innenstadt« einen Problemfilm zu präsentieren scheint. Aber die Wut und Verzweiflung über die Wahlniederlage sind direkt auf den Film übertragen worden, wodurch er eine harte politische Note erhält. Frears hat die letzten zwei Wochen wie ein Berserker gekämpft, um zwei schwierige Dinge in Einklang zu bringen: die Liebe Sammys und Rosies füreinander, und die zahlreichen Probleme, die sie umgeben. Endlich hat er die Story glasklar definiert, was ich im Drehbuch nicht geschafft habe.

Ich sehe mir den Film wie im Nebel an, unfähig, ihn zu genießen oder zu verstehen. Ich sehe jetzt, wie vollkommen er ist, aber ich habe keine Ahnung, wie er auf andere Leute wirken wird, was das Publikum daraus machen wird. Erst dann schließt sich der Kreis. Wir müssen einfach abwarten.

Nach der Vorführung sagt jemand, er sei überrascht, daß so ein Film überhaupt gemacht werde, daß nicht einfach die Polizei ins Haus kommt und sagt: So etwas ist nicht erlaubt! Natürlich nicht, wenn das neue Obszönitätsgesetz durchkommt.

Später an diesem Abend geh' ich mit einem Freund in Notting Hill einen trinken. Wir gehen in ein Pub. Es ist schäbig, die Barfrau ein Zwerg. Die Gäste sind hauptsächlich schwarze Männer, die Billard spielen. Und ein paar weiße Mädchen, die nicht viel reden und müde und ungesund aussehen. An den Wänden hängen Warnungsschilder gegen Drogenverkauf im Lokal. Laute Musik, ein DJ, ein bißchen wird getanzt. In der nächsten Bar bricht eine Schlägerei aus. Der Pub wird sofort von Polizei gestürmt. Sie schleppen die Kämpfer nach draußen und werfen sie in einen Bus. Leute versammeln sich. Es ist eine heiße Nacht. Und bald ist sie erfüllt von Polizeisirenen. Sechs Polizeibusse tauchen auf. Die Polizisten springen heraus und schnappen sich einfach jeden X-Beliebigen. Sie sind sehr grob und nervös, obwohl keiner ihnen gegenüber sonderlich aggressiv ist. Wir gehen und fahren die All Saints Road entlang, eine Gegend, die für ihre Drogendealer bekannt ist. Zweimal werden wir angehalten und verhört: Wohin wir fahren, warum wir in diesem Viertel sind, wie wir heißen? Schwarze Menschen werden aus ihren Autos gezerrt und durchsucht. Schließlich parken wir den Wagen und gehen. Das Viertel ist überschwemmt von Polizei. Sie sind paarweise unterwegs, stehen jeweils fünfundzwanzig Meter voneinander. Außer ihnen ist kaum jemand unterwegs.

Eine Vorführung von *Sammy und Rosie* um neun Uhr früh. Frears und Audsley haben das ganze Wochenende gearbeitet, Szenen hin und her jongliert. Der Film scheint fertig, bis auf etwas Musik im Hintergrund der Kellerszene, die an diesem Punkt die Kraft von Claires Darstellung zu verwässern scheint. Ansonsten hat der Film eine ungeheure Ausstrahlung, viel Seele und Pfeffer. Wir reden darüber, wieviel doch wieder hineingenommen wurde, und Frears meint, im Rückblick sei es doch dämlich, soviel herauszuschneiden, nur um es dann wieder einzusetzen. Aber natürlich war diese Testphase notwendig, eine Möglichkeit herauszufinden, was für den Film notwendig ist und was nicht.

Wir stehen vor dem Schneideraum in der Wardour Street und Frears sagt: »Ja, das war's dann, das ist vorbei, wir haben nach unseren Möglichkeiten den besten Film gemacht. Ich werde ihn nicht mehr anschauen«, fügt er hinzu, »oder vielleicht schau ich ihn mir in fünf Jahren mal an. Hoffen wir einfach, daß er den Leuten gefällt.«